# 国际援华医疗队在战时中国

## （1937—1945）

罗伯特·孟乐克 著

王蕊 译

贵州出版集团
贵州人民出版社

图书在版编目（CIP）数据

国际援华医疗队在战时中国：1937-1945 /（美）罗伯特·孟乐克著；王蕊译．-- 贵阳：贵州人民出版社，2020.10

ISBN 978-7-221-15920-5

Ⅰ．①国… Ⅱ．①罗… ②王… Ⅲ．①纪实文学—美国—现代 Ⅳ．① I712.55

中国版本图书馆 CIP 数据核字（2020）第 012294 号

著作权合同登记图字：22-2020-128

**国际援华医疗队在战时中国（1937—1945）**

［美］罗伯特·孟乐克 / 著　王 蕊 / 译
（Robert Mamlok）

出 版 人：王　旭
责任编辑：黄　伟　陈思宇
装帧设计：温力民 / 光阴故事
出版发行：贵州出版集团 贵州人民出版社
地　　址：贵阳市观山湖区会展东路 SOHO 办公区 A 座
印　　刷：贵阳精彩数字印刷有限公司
开　　本：889mm×1194mm　1/32
字　　数：240 千字
印　　张：11.75
版　　次：2020 年 10 月第 1 版
印　　次：2020 年 10 月第 1 次印刷
书　　号：978-7-221-15920-5
定　　价：58.00 元

本书由
贵阳市宣传文化事业发展专项资金资助出版

# 目录

contents


001 前言

001 概述

001 第一部分 世界法西斯主义的抬头与医生们的反抗

002 第一章 西班牙的求助（1936—1939）

017 第二章 国际医疗开始行动 （1939）

037 第三章 中国在召唤（1936—1939）

074 第四章 来到中国红十字会总部

105 第二部分 国际援华医疗队在战时中国

106 第五章 中国红十字会救护总队的政治和文化环境

128 第六章 战时中国医疗条件

149 第七章 奔返各大战场（1939—1940）

173 第八章 高压遏制下的医疗救护（1941—1942）

197　第三部分　国际援华医疗队与中国远征军（1943—1945）
198　第九章 跟随远征军赴缅甸和印度
224　第十章 跟随远征军在中国
251　第十一章 援华后记（1945—2012）
262　第十二章 成就与贡献

267　附录一：国际援华医疗队时间表
272　附录二：中国红十字会救护总队 / 国际援华医疗队纪念活动（中国·图云关，2015 年 9 月 1 日）
275　附录三：中国红十字其他国际志愿者

281　致谢
284　注释
329　参考文献
332　索引
353　译后记

# 前言

2015 年 8 月 31 日，还有最后 6 公里，我们即将在多日长途跋 1
涉后抵达此行的目的地，中国西南一个被茂林覆盖的山村——图云关。车辆在山林小道上穿行，仲夏清晨的薄雾让窗外的景致若隐若现。前方，严阵待命的军乐团、来自贵州地方外事办以及美国总领馆的官员们已经在等待我们的到来。在森林空地的一角，一块深红色绸布下盖着的是一块大理石石碑，上面刻着 1939 年志愿参加中国红十字会救护总队的 27 位国际援华医疗队队员[*]的名字。

和我同行的还有国际援华医疗队其他后裔家庭，他们和我一样，从世界各地赶来，相聚贵州，共襄中国抗日战争胜利 70 周年。这片土地上，有我们的先辈奋斗过的足迹，他们也为这场战争的胜利做出过贡献。他们和他们家庭的故事，正通过日记和档案上的信息，一点一滴地被拼凑起来，试图把这段“二战”期间令人振奋的无名

* “国际援华医疗队”也译作“国际医疗救护队”。

英雄的过往经历展现在公众面前。

1939 年，来自不同国家的 27 位外国医生自愿加入了中国红十字会救护总队。我的父亲，埃瑞克·孟乐克（Dr. Erich Mamlok）就是他们中的一员。当天的活动上，我还认识了来自 7 个国家，横跨老中青三代的援华医生后裔。他们有的是医生、心理学家、模特，有的已经退休。在贵州省贵阳市外事办公室及省、市对外友好协会的精心筹备和邀请下，这群散居世界各地的后裔们相聚于此，共庆抗战胜利。当中方友人小心翼翼地为我们别上精心准备的纪念徽章时，大家的心仿佛穿越时空，又重新凝聚到一起，共同回到先辈们那个大无畏的时代。

在接下来的一周，中国友人向我们展示了许多载有先辈共同记忆的老照片。大家也渐渐开始讲述尘封的往事。父辈、祖辈们的共同经历打破了我们之间的语言障碍，把这群说着英语、德语、罗马尼亚语和波兰语的后代们联系在一起，建立了真挚的友谊。大家围
2 桌而坐，缅怀先辈，共述历史。先辈们的无私精神，传递后人。随着分享的信息和图片越来越多，大家不禁疑惑：他们到底是怎样的一群人？经历了哪些苦难？又有着怎样的传奇经历？

本书将为大家一一讲述。

礼毕，当中方各位重要官员和相关人员通过致辞向这段遥远的历史致敬后，我被邀请上台。我充满崇敬地走向图云关讲台，面向一旁的矩形大理石纪念碑深深地鞠了一躬。当我的声音响起，身后的大屏幕上闪现出我讲话的译文：“站在图云关这片土地上，我既

感荣幸，又自觉渺小。感谢大家给我这个机会，让图云关，这个我们先辈奋斗过的地方，在时隔 70 年后又重新听见他们的声音。”

致辞间，我不禁抬起头看向不远山丘上的一片茂林。这片山林曾一度为这支疲惫不堪、残缺不全且饱经战火的医疗队伍提供庇护，使其得以休整重振。远处，隐匿在茅屋下的骨外科中心、卫训所和宿舍，以及拥有 1000 个床位的 167 陆军医院，曾多次成为日军的轰炸目标。如今，这些早已不复存在，唯有一座新立的大理石纪念碑挺立在原址上。环顾一圈后，我继续：

> 大家都知道，当他们来到战火中的中华大地时，身无分文、语言不通。是怎样强烈的信念驱使他们义无反顾来到中国？波兰医生傅拉都（Dr.Flato）在一面缴获的军旗两面，分别用犹太语、波兰语和西班牙语写下答案：“为了你们和我们共同的自由。”这就是他来到这里的原因——为了我们共同的自由。
>
> 诗人艾玛·拉扎勒斯（Emma Lazarus）的一句话曾被罗马尼亚医生柯让道（Dr. Iacob Kranzdorf）引用：“人人皆自由，才有吾自由。”正是在这样的世界观指引下，他的夫人柯芝兰（Gisela Kranzdorf）、英国医生高田宜（Barbara Courtney）和奥地利医生王道（Teddy Wantoch）皆在中国大地献出了年轻的生命。
>
> 德国医生白乐夫（Dr. Rolf Becker）曾经说过：“难道中国的战斗就不是我们的战斗么？一个伟大却风雨飘摇的国家正在被侵略成瘾的殖民势力肆意践踏。中国亟须帮助。”为此，他闻声而来。
>
> 和他同行的还有顾泰尔医生（Dr. Carl Coutelle）。他曾写道：“中国的（抗日）战争是世界反法西斯战争的一部分。通过抵御日本的侵略，我们能够阻止法西斯的蔓延。中国的努力能帮助我

们有朝一日重返家园，重建一个更好的社会。” 他没有食言，付诸行动，行胜于言。

与法西斯势力作战是他们许多人毕生的骄傲。波兰医生戎格曼（Dr. Wolf Jungermann）曾写下：“我们投入工作，心怀高远。”我的父亲孟乐克（Dr. Erich Mamlok）也说过，与法西斯作战赋予了他生命的价值：“光活着是不够的，老鼠也活着。人，必须要为更高远的目标去奋斗。”

他们到底是一群什么样的人？人们或许很纠结该如何给这些医生定义。有媒体称他们为“反法西斯先锋”，这表明他们早在其他人之前就觉察到了法西斯的危险，并且身体力行地投入到反法西斯的战斗中。美国著名记者史沫特莱（Agnes Smedley）于
3 1941 年来到图云关，对此，她感触颇深：“这群人和我在中国遇到的其他外国人完全不一样。尽管政治背景不同，但他们依然联合起来共同对抗法西斯。有别于我认识的其他外籍医生，他们吃、穿、住俨然与地道的中国人无异。他们以一种恰当的方式面对这些生活和工作条件上的窘迫，并尽其所能地肩负起能够承担的一切。”

当奥地利医生严斐德（Dr. Fritz Jensen）去世后，他的朋友为他写下这样的悼词：他展现了一个男人为正义事业奋斗的气量和勇气。这既是对严斐德，也是对所有的国际援华医疗队成员及在中国抱有同样信念的志士们的共同评价。他们的气量和勇气让我自愧不如。现在如果他们泉下有知，让我们静默片刻，向今天在场的家属，表达我们对他们的亲人诚挚的敬意和缅怀，他们是：德国医生白乐夫、顾泰尔，波兰医生傅拉都、戎格曼、陶维德，保加利亚医生甘扬道，罗马尼亚医生杨固、柯让道，以及德国医生孟乐克、孟威廉。

随着台下掌声的结束，过往种种开始在我脑中浮现。两年前，在母亲过世后，我在老家的阁楼里发现了父亲那个破旧发霉的行李

箱，里面塞满了日记和信件。正如许多父母把自己的秘密珍藏起来那样，这些回忆如若弃置，沉默几十年，既期待有朝一日重被翻开，却又不知从何说起。

令我费解的是，在一堆已无关紧要的法律文书和各类财务单据中，有一个泛黄的资料袋，里面装着许多中文文件，其中还有我父亲 1940 年的工作证件。上面写着：孟乐克，生于德国，26 岁，犹太人，新晋医生，中国红十字会成员，自愿赴中国投身战时医疗救护工作。资料袋里还有许多和我父亲并肩作战的其他医生的照片：波兰医生陶维德、甘理安，罗马尼亚医生杨固、柯让道，保加利亚医生甘扬道，苏联医生何乐经，奥地利医生严斐德和肯德。照片上的这一张张极富东欧特征的脸庞显得那样风华正茂，年轻有为。

当我翻开这些照片和资料时，我不知道该如何处理这些年代久远却又扣人心弦的私人信息。这些对人们来说重要么？是否对历史有所启发？当我向他人讲述这些故事的时候，我的父母若泉下有知，是否又会埋怨我小题大做？我满腹踟蹰，既希望更多地了解他们的人生，又担心一旦开启潘多拉历史魔盒，我能否面对其中掺杂的情感因素。随着进一步的了解和研究，我越发能体会到，在各种磨难、官僚政治、繁文缛节和艰苦的战地救援环境中，这群医生在咬牙坚持的同时，心中又经历了怎样的矛盾挣扎。这些都是值得所有援华医疗队后人和友人们引以为豪的遗产。

几周后，珍妮·陈（Janny Chen），一位中国博士后按响了我家的门铃。她是来帮我翻译这些中文文件的。作为一个在德克萨斯

科技大学工作的计算生物学者，我知道她的工资并不高。但当我准
4 备支付给她翻译酬劳时，她后退一步，用那双眼睛以一种毋庸置疑
的眼神看着我说：“不要钱。这些是中国人的朋友。中国人不会忘
记朋友。”说完，不待我解释，便匆匆离去。

正是她的这句话令我如梦初醒。我想我应该把这些故事讲述出来，让人们知道，当这群背景迥然不同的医生们辗转投身于西班牙内战、中国抗日战争和缅印各大战场时，这支支离破碎的队伍发生了哪些故事，有着怎样的心路历程，经历了怎样的悲欢离合。当他们面临被政治边缘化，医术精湛却又无处施展时，又是怎样的心境。

于是，根据父母故居阁楼里遗留下来的线索，我开始在全世界寻找国际援华医疗家庭。他们当中有的很杰出、很出名，容易联系。我最先联系上的是顾泰尔医生的儿子查尔斯·顾泰尔（Dr. Charles Coutelle）。他是一位知名人士，生于英国，是帝国理工大学基因治疗领域的荣誉教授。后来，查尔斯又联系上了伯纳德·白乐夫（Bernard Becker），德国医生白乐夫之子，生于上海。之后，伯纳德又联系上了德国医生孟威廉的侄女们，她们现居意大利。正如这些医生们来自世界各地，他们的后裔也分布在五湖四海。波兰医生陶维德的家人在加拿大，罗马尼亚医生杨固的女儿和儿子分别定居罗马尼亚和加拿大。波兰医生戎格曼唯一幸存的亲人——女儿凯伦·科雷纳（Karin Kleiner）、捷克医生纪瑞德（Dr.Frederick Kisch）和波兰医生柯理格（Dr. Freanticek Kriegel）的表侄们则定居美国。

一些家庭谱系网站和讣告也为锁定后裔家庭所在地提供了很多线索。例如波兰医生傅拉都的子女都生于波兰，后移居瑞典；林可胜博士的孙女们分别生活在牙买加和英格兰；保加利亚医生甘扬道的孙女定居在美国。

为了深入了解援华医疗队队员们的家庭成员和生活情况，无数封邮件往来于后裔家庭间，传递并分享着各自手中保存的日记和信件。我们还先后前往胡佛研究所、哥伦比亚大学、亚利桑那州立大学、纽约大学、国际联盟档案馆，英国、美国、捷克国家档案馆以及图云关的所在地——贵阳市的档案馆，收集包括德语、罗马尼亚语、波兰语、中文和英文各类现存文字记载资料。

据现有材料统计，国际援华医疗队共有 27 人，其中包括 21 位医生、1 名生物学家、2 名护士、1 名实验室技术员、1 名行政助理以及 1 名医学学生。出于对医学的热爱和反法西斯的共同信念，这群仁心仁术的年轻人走到一起，相聚中国。

战时的中国艰苦卓绝，他们在华期间的命运也不尽相同。英国女医生高田宜（Dr. Barbara Guy Courtney）、德国医生王道（Dr. Arno Theodor Wantoch）和罗马尼亚医生柯让道的妻子——护士柯芝兰（ Mrs. Gisela Kranzdorf）皆在中国献出了他们年轻的生命，长眠于中国大地。有 10 位医生在这段不凡的经历中收获爱情，结成伉俪（包括：白乐夫和唐莉华夫妇、肯德和马绮迪夫妇、科恩、
严斐德、甘扬道、柯让道、沈恩以及戎格曼）；其中一些还在中国 5
生下了他们的孩子。在 27 人的队伍中，有 19 位在赴华前曾参加过

西班牙内战，又有10位在抗日战争后期投身到中国远征军在缅印的战地救护中。

这支由21名男性、6名女性组成的援华医疗队大多都是风华正茂、朝气蓬勃、富有理想主义的年轻人。其中最年轻的是德国医生孟威廉（Dr. Wilhelm Mann），当时只有24岁。最年长的当属捷克医生纪瑞德（Dr. Bedřick Kisch），时年45岁。他们在中国最短的待了4年，最长的则达25年。在这个过程当中，一口蹩脚却不断进步的中文是他们的骄傲，和中国人民共进退、同甘苦的经历是他们毕生的荣耀。

战争带来的恐怖无法泯灭他们的良心。他们无法遮掩心中对腐败、非人道和非正义的强烈鄙视和愤懑。国际援华医疗队的成员们厉声谴责那些阻挠他们为广大中国人民提供医疗救援服务的龌龊行径。在实战中磨砺出的公共卫生经验和求实精神，使他们在传染病管理、营养不良及战地医疗策略改进方面皆做出了积极的贡献。

书中的主人公们无不经历了战争的洗礼、时间的消磨和语言的障碍。本书以第一手声音再叙了国际援华医疗队成员在1938年至1945年期间经历的不同境况和心声，重述了他们走上国际医疗救援之路的情感动机和心路历程，展现了他们向中国提供医疗救助的决心，以及如何在千里之外的陌生国度反抗法西斯、直面腐败所带来的威胁与压力。这些故事也许并不完整，但却仍值得被传颂。

# 概 述

20世纪30年代，随着法西斯主义在世界的嚣张气焰愈演愈烈，人们开始意识到再也不能坐以待毙。一时间，上至欧洲各国领导人，下至寻常百姓，无不匆忙应对“怎么办？”“该去哪儿？”“打不打？和谁打？ 用什么打？”等问题。 7

与此同时，日本帝国主义所到之处生灵涂炭，尸横遍野。在中华大地上，数百万颤抖的嘴唇问着同样的问题：“该到哪儿去？”“该怎么办？”在和平主义者、战争贩子和旁观者们的吵吵嚷嚷中，国际联盟成立了。就是在这样的大背景下，20多名外国医生和数百位中国医生的命运与中国红十字会新成立的救护总队紧紧地捆绑到一起，他们深入战时中国腹地，开展医疗救援。

席卷全球的政治冲突与个体的坚定信念相互矛盾，酝酿出这段不可思议的故事。在欧洲，大多数年轻的犹太医生往往都要面临各种严峻的抉择，而时常，他们与亲友们的看法又不一致。你可以想象，昔日和美的家庭在危机面前，手足无措、争吵不断、伤心流泪。在那个充满危机和动荡的年代，对犹太人自由侵犯的升级每一天都刷新着人们的认知。许多人心存侥幸，认为只要对法西斯言听计从就能幸免于难，毕竟政治上的狂热总有一天会过去，理性也会再次回归。

或者，若是加入到共产主义事业中去呢，他们的生存会更有保障吗？在 20 世纪 30 年代欧洲兴起的共产主义是最直接的反法西斯的意识形态阵营。现在，到了拿起武器奋不顾身追求正义的时刻了吗？是否还有比个人生存更值得追求的东西？

1936 年，当希特勒和墨索里尼支持的西班牙民粹势力——弗朗哥武装力量试图推翻民主选举产生的，也是获苏联扶持的西班牙共和党时，3 万多名国际志愿者挺身而出，加入到了共和党队伍，
8 为西班牙摆脱法西斯，争取明日自由而战。于是，西班牙内战迅速成为一块考验国际社会是否有足够决心阻止欧洲法西斯向全球蔓延的试金石。

遗憾的是，当时大多数欧洲和北美国家还没有意识到反法西斯斗争的价值，采取不干涉政策：既不派遣军队，也不允许公民作为志愿者参加战斗，更不提供包括医疗援助在内的任何帮助。在众多组织中，只有共产国际是个例外，他们秘密协调、招募和输送来自不同国家的共产党人和志愿者。由此，西班牙共和军国际纵队诞生了。然而，由于抵挡不住德国民粹主义的坦克和意大利军队飞机的狂轰滥炸，西班牙共和军连连溃败。幸存的国际纵队志愿者撤退至

西班牙和法国边境。在那里，森严的监禁所和拘留营正等待着他们。

这些志愿者作为无国界医疗人士来到西班牙，而现在则已然成为没有国籍的国际“孤儿”。由于纳粹对犹太人的仇恨，他们中的大多数人无法返回原籍。而其他人则由于加入到共产党，也无法回国。作为一个没有国家的人，能到哪里去、如何生存，能做的选择少之又少。

与此同时，1939 年，恰逢另一批年轻的欧洲医生们刚刚从医学院毕业，他们同样面临人生选择：是该和家人朋友一样选择去英格兰、上海或是南美开启闲逸的人生，还是继续加入到反法西斯的战斗中去？

那个年代，国际动荡并不局限于欧洲。1931 年 9 月 18 日，日本帝国关东军入侵满洲里，成立伪满洲国。1937 年 7 月，卢沟桥事变爆发，中日冲突升级为全面战争。至此，第二次世界大战的战火也烧到了中国人身上。日军迅速横扫并占领了中国东部沿海大城市，而这些地方正是中国现代大学、医院、医学实习地和医学人才群英汇聚之地。

此时，正如许多国际纵队医生身陷西班牙边界拘留营一样，许多中国医生也被困于华东沿海沦陷区。面对凶恶的日寇，即使中国医生想要拿起手术刀反抗，他们的选择也只会更有限、更复杂，因为在中国国内也有两股对立势力——蒋介石所领导的中国国民党和毛泽东率领的中国共产党。虽然两党都积极抗日，但又水火不容， 9
互信和合作的缺失造成了许多不必要的损失。人员和物资也无法在国共两党控制区自由流通。

1938 年，在日军的凶猛进攻下，国民党连连溃败，蒋介石政府西撤近 1500 公里进入中国内地，定都重庆。20 世纪 30 年代，像重庆、贵阳这样的西南城市山高水远，交通不便，难以抵达。中国共产党的总部同样隐蔽。1935 年，毛泽东领导的共产党通过万里长征突破了国民党的围剿，据守在距上海 1609 公里以外的西北小城——延安，艰难存活。即使是在以游击战等方式共同打击日军时，中国共产党所领导的八路军和新四军也与国民党部队保持距离，各施其命。

两党能否精诚合作、同仇敌忾，在当时仍是未知数。当时，中国军队还没有任何有效的医疗救援服务。腐败和多头管理使得中国军队医疗管理服务的水平低到极点。松散的军阀势力与国民党达成初步联盟，由军医署这样的机构为数百万士兵提供医疗服务。但即使如此，也无异于杯水车薪。

德国对西班牙格尔尼卡的狂轰滥炸和日本对中国南京城的屠戮，令全世界愕然。撇开当时的政治不谈，面对人道主义危机，释放并利用好这些身陷囹圄、价值尚未体现的医生们，便成了当时一个权宜之计。于是英国、挪威、美国的援华医疗委员会纷纷联合起来。同时，在中国，向军队提供医疗援助的责任落在了军医署身上，并由林可胜博士领导新成立的中国红十字会救护总队负责具体实施。

当时，大多数学习现代生物医学的中国医生仍选择留任于沿海相对安全的沦陷区高校和医院，只有少数医生响应了林可胜的呼吁，

加入到救护总队的行列。在欧洲，援华医疗委员会必须克服他们与
共产国际的互不信任，共同合作，才能让获释的欧洲医生赴华服
务；在中国，林可胜博士则必须说服心存疑虑的国民党，让红十字 10
救护总队为所有中国人服务，尤其是共产党根据地的伤兵。而当时，
这样良善的愿望与国民党试图通过医疗封锁来削弱共产党实力的阴
谋背道而驰，使得这群医生处境艰难，身陷危险。沉浮于这个医疗
援助与政治分歧的大漩涡中，这些年轻的医生们将学会如何为伤患
的性命、他们的医者仁心和政治良知去抗争、去奋斗。

# 第一部分

## 世界法西斯主义的抬头与医生们的反抗

# 第一章 西班牙的求助（1936—1939）

11 20 世纪 30 年代中期，法西斯主义在欧洲兴起，许多医护人员被迫离开学校和医院流亡海外。其中就包括了本书的 27 位主人公中的大多数。因其种族或政治信仰，纳粹分子限制或撤销了部分医生的学位。到 20 世纪 30 年代末，这些来自 10 个国家，受到政治威胁、宗教迫害、四处逃难的医生们，俨然成了无处可去的难民。生存的不确定性迫使他们走到一起，团结起来。

例如，奥地利维也纳大学的犹太毕业生严斐德和王道的医学文凭就被盖上了“非雅利安人”字样。他们被禁止行医，甚至连执照都被公然吊销。各大医学院校对犹太学生的入学设置了严苛的限制（如数量限制），迫使许多医生不得不出国求学。德国的医学院，如柏林大学（Friedrich-Wilhelms Universität zu Berlin），根据学生在德意志学生联合会（Der Deutschen Studentenschaft）等法西斯组织的成员资格，对在校学生进行成绩划分。直到 1945

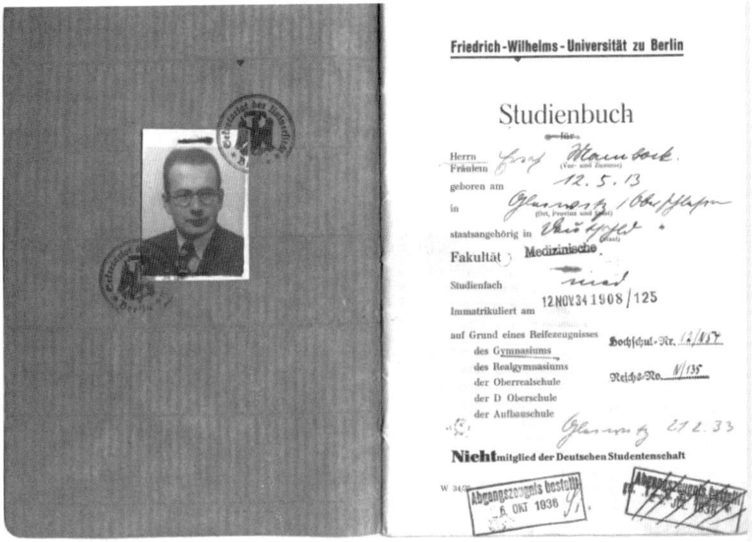


图一 埃瑞克·孟乐克在柏林大学就读医学期间的学生证，上面写道："Nicht mitgleid der Deutschen Studentschaft"，即"非德国学联成员"。

（罗伯特·孟乐克提供）

年盟军司令部宣布德意志学生联合会非法，这个组织才因其公开反犹主义和焚书运动而被人尽谴责。

当法西斯的危险尚未波及所有个体，德国犹太裔医学生孟乐克就已预感到法西斯巨大的破坏力。不仅非雅利安人和刚毕业的犹太医生深受其害、举步维艰，所有在欧洲从事医学工作的医生们都深受法西斯的影响。其中一些人，如严斐德医生，被捕并被安置在集中营（KZ Wöllersdorf）；像顾泰尔医生一样的其他人，也由于政 12

治异见被迫逃离德国。一时间随处可见源源不断的难民走进拘留所和集中营。这类营地之间的区别，通常并不十分明晰。“难民营”是指大规模的自愿留守营地，“拘留所”和“集中营”则是大规模非自愿拘禁地。集中营这个词与德国民粹社会主义的联系最密切，他们利用这些集中营关押数百万犹太人和其他异见人士，以此将他们从德国社会中清除出去。

有的医生为了逃过反犹太主义的迫害，无奈改了姓氏。严斐德（Dr. Fritz Jensen）的原名是Friedrich Jerusalem；肯德（Dr. Heinrich Kohn）原名是Heinrich Kohn；戎格曼（Dr. Wladyslaw Jungermann）更名为Dr. Wolf Jungery；沈恩原名George Schön，后改为Dr. György Somogyi；柯让道（Dr. Iacob Jacob Kranzdorf）也成了后来的Dr. Bucur Clejan。

13 1936年7月18日，当西班牙民选的左翼共和党政府遭受右翼势力——弗朗哥起兵叛乱时，这些医生看到了一条加入反法西斯斗争的道路。20位医生们聚集到了共和党一边。与此同时，全世界近3万名志愿者跨越本国中立立场，加入到西班牙共和党。

自共产国际于1936年成立国际纵队，这些医疗志愿者便成为国际纵队的一部分。国际纵队总共有多少医生，确切的数据尚不清楚，因为当时为了保护他们免遭逮捕或入伍充数，他们的信息都是保密的。共产国际在每个国家都招募了特定数量的共产党，并派人帮助法国共产党协调国际纵队的创建。

这些医生逃离了他们在中欧、东欧的家园。当他们作为志愿者来到西班牙时，西班牙共和党人称赞他们是英雄。当奥地利国际纵队成员，也是未来的国际援华医疗队的医生富华德见到其他同志时，他兴奋地说：“我现在也是千万个举起的拳头之一了。”

在受到西班牙民众热烈的欢迎后，医生们开始了在语言和军事技能上的培训。这些来自 25 个国家的 250 多名医生既是国际纵队的战友，也是亲密的同志。国际纵队的多国医疗队中包括 42 名波兰医生，是西班牙最大的志愿医生队伍。29 岁的波兰医生陶维德就是其中一员。他离开波兰后，前往意大利帕多瓦大学(University of Padua)求学，并在以波兰人为主的达布罗夫斯基旅(Dabrowski)，也是第十三旅任上尉营医。和蔼可亲的陶维德常被称为“胡里奥”。

在国际旅中，犹太意第绪语、波兰语、英语和许多其他外国语言逐渐被西班牙语所取代。多语种环境下的医生们在给朋友和家人的信上常常写上令人振奋的西班牙文——“向胜利敬礼！”

戎格曼是另一个出生于波兰却被迫逃离祖国的医生。他毕业于塞尔维亚的贝尔格莱德大学（University of Belgrade）。当共产国际开始组建国际纵队以支持西班牙共和党时，大多数犹太共产党志愿者都主张与反犹太的法西斯作战，共建国际共产主义。到 14
1935 年，共产国际通过建立人民阵线（1935—1939）进一步扩大了统一战线，团结了温和的社会主义者和其他反法西斯力量。

这些医护志愿者们从来没有质疑过这项事业的正义性。戎格曼回想起来说：“那时的我们忘我工作，心怀高远，成就了一段难得的人生体验。”

像戎格曼和陶维德医生一样，出生于波兰的傅拉都医生也被迫在国外完成他的医学学习。来自中产阶级家庭的傅拉都在左翼学生和犹太工人组织中十分活跃。在巴黎索邦大学医学院求学时，傅拉都加入了法国共产党。1936 年 12 月，他作为头一批响应西班牙号召的国际医生加入到战斗中来。他身上散发出来的人格魅力和脚踏实地的精神令他的同事们由衷地佩服：

> 在所有活动和聚会上，你都总看到一个三十来岁的少校，在一群人中说着流利的犹太意第绪语。他的发音标准，语速流畅，几乎听不出任何波兰口音。他的出色不但不会让他和大家显得格格不入，相反，他的朴实和有趣让他很受欢迎，被看作是我们这些犹太人中的一员。曾和他共事的博生商行*老员工向大家介绍道："这就是傅拉都，医疗服务部的头儿，以前负责第十三纵队，现在是第三十五师的头儿……。"而当傅拉都谈起博生商行时，他的语言和表情也总是那么随和。他的朋友还很多，其中不乏由他治愈的伤员。

第四位出生于波兰的医生是甘理安。关于他和他的妻子甘曼妮战前战后的信息都很少。两人都从原属波兰的立陶宛地区前来参加国际纵队。作为一名医生的甘理安和作为一名细菌学家的甘曼妮在西班牙结婚，一路走来，从西班牙到中国，他们既是危难中相互扶持的深情伉俪，也是工作和职业生涯中配合无间的亲密伙伴。

除了波兰籍医生陶维德、戎格曼、傅拉都、甘理安，还有 4 位

---

* Botwin Company，博生商行，东欧犹太军事团体。——译注（除特别说明，本书页下注均为译注，篇后注均为原注）。

出生在德国的医生——贝尔、白乐夫、顾泰尔以及马绮迪也同时拥有在西班牙和中国战地救援的经历。他们走上了一条鲜有同胞选择的路。事实上，当时有超过 7 万名意大利人和 14000 名德国人选择加入弗朗哥的部队，而贝尔等人则成为少数支持西班牙共和党的德国人。

1898 年 4 月 2 日，贝尔出生于当时普鲁士地区波森省的一个犹太家庭。加入德国共产党后，他于 1935 年逃往捷克斯洛伐克。15
作为国际纵队第 45 师的住院主任医师，他的长官们评价他具有高度的政治智慧和成熟的组织能力。比他年轻 6 岁的白乐夫和顾泰尔常常戏称他为“老人”。白乐夫医生在 38 岁时完成了在德国图宾根大学的学业，之后于 1936 年穿越西欧和比利牛斯山脉来到西班牙，成为一名随军医生，往返于贝尼卡西姆（Benicassim）医院和各大战场之间。

白乐夫的同胞顾泰尔，于 1908 年生于德国埃尔伯费尔德（Elberfeld）。1933 年在德国弗莱堡接受系统医学学习。由于加入了德国共产党，顾泰尔丧失了行医执照，只能移民苏联。他于 1937 年抵达西班牙参加了国际纵队。

拥有类似经历的还有时年 29 岁的马绮迪，她于 1908 年 11 月 17 日出生于德国汉诺威。虽然很多历史学家认为她后来与西班牙内战老兵弗里茨·马库斯（Fritz Marcus）结婚，但多数资料都未提及夫姓，仍沿用她的本名。1937 年，在赴西班牙前，她曾被迫从德国移居到后来的南斯拉夫。随后与戎格曼医生一起在西班牙塔拉贡做放射科技术员。

另外两位可以说是国际援华医疗队中最有天赋的医生，柯理格和纪瑞德。他们来自捷克斯洛伐克。柯理格出生在乌克兰的斯坦斯劳（Stanislau），这里在“一战”后成了波兰的一部分。纳粹分子强迫他移民捷克斯洛伐克，于是1934年，他从布拉格大学医学院（University of Prague Medical School）完成学业后，于1936年获得共产国际的批准，成功入党，实现了为西班牙纵队效力的愿望。他后来成了国际纵队第十三师的主治医师，并领导一个由21名医师组成的小组，为6000人服务。柯理格的医术和军事技能十分突出，同样突出的还有他的一些缺点。1938年法国共产党曾对他的独断作风和个人主义倾向表示了担忧。

柯理格医生在国际纵队的同事，也是未来的传记作家厄斯勒（Gabriel Ersler）曾引用陶维德医生的观点：“柯理格对自己太
16 有信心，因此有时他对待他人的方式也会显得十分不近人情……尽管如此，他依然是我们当中最有天赋的。”傅拉都也同意陶维德医生的观点：“柯理格精力充沛、能干，但个人野心很强，有时会导致严重的错误，甚至对党的纪律缺乏尊重。”

纪瑞德是一位备受尊敬的外伤急救医生，也是同时具有在西班牙和中国抗战救援经验的捷克斯洛伐克医生。国际纵队医疗指挥官格拉泽博士（Dr. Glaser）在1938年形容他是“一位经验丰富、责任心强、能够进行有效干预，并取得良好效果的出色外科医生。他为人随和，性格开朗，与同志们相处融洽”。除了与后来的援华医

生何乐经、杨固和肯德一同工作外，加拿大著名援华医生白求恩也曾在他的手下工作过一段时间。

严斐德、富华德和肯德都来自奥地利，他们3位也同时拥有在西班牙和中国开展医疗救护的经历。严斐德于1936年8月加入西班牙共和党，成为十三旅的首席医生。1936年，他在西班牙的布朗内战役（Battle of Brunete）中负伤，次年与第二任妻子露丝分开（Ruth Domino Jerusalem ）。1938年，他有幸从弗朗哥的部队逃脱至巴黎。他的朋友白乐夫这样描述他：

> 1937年春天，在安达卢西亚炽热的阳光下，我认识了严斐德。在那里，十三旅正积极抵抗弗朗哥法西斯集团的进攻……他善良、睿智，无论是法国人、德国人、西班牙人、捷克人还是奥地利人都愿意听他指挥。在特鲁伊尔山脉、安达卢西亚山脉，在马德里的激烈战斗中，在埃布罗的深渊中，只要是西班牙和国际战士们浴血奋战的地方，都有严斐德医生不顾安危、救死扶伤的身影。他曾多次肩扛担架冒着枪林弹雨冲入火线抢救伤员。哪怕后来成为旅医、首席医生后，他也依然如此。一个男人为正义事业奋斗而展现出的力量和勇气在他身上体现得淋漓尽致。

在《1938年3月巴塞罗那反法西斯的问候》一文中，严斐德总结了他去西班牙的理由：

> 我想尽我一切所能去打击那些威胁我和同胞们生命和生存的人……我们非常感谢西班牙人民给了我们去与法西斯面对面战斗的机会。反抗应该被扩大到任何有法西斯存在的地方，无论以

> 任何形式存在，都应该被消灭。家园纳粹横行，吾辈却只能远战西班牙。许多同志和我一样，面对法西斯的驱逐迫害，无家可归、无处安生。

严斐德的维也纳大学医学院的校友富华德和肯德也于 1937 年离
17 开奥地利加入西班牙共和党。最初，“能与成千上万志同道合的进步人士齐头并进” 的喜悦令富华德医生十分振奋，但很快这种激动就随着“贾拉马前线（Jarama front）军事医院辛劳的工作、特鲁尔战役（battle of Teruel）胶着的战事、布朗内特（Brunete）得之不易的胜利和比利牛斯山脉的艰难跋涉，被消磨得所剩无几” 。

在西班牙内战开始之前，肯德医生在维也纳的一家结核病诊所工作了 3 年，他可能就是在这种情况下染上结核的。在奥地利共产党的帮助下，他于 1938 年加入国际纵队，成为巴塞罗那东北 30 公里处的马塔罗（Mataro）医院的院长。随后他与西班牙护士玛丽亚（Maria Rodriguez）相爱并结婚。玛丽亚是一位 31 岁的加利西亚人，在进入护士学校前，曾在西班牙西北部的小镇博维达（Boveda）当过裁缝。肯德医生的朋友莫瑟斯·奥斯伯（Moses Ausubel）形容他是一个严格的斯大林主义者，在那个时候很少流露自己的情感。然而，在肯德冷峻的外表下是他被抑郁所折磨的灵魂。

只有何乐经、白乐夫和顾泰尔三位“西班牙医生”不是出生于犹太家庭。但亚洲的媒体还是习惯用“西班牙医生”来突出这支医疗队在来中国之前曾投身西班牙内战的经历。与此同时，西班牙诸多知名记者（W. H. Auden, Robert Capa, Martha Gellhorn, Ernest Hemingway and John Rich）则更关注他们在西班牙和中国的两段经历。

何乐经（Dr. Volokhine）出生于苏联一个“反红色”家庭。由于父母是“白色俄罗斯”*运动成员，在苏俄内战期间（1917—1922 年），他们全家流亡法国。由于与父母的政见相左，他的家庭分崩离析。他在国际纵队的同事埃尔斯勒（Ersler）写道：“他（何乐经）希望在西班牙的服务能够弥补父母对苏联的背叛，并希望借此能够重新获得共产党的接纳，留在西班牙。他渴望脱离父母，不受他们对苏联态度的连累。作为法国公民，他被安置在（国际纵队）的法语区，并被贴上俄罗斯白军后裔的标签。”

从某种程度而言，西班牙内战也与苏俄内战紧密相连：一方面数百名俄罗斯顾问与西班牙共和党并肩作战；另一方面，也有不到百名俄罗斯白军加入弗朗哥民族主义势力。许多家庭的子女由于选择成为反法西斯先锋而不可避免地与其他家庭成员决裂。当何乐经、
白乐夫和顾泰尔等年轻医生们投身于共产主义和反法西斯事业时， 18
他们的家人选择与他们断绝关系。然而即使要面对与家庭决裂的代价，几位国际医生依然坚持他们的选择。

沈恩医生（Dr. George Schön）是国际医疗救援队中唯一的匈牙利医生。1912 年他出生于匈牙利塞吉德（Szeged）的一个犹太

* 由俄罗斯白军组织的一场政治运动，与苏俄红军对立。

家庭，并在意大利波罗尼亚大学（University of Bologna）拿到了医学学位。与许多犹太国际纵队成员一样，他也希望通过加入共产党来尽快结束家乡犹太族裔惨被迫害的命运。

1937年春天，沈恩离开匈牙利，计划乘坐一艘大轮船“巴塞罗那号（Ciudad de Barcelona）”从法国马赛到西班牙巴塞罗那。由于错过了登船时间，他未能按时抵达西班牙。但幸运的是，他也由此躲开了命葬大海的悲剧。这艘大船在1937年5月30日被意大利潜水艇击没于巴塞罗那近海。最终沈恩加入了西班牙共产党，成为国际纵队第十六师的医疗队长。

27岁的罗马尼亚籍医生杨固（Dr. David Iancu）于1937年4月抵达西班牙。他从罗马尼亚雅西大学医学院毕业（University of Iasi）后，响应了罗马尼亚共产党的召唤，成为了国际纵队的一员，与严斐德和白乐夫共事。他们所在的第十三师主要阵地在西班牙南部安达卢西亚的前线（Andalusian Front）。和国际纵队诸多部队一样，密集的前线冲锋使得该师伤亡惨重，几乎全军覆没。杨固侥幸存活，随后加入第十五师，与富华德在特鲁埃尔的战斗（battle of Teruel）中并肩救援。

第十五师的其他医生，如美国医生爱德华·巴斯基（Dr. Edward Barsky），虽也在这场战斗中幸免于难，但最终也由于政治主张，失去行医执照。战后，巴斯基回到美国。因拒绝向当局透露联合反法西斯难民委员会的财务记录，他被法院传唤，并被判藐视国会入狱。获释后，纽约州摄政委员会暂停了他的行医执照。经过多年的上诉，美国最高法院依然维持了吊销执照 6 个月的原判。法官威廉·O·道格拉斯（William O.Douglas）持不同意见：“一位医生，仅仅因为反对西班牙弗朗哥政权就被剥夺了行医救人的资格！我们是该停下来好好反思我们是不是精神错乱了。”

杨固医生后来投靠了他在巴塞罗那的同胞兼同行柯让道。柯让道（Dr. Iacob Kranzdorf）出生于布加勒斯特（Bucharest）的一个犹太家庭，在 12 个孩子中排行第 8。他也在国外学习，毕业于意大利帕尔马大学医学院（University of Parma）。毕业后他回到老家从事皮肤病学研究，并与他青梅竹马的邻居柯芝兰（Gisela
Goldstein）结婚。柯芝兰的家庭在罗马尼亚地下革命活动中非常 19
活跃。柯让道后来把加入共产党及随后投身西班牙内战都归功于妻子：“我很幸运，是她引导我走上了正确的道路，否则我的生活将毫无意义。”

柯让道描述过他这段从罗马尼亚到西班牙、翻越比利牛斯山脉的惊心动魄、困难重重的旅程：

> 如果我们迷路了，可能就会遇到狼群。但是比狼更可怕的是法国边境警察，一旦遇上，难免负伤遣返。作为医生，我们从来没有经历过这样的饥寒交迫，最后我们的腿几乎已无法动弹。在我们心中，只有一个目标，那就是为我们自己和他人争取自由。

1938 年至 1939 年冬天，在西班牙内战即将来临之际，柯让道医生终于抵达。

海明威的小说《丧钟为谁而鸣》中有这样一段对主人公美国国际纵队队员罗伯特·乔丹心理活动的描写，在许多加入西班牙内战的年轻医生中产生了共鸣：

> 尽管这里充满了官僚主义、党派纷争、效率低下，但在此地，你仍能感觉到一种哪怕在第一次领圣餐时都不曾感受过的神圣。这是一种义不容辞，甘为世界受压迫人民自愿献身的无畏精神，是一种和宗教经历一样，无法言传、难以名状却又真实存在的情感……

这些年轻医生的热情也不仅仅体现在他们对世界正义和医疗卫生事业孜孜不倦的追求上。他们在西班牙的奋斗过程中，还收获了美满的爱情。除了甘理安和甘曼妮这对立陶宛—波兰情侣，德国医生顾泰尔和波兰女孩罗莎（Rosa Sussman），波兰医生戎格曼和德国医生马绮迪，以及奥地利医生肯德和西班牙女孩儿玛丽亚，也都在战火中喜结良缘。

尽管有共同的信念支撑着他们在战场上的英勇无畏，但西班牙内战形势并不乐观。随着巴塞罗那的沦陷，国际纵队只能加入共和军残余部队，撤退至法国边界。严斐德在 1955 年的回忆录中描述了撤退的场景：

> 战士们坚守着阵地直到最后一刻。每撤退一步，敌军就前进

> 一步，直到最后退至法国和西班牙边界。德军的坦克在身后穷追不舍，意大利的轰炸机在头顶盘旋，摩洛哥的机枪埋伏在四面八方。几个小时后，必将又是一场鏖战。这最后一仗的目的是要顺利越过边境。跨过这条边界就到法国了……大家终于看到一丝喘息的机会：可以治疗伤员；在西班牙挨了几个月的饿后，有机会吃点东西了。

杨固记录下了撤退时萧败的场景：

> 在西班牙，人们不再欢呼，随处可见的只有警察和集中营。
> 我们撤退到比利牛斯山，并在1939年2月穿过边境进入法国…… 20
> 背井离乡、妻离子散、生离死别这些痛苦我们都一一咽下。脚下这片埋葬了无数英烈的土地，见证了罗马尼亚人民对自由、正义的热爱。

虽然战事艰苦卓绝，但医生们在战场上付出的努力仍让他们感到些许慰藉。严斐德曾写道：“我们的医疗救援服务已从战场临时救助，发展为现代军队高度有序的医疗救护。”“医生们成绩斐然，引人注目。这是由各国医生的共同努力实现的，是德、法、英各国医疗服务体系共同结合的产物。”

这种国际合作的成果体现在诸多战地医疗服务的创新上，如移动手术室、前线外科、输血服务，以及外科伤患分流分类等方面。

跟随国际援华医疗队一同赴华的美国基督教贵格会（Quaker）教友——约翰·里奇（John Rich）与1939年的西班牙共和党人有着一样坚定的信念：“我很高兴参与了这场西班牙战争，并为和平做出了贡献。如果我今天死去，我可以毫无遗憾地说我这辈子至少做了一件有价值的事。”其他6位未曾参加西班牙内战的反法西斯医生也很快就会加入这支已有15位西班牙医生组成的队伍，共同加入到亚洲的反抗日本帝国主义战争中。尽管西班牙共和军在战场上失败了，但很显然，未来的国际援华医疗队医生们的精神难以被粉碎。

# 第二章 国际医疗开始行动（1939）

西班牙共和军的残余部队和支持他们的国际纵队于 1939 年逃 21
往西班牙—法国边境。法国政府把西班牙内战难民军安置在比利牛斯山脚下的小镇居尔（Gurs）、阿热莱斯（Argeles）和靠近地中海的圣西普里安（St. Cyprien）。全副武装的法国士兵和法殖地塞内加尔的雇佣军，驱赶着成千上万的难民急速前往这些安置点，其中也包括了大部分的国际志愿医生。柯让道医生对这些安置点的情况进行了描述：

> 居尔难民营有好几公里长。它由几个带刺的铁丝网隔断，驻扎在那里的警察和军事部队负责看守……营地到处都是大帐篷，一列列排成方阵……每个帐篷能容纳 80 人，每个人都并排躺着……食物极度匮乏。每天的食物是硬豆，有时也有臭咸鱼……虱子和跳蚤肆虐，大家饿得又黄又瘦……。条件恶劣，许多人死后就在营地旁的沙漠里就地掩埋了。然而，即使在这样的环境下，我们仍然秘密地举行党委会，筹备并秘密出版了一份油墨报纸。[1]

没有法国当局的供应，试图建起一个医疗诊所几乎是徒劳。这让许多像柯里格一样意志坚强的医生们倍感沮丧。1939年2月，柯里格拒绝承担国际纵队的医疗工作。[*]由于没有听从共产国际的指挥，加之他不满的态度，他失去了爱德华多（Eduardo “Edo” d’Onufrio）和其他营地共产党领导人的青睐，成了波兰共产党中的异类，从所有政治活动中被排挤出来，只能留待医疗营工作。[2]

22 留在巴塞罗那的国际援华医疗队医生纪瑞德和严斐德则有幸免受拘禁。他们在曾经埃布罗（Ebro）前线共同奋战的老朋友——英国护士佩辛斯·达顿（Patience Darton）的帮助下他们前往巴黎。[3] 严斐德医生曾获准前去探望他昔日的队友，记录了他当时在居尔难民营内目睹的惨状：

> 营地就设在离大海不远的一片沙地里。刺骨的寒风裹挟着石沙昼夜吹个不停。沙子，到处都是沙子，衣服里、食物里、被褥里，吹进同志们的眼睛，填满他们的牙隙，附着在鼻腔中……空旷的广场，被铁丝网包围着，由黑人殖民部队守卫。铁丝网围住的只有沙子和寒萧的夜空，还有无尽的风：这就是法国南部的难民营。西班牙共和军30万士兵在这里苟延残喘……流血的伤口、肆虐的痢疾和伤寒，所有人都在饥寒交迫中苦苦挣扎。我从同志们一张张无精打采的脸上看到的是最后一场战役的残酷和艰难。他们穿的衣服满是尘土,就连他们的眼睑都被风沙吹得红肿发炎。

---

* 据沈恩回忆，当时柯里格由于不满法当局未向难民营中的病患提供最基本医疗保障，“除了沙子、大海、寒风就是警卫”，他愤愤难平，拒绝了这项工作。

> 但是，他们眼神中灼灼闪烁的是反法西斯信念的坚毅，是对进步事业的坚守以及对阶级和党的信心。[4]

如果说，在难民营的拘禁是对国际援华医疗队成员信念坚定性的又一次考验，那这绝不是他们与饥饿、疾病对抗的最后一仗。

西班牙内战的失利并未浇灭医生们的斗志，相反，他们把这当作胜利前的失败尝试。1939 年，柯让道医生胸怀壮志、满腔热情地重新诠释了诗人埃玛·拉扎勒斯（Emma Lazarus）[5] 的诗：“人人皆自由，才有吾自由。”[6]

不久后，他们才意识到自己的人身自由和安全并没有保障。在做无国界医生的过程中，他们变成了没有国籍的人。政治信仰和种族身份使他们家不能回，身陷困境，只能在这个被他们称为“西班牙等待仓库”的地方焦灼地等待着未知的命运。[7]

此时此刻国际纵队的医生们还不知道，有几个筹备中的组织已经开始运筹帷幄，尝试帮助他们继续他们的反法西斯事业。当国际纵队的医生们得知共产国际正计划帮助中国抵抗日本侵略时，40 多名医师立即响应，自愿离开拘留营前往中国。共产国际拟按每个营中人数比例，分配中国红十字会工作职位。[8] 对于自己的选择，顾泰尔和他的太太罗莎解释道：

> 西班牙国际纵队解散后，每个人都得选择各自希望得到庇护的国家。我们选择中国，是因为相信反法西斯斗争终将是世界性 23
> 的，而且我们可以把我们的“西班牙经验”最大限度地运用到抗

日斗争中。也许这个想法听上去很天真，但在当时，这却是一个救命的决定。[9]

白乐夫医生后来也赞同（帮助中国就等于反法西斯）其中的逻辑：

在西班牙的日子并未让我们与世界政治相隔绝，到处都可见新战争的影子。甚至在贝尼卡辛（Benicasim）国际纵队医院里，我也了解到日本帝国主义的丑恶行径和中国战事的发展。难道中国的战斗就不是我们的战斗么？一个伟大却风雨飘摇的国家正在被侵略成瘾的殖民势力所侵占。中国亟待帮助。[10]

当然，也不是每个人都满腔热血。国际纵队的英国护士佩辛斯·达顿从巴黎寄出的信中曾写道，一开始严斐德和纪瑞德就对离开欧洲去中国没有这么高的期待：

我陪着国际纵队的6位医生一起，其中严斐德和纪瑞德这两个可怜的老好人、好医生也即将离开……法国政府不待见这些医生，因为他们总想逃离难民营，哪怕是去中国参加国民党也不愿留在这里。[11] 我的这两位朋友心情沉重，他们不想离开欧洲，更不知道在中国等待他们的是什么……。没错，预感很糟。[12]

1939年10月6日，新婚中的奥地利肯德夫妇从法国沃泽伦疗养院（Maison de Convalescence de Vouzeron）写信给西班牙的朋友，[13] 表达了同样的顾虑：

> 我们唯一能做的计划就是去英国，然后很可能到中国去。玛丽亚是否能随行、能否留在英国还是去墨西哥，现在一切尚未可知……现在我们只知道，在这里比在难民营更幸福。[14]

1939 年，来自西班牙内战的数千名难民向北跋涉 600 多公里抵达法国谢尔省的卢瓦尔河谷地（Loire Valley district of Cher）。他们被送到了法国金属工人工会名下的沃泽伦（Vouzeron）城堡。未来到哪里去，难民营里的人能做的选择非常有限，赴墨西哥的选择最常见。一个在法国的墨西哥外交官吉尔伯托·博斯克（Gilberto Bosques）被称作“墨西哥辛德勒”。肯德夫妇要在法国卢瓦尔河谷短暂停留一段时间，然后继续他们的行程，并在英国获得临时庇护。

随着法西斯全球范围内的暴行不断升级，国际反法西斯组织再
也无法熟视无睹。这些暴行包括 1937 年 4 月德国对西班牙格尔尼 24
卡的大轰炸，以及 12 月日本在南京惨绝人寰的大屠杀。孙中山先
生的遗孀宋庆龄女士在1938年6月建立了保卫中国同盟，致力于“团
结并激励全世界和平爱好者与民主的人士，为战时开展抗日救国，
提供医疗保障和开展救济工作”。[15]

与此同时，与她政见相左的胞妹宋美龄（蒋介石夫人）为中国红十字会的国外后援会助会提供了赞助。宋氏姐妹间的不和源于中国内战，宋美龄忠心支持她的丈夫——国民党委员长蒋介石，而宋庆龄则支持中国共产党。

这种政治分歧从一开始就为这些难民医生后期在华工作埋下隐患。希尔达·赛尔温·克拉克女士（Mrs. Hilda Selwyn-Clarke）曾同时担任保卫中国同盟和中国红十字会国外后援会*（Foregin Auxiliary of the Chinese Red Cross）秘书，她也是英国香港医务总监司徒永觉（Sir Percy Selwyn-Clarke）的太太。1940 年 1 月，赛尔温·克拉克女士给援华医疗委员会米尔德丽德·普赖斯（Mildred Price）的信里写道："保卫中国同盟并未参与安排接收外国医生。这项工作由（中国红十字会）国外后援会承担的。"[16]

然而，当时在华救援组织间的政治边界并不十分清晰。一方面，赛尔温·克拉克女士认为没有必要让中国红十字会国外后援会背上同情共产党的名声；另一方面，该组织的领导人当时被人戏称为"粉红主教"——香港主教罗纳德·霍尔（Ronald Hall）曾明确地表达他对中国共产党的支持。正如共产国际努力联合保卫中国同盟、中国红十字会国外后援会以及欧洲社会主义和其他反对法西斯主义力量一样，抗日统一战线也在逐渐形成。这需要若干个政治、慈善、宗教等组织联合起来，淡化政治偏好，形成合力，一心抗日。

1938 年，挪威战地记者托尔·格耶斯达赫（Tor Gjesdahl）与赛尔温·克拉克夫人、宋庆龄以及未来救护总队队长林可胜博士，一同拜访蒋介石。[17] 托尔的报道促成了挪威援西委员会资助西班牙医生赴中国红十字会救护总队。[18]

---

* 中国红十字会国外后援会，也被译作"中国红十字会总会外侨协会"。

在伦敦，另一个组织也积极行动起来。总部设在伦敦的援华医疗委员会（The London-based China Medical Aid Committee）中不乏一些英国顶尖的医生，如中国传教士巴慕德（Dr. Harold 25
Balme）、国王医生莫里斯·艾伦·卡西迪爵士（Sir Maurice Allen Cassidy）以及委员会主席、牛津教授米莱斯·莫金（Millais Culpin）[19]。据伦敦援华医疗委员会记载，该组织成立的最初目标之一就是将西班牙、捷克和奥地利医生转移到中国，为中国红十字会工作。[20]

尽管英、中、挪救援组织起初都一致表示支持，但在具体实施过程中，共产国际与援华医疗委员会之间还是难免产生了嫌隙和政治摩擦。这些医生没有国籍身份，如何寻求庇护？其中的政治复杂性可想而知。由于所有国际纵队的医生都是不同国家的共产党员，共产国际希望国际纵队的政委安德烈·马蒂（Andre Marty）能行动起来，最大程度地利用好这些医生。

马蒂是一个备受争议的人物，因在党内冷酷无情，他被称为“阿尔巴塞特屠夫”。国际纵队曾经有数百人，由于被认定缺乏政治立场和意识形态坚定性而被处决。而马蒂，就是这一事件的元凶。虽然，他的独裁专断最终引起了西班牙政治局的注意[21]，但在 1938 年，这个谨慎且偏执的马蒂曾写信给共产国际，试图阻挠医生们前往中国，因为他认为这些医生无法证明自己是否能始终忠于共产党。尽管如此，共产国际仍没有放弃将 50 名医生送往中国的方案。在此过程中，马蒂不断散布他的担忧，千方百计加以阻挠。出于对挪中和英中援华医疗委员会领导层的不信任，他对这项由多方共同合作的任务充满了怀疑。例如，居尔难民营中的一位匿名告密者曾在 1939 年 6 月 13 日写信给马蒂，告发挪威—中国援华医疗委员会的领导人马克斯·霍丹（Max Hodam）是一个危险的托洛茨基主义者和叛徒。[22]

法国共产党对这些医生们的描述也是云泥之别。他们中有的被批政治忠诚度不高，有的则被认为很有价值，应该继续留在法国难民营效力。他们通过极为主观的方式判断医生们是否适合去中国。以下就是 1939 年 7 月，获得马蒂批准去中国的医生的情况：

> 戎格曼（波兰）：党员，医术中等，擅于组织，倾向于利用党来满足他的个人欲望。总的来说，他是个好同志，能去中国。
>
> 26 陶维德（波兰）：工人阶级，党员，医术有限，有时他对同志不太友好。勉强可去。
>
> 沈恩（匈牙利）：党员，1937 年在意大利完成学业，医术普通，能力普通，政治不活跃，有小资产阶级嫌疑，身体虚弱。
>
> 何乐经（俄罗斯移民）：非党员，不可信任，只能做全科医生。
>
> 柯让道（罗马尼亚）：皮肤科医生，专业能力突出。进入营地第一天起就是个好工人。可以去中国。[23]

此外，这里还有一份由法国共产党起草，未获马蒂批准赴华的医生名单。他对他们的政治评价十分的严厉：

> 柯里格：医疗工作者，党员。派他前往中国很危险，因为他太聪明，并且有足够的人格影响力，会带偏政治识别能力较弱的

同志。[24]

严斐德：马蒂曾于1939年专门致信英国共产党领导人哈里·波立特（Harry Pollitt），认为严斐德和其他几个人是“坏分子、托洛茨基派、易造成分裂”。信中他还援引法国西班牙难民援助委员会的意见：“无论业务水平如何，都拒绝接受或推荐他们去中国服务。”[25]

其他医生，如傅拉都和甘理安也由于营地需要医疗服务，最初并未获得去中国的许可。

甘理安：在营地工作期间入党，医术普通，能胜任一般性工作，工作表现很好，能够严守纪律，但没有强大的政治抱负。营地需要他留下来工作。

傅拉都：全科医生，能力强，政治水平有限。作为一名医院院长，他的工作表现出色，不可或缺。[26]

还有一些医生虽没出现在马蒂的名单里，但也没有从他们营地长官那里得到什么好评：

国际纵队首席医务官格拉泽（Dr. Glaser）对杨固医生的评价是：“知识浅薄、经历尚浅却易骄易躁，被动无趣。建议观察保留或退职。”[27]“疏散至加泰罗尼亚后，杨固曾主动请命赴前线救援，却最终被送往维希（Vich, 法国疗养地 ）医院的手术室工作。”也许正是这个评价打碎了杨固请战前线的梦想。[28]

马绮迪“自1937年9月10日来到西班牙后，一直在穆尔西亚州（state of Murcia）做放射科医师。在撤离至马塔罗（Mataro）后，她又被送了回来。我们得到的消息是，她总在伤员面前表现 27

出一副垂头丧气的失败主义模样，影响士气。政治表现不佳。”[29]

这6名医生最终是如何让共产国际打消对他们的疑虑来到中国的，个中细节尚可未知。以柯里格医生为例，他很可能是受到了他在国际纵队同僚伦恩·克罗姆医生（Dr. Len Crome）的帮助，[30] 先是成功抵达伦敦，随后他的名字又出现在从居尔被释放的医生名单中，一同被送往中国红十字会。

然而，与其他波兰国际援华医疗队成员不同的是，柯里格从未获得共产国际的赴华批准。正因如此，国际援华医疗队支部书记傅拉都要求中方为柯里格负全权责任*。[31] 他将不再接受共产国际的领导。其余23名自愿去中国的国际纵队医生依然难逃被羁押的厄运。阻碍这些医生前往中国的原因尚不可知。[32]

尽管法国共产党不断施压，驻伦敦的援华医疗委员会还是于1939年夏，为几位不能再回到祖国的医生提供了英国临时庇护。其中包括德国医生贝尔、顾泰尔（和妻子罗莎），奥地利医生肯德（和妻子玛丽亚）以及保加利亚医生甘扬道。此外，严斐德、白乐夫、纪瑞德、富华德和杨固赴华前，也在英国短暂停留。

这些医生是如何从法国南部的难民营里脱身，又如何抵达英国，其中的细节还不得而知。有可能是国际纵队曾经的战友们再次鼎力相助。比如之前提到的英国护士达顿，她的丈夫罗伯特·阿奎斯特

* 很可能是由于之前柯里格拒绝共产国际安排的任务，从而被排挤出所有政治活动。作者补充。

（Robert Aaquist）曾是德裔犹太旅长，于1934年从德国汉堡移居至巴勒斯坦，同其他几百位巴勒斯坦犹太人共同加入到西班牙反法西斯的战斗中。在他阵亡后，严斐德医生把他的妻子——达顿送到白乐夫和纪瑞德所在的小分队。达顿曾写下：是严斐德救了我。于是，为了报答曾经的恩人，她启动了助医赴华计划。她十分理解并同情西班牙医生的两难处境：

> 他们想继续战斗，继续他们未竟的事业。可是他们能上哪里去？能做什么？当然，我们都知道中国，知道毛泽东，也读过在 28
> 西班牙流传甚广的《红星照耀中国》[33]。还有这7位医生[34]，虽舍不得离开欧洲，但仍决定前往中国，因为那里至少愿意收留他们，成全他们做番事业。所以我们开始组建一个委员会，大家希望我能从中协调一些关系，把他们送到英国。在这个年代，有组织来负责沟通总是会容易一些。[35]

获得英国临时庇护资格的医生们乘坐戒备森严的火车，一路向北穿越法国。路上伴随他们的除了有重获自由的欣喜，有对未来的担忧。在巴黎，法国共产党接受了英国援华医疗委员会的庇护请求，这群难民医生穿过英吉利海峡，乘火车进入伦敦维多利亚车站。白乐夫、严斐德和纪瑞德在一个阴雨连绵的夜里最先到达。随后，1939年夏，甘扬道、富华德、贝尔和杨固随后抵达。最后一批抵达英国的是顾泰尔夫妇和肯德夫妇。

肯德夫妇在巴黎待了一个月，期间申请了美国移民签证。肯德的妹妹伊迪丝（Edith）早年移民美国。虽然信奉西班牙天主的肯德太太符合美国或墨西哥移民条件，但是奥地利犹太人肯德则面临移民配额问题。这个配额使其移民梦至少还要等上三四年。尽管他们的美国国际纵队队友弗朗西斯·瓦赞特（Dr.Francis Vazant）不停为他们向美国当局呼吁，但肯德夫妇还是决定在英国寻求临时庇护。[36] 瓦赞特是一个35岁的德克萨斯人，曾在西班牙穆尔西亚市的医疗服务部门工作。当时，她也不过只是西班牙内战的一位普通医生而已。

亚历克斯·都铎·哈特（Dr. Alex Tudor Hart）也向他们伸出援手。哈特是一位拥有剑桥教育背景的威尔士骨科医生，也是英国共产党的成员。[37] 他曾在维也纳完成了医学训练，并在西班牙国际纵队任职，会德语，很能理解昔日同事面临的处境。是他为肯德夫妇在英国停留期间提供了伦敦的临时住处和经济担保。

驻伦敦的援华医疗委员会秘书玛丽·吉尔克里斯特医生（Dr. Mary Gilchrist）也是帮助医生们渡过难关的一位贵人。医生们在
29 英国短暂的庇护期间，都是由她帮助协调住所。同样，在西班牙内战中曾并肩作战的其他英国医生和朋友也伸出了援手。例如，哈特医生还帮助了杨固、肯德和富华德。

英国社会主义医学协会主席萨默维尔·黑斯廷斯医生（Dr. Somerville Hastings）不但为白乐夫医生提供了在伦敦的庇护（1939年3月至4月），[38] 还将他送到伦敦热带病研究所（Tropical Institute of London）治愈了他在西班牙不慎染上的疟疾。黑斯廷斯医生谴责英国在1940年日本关闭滇缅公路、对华禁运医疗物

资上的不作为。战后，他致力于推动英国社会化医保体系的发展。

达顿也说服父母帮助严斐德在英获得庇护，还帮助严斐德获得了西班牙护照和国籍。[39] 虽然达顿与国际援华医疗队的医生们一样，也有赴华意愿，但作为女护士，她无法获准进入战时中国。当时，援华医疗委员会和中国红十字会救护总队都不接受外国女性医护人员。不过好在，这样的规定不久后就被打破了。

1939 年，伦敦援华医疗委员会在与吉尔克里斯特、哈特、达顿等人的通力合作下，成功为国际纵队的难民医生们争取到英国临时庇护。同时，挪威援华医疗委员会继续与法国共产党进行谈判。最终获许从法国难民营直接释放另外 10 名难民医生。

其他未曾在西班牙服役的欧洲医生同样预见到了一个不确定的未来。孟乐克和王道刚刚完成医疗培训，孟威廉仍然在攻读生物化学。眼下，他们都意识到了：如今的欧洲已是穷途末路了，若继续留下恐怕凶多吉少。孟乐克于 1938 从瑞士巴塞尔大学发回的家书中写着，离开欧洲的日子就要到了：

> 四周前（在犹太青年格林斯潘刺杀德国外交官冯•拉特之前），[40] 在《黑色军团》上登出了这样一篇文章，大意是说犹太人应被没收资产，应该被逐出雅利安人居住区，即使因曾经的罪孽变得穷困潦倒也应该被清除。《黑色军团》是党卫军、警察和盖世太保的杂志，所以这篇文章必须引起绝对重视。同时，根据目前形势观察，文中提到的前两点已在实施，且初见规模。这就是我为什么恳求父母务必移民的原因。我也知道移民准备工作需要几个月（例如，去某地办理护照或签证），但你们必须从现在

> 开始行动，为可预见的未来做准备。虽然当前所有国家都前景黯
> 30 淡，且移民之路也会伴随巨大且不可预见的困难。但是，我确信，
> 若继续留在德国，只会让我的至亲面临生命危险。上期刚刚发行
> 的《黑色军团》杂志声称，若再出现一起犹太人或犹太仆人攻击
> 德国人物的事件，那么“德国土地上的犹太人将无法再看到第二
> 天的太阳”。这个警告已经很明确了。谁敢保证在其他地方类似
> 格林斯潘的事件不会再次上演？[41]

罗益（Dr. Walter Lurje）是另一位生于犹太家庭的德国医生，他设法在抗战时期到达中国红十字会救护总队。他的医学生涯可谓十分丰富，在第一次世界大战期间开展儿科服务让他获得了法兰克福大学医学院（University of Frankfurt Medical School）的精神病学研究生学历，还曾在世界范围内开展船舶医疗服务。他还发表了多篇关于音乐创作、孤独症和佛教等不同主题的文章。[42]他也意识到了 20 世纪 30 年代中期崛起的法西斯主义所带来的日趋严重的威胁。由于他的犹太信仰，1934 年他被迫放弃了德国的行医执照，逃往意大利。1935 年，罗益向国际联盟申请赴华开展防疫工作。1937 年，国际联盟的秘书史密斯（Dr. Smets）很遗憾地通知他，“所有即将赴华开展防疫工作的医生已经确定”。[43]然而，在未得到任何机构帮助的情况下，罗益仍想方设法、毅然决然地赶赴中国加入红十字会。

尽管罗益、孟乐克、王道和孟威廉已经敏锐地洞察到法西斯迅速膨胀的信号，但其余 600 万欧洲犹太人，包括许多援华医疗队成

员的家人们最终都未能逃脱这场浩劫。他们至死都无法相信，种族清洗这样骇人听闻的惨剧，居然会在他们世代居住的家乡发生。

值得一提的是，并非所有国际援华医疗队成员都是受到反犹太主义威胁才产生援华的念头的。英国医生高田宜（Dr. Barbara Courtney）就是国际援华医疗队中唯一一位既非犹太，也非共产党员的医生。据说，她性格外向、个头娇小，是个永远面带微笑的年轻医生，也是中国红十字会救护总队仅有的两名女性援华医生之一。她毕业于伦敦女子医学院（the London School of Medicine for Women），对热带病学和神秘灵性哲学有着浓厚兴趣。她被这种复杂的哲学所吸引，试图探寻自然的奥秘，特别是神性的本质。在兴趣的引领下她来到印度。随后加入中国的红十字会救护总队。

对北美国家而言，国际孤立主义使得他们对中国的抗日战事提不起兴趣，但却对传教士的命运和神秘的东方奇闻异事充满好奇，这令诸多中国媒体大失所望。例如在太平洋战争中期，美国媒体就曾头条报道，春节期间，聪明的重庆人能把鸡蛋立起来。[44]

尽管北美国家态度寡淡，但仍然有一些北美医生果断投身于西 31
班牙和中国战事中。其中包括著名的加拿大外科医生白求恩（Dr. Norman Bethune）[45]和美国外科医生里奥·埃罗萨（Dr. Leo Eloesser）。[46]起初白求恩医生与未来的国际援华医疗队的医生们的相处并没有那么愉快。1936年11月3日，他抵达马德里，向负责保卫马德里的国际纵队将军克勒伯（General Kleber）报到，随后被分配到已经成为国际纵队首席医疗官的纪瑞德手下。当白求恩抵达时，纪瑞德刚刚顶替美国医生埃罗萨没多久。“疲倦的纪瑞德在西班牙已经连续工作两个月了。他用一口蹩脚却热情的英语欢迎白求恩：‘我们必须马上让你开始工作！’白求恩却只是淡淡地回答，需要几天时间再考虑考虑。第一次见面就这样冷冷地结束了。”[47] 虽然白求恩最后没有选择回去帮纪瑞德，但 1936 年回到

图二 诺曼·白求恩，加拿大人，援华医生标志性代表人物，曾于 1938 年至 1939 年为中国共产党八路军提供医疗援助。

（美国国家档案馆编号：208-FO-OWI-18）

北美之前，（为及时抢救失血伤员）他发明了加拿大式流动输血站。*

1938年白求恩赶赴中国。也正是在中国，纪瑞德和白求恩的人生境遇发生了逆转。欧洲的西班牙医生们并未在中国与白求恩医生重逢。白求恩在1938—1939年对中国的医疗服务成了传奇。毛主席随后在红皮书中高度赞扬白求恩医生为中国共产党八路军医疗事业做出的贡献。时至今日，白求恩的名字与事迹早在中国家喻户晓，成为中加友好的代名词。

另一位来自北美的国际医疗救援医生，阿黛尔·科恩（Dr. 32
Adele Cohn），是一位意志坚强、理想主义的女性，她在20世纪30年代男性主导的医学世界中一枝独秀。在20世纪40年代，结核病被称为“白色死亡”，是一种无药可医的传染性疾病，对患者和医护人员均构成严重威胁。作为一位专门研究结核病的肺科医生，她写道，当时不论男女，很少有医疗工作者愿意从事专门结核病研究，因为医治结核病报酬低廉，传染风险高，不如其他专科医生那样有较高的社会地位和声望。

科恩生于纽约罗切斯特市，1936—1939年她在纽约市海景&蒙特菲尔医院（Sea View and Montefiore Hospitals）任肺部医学的住院医师。1940年11月，她向导师路易斯·R. 戴维森（Dr. Louis R. Davidson）表达了希望赶赴饱受战火蹂躏的中国，开展结核病防治工作的愿望：

* 首个战地移动输血服务。

有一段时间，我一直在考虑去中国做医疗工作的可能性，现在我很确定我想去。麦克斯医生告诉我，您与援华医疗委员会这样的组织有联系。您能否告知我该和谁联系？要做些什么行前安排？[48]

麦克斯·皮内尔医生（Dr. Max Pinner）是纽约蒙特菲尔医院的肺内科主任，也是科恩职业生涯中的灵魂式人物。她一生都对他充满钦佩，并以他的名字“Max”来为自己的儿子命名。

科恩同时还给弟弟杰瑞（Jerry Cohn）写信说道：

接下来我要告诉你的消息可能会让你感到震惊，但我还是要说，因为这就是我深思熟虑后的选择：我要去中国！中国红十字会邀请我去为中国医生讲授结核知识，并支付工资，为期一年。美国医药援华会会承担我的往返路费。这一年意义非凡，将成为我帮助中国战胜东方法西斯的一部分。当前法西斯在全世界肆意横行，我无法置若罔闻，坐视不管。（虽然我很喜欢英国，但我待在那儿什么用都没有。）

当前的工作7月1日就会结束。7月25日我将从三藩市启航。爸爸妈妈那边，你觉得我该怎么跟他们说？我希望他们能支持我的选择。当然我不会到战区工作的。

盼复。

爱你的阿黛尔[49]

尽管科恩医生的资历无懈可击，尽管战时中国医疗专家极度短缺，然而1941年3月，她等到的却是中国红十字会救护总队队长林可胜总博士冷淡且附加条件的回复：

图三　阿黛尔·（科恩）莱特，由美国医药援华会派往中国红十字会的美国肺科医生（摄于 1940 年左右）。

（麦克斯·莱特提供）

1. 男性，身体健康（最好不超过 40 岁）。 33

2. 在政治上亲华，需有外交部或中国驻外机构开具的政治倾向说明。

3. 由主管部门官方推荐、技术合格的外科医生。

4. 愿意接受中国的工资（外科医生每月最高 200 元），愿意吃中国食物，能在中国有限的条件下生活工作。

5. 随时准备去任何地方工作，遵守中国红十字会的规章制度。

6. 中国红十字会不提供境外往返旅费。建议外国志愿者行前做好回程安排及保障工作，相关回程手续可在领事馆、银行或船运公司办理。

7. 根据规定中国红十字会将承担中国境内产生的旅费。[50]

由于回复中的第一条就明确排除了女性志愿者，科恩就此与救护总队进行了申辩。考虑到急缺合格医生，总队长林可胜博士最终还是淡化了对医生性别的要求。此外，对于贝尔和纪瑞德已经超过40 岁的事实，他也选择了睁一只眼闭一只眼。然而，林博士也告诉科恩，战时中国艰苦异常，政府和财政的支持必须到位后，她才能加入中国红十字会。[51] 尽管前期一波三折，科恩最终还是如愿加
34 入了中国红十字会救护总队，成为唯一一个经医药援华组织送往战时中国的美国医生。

与此同时，另一个美国人也正试图加入中国红十字会医疗救援队。而他的动机却没有那么高尚。美国医药援华会被要求配合联邦调查局调查美国医生托伦斯（Dr. Torrance）赴华申请一事。原来托伦斯因在墨西哥谋杀妻子而受到起诉，并不允许保释。一位精明仔细的法庭执行秘书从小报上认出了他的名字，最终成功阻止了他逃脱法律的制裁。[52]

就这样，这一群资历深厚、见多识广、平均年龄只有 31 岁的医生们在 1939 年夏秋之交，从四面八方地走到一起。当世界都还未从法西斯扩张的噩梦中惊醒时，他们已经身披白褂，毅然决然地挺身而出。无论去往何处，无论艰难险阻，他们都在所不辞。去往中国的道路确实充满了变数，但对于这些回乡希望破灭、没有任何国家愿意向他们伸出援手、只能长期被拘禁在被称为“西班牙等待仓库”的医生们来说，他们的选择似乎又是合乎逻辑的。战时中国亟须现代医疗救助，当国际援华医疗队的步伐向东迈进时，他们一定能预见到：很快，他们也将成为中国成千上万个举起的拳头之一，为自由、为和平、为反法西斯事业而战。

# 第三章 中国在召唤（1936—1939）

亚洲的战况比起欧洲而言，有过之而无不及，甚至更为复杂。35
自 1931 年日本借“柳条湖事变”入侵满洲里以来，中国举国上下奋起反抗日本帝国主义侵略。在这段旷日持久、艰苦卓绝的抗日战争结束不久，国共内战又接踵而至。

国共两党有条件的一致对外与双方之间不可调和的分歧是贯穿中国近代史上的两大主要矛盾。当时的中国不仅面临外敌，国内局势也剑拔弩张。苏联则一切从自己的利益出发。

中国战事虽十分残酷，但作为党派领导人的毛主席和蒋委员长却多次化险为夷。为突围国民党政府从东南到中北方向的围剿，毛泽东率领红军开启了长达 4000 公里的长征。长征途中艰险异常，毛泽东几次遇险，终于 1935 年成功抵达延安。而在 1936 年由杨虎城将军和有“小马歇尔”之称的张学良共同策划的“西安事变”中，蒋介石也顺利脱困，有惊无险。[1]

图四 蒋介石，国民党委员长，中国昆明，1945 年 4 月 26 日。

（美国国家档案馆编号：111-SC-11134）

出于对日本遏制的需要，在苏联的授意下，周恩来出面斡旋“西安事变”。作为当时中国共产党驻重庆代表，他负责与国民党对接，新中国成立后他也成为新中国第一任总理。由于苏维埃领导人约瑟夫·斯大林（Joseph Stalin）不愿直接对抗日本和德国，因此，即使是 1936 年斯大林与中国共产党达成政治联盟后，苏联
36 人依然认为蒋介石是对抗日本的最佳人选，应保留其势力以钳制日本，确保苏联在华利益。周恩来出面调解了蒋介石的困局，蒋介石再次成为国民党党首。与此同时，少帅张学良被捕。“西安事变”后，国共第二次抗日合作联盟成立。在此之前的第一次国共合作始于 1923 年，当时他们共同的敌人是地方军阀，而非日本侵略者。

图五　中国百姓纷纷从日占区逃离（日期不明）。

（美国国家档案馆编号：208- FO-OWI-6749）

尽管国共两党共御外敌的短暂联盟已形成，奈何日本的侵略行径已转化为实质战争。1937 年 7 月，在北京近郊卢沟桥，日本以中国绑架日本士兵为幌子大举入侵中国。现代机械化的日本帝国军队向毫无防卫能力的中国平民百姓发起了惨无人道的入侵，烧杀抢掠，无恶不作。数百万人被迫从华东迁移到华中地区，成为历史上最大规模的战争迁徙。

日军势力在不断向华中腹地扩散，在其所奉行的“杀光、烧光、抢光”的“三光”战术下，所到之处无不哀鸿遍野。1937 年 12 月南京沦陷，日军在南京城内制造了惨绝人寰的大屠杀，30 余万平民罹难。[2]6 个月后，为了阻止日军南下的脚步，蒋介石下令破坏了黄河大堤（河南省境内）。一时间，4000 个村庄被洪水淹没，200 万人无家可归，而付出这样惨痛的代价却仅仅拖住了日军 3 个月的时间。[3]

随后，华中地区犹如多米诺骨牌一般，纷纷沦陷。最先失守的是武汉和广州，随后，长沙被焚。为了逃避日军的烧杀抢掠，东部沿海沦陷区的百姓纷纷携家带口，忍饥挨饿、一路向西，直奔千里之外的四川盆地，大后方——陪都重庆。

37 和西班牙一样，在这里，中国军队和手无寸铁的平民百姓能够暂时远离战争所带来的恐惧，获得一丝喘息。而与西班牙不同的是，援华医疗救援队的医师们也许还不知道，在 20 世纪 30 年代的中国，军队内还尚未实现现代生物医疗服务。在西班牙内战中，共有 200 余位医生为 3 万国际纵队志愿军服务，而在这里，在中国，红十字会救护总队的 200 位医生却得为 300 万士兵和更多平民提供医疗服
38 务。20 世纪 30 年代的中国农村地区医疗资源极其匮乏，却不仅仅限于资源的匮乏。

其实，早在抗战前，中国就已开始着手改善以庞大农业人口为主的医疗卫生体系。诸多国际组织，如教会医院、洛克菲勒基金会和国际联盟防疫部队都曾为中国提供过援助。除了国际组织之外，国内医疗服务主要由负责公共卫生的国家卫生署和承担军事医疗服务的军医署组成。多方运作下的医疗管理体系虽然仍以人道主义为核心，力求为广大军民提供医疗服务，但不同的政治主张加之极为有限的医疗资源常常使得他们形如散沙，庞杂无力。

这个问题到了 20 世纪 30 年代中期尤为明显。效率低下、尾大不掉的国际与国内医疗组织与不断增加的基础医疗需求之间的矛盾日益突出。在这样的情况下，国内外的医疗组织都争先恐后地尝试着从刚萌芽且饱受战争摧残的中国生物医疗系统中建立一个更加行之有效的组织。与此同时，由于医疗资源不断萎缩、设备被占，数千名来自中国敌占区城市的医生们也束手无策，不知该何去何从。

## 战时中国的国际医疗组织

### 教会医院

早在 19 世纪 30 年代以来，中国的教会医院就开始提供以信仰为基础的门诊医疗服务。30 岁的耶鲁毕业生彼得·帕克医生（Dr. Peter Parker）是第一位在华的全职医学传教士（新教）。他认为，可以“用柳叶刀向中国开放福音”[4]。从数量而言，他确实成功了。

20 世纪 30 年代，已有 250 多个教会医院遍布全国。以信仰为基础的医疗服务因需同时肩负医疗救助、宗教宣传、感化皈依的使命，且医疗服务方式以个人医护为主，其影响力有限，难以满足中国公共卫生即将到来的巨大的需求缺口。

即便如此，他们所提供的现代医疗服务从质量而言，在当时仍属上乘。包括柯理格在内的一些国际援华医疗队成员曾评价教会医院是“中国农村唯一的，也是最好的医疗服务”[5]。但是，
39 随着越来越多地区战事吃紧，教会医院的医疗资源开始萎缩。1941 年，美国公谊服务委员会（American Friends Service Committee）公共关系主任约翰·里奇（John Rich）指出，“教会委员会对中国的救济十分不稳定，它正在失去中国的物资运输渠道”[6]。1941 年在河南省尚有数百名传教士，但到了 1945 年，仍坚持传教的只剩寥寥数人。

## 洛克菲勒基金会

20 世纪的中国生物医疗教育是在国际支持下发展起来的。由洛克菲勒基金会始建于 1914 年的美国中华医学基金会（China Medical Board，CMB），致力于向中国普及现代医疗教育及在全国范围内提高医疗水平，并于 1919 年成立北平协和医学院*，专注医学研究和培养中国医学精英。

虽然北平协和医学院只培养了 381 位医生，但他们都成了中国

---

* 北平协和医学院，后被称为“北京协和医学院”。

生物科学和公共卫生方面的中流砥柱。[7] 20世纪30年代，北平协和医学院一直致力于完善中国医疗系统，但该如何填补中国医疗保健的巨大缺口，各路专家政客仍莫衷一是。蒋介石主张向以美国代表的西方学习，而其他人，如陈果夫和陈立夫则倡导向德国和日本那样发展壮大国内公共卫生体系。[8]

另一些公共卫生领域的专家也发现了集中型、城市主导型医疗体系的局限性。兰安生博士（Dr. John Grant）是洛克菲勒研究所中国项目负责人。他生于中国，学成于美国。在他看来，中国未来的发展，必定需要更多公共卫生资源。具体而言，他认为应该将预防性和急性护理药物整合到农村社区医疗服务站中，把资源从北平协和医学院等这样的大型城市研究中心分散到农村地带。[9] 林可胜博士等人也持类似观点，他们向北平协和医学院积极谏言，认为有必要建立一个由国家支持的医疗体系，同时向民众大力普及医疗卫生知识。[10]

到了1938年，社会对于公共卫生的需求更为突出。日军铁蹄下的中国医学教育体系遭到毁灭性的破坏。除了极少数医学院校、药房及牙科学院能继续像战前一般正常运作，其余大多难逃人去楼空、被迫搬迁的命运。洛克菲勒研究所的中国项目（即北平协和医学院）最先受到影响，被迫于1939年关闭。然而，一个崭新的、更可行的中国医疗和公共卫生蓝图正在悄然成型。

## 40　国际联盟防疫队

自 1928 年以来，在波兰籍犹太人路德维克·雷奇曼博士（Dr. Ludwik Rajchman）的带领下，国际联盟卫生组织一直与中国官方开展紧密合作。雷奇曼博士一贯主张将卫生组织向东亚地区延伸。

他直言不讳地谴责日本对华军事侵略，以及纳粹在西班牙内战中对佛朗哥势力的支持。1939 年，他被迫退出国际联盟卫生组织。在联合国善后救济总署战后停摆不久，他又积极参与到联合国儿童基金会（UNICEF）的创建中。

国际联盟卫生组织的首要任务是制定和完善国家卫生系统的战略。雷奇曼博士和他的同事博列维奇博士（Dr. Berislav Borivic）更感兴趣的不是在大城市创建大型生物医学研究所或教育机构，而是如何最大限度地满足农村地区对公共卫生的需求。

20 世纪 30 年代中期，国际联盟卫生组织向中国派出多名公共卫生领域国际知名专家，其中包括奥地利瘟疫和霍乱专家罗伯特·波利策博士（Dr. Robert Pollitzer）和海因里希·杰特玛博士(Dr.Heinrich Jettmar)，苏格兰病理学家罗伯逊博士(Dr. R.C. Robertson)，德国流行病学专家埃里克·兰道尔博士（Dr. Erich Landauer），法国医学巡视员 A. 兰塞特博士（Dr. A. Lanset）和瑞士斑疹伤寒专家赫尔曼·穆瑟博士（Dr. Hermann Mooser）。[11] 其中波利策博士曾分别于 20 世纪 20 年代和 30 年代参加过满洲里鼠疫预防队和国际联盟霍乱防疫队。

同欧洲一样，战事的反复及国际联盟章程中明确的政治中立立场，使得国际联盟在华所做的努力成效有限，事倍功半。然而，这并未妨碍国际联盟卫生组织驻华专家积极帮助参战人员。他们开展了一系列切切实实的防治措施，而非简单地分发预防药物而已。例如，穆瑟博士把自己所有的外科手术用品都留给了白求恩，以支持八路军。对于他这样无私的帮助，白求恩医生曾感叹道：“日内瓦离西安或许很远，而穆瑟所在的卢塞恩东湖则离我们更近。”[12] 国际联盟卫生组织成功地与国民政府开展合作，建立了疫苗生产实验室开展生物卫生保健服务。然而，就像传教士的经历一样，日本对中国的侵略以及国际联盟对欧洲战事的关注，使得卫生组织专家人数迅速缩水。到 1940 年，只有 2 名专家留下，整个计划于 1941 年 41
被迫终结。[13]

然而，一些国际联盟的医学专家，如赫尔曼·穆瑟博士、埃里克·兰道尔博士和罗伯特·波利策博士则选择继续留在中国。在整个战争期间，他们提出的公共卫生建议十分实用。例如，霍乱和瘟疫流行病学专家波利策博士曾用专业知识帮助中国红十字会救护总队开展卫生防疫工作。[14]

## 华中万国红十字会

虽然像教会医院、洛克菲勒基金会和国际联盟这类在战前发挥作用的医疗组织到了战争期间都日渐萎缩，但诸如华中万国红十字会和公谊会（贵格会）这样的组织则开始崭露头角，试图填补日益增长的医疗保健缺口。为应对日本侵略造成的人道主义危机和之后出现的难民危机，华中万国红十字会于 1937 年 9 月在武汉成立。

罗伯特·鲍勃·麦克卢尔医生（Dr.Robert Bob McClure）生于中国，父母为长老会传教士，是华中万国红十字会的第一现场主任。他常常身着皮衣、穿马裤，脚蹬一双系带齐膝长靴。英国诗人奥登（W.H.Auden）形容他是“一个健壮、执着的加拿大苏格兰人，精力充沛，有着 16 岁男孩的激情”。[15]

曾在西班牙内战中撰文的美国贵格会公共关系主任约翰·里奇（John Rich）补充道：“麦克卢尔是个了不起的人。他精力充沛、思想活跃，在走遍整个西北后突然冒出个念头：让男人们去搞卫生，除虱患，建造难民工程和新社区，制定农业计划。他的想法并非都是可行的，他想建立的那一套还仍需小心论证才行。但和他打交道的确令人振奋。”[16] 麦克卢尔和中国红十字会医疗救援队未来的负责人林可胜，尽管有着相似的装束、性格和学术背景（都来自爱丁堡大学医学院），但他们似乎互不买账。“每当两人聚在一起时，便不由自主地提高声调，陷入争论，很快周遭的人也开始选边而站，加入争吵。”[17]

中国红十字会明确表示，华中万国红十字会的任务仅限于在中国的教会医院，原因是教会医院在华无法获得稳定的医疗用品
供应渠道，他们的支持主要来自国外捐助。1938 年，中国红十 42
字会会长李树培博士*表达了他对华中万国红十字委员会名称的关切：

> 万国红十字会的名称是错误的，因为它与日内瓦机构没有直接联系。它实际上是中国红十字会的一个委员会，通过红十字会授予的章程进行工作……它主要由传教士医疗人员组成，医疗设施被安放在传教医院里，供战争中受伤的平民和士兵使用。[18]

由此，1941 年华中万国红十字委员会更名为国际救济委员会。

## 美国援华联合会

被称为“米什小子”的亨利·R·卢斯（Henry R. Luce），出生于中国，父亲是长老会传教士。后来卢斯成了“时代传媒”巨头，是蒋介石将中国美国化的坚强支持者。卢斯设想了一个基督化和民主化的中国，认为中美之间应保持特殊的密切关系。他利用他媒体帝国的政治经济实力来向美国人宣传中国人民是如何抗战的，并联合美国不同组织为中国战事筹款。为此，他召集了一个理事会，其中包括诸如作家赛珍珠·巴克（Pearl S. Buck）、慈善家约翰·洛

* 李树培博士，香港著名耳鼻喉专家。

克菲勒三世（John D. Rockefeller III）和共和党总统候选人温德尔·威尔基（Wendell Wilkie）等名人。

1941 年，卢斯成功联合了美国医药援华会（American Bureau for Medical Aid to China）、中国战灾难童委员会（American Committee for Chinese War Orphans）、中国工合美国促进会（American Committee in Aid of Chinese Industrial Cooperatives）、美国公谊服务委员会（American Friends Service Committee）、中华基督教大学联合董事会（Associated Boards for Christian Colleges in China）、美国援华会（China Aid Council）、美国对华急救委员会（China Emergency Relief Committee）和美国教会对华救济会（Church Committee for China Relief）等多个机构和组织，为战时中国提供了多种多样的人道主义救援。[19] 在美国援华联合会的旗帜下，卢斯为战时中国筹集了数百万美元善款广泛用于支持医疗、工业和政治活动。美国医药援华会和美国公谊会（贵格会）则直接参与了中国红十字救护总队开展的人道主义救援。公谊会包括美国援华联合会下的美国公谊服务会和英国公谊服务委员会。美国医药援华会是于 1937 年由美籍华人赵不凡（Dr. Farn B. Chu）、许肇堆（Dr. Frank Co-Tui）和留美华侨 Joseph Wei* 共同创建的。其中许肇堆还是纽约大学鼎鼎有名的外科教授，后任援华会主席。

* 留美华侨 Joseph Wei ，中文名不详。

图六　许肇堆，纽约大学医学教授，也是美国医药援华会发起人之一。

（由美国医药援华会提供，哥伦比亚大学巴特勒图书馆，珍本书稿图书馆）

43 美国医药援华会是为应对中国战时医疗需求所成立的第一个美国组织，它为中国提供的大量医疗物品及做出的巨大贡献获得了国际上的广泛承认。[20]

## 公谊（贵格会）救护队

公谊救护队是“一战”期间由教友力量组成的慈善组织。和平主义者通过这个组织表达和平诉求。第一次世界大战后，在完成了向西方战线中的英、法部队提供紧急救护任务后，公谊救护队解散。

1939 年，反战情绪高涨，人道主义援助需求激增，公谊救护队在这样的背景下重新成立。救护队中包括一个中国护卫队，与英国公谊会理事会领导层关系密切，并通过上级组织“美国援华联合会”从美国公谊委员会获得大部分资金支持。驻华分队为贵格会教友们提供了抚慰战争伤害、传播和平、宣传平等的机会。事实上救护队中只有少数教徒，因为加入救护队的唯一要求并非信仰，而是爱好和平。凭借他们跨越国籍、种族，为全体人类和平所做出的不懈努力，公谊委员会和美国公谊会赢得了全世界的广泛赞誉，并于 1947 年获得诺贝尔和平奖。

公谊救护队的核心任务是发展一张沿滇缅公路的医疗物资运输网。这条长约 1154 公里的公路是连接缅甸和中国西南部的重要生
44 命线。此外，他们还引进了 2 辆移动手术车，组建了一支可根据现场情况灵活变化的医疗队。救护队将大部分战时进口到中国的民用

药品和医疗用品运送到中国西部。[21]

1943 年 4 月，约翰·里奇（John Rich）在家书中描写了救护车队艰巨的运输任务：

> （大家正在）重装卡车，移走备用零件，然后上路连续行驶 4 天至 3 个月不等。路况十分糟糕，燃料是由木炭末、酒精和植物油调制成的劣质混合替代品。一路上不但要准备各种繁杂的手续，还会被各色小人层层刁难。从云南曲靖[22]运货到重庆，居然需要 14 种不同的许可证。[23]

在战时中国，伦理和道德同样不堪重负。麦克卢尔在传记中曾这样感叹：

> 他们也许不能遏制战争，但他们会竭尽一切力量减轻痛苦。紧要关头方显大是大非。如果停止运输非医疗用品，那拿什么开展救济？对于受伤的士兵和平民来说，药物和食物难道不是一样珍贵吗？[24]

在战时中国，所有的救济组织都面临同一个难题：如何尽可能多地留住医疗人才。麦克卢尔曾提到，公谊救护队医务人员已基本耗尽。到 1943 年，只剩下欧内斯特·埃文斯（Dr. Ernest Evans）和劳德伯格（Dr. Louderbough）两名美国贵格会医生。“支持不足、排斥外国医生、流动手术队效率低下和缺乏必要医疗设施是救护队不断萎缩的原因。”[25]尽管他们的医疗任务在规模上大小不一，工作模式、环境也在不停变化，救护队在医疗物资运输上依然发挥着关键作用。即使在 1942 年初日本入侵缅甸，关闭了滇缅公路，救护队仍穷尽一切方法跨越喜马拉雅山脉，将物资送抵昆明，然后再用卡车运往全国各地。

## 国际医疗组织在华的合作与分歧

国际医疗组织与战时中国教会之间的互动十分复杂。正如柯理
45 格和其他医生所言，教会医院在 20 世纪 30 年代医疗条件最好，声誉极高。然而孙中山的遗孀宋庆龄却注意到，由于地处乡村、传教加医疗的新模式和中西医间冲突不断，加之同行嫉妒，教会医院即使工作再出色，仍难以让广大中国百姓受益。随着中原战事吃紧，大军西撤，越来越多的教会医院落入了日本人的手中，这进一步降低了它们的效用。[26]

宋氏三姐妹在战时中国极具影响力。宋庆龄成为孙中山夫人；宋蔼龄与中国财政部长孔祥熙结婚；宋美龄嫁与蒋介石。她们三姐妹分别被中国百姓戏称为爱国、爱钱和爱权。

作为医疗服务的最小单位，虽然每个医生都希望尽可能多地救死扶伤，但因其各自所在组织的任务不同，医者们救死扶伤的天职往往不能完全实现。例如，教会医院拒绝向军队、贫困人口和难民直接提供医疗服务。务实的麦克卢尔解释了这种“不留余地，冷酷无情”的规定：“许多教会医院都从痛苦的经验中深刻地领会到，任意接收伤员可能严重降低医院向整个地区提供医疗服务的

能力。”[27]

华中万国红十字会和中国许多教会医院的这一规定激起了其他救援组织的极大不满。1938 年 9 月，国际联盟流行病委员会驻华第一队的埃里克·兰道尔医生（Dr. Erich Landauer）在与“保卫中国同盟”的备忘录中，描述了他对这种狭隘的医疗服务观的强烈不满：

> 华中万国红十字会的工作究竟应该更好地满足中国平民的需求，还是仅仅出于保全教会医院的需要？华中万国红十字会似乎更关心该如何让教会医院能够生存下去……他们不允许教会医生一视同仁、无条件地使用他们的资源……这样的情况怨声载道。长此以往，我相信这样大把物资投入教会医院的最终结果就只剩下牟利。该委员会纯粹是在国际救济委员会（International Relief Committee，IRC）下运行的一个地方组织，这让人们不禁怀疑该组织是否故意掩盖自己对教会团体的强烈偏好。在许多传教士心目中，该委员会的存在完全是为了救济而救济，而不是为了难民而救济……这些人也许觉得他们首先应该是传教士，其次才是医生。他们对其他事物没有半点兴趣，也从未公开过任何关于其资源流动渠道的记载。据悉，一百多万美元的资金，分给非基督教组织的仅有 3 例。[28]

兰道尔的评价也有言过其实之处。例如，加拿大传教士理查 46
德·布朗（Richard Brown）就曾救治过许多非教徒。他是一位英国圣公会传教士，他所在的教会医院位于河南归德，深受日本侵略之苦。史沫特莱记者（Agnes Smedley）曾经帮助过他加入白求恩

图七　在西北一个布满孔隙的山后，隐藏着八路军国际和平医院。

（美国国家档案馆图片编号：208-FO-OWI-8313）

服务的中国共产党八路军。另一个精力充沛、见多识广的医生是麦克卢尔。他所服务的公谊救护队曾深入往返于中缅之间。的确，布朗反驳了兰道尔对传教士占用资金的看法，他写道，国际联盟卫生组织浪费了大量拨给中国防疫工作的资金。布朗赞扬瑞士斑疹伤寒专家穆瑟医生和国际联盟华北防疫专员所做的工作。但他还写道，派遣高工资的欧洲专家到中国本身就是一个糟糕的资源浪费。聘请一位外国专家的薪水，快赶上在中国维持一家医院一年的费用："防疫专员的薪水达到每年 6 万元"，而他（布朗）经营的"国际和平之家"所需的全部经费仅为 10 万元。[29] 在许多方面，布朗医生是一位杰出的传教医师，也十分赞同北平协和医院兰安生（Dr.

Grant）和林可胜博士主张大力发展公共卫生的观点。

还有一些人认为，如果将更多的资源用于公共卫生基础设施建设，而不是流入城市生物医学“象牙塔”和基于传教使命的教会医院，那么中国的受益人群将会更广。例如，美国记者史沫特莱就曾直言批评教会医院。诗人奥登（W. H. Auden）这样描述史沫特莱 47
的直言不讳：“你不可能不喜欢和尊重她。”“（她是）如此不留情面、言辞激烈和热情；她无情地批评每一个人，包括她自己……仿佛世界上所有的不公正都像风湿一样在折磨着她的骨头。”[30]1939年11月，史沫特莱曾秘密观察了教会医院向病患收取急诊费的做法：

> 此事发生在河南省漯河市的基督复临安息日医院和洛山县的路德医院。汉口国际救援委员会正在向这些特派医院免费提供物资。在路德医院时，我也看到了同样的问题。[31]

她后来写道，把战时中国的医学救济和神学结合起来是虚伪的：

> 河南和湖北是美国路德教圣经中的伟大地带，在那里，一些传教士正在辛勤地传播教义。他们其中一些人宣扬，战争就像疾病一样，是罪孽造成的。但我同时也看到一些传教的医生管理着现代化的医院，并非所有教会医生都会把疟疾蚊子、反复发作的虱子或痢疾细菌当作万能的使者，前来惩罚“异教徒”的罪恶。[32]

公谊救护队的成员们继续通过治病救人来推动和平，与此同时他们也不得不努力维护资助方和其他国际医疗援助组织之间的关系。美国公谊服务委员会的约翰·里奇这样写道：

> 英国红十字负责人弗劳尔斯医生（Dr. Flowers）想和我们开展紧密合作。但令我为难的是，他希望开展的是私下的秘密合作。这样并不能给我们带来多大的帮助。在他看来，中国政府不愿看到他带太多人来，同时又很好奇我们是怎么做到的。我总不能直言不讳地说那是因为他并不想和中国人合作，只想唱独角戏的缘故吧。[33]

里奇类似的担忧还体现在他对驻重庆的美国医药援华会代表罗伯特·巴尼特博士（Dr. Robert Barnett）的看法上。

> 他不懂我们的规则。我不赞成他仅因英国贵格会是英国的就离开的做法。我不相信他反映了美国援华联合会在这方面的真实想法……海伦·史蒂文斯（Helen Stevens，美国医药援华会主席）希望我们与他们开展更紧密的合作。可以确定的是，我们正在侵入他们的工作领域。[34]

整个战争期间，国际医疗组织任务、宗旨的差异，制约了它们彼此开展无间合作的可能性。这些难以调和的差异包括如何在抗战
48 时期妥善处理国共冲突、如何科学分配医疗资源以及如何安排管理医护人员等。同样，中国国内医疗卫生机构间的政治分歧、利益争斗也束缚了它们之间的合作，压缩了国际组织发挥的空间。

## 战时中国国家卫生组织

即使国际援助达到最佳状态，现代卫生保健在战时中国仍然处于萌芽阶段。很明显，当时中国的医疗机构没有准备好应对战争带来的人道主义危机。医疗资源本就十分匮乏，然而围绕着其分配所产生的政治斗争使得其宝贵的价值更加难以凸显。与国际组织一样，国内各医疗组织也面临着独有的挑战和固有的局限。

### 卫生署

1931 年国民政府卫生部由内政部下属的卫生署替代。像刘瑞恒、金宝善这样的一批中国生物医疗先驱们已经开始着手创建全国一体化的医疗卫生管理体系。

刘瑞恒毕业于哈佛大学医学院，后曾担任北平协和医学院院长，1933—1938 年任卫生署署长。金宝善是日本千叶大学的医学生，后在美国约翰·霍普金斯大学获得学位，也是公共卫生和公共免疫领域强有力的推动者。

1938 年 10 月 14 日，时任国民政府卫生署署长的颜福庆在重庆的广播中详细阐述了卫生署的战时使命：

> 不良生活习惯、不洁卫生环境和营养不良是战争无法避免的衍生物，定会带来战后灾疫。因此，战争意味着疾病。此外，由

> 于士兵大量聚集、难民过度集中，一旦疫情出现，势必以极快的速度和强度传播，难以控制。[35]

49 颜福庆是圣公会牧师的儿子，曾在上海圣约翰学院和耶鲁大学医学院学习。1938年他出任国家卫生署署长，后因涉嫌腐败于1940年辞职。

为最大程度实现防疫赈灾，国家卫生署需要依靠设在重庆的几个国内医疗机构开展具体工作。其中包括防疫组织、中国红十字会及其救护总队以及国家卫生研究所。卫生署的公共卫生工作必须建立在农村重建和基本扫盲基础之上，而这恰恰是保守的国民党在政治上备受争议的薄弱领域。[36]尽管存在管理上和政治上的挑战，在卫生署继任署长金宝善的率领下，免疫接种、疫苗生产和传染病监测方面的努力颇有成效，惠益百姓数百万。

为满足战时医疗卫生井喷式的增长，金宝善指示，从1938年到1941年，卫生署的财政预算从200万美元增加到1000万美元；1941年到1942年两年间，预算再次翻番，从1100万美元激增至3100万美元。[37]尽管国民党政府并未给予卫生署足够的支持，但在整个抗战期间，该机构仍然为全国范围内公共卫生的诸多改善做出了贡献。历史学家们普遍认为，卫生署之所以未能完全发挥其作用，主要原因是国民党治下的狭隘民族主义政府并未看到该机构对战时中国的重要性，将过多的精力耗费在消灭共产党上。[38]

## 陆军医疗队

相比之下，负责军队的医疗保健的陆军医疗队的表现则不过尔尔。1938 年，宋庆龄写道：

> 医疗服务在中国军队建立之初，尚未成熟，其组织架构难以承担照料大批伤员之重任。其中良医乏善可陈，合格护士更是少之又少。照顾病人的不过是一群身着白衣的军队苦力罢了。[39]

虽然要弄清楚陆军医疗队的医师们究竟接受过哪些医疗培训并非易事，但可以确定的是，在 2000 名成员中只有不到 10% 的成员是正规医学院毕业生。[40]

虽然国际援华医疗队的医师们曾经为在西班牙国际医疗服务之发展而自豪，但中国部队军医水平之低、能力之缺乏也令其咂舌。肯德曾观察到：

> 在一个部门，可能有只有一两个医生从医学院毕业。其他人 50
> 仅仅参加过短期培训而已。能在医院接受一些正式的护理培训的都少见。只有少数在教会医院工作的人可能还会些英语。[41]

陆军医疗队主要组织漏洞在于缺乏中央统一指挥调度机制，这是由国民党军半自治化和与军阀的脆弱联盟所致。1937 年，蒋介石任命曾就读于柏林大学的亲德人士张建为陆军医学院院长。[42] 而同为20世纪30年代从柏林大学学成的德裔犹太医生孟乐克则由于人种和政治观点不同，待遇天差地别。

陆军医疗队对地方司令部的长期依赖导致了军队医疗服务的缺失。每位将军都有权任命师级首席医疗官，而不必咨询陆军医疗队的意见。由此，各师及定点医疗机构从质量到分工差异巨大，良莠不齐。英国记者胡德兰（Freda Utley）[43]曾写道：

> 李汉魂将军思想开明、知人善用，明白照顾好伤员对提振士气有多重要。但是，若是换了一个思想封建、任人唯亲的人，就只会考虑给家属朋友提供工作，而不会想到良好的医疗保健对士兵的生命有多重要。[44]

相较于之后国际医疗救护队成员推行的标准化医疗和外科护理体系而言，这样松散、各自为政、甚至自助式的医疗服务体系简直无法与之相提并论。一些军官常把新兵视为个人收入和权力的来源，不愿为了打仗而断送生财之道。顾泰尔医生曾指出：

> 官员和医生们经常在用担架护送伤员去行军。即使是疟疾急性发作，病人也不得不继续行军。士兵健康不受重视，反正有足够的苦力，何必还要关注他们的健康？有的军官为了证明自己属于非劳力阶级，还特意留长小拇指指甲。部队的一些粗暴管理也会导致士兵时常遭受人身伤害。[45]

除了组织问题，缺乏持续性的资金来源也困扰着医疗管理者。

一位思想爱国但经济上捉襟见肘的中国医生描述了这种进退两难之困：

> 医生、社工等技术类应届毕业生薪资一般为60元/月左右。51
> 对于有经验的医生而言，薪资的20%会被扣留。对于在中国红十字会工作的已婚人士而言，这样的日子难以为继……虽理当为国效力，但面临妻子待业，孩子读书，除了不堪重负，更不知何去何从？[46]

以史沫特莱记者所列的1939年的官方汇率6.30元等于1美元为据。若以货币价值来衡量，当时的60元约相当于今天的163美元，那么合同制外科医生的200元月薪就相当于今天的543美元。但这种直接将人民币的购买力换算成美元的算法是有问题的，因为在1939—1945年间，中国经历了一段恶性通货膨胀时期，迅速削弱了中国政府的购买力。麦克卢尔曾做过换算：同等货币单位，1937年的价值是1942年的100倍。

对此，严斐德也深有体会：

> 对于医学生和医生来说，陆军医院已经不再具有吸引力了，除非他能有额外收入负担家庭开支。因此，各大国际组织不断收到医生们要求追加工资的请求……甚至连救护总队外科主任卢致德大夫在请辞时也向蒋介石夫人提交了一份报告，指出需要更明确的责任分工，尤其要把提高工资、增加预算的补救措施放在首位。[47]

作为国际医疗救援队的护士，王道医生的太太王苏珊（Susanne Wantoch）也跟随她的丈夫来到了中国。她目睹并总结了国民党陆军医疗队缺医少药和腐败所致的道德困境：

> 年轻医生希奥（Dr. Schiau）在125陆军医院的工作生活正在悄然发生变化。一开始他的同事们希望让他加入到他们的聚会：昂贵的食物代替了部队的粗茶淡饭；医生办公室里的麻将声不绝于耳；从行军路上到医院浴室，不同女伴一路相随。而他却拒绝了这样的生活。他的拒绝有多种原因，比如，一餐饭就可能用掉整个月的工资。像他这样的小医生怎么可能负担得起？其实，只要他愿意，随时可以找到各种各样增加收入的渠道，比如在红十字的药品中动动手脚。但是就这样把这些救命药白白浪费掉，难道这不是罪孽么？谁敢保证这些破衣烂衫、满身跳蚤的士兵不会因为缺医少药，第二天就一命呜呼呢？当他们这样做的时候是否考虑过要手下留情，为这些悲惨的生命考虑一下？每天都有伤员死去，死亡名单越来越长，剩下的也只是苟延残喘。我们为何不能为他们做一些力所能及的事情呢，比如收割部队的小麦？谁才是真正伤害他们的人？逝者已逝而生者却未尽全力，那些小麦依然在那里。即使我不去收，其他人收去也未必会用到士兵们身
> 52 上。同时，更让希奥为难的是，他还意识到自己不得不和同事们搞好关系，否则他在医院推行的改革将由于失去大家的支持而难以为继。盗窃，天哪，谁又会说这是偷窃呢？在中国这样的事情非常普遍，面对嗷嗷待哺的家人，可能除了束手无策的农民外，也只有学堂里的老学究不屑如此了。[48]

尽管如此，陆军医疗队仍然是一个入不敷出、人手不足、训练不够、无法满足中国部队基本需求的医疗实体。当时，只有极少数

中国医学院校的毕业生会考虑进入条件恶劣、风气败坏、收入微薄、劳如苦力的军医队。在 20 世纪 30 年代中期，对于大多数现代西医而言，留在城市依然不失为有利可图的上策，仅上海就拥有当时中国 22% 的现代西医。[49]

即使在 1942 年日本人占领北京时，北平协和医学院四分之三以上的学生仍留在北京，部分进入当地医院，部分开办收入优渥的私人诊所，还有的进入研究机构。[50] 直到 1944 年，强征入伍政策实施后，大多数的中国医生才不得不选择进入陆军医疗队。[51] 幸运的是，在战时中国最需要的时候，已经有一小部分中外医生不顾安危、挺身而出。

## 中国红十字会救护总队

1937 年至 1939 年间，当未来的国际援华医疗队成员们正同心协力，奋力抵抗欧洲法西斯主义时，一批同样忧国忧民且富有理想的中国医学生和医生也在寻找一条类似的道路以抵抗外敌。华侨医生亚瑟·钟（A.W. Chung）记录了一位名为“小志”的中国医学生的楚囊之情。“华侨”涵盖了生于中国大陆、台湾、香港和澳门，在海外生活工作的人和其后裔：

> 一位名叫“小志”医生的担忧超过他对自己的信心。他说：“若是不能积极投身于这场保家卫国的战役中，难道不会觉得终生遗憾么？若是每天两耳不闻窗外事，对国家安危不闻不问，只读圣贤书，又如何才能过得了自己良心这一关？”说着说着小志

> 放慢了脚步静默片刻又说道：如果换做是您会怎么做？我们的培训还不如医务兵，伤兵的健康和生命在不断被压榨。诚然我们尽可以大声高喊“和日本鬼子拼了”，可这又有什么意义，无异于以卵击石。[52]

53 这群年轻气盛、富有理想主义的中国医生以及他们未来的外国同僚们正在积极地寻找一支可靠的反法西斯队伍，而现实却不如他们想的那样简单。虽然国际联盟卫生组织和国际红十字会分别派出了公共卫生专家，也提供了额外的援助，但这些医疗资源都只限于应用在百姓身上。

若是想为陆军医疗队服务对象以外的其他中国士兵服务，则需要建立一个新的领导体制和机制。林可胜博士（Dr. Robert Lin）被选中来带领这个组织，以突破医疗资源只能用于百姓和国民党部队的狭隘医学限制，为更多的抗日志士服务。1939年到1945年间，中国红十字的新设组织——救护总队成了名副其实的国际援华医疗之家。

林可胜博士的成功来自于他在华人世界、驻华使节和国际救援组织中广泛的影响力和个人号召力。刘瑞恒医生，原卫生署署长和北平协和医学院教授，最先慧眼识珠。他恳求林博士缩短休假期，在去往新加坡的路上转道回中国。[53]于是，在对的时间出现了对的人，林可胜博士被任命为救护总队总队长。作为一位著名研究员和临床医师，他同时也是北平协和医学院为数不多的中国教授之一。此外，在第一次世界大战中，他也曾在法国担任过英国古尔卡团印度远征

图八　中国红十字会救护总队极富个人魅力的总队长林可胜。

（摄于1939年左右）（由美国医药援华会提供，哥伦比亚大学巴特勒图书馆，珍本书稿馆）

军的医疗官。

他最大的贡献之一来自于他孜孜不倦的榜样表率和无穷的个人魅力。无论何时，他都把国家的医疗事业置于政治和个人野心之上， 54
其拳拳爱国之心毋庸置疑。这种爱国情怀激发了中国一批志同道合的医生们报效祖国的强烈愿望，他们纷纷放弃了优渥的收入和个人前程，在战区最恶劣的环境下不计得失、超负荷工作。就如同当时国际纵队激励了一群欧洲医生一样，中国红十字会救护总队倡导的平等主义、博爱襟怀也激励和吸引了许多中国医生。

如果说林可胜博士和他众多追随者们是响应民族呼声，为保家卫国而走到一起，那么国际援华医疗队的大多数外国医生则是被世界国际主义精神凝聚起来，联手反抗那些迫使他们离开祖国的法西斯分子。林博士和他的同事们知道，“他们要面对的是一个腐败成习、裙带成风、效率低下、乏善可陈的军医系统。若想积极有为地开展工作，则需智慧巧妙地应对”[54]。林可胜博士和北平协和医学院的追随者们来到位于西南腹地的中国红十字会救护总队所在地——图云关。这些医生包括彭达谋（1933级）、马永江（Thomas Ma，1935级）和卢致德（1929级），香港大学的施正信（1931级）和何娴姿（1927级）* 也跟随着他的脚步而来。

这群中国医学志愿医生还包括放射科医师荣独山、生理学家柳安昌、公共卫生专家马家骥、胸外科医师汪凯熙和内科医师周寿恺。[55] 周寿恺也是卫训所内科主任，参与培训了数千名中国医护人员。

除了争取到中国医疗机构的支持外，林博士还尝试从海外华人社区获得更多资助。这位来自新加坡的华侨医生，曾在爱丁堡大学接受医疗培训。他不会写中文，他的孩子们也说着一口浓重苏格兰味儿的英语，他的海外背景令其让更容易与英美救援组织建立密切联系。

---

* 何娴姿，后更名为“何绮华”，系香港豪门望族何东氏后人。

即便如此，“海外华人”或“外国医生”的身份也并非畅通无阻。例如，当被提名为英国皇家学会会员时，一些知名的科学家如李约瑟（Joseph Needham）就认为提名一位真正的中国医生比提名一位海外医生更有意义。[56]而事实证明，林博士不但接受和克服了种种障碍，还竭尽所能，一视同仁地为所有抗日志士和百姓提供更高质量的医疗服务，足见其赤忱的爱国之心。

英国记者胡德兰（Freda Utley）记载了诸多外交使团对林博 55
士的认可。她在1939年写道，英国大使对林博士评价很高，以至于他的第一笔市长拨款就是用于支持他。同样，汉口的美国总领事也向他捐赠了一笔不菲的补助金，而非救济金。此前，他甚至在1938年从德国红十字会获得过资金。[57]他的个人募款额迅速攀升，成为战时中国医疗机构中史无前例的第一。

在中国政府、华侨、英美驻华使领馆和救济机构的支持下，林可胜开始致力于公共医疗卫生服务。他设法收集到陆军医疗队一批淘汰的设备，召集人员，集中了一切他能募集到的资源。正如国际援华医疗救援队成员选择响应西班牙的号召一样，这群中国医生现在也把个人幸福放在一边，选择响应祖国的召唤。

1937年12月，南京沦陷，日军紧逼，大军西撤，国民党政府面临大规模医疗资源流失，救护总队后勤供给任务更加艰巨。就在两个月前，在庞京周的指挥下，中国红十字会刚刚在南京建成了一所拥有3000张床位的医院。[58]如此珍贵的医疗资源就这样拱手与敌，实在令人扼腕。正如兰安生和林可胜博士早在北平协和医学院任教期间就预言的那样，日本的侵略加速了大规模、分散性公共卫生的需求，战时中国公共卫生需求空前巨大。

由于缺乏训练有素的医师以及无法在短期内在中部地区建立大型医院，卫生署决定资助林可胜博士建立一所紧急医疗培训学校——卫训所，通过为防疫队、国家卫生署、陆军医疗队、普通民众及士兵提供急救培训，从而临时填补大规模医疗服务空缺。[59] 在两年时间之内，卫训所陆续向 4000 多名医疗人员开展了公共卫生和急救的知识培训。[60] 务实的林可胜博士向中国红十字总部的领导层解释了为什么非常时期培养更多的基础医疗救助人员比培养全面的专业医师更为重要：

> 由于中国教育落后，战争开始时，全国合格的医生不足6000 人，护士不到 5000 人。当前，中国前线部队大约有 300 万人，还有几百万人在训练。军队的医疗服务本应该占总兵力的百
> 56 10% 左右，也就是说在中国，从事医疗服务的人数本应有 30 万。在这 30 万人中，10% 应该是医务人员。但从上面给出的数字来看，显然，绝大多数人是不合格的。[61]

美国医药援华会的助理研究员 Hsia Yi-yung（中文名不详），在 1946 年进一步补充道：“这些现代医生中只有 1000 人或 1500 人被认为接受过适当训练的，而这些医生中，可能只有几百人符合美国标准。”[62]

日军铁蹄西进，中部战事告急，救护总队和卫训所无奈整迁。

1939 年 2 月，就在国际援华医疗队抵达的 5 个月前，中国红十字会救护总队及卫训所撤迁至西南山区——贵州省贵阳市一个叫图云关的山村。直至战争结束，这里成为战时中国红十字会救护总队总部。

也就是在这里，林可胜博士把中国医疗服务的困境传递给了他后来有力的支持者们——国民党党首蒋介石宋美龄夫妇、保卫中国同盟负责人宋庆龄、盟军的未来总司令约瑟夫·史迪威和美国医药援华会许肇堆。而他也许不会想到，此时友，彼时敌，他们中的一部分也将成为他日后最大的桎梏。

1940 年，中国的大多数医学观察家和政治家同意宋美龄的观点，即经过 3 年的战争，中国红十字会救护总队已从实质上“成了唯一具有能力管理陆军医院和总部伤病员的医疗机构”。[63] 救护总队也历练成了一支意志坚强、中西医结合、不计个人得失的团结队伍。他们大无畏地将平等主义和人道主义放在了心中的首位。

## 战时援华医疗先驱

早在国际援华医疗队 1939 年抵达中国前，就有一批心怀大爱的外国医护志士响应林可胜博士的呼吁，携带各类救援物资加入救护总队。这些妙手仁心的医生们来自世界各地，有的甚至来自东非阿比西尼亚（埃塞俄比亚）和巴尔干半岛南斯拉夫。第一批医疗救援物资和医疗人员主要来自荷兰东印度群岛和北美洲的海外华人。
57 此外，一些教会组织和其他医师都曾以不同身份在救护总队效力（见附录三）。

## 荷兰东印度群岛（印度尼西亚）

来自荷兰东印度群岛的华侨是第一批支持救护总队的人。早期如果没有他们的鼎力相助，可以说救护总队不可能有如此发展之势。除了医疗用品和资金外，荷兰东印度群岛的几名医生还与救护总队取得了联系，前来相助。他们包括来自巴达维亚（现今的印尼雅加达）的柯全寿和吴英璨医生率领的医疗团队，而后期随着日方的监视和限制增加，他们的人道主义救援努力也无奈告终。后来吴英璨医生也因曾经向中国提供医疗援助而被关押在荷兰东印度群岛。[64]

救护总队医疗队的报告中频繁出现的东印度群岛地名和城市体现了他们在其中发挥的重要作用。这包括第 23、46 医疗队报告中出现的（东）爪哇岛，第 26 队中提到的苏拉威西，第 31 队报告中的苏门答腊，第 35 队提到的 Toko de 地区，第 5 队提到的 Telok Beooun 地区和第 2 队报告中出现的三宝垄地区。[65]随着战争的进展，这样大规模的支持也越来越难以为继。

1939 年，当时任红十字会秘书长伍长耀前往荷兰东印度群岛募集额外资金和医疗支持时，当地政府已经迫于日本压力，不再向爪哇在华支持的 12 个救援小队进行捐助。[66]在日本的淫威下，类似的退缩也发生在英控的滇缅公路被迫关闭和法属的印度支那医疗救援物资渠道被封事件上。

英、法试图安抚德、日的“绥靖政策”失败了，而这种自欺欺人的想法仍在欧、亚大陆上屡见不鲜。然而，在抗击日寇、保家卫国的大是大非上，海外华侨始终立场坚定、毫不退缩。在他们看来，出生在新加坡的林可胜博士在抗日战争中展现的正直无私和拳拳爱国之心是无可挑剔的。尽管日本在印度支那实施的禁运和封锁滇缅公路的奸计得以实现，但来自荷兰东印度群岛海外华人社区无私的 58
医疗捐助却在整个战争期间，如涓涓细流，依然源源不断地悄悄流入。

## 北美

尽管来自中、美、加的各类组织奔走呼吁，但来自北美地区自愿赴华支援的医生依然寥寥无几。其中最著名当属诺曼•白求恩(Dr. Norman Bethune 加拿大出生的西班牙内战老兵）和美国医生查尔斯·爱德华·帕森斯（Charles Edward Parsons）。此外，还有一位 26 岁的加拿大护士简·艾文（Jeanne Ewen）。

白求恩于 1938 年 1 月 28 日乘坐“亚洲女王号”邮轮离开温哥华前往中国。在此之前，他刚完成了在哥伦比亚大学外科教授路易斯·戴维森（Dr. Louis Davidson）的普外科的学习，尤其擅长伤口缝合术。[67] 戴维森博士也曾担任过阿黛尔·科恩的导师，并推荐她为中国红十字会工作。就此而言，戴维森博士曾培训过两位即将赴华支援的北美医生。目前尚不清楚白求恩是否在纽约暂居期间认识科恩。帕森斯医生的情况更复杂。作为该团体的最后一员，赞助他中国之行的委员会并未重视他的酗酒问题，还安排他做这支队伍的负责人。

1938年，白求恩、帕森斯在中国汉口会见了林可胜、史沫特莱和周恩来（从1937年南京沦陷后至1938年10月，汉口曾一度成为国民政府临时都府。其三个城区已成为今日武汉市的一部分）。帕森斯告诉林可胜博士，他“来中国是为了开一所美国医院，这样美国人民就能通过他们为中国的抗日战争出力”[68]。但对于当时的情况而言，在中国建一所大型的美国医院，这个主意也许并没有让林可胜动心。

很快帕森斯的雄心壮志就变得无关紧要了。他的酗酒问题愈发严重，酒后的愤懑终难转化为有效的医疗行动，他不得不返回美国。他的赞助机构援华委员会，对帕森斯的失职感到不安。作为该集团的高级医生，他本该是来监督白求恩工作的。

同样，白求恩也有他自己的问题。新西兰记者贝特兰曾写道：“白求恩很自我，他心中的执念驱使他不惜一切代价成为革命英
59 烈。”[69]因此，他一直缠着林可胜博士，直到他终于同意他前往延安去追寻共产党八路军。正如国际医疗救援队的大多数西班牙医生一样，白求恩是共产党的坚定支持者，一心只为八路军和新四军效力。

他一心向往的旅程并未顺利如期而至，因为他没有途径去往延安。加拿大教会医生麦克卢尔（Robert McClure）在河南怀庆一代（豫北）找到他，那里离延安还有600多公里。后来麦克居尔回忆，

白求恩在追寻八路军的途中迷了路。[70]

毫无疑问，白求恩功劳巨大。当他最终到达延安共产党八路军根据地后，在 1938 到 1939 年间，他在极富挑战性的医疗条件下提供堪称典范的医疗服务。正如记者贝特兰评价的那样，他在中国度过的那一年，不知疲倦地为伤员服务。事实上，他的贡献早就超出了他为自己设定的革命英雄目标。毛主席在他的红皮书中写道，每一个中国共产党人都必须向白求恩同志学习。[71]

至今白求恩大夫已是中国家喻户晓的加拿大友人。人们也许还不知道，国际医疗救援队的 21 位志愿者医生和 6 位医护人员也和他一样，都怀揣着同样的理想、目标来到战火纷飞的中国。

# 第四章 来到中国红十字会总部

60 从1938年至1940年间，从轮船、舢板，再到卡车，国际援华医疗队的成员们用尽一切能想到的方式航行数千公里抵达中国。他们有的孑然一身，有的成群结队，无论是否拥有家人和朋友的支持，都义无反顾一路向东。他们或遭误解，或被拘禁，在前路未明的情况下，冒着各种不确定的风险来到一个知之甚少的世界。由于心中坚定不移地奉行反法西斯主义及跨种族、跨贫富和跨国界的国际人道主义，他们未曾在名利面前迷失自己。一路向东，只为心之所向——身披白褂援助中国。

1939年西班牙共和政府失败后，伦敦援华医疗委员会成功地从法国拘留营中解救出几名难民医生，并助其获得英国临时庇护。这些难民医生包括：德籍医生贝尔、白乐夫、顾泰尔和他波兰裔太太罗莎；奥地利医生严斐德、富华德、肯德以及他西班牙籍太太玛丽亚；捷克斯洛伐克医生纪瑞德；罗马尼亚医生杨固和保加利亚医生甘扬道。两位已婚的医生顾泰尔和肯德在英国获得的签证比其他人长，因此比其他人晚一年抵达中国。与此同时，挪威援华医疗委员会得到了资助，成功地从法国难民营中帮助另外 10 位医生获得释放。

61

## 障碍重重，一路向东

### “尤梅厄斯号”：从英国到香港

当国际援华医疗队第一批欧洲医生踏上赴华征程时，严斐德这样写道：“西班牙内战已经结束了，而我们这 16 个医生组成的医疗队似乎是这场战争逻辑上的某种延续。”[1]1939 年 5 月 20 日，白乐夫、严斐德、纪瑞德三人从英格兰利物浦出发，登上了一艘属于蓝漏斗线公司 8000 吨位的旧货船“尤梅厄斯号”。[2] 30 年后，启程的场景对于白乐夫而言依然记忆犹新：

> 再见了，绿色的英国。再见了，活力的伦敦。我们 9 年后再见吧！离别是短暂而亲切的。那些资产阶级的报社也来报道我们的启程，而他们却是显得那么的不屑一顾。船从利物浦出发，慢慢向南行进。我们三人站在栏杆边，看着英国和欧洲海岸在眼前渐渐消失。[3]

3 位医生乘坐“尤梅厄斯号”，先是向南，然后东经地中海和苏伊士运河跨越印度洋，再经法属印度支那，来到中国海。之后从越南北部港市海防（Haiphong）出发，向东航行，经过海南岛，抵达香港。[4] 香港口岸卫生办公室记载道，他们于 1939 年 7 月 8 日抵达香港，[5] 抵达后很可能又很快返回海防，以配合保卫中国联盟或中国红十字会香港办事处将医疗物资从香港秘密转运到图云关的任务。白乐夫在 1939 年 7 月初的航行日记中并未详述此次行程，很可能就是因为此次任务需要保密。

## “埃涅阿斯号”：从英格兰到法兰西

贝尔、富华德、杨固和甘扬道是第二批离开英国的国际援华医生。他们于 1939 年 6 月从西班牙出发抵达伦敦，8 月 5 日从英国利物浦出发前往香港。伦敦援华医疗委员会感谢英国援华救灾基金（Relief of Distress in China）的大力支持。该基金前身为
62 市长基金（Lord Mayor Fund），由巴慕德（Dr.Harold Balme）创立。巴慕德曾在中国担任传教士，1921 年至 1927 年，任切鲁大学（Cheloo University）校长。该基金为乘坐“尤梅厄斯号”和“埃涅阿斯号”的医生们支付船票：“多亏了基金会秘书戈登·汤普森（Gordon Thompson）的努力，挪威委员会的 7 名医生和 10 名医生中除了 1 名之外，其余所有人都可以免费登上了蓝漏斗线公司的轮船。”[6]

在第一批医生乘坐“尤梅厄斯号”启程的 10 周后，杨固等第二批医生乘坐“埃涅阿斯号”从英国出发。[7] 由于错过了去利物浦的火车，他们差点赶不上“埃涅阿斯号”。当迟来的国际援华医

疗队的医生们登上“埃涅阿斯号”甲板时，根本没有时间告别欢呼。[8]汽笛响起，他们终于长吁一口气，踏上了前往中国的行程。

富华德记得，船上有50个头等舱房间。奢华的豪轮让他寝食难安。他瞧不起这些资产阶级旅行家的生活，和这些人在一起，他总显得格格不入。幸运的是，他很快就认识了船上两名从苏格兰回中国的留学生。[9]富华德描写道：

> 他们很友好，有着东方式幽默，对我们帮助很大。其中的一位姓王的学生认为教我们这些外国人汉语很有意思。一开始他们说要学好中文几乎是不可能的。但在学习几天后，我们依然信心十足。经过几日的学习积累，我们胸有成竹，觉得很快就能掌握中文了。这种乐观在学习汉语时是十分有益的。[10]

“埃涅阿斯号”拨开层层浓雾沿法国海岸线航行至比斯开湾。在“埃涅阿斯号”上，富华德和杨固上下铺共眠，甘扬道和贝尔同室就寝。[11]当船经过直布罗陀海峡时，他们望着岸边渐渐远去的西班牙，心中唏嘘不已：这个他们曾用鲜血保卫的民主国家已然落入法西斯敌人的手中，此时的他们只能寄希望，中国的前景比西班牙更好。

邮轮很快经过西班牙的科斯塔布拉瓦（Costa Brava），并于1939年8月12日抵达法国马赛。在马赛港，富华德、杨固、贝尔、甘扬道与另外10位前往中国的国际纵队医生们再次团聚。这10位国际纵队医生一天前刚从法国居尔难民营获释，他们是：傅拉都、陶维德、戎格曼夫妇、柯理格、甘理安夫妇、柯让道、沈恩和何乐经。富华德注意到，居尔营地距马赛有600多公里，他们要在这么短的时间内赶到这里，必定是日夜兼程、马不停蹄。终于，这支由12名男性和2名女性（戎格曼妻子马绮迪为医学学生，甘理安妻子甘曼妮为实验室研究员）共同组成的队伍一同踏上远赴中国的漫
63 长之旅。[12]

整个海上之夏是平静而美好的，有时他们会学学中文，有时讨论政治，畅想未来的世界，有的时候他们甚至会忘记这个世界正处在战争毁灭的边缘。“埃涅阿斯号”通过亚丁湾、经过马六甲海峡，于1939年9月1日抵达新加坡英属港口。杨固医生还记得，船刚靠岸就听说“二战”已在欧洲打响：“我们看到成群的英国舰队都处于警戒状态，一艘潜水艇正在进行综合军事演练……我们渐渐明白过来：战争开始了。德军袭击了波兰。”[13]

对于富华德而言，早在抵达新加坡之前他就产生了些许不好的预感：

> 虽然身处大洋，但战争爆发的消息仍传入我们的耳中。……在马六甲海峡，我们听说德国飞机已经轰炸了波兰所有主要城市。当我们到达新加坡时，我和另两个德国同胞贝尔和马绮迪俨然已经成为异类，成为别人眼中的敌人。气氛紧张，我们被告知不允许下船。[14]

面对这样的情况，国际援华医疗队的个别成员还曾考虑过即刻

返欧与德国法西斯开战。他们给伦敦援华医疗委员会的玛丽·吉尔克里斯特（Dr. Mary Gilchrist）发电，询问是否可以回欧洲。然而，援华医疗委员会重申，国际援华医疗队应继续按计划履行在华任务。[15] 医生们急切的心情可以理解，为中国共产党八路军服务的印度援华医生巴苏华（B. K. Basu）也曾流露希望回印度抗击法西斯的情绪：

> 某日上午 11 点，马海德医生（Dr. Ma Hai-teh，formerly George Hatem）[16] 带来了令人震惊的消息：战争已经于一周前在欧洲大陆打响。希特勒手下的德军已攻破波兰，英国对德宣战，苏联保持中立。我们设想了很多可能性，甚至不惜牺牲个人未来。爱德华 *（Dr. [M.M.] Atal）[17] 主张回到印度。说实话，我很犹豫。因为就目前的情况来看，留在这里择机再去苏联也不失为一个权宜之计。随后爱德华陪同马海德受到了毛主席的接见。根据爱德华转述，毛主席的分析是如果日本和意大利不与英国结盟的话就必定和法西斯同流合污。[18]

在离开利物浦 7 周后，“埃涅阿斯号”于 1939 年 9 月 28 日驶入香港。[19] 与此同时，在不到 7 周的时间内，德军已攻破华沙，日军也直逼长沙，华中战事告急。尽管在这样令人紧张的局势下，兼任中国同盟会和中国红十字会国外后援会秘书长的赛尔温·克拉克 64
夫人，依然在香港热情地为第二批援华医生们接风。赛尔温·克拉克夫人既是一位政治活动家，又在英国外交界握有丰富人脉。当时，

* 爱德华，为八路军服务的印度援华医生。

图九 1939年9月28日，“埃涅阿斯号”抵达香港。

从左到右分别是：柯里格、柯让道、甘理安、傅拉都、甘曼妮（她正笑着示意戎格曼和甘理安看镜头）、戎格曼、贝尔、何乐经、杨固、马绮迪（她被遮住，只有一只手露出，搭在杨固的肩上）和富华德。

（沈恩之子彼得和约瑟夫提供）

图十 1939 年 9 月一群西班牙医生抵达香港。

从左到右分别是: 戎格曼、贝尔、一位不知名的中国医生、富华德、马绮迪和柯里格。

（沈恩之子彼得和约瑟夫提供）

她正努力帮助这些医生尽快适应战时中国环境和医疗任务。

她告诉德国医生贝尔和奥地利医生富华德，他们的德奥身份很有可能在香港，这个英国殖民地，陷入尴尬。自从英国向德国正式宣战以来，香港的德、奥公民就常常面临着被捕和拘留的风险。在

65 赛尔温·克拉克女士的帮助下，在红十字会国外后援会的庇护下，几位德奥医生都幸运地逃脱了香港英国当局的逮捕。

英、中两国组织花了两个星期的时间考虑如何将这一批国际援华医疗队队员顺利地从香港送达中国西南部的中国红十字会救护总队。在保卫中国同盟会和中国红十字国外后援会的帮助下，贝尔和富华德这样的德、奥医生暂时安全了。他们焦急地等待着即将开始的内陆之旅，急切地盼望与保卫中国同盟会主席宋庆龄女士见面。

66 这次的会见令柯让道医生终生难忘。他写道："即使多年之后，我依然常常怀着钦佩的心情回想起宋庆龄女士身上散发出来的人性光芒。这是我人生的一笔终身财富。"[20] 富华德医生对宋庆龄女士的伟大人格赞不绝口，但同时，那个时候的他还不能理解，为什么她如此强烈地要求他们为势力范围在中部、西南部的国民党效力，而不是西北部的共产党。[21]

尽管宋庆龄女士的智慧和魅力令人折服，但相较于国民党，大多数医生更倾向于帮助更能代表他们价值观、更有潜力建立新秩序的中国共产党。

在香港等待的过程中，第二批抵达的队员比起随后分批前来的医生们更受关注。《纽约时报》头版刊登简讯："18 名在西班牙服役的医生抵达中国。"[22] 这种大肆宣传对国际援华医疗队来说也许并不是好事。严斐德后来叹息道，从那时起，日本人就会知晓他们在中国的存在了，一旦被俘，境况可能比蹲监狱更糟。[23]

相比之下，来自个人的欢迎更让医生们欣然接受。唐莉华（Joan

Staniforth）是 1938 年 1 月乘坐“奈尔德拉号”（Naldera）到中国的，之后一直担任赛尔温·克拉克女士的助理。[24] 在一封她的家书中，她描述了和医生们一起度过的难得的愉快时光，她感叹：“妈妈，我正和一群国际纵队的医生们在一起。这儿有波兰人、罗马尼

图十一 1939 年 10 月，西班牙医生在动身前往红十字会总部贵阳前，在香港海边享受短暂的休闲时光。

从左到右，从前到后依次为：

第一排：沈恩、柯让道、富华德

第二排：甘扬道（站立）、贝尔、佚名人士、唐莉华、何乐经和佚名人士

第三排：陶维德、甘理安和佚名人士

末排：甘曼妮（站立）、佚名人士

（白乐夫之子伯纳德提供）

亚人、保加利亚人、奥地利人和德国人！”[25]

轻松愉快的时光转瞬即逝，香港严酷的医疗现实还是着实让援华医疗队的成员们逐渐意识到问题的严重性。他们遇到了只有在教科书上才出现的热带疾病和大面积营养不良。当他们离开香港时已有预感，接下来的医疗任务只会更令人望而生畏。

## “让·拉波尔德号”：从法兰西到中国

1939年8月4日，就在“埃涅阿斯号”从法国马赛启程的8天前，孟乐克医生独自从马赛乘坐法国蒸汽邮轮“让·拉波尔德号”（Jean Laborde）前往香港。[26] 此时的孟乐克医生刚刚拿到了瑞士巴塞尔
67 大学的医学学位，与他同行的还有1939年同期毕业的同学汉斯·米勒（Hans Müller）和一位不知名的中国医生。孟乐克在1939年8月30日抵达香港前一直担心父母的安危。当德国纳粹反犹太主义还未露出其凶恶的獠牙，他就曾和父母就是否应该离开欧洲进行过争论，这也是国际援华医疗队的许多犹太家庭争执不休的核心话题：

> 当前所有国家都前景黯淡，我也预感到了前方巨大且不可预知的困难。我确信，在德国多逗留一天，我的家人就多一分被害的危险。每天发生的事件不断刷新着我的认知，我坚信：犹太人
> 68 已无法再在德国生活下去了，每分每秒危险都在加剧，所有的年轻人都在竭力举家迁离德国。移民之路即使再难，也好过我和汉斯（哥哥）时时刻刻为父母的安危提心吊胆。[27]

图十二 1938 年，在瑞士在巴塞尔大学附近的公园里，孟乐克（左一）和其他几位国际医学生，包括一位中国学生（右一）享受着屈指可数的和平时光。

（孟乐克之子罗伯特提供）

孟乐克医生的父亲阿尔弗雷德·孟乐克也是位医生。他被迫关闭私人诊所，出售家族的甜菜农场，和妻子不停辗转于柏林各个庇护所和安全屋，随身携带各种证件以便随时离开。到 1939 年，逃离德意志变得愈发困难：严格的配额、国际普遍的冷漠态度以及德国纳粹的“第二十二条军规”故意设卡等，都严重压缩了犹太难民的移民空间。例如，申请签证需要提交船票，而买船票又必须出示签证。[28] 南美和上海成为犹太难民的热门避难地，这仅仅是因为两地签证等待的时间更短。

让老孟乐克稍感安慰的是，他的长子汉斯·孟乐克（Dr. Hans

Mamlok）早在 1938 年就成功移民美国。作为一位 1933 年从波恩大学医学院（ University of Bonn Medical School）毕业的知名医生，汉斯获得美国签证要容易一些。然而，即使已经成为在美的德侨，他也是在 1944 年成为美国公民后才获许加入美国在亚洲的部队的。在此之前的 1942 年，美国陆军中德国侨医的任用级别仅限于文职岗位。[29]

作为弟弟的埃里克·孟乐克，则和肯德、严斐德[30]和王道一样
69 未获得美国签证。因此他的父母希望他能和他们一同前往南美。[31]令二老沮丧的是，26 岁的孟乐克一直在探索其他出路。1939 年 7 月，在他写给叔叔罗伯特（Robert）的信中解释了这一切：

> 你知道，在过去的 3 个月里，我一直想去中国。无奈父母坚决反对。后来我赴美签证也泡汤了……我相信从此时起，他们会逐渐接受我要去中国这个选择的。[32]

就在孟乐克医生即将登上向东出发的“让·拉波尔德号”时，他收到了父母来之不易的理解和支持：

> 亲爱的小家伙：
>
> 你知道吗？当我意识到这是我最后一次给你欧洲的地址写信时，心中是多么伤感和惆怅啊！我们多么希望你能遵从我们的意愿，一起踏上西进的轮船。但是，另一方面我也告诉自己，孩子长大了，我们无法左右你的人生选择和未来道路。
>
> 正如我们总是在你耳边念叨的那样，无论你做出怎样的决定，只要你开心，我们就会全力支持。但是你也要理解爸爸妈妈

妈矛盾的心理。我们很难不去想，就此一别，是否就是永别？因此，你无论到哪里都要及时地给我们写信让我们安心、勿念。谁也说不清楚现在这个时局到底哪一个选择更明智、更正确，或许有朝一日你和汉斯还会嘲笑我们今天的选择。到那个时候我们一家人又能坐在一起，欢聚一堂了……即使我们相隔万里，你们也要时时记得爸爸妈妈就在身边，纵使千山万水也无法让我们一家人分开。

请记住无论你在何时何地，爸爸妈妈都牵挂着你。我们希望你一路顺利，保持健康，经常给我写信说说你的近况，让我们和你一起经历你的所见、所闻、所思、所获。如果一切都顺利，我们也可以去中国，去抱抱我们的小儿子，成为世界上最幸福的父母……所以，小家伙，去吧，去享受你的选择和人生吧，尽管咱们之间隔着滚烫的红海之心。记得常常写信，别让我和你妈妈成为失忆老人。[33]

在这段特殊的困难时期，类似的家庭矛盾在西班牙内战志愿者家庭中十分常见。何乐经医生就不惜与他的“白色俄罗斯”家庭断绝关系，毅然加入到西班牙内战，与共和党人并肩作战；白乐夫医生拒绝了法西斯主义，加入了共产党，他的选择导致了他与德国家庭关系的破裂。当顾泰尔医生被迫移民到苏联时，他也被迫不再和家人联系。顾泰尔的父亲，在帮他在苏联落脚的同时，也不得不接受儿行千里父母忧的现实。他虽不赞成儿子的选择，但是却承认顾泰尔对家族的贡献，他认为自己的儿子能坚持信仰、勇于直面未来，体现了真正的“胡格诺精神”*。[34]

---

* 意指胡格诺派，宗教派别，强调敢作敢为。

当国际援华医疗队成员在得到家庭支持、明确政治信仰后，他
70 们开始考虑如何前往中国。王道和孟乐克不同于之前提到的医生，
他们没有得到英国和挪威中国医疗援助委员会或共产国际的任何组
织帮助或资助。

贵阳档案馆的资料显示，孟乐克赴华参加中国红十字会的赞助者是他的瑞士教授赫尔曼·穆瑟（Dr. Hermann Mooser）。作为国际联盟健康组织驻华代表，穆瑟有能力向他的学生伸出援手。孟乐克的家书中写道他已分别获得香港和中国的签证，并于 1939 年 8 月 30 日抵达香港。这里一切安好。[35]

然而就在两天后的 9 月 1 日，德国入侵波兰。孟乐克逐渐意识到，在这片英国殖民地上，自己已俨然成为周围人眼中的敌人。于是这样的身份使得他不得不开始寻求中国红十字会的庇护。红会驻港专员伍长耀为他提供了一份证明，上面写着：“按照林可胜博士的指示，孟乐克医生将赴贵阳开展医疗救助服务。请予以照顾护送为感。1939 年 9 月 2 日。”[36]

然而，与赛尔温·克拉克夫人的热情招待以及伦敦援华医疗委员会的大力支持形成鲜明对比的是，就在英国向德宣战后的第二天，中国红十字会对待德籍医生的态度就发生了明显变化。尽管孟乐克是怀着强烈的反法西斯信念而来的，但他仍被软禁在英国在港拘留营中。当然，这也不是他唯一的一次牢狱经历。

英国对德宣战直接影响到了中国红十字会中德裔犹太医生们的工作。例如：9 月 3 日，麦克卢尔医生（和公谊救护队一起）乘坐

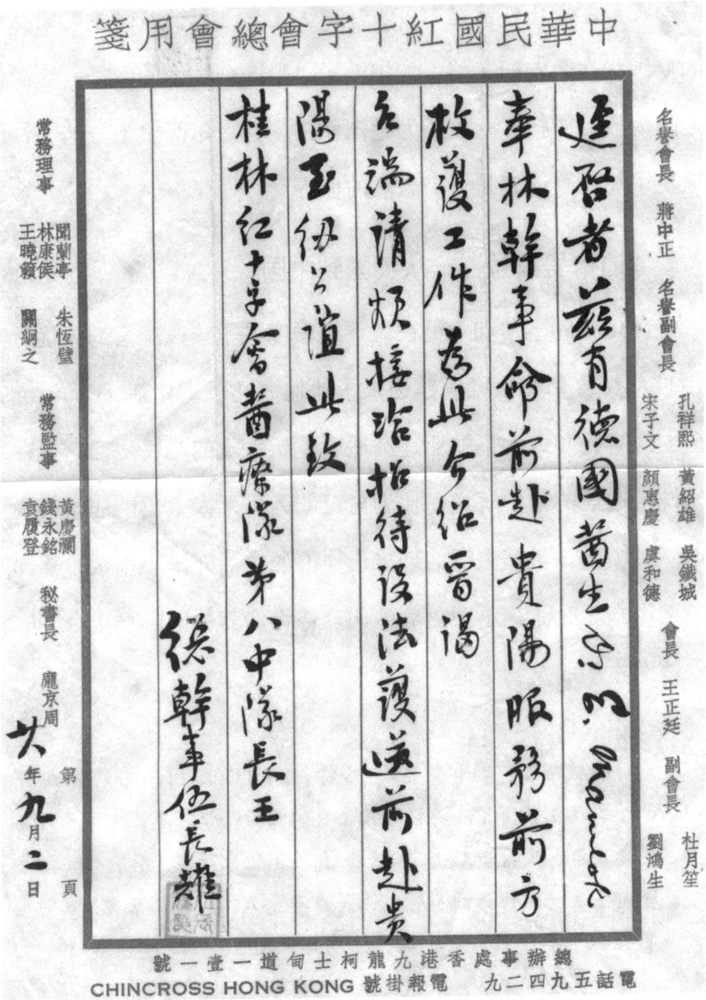
中華民國紅十字會總會用箋

名譽會長 蔣中正
名譽副會長 孔祥熙 宋子文 黃紹雄 顏惠慶 吳鐵城 虞和德
會長 王正廷
副會長 杜月笙 劉鴻生

逕啟者茲有德國醫生[illegible] Mamlok
奉林幹事命前赴貴陽服務前方
救護工作茲以介紹晉謁
左右請煩接洽招待設法護送前赴貴
陽至紉公誼此致
桂林紅十字會醫療隊第八中隊長王

總幹事伍長耀

常務理事 聞蘭亭 林康侯 王曉籟 朱恆璧 關絅之
常務監事 黃慶瀾 錢永銘 袁履登
秘書長 龐京周

廿八年九月二日 第 頁

總辦事處香港九龍柯士甸道一壹一號
電話五九四二九 電報掛號 CHINCROSS HONG KONG

图十三 1939 年 9 月中国红十字会和林可胜曾尝试安排孟乐克从香港直接转移到贵阳，但随后该计划失败。

71

（孟乐克之子罗伯特提供）

医疗物资运输车外出途中被阻，原因是车上有德裔医生。朝夕相处的德国犹太队友们突然就被扣上了“敌国公民”的帽子，这仅仅只是因为他们的护照上显示为德国籍。麦克卢尔医生十分恼怒，愤愤地说了句：“这真是一个愚蠢的世界。”[37]

## “迪卡里翁号”：从英国到中国

1940年顾泰尔和肯德在大不列颠度过了一段难忘的无忧时光。
72 1939年顾泰尔和太太罗莎迎来了他们大儿子查尔斯（Charles）的出生；肯德和太太玛丽亚逐渐适应了新大陆的难民生活，他在写给妹妹伊迪丝的信中写道，他为自己的西班牙太太玛丽亚学会说英语而感到骄傲。虽然生活的琐事让他们的生活充满小幸福，然而战争的阴影却无时无刻不跟随着他们。像许多其他国际援华医生一样，肯德医生的朋友知道他并不甘于此：

> 在援华医疗委员会都铎·哈特（Dr. [Tudor] Hart）的帮助下，他（肯德）获得了在英停留几个月的临时签证。不过大家估计，他是还会和太太一起去中国……在英国他未获准工作，但他的妻子却成了一名优秀的裁缝。他因为不能工作而郁郁寡欢，同时也不能抛下妻子独自去中国。他们曾试图去美国，并于1939年3月提交了签证申请，但却被告知需要等上三四年。[38]

顾泰尔和太太罗莎也因获得英国临时庇护过了一段太平日子。其间英国的进步人士，尤其是伦敦援华医疗委员会秘书吉尔克里斯特（Dr. Mary Gilchrist），向他们伸出了援手。顾泰尔夫妇曾在短时间内为一群家眷已撤离伦敦的贵格会教徒当过管家*。[39]然而，与国际旅的队友们一起反抗法西斯的理想仍在他心中盘旋。

1940年7月30日，肯德和顾泰尔终于登上“迪卡里翁号”蒸汽轮船，从利物浦启航。他们的太太们未获准同行，因为“迪卡里翁号”是一艘武装商船，禁止携带妇女和儿童。2位医生与5名返华的中国留学生同行。据海事记录显示，两名医生前往新加坡，中国学生的目的地是香港。30岁的顾泰尔医生被列为德国人（当时英国人眼中的敌国国民）；32岁的奥地利医生肯德被列为西班牙国籍。[40]顾泰尔描述了他们在“迪卡里翁号”上的经历：

> 轮船在行驶几公里后，开到了一望无际的公海。我们船上所有人都一样，哪怕是轮值的工作人员。但我们仍能感到被人为、刻意地区别对待。我们和大家用餐的地点不同、时间也不同。在新加坡，中国红十字会的一位代表邀请了我们用晚餐，但这是一次非常官方的行为，完全没有从前在西班牙招待会上那样的热忱。当海上航行于1940年在仰光结束时，我们受到来自英国传教士的善意帮助和接待，他们能够更好地理解这些医生的人道主义目标，并力所能及提供帮助。[41]

剩下的几名未来国际援华医疗队的成员也相继以不同的方式分 73
别来到中国。这其中就包括了英国女医生芭芭拉·高田宜，奥地利医生王道和太太王苏珊，罗马尼亚女医生柯芝兰和美国女医生阿黛尔·科恩。他们当时是如何前往中国的，至今许多细节仍不得而知。

* “管家”一职是英国1939年为庇护申请者提供的一种工作签证。

然而，有一点可以确定的是，1940 年高田宜是在公谊救护队的帮助下，从印度抵达中国红十字会贵阳总部的。在去往中国前她曾在印度孟买哈夫金研究所（Haffkine Institute in Mumbai）从事热带病学研究。[42]

王道于1938年9月与王苏珊结婚。在其妻妹伊丽莎白(Elisabeth Eisenberger）的帮助下，他们逃到了英国。伊丽莎白在多年前就已从奥地利移居英格兰，因此可以资助王道夫妇，并向王道的弟弟发出访问英国的邀请函。就这样两家亲上加亲：王道和姐姐苏珊珠联璧合，妻妹伊丽莎白又和王道的弟弟喜结连理，定居英国。1938 年 11 月王道夫妇从英国出发前往中国。[43]

在所有成员中，柯让道的妻子柯芝兰的赴华之旅最为曲折漫长，可以说是万里迢迢、历尽艰险。由于当时对志愿者的记录甚少，许多细节至今未明，只知道她于 1940 年通过陆路交通横跨欧洲，穿过苏联到达满洲里。要知道这一路上的许多国家正陷入战火连天的“二战”。[44] 当柯氏医生夫妇终于团聚，他们的中国同事都不禁为他们高兴激动：“他们非常亲密，尤其是可爱的芝兰，经常在晚饭后挽着丈夫的胳膊在山上散步，要不就是陪着丈夫挑灯夜读。”[45]

## 乘“加利福尼亚号”到中国

阿黛尔·科恩是最后一位抵达中国的国际援华医疗队成员，同时也是唯一一位出生于美国的女医生。她于 1941 年秋乘蒸汽船从旧金山，沿着太平洋加利福尼亚爪哇线航行，经马尼拉到香港。到达马尼拉后，科恩博士表达了对菲律宾结核病协会一路支持的感谢。她说：“要是没有他们我早就破产好几回了。”[46] 科恩还感谢了中国红十字会国外后援会赛尔温·克拉克夫人的帮助：“在香港她对我非常好，尤其是促成我的重庆之行。”与此同时，赛尔温·克拉克夫人还写信给美国医药援华会的许肇堆说：“初到香港的外国人更需要热情招待。要是还有人来，您最好让他们直接来找我。”[47]

强烈的反法西斯信仰显然没有把科恩和高田宜这样的女医生同男性援华医生们区分开来。除了性别，她们和其他男医生们没有任何差别。但与其他难民医生不同的是，科恩和高田宜的中国之行并 74
非出于迫害或拘禁的现实考虑，而是尊崇个人的信仰与信念。从这个意义上说，她们的选择更纯粹、更高尚，毕竟从当时的时局来看，留在自己的国家肯定会比来到中国更安全、更舒适。她们的精神高度是其他国际援华医疗队成员们难以企及的。

## 从中国沿海到小城贵阳

白乐夫和严斐德是唯一通过法属印度支那抵达中国红十字会总部的德裔和奥地利医生。由于当时法、英还未向德宣战，他们得以侥幸通关。1939 年 7 月 11 日，在越南北部城市海防，白乐夫描述了他一板一眼的日耳曼思维与悠然随意的南亚节奏的碰撞：

> 在海防闷热空气的笼罩中，等待很快就变成一种煎熬。我们终日漫无目的地盯着房间墙上爬来爬去的蜥蜴，漫步雨水浸透的小巷，注视着来来往往的居民，无所事事。似乎除了磨性子以外，在这里也没有什么可以做的了。终于，一位姓王的中国红十字会医生出现在我们面前，把我们带上了一辆旧的史蒂倍克（车名）。就这样连同驾驶员一共5人，人挤人、行李堆行李地就出发了。[48]

拥挤不堪的史蒂倍克卡车是战时中国的主要交通工具。史蒂倍克制造商接受了中国红十字会的小批订单，制造出了能很好适应战时中国有限道路条件的卡车。而有的汽车则没有那么实用，例如，麦克卢尔所在的公谊救护队采购的雪佛兰就有这方面的问题："（我们）回到仰光，是为了提取救护队采购的几辆雪佛兰救护车。可是它们比滇缅公路上狭窄的道路和桥梁还要宽六英寸，根本无法顺利通行，又不能退回，着实心烦。"[49]

经过在热带城市——越南海防的无休无止的等待后，严斐德、纪瑞德和白乐夫继续北上，开始了道长路艰的中国内陆之行：

> 我们穿过红河三角洲的热带河谷，经过成片的稻田和丛林，
> 次日抵达河内，北上进入中国边境。我们走的这条路是当时为数
> 不多保存下来的道路，也是连通次大陆与外部世界物资供应的生
> 命线，更是成为日本轰炸机的重要目标。在多次成功躲过日本空
> 袭后，我们到达了中国边境重镇凉山。在口岸，人群匆忙而又紧
> 75 张地进进出出，一排排卡车在热浪中掀起阵阵沙尘，路旁都是竹
> 子搭建的小屋……几天来，车辙斑驳的道路上尘云笼罩，随处可
> 见炮弹留下的坑和沿途不堪重负的破卡车，随时抬头都可能看见

低空呼啸而过的敌机。而这一切对我们来说，却是新征程的开始。

在去往贵州省会贵阳的途中，我们穿越了华南山区，路过许多村镇，看到了广西一座座如笋般的小山，还听到了“刘三姐”的民歌。我们的旅途常被迫中断数小时至几天不等，只能待炸毁的桥梁和道路抢修后才能勉强通行。[50]

1939 年 7 月 27 日，国际援华医疗队第一批成员抵达了目的地——坐落于贵州省贵阳市南郊的图云关村，至此开启了他们长达 9 年的援华医疗工作。

两个月后，同样的路线已不能再走了。援华医疗委员会必须要重新探索其他路线，才能把“埃涅阿斯号”上的第二批医生从香港转移至中国内地。在日军入侵之前，这一切本不是问题，可以乘火车从广州直达腹地汉口。而当下，日军已掐断所有东西向路线，与此同时，还向法国施压，要求其关闭从印度支那通往中国的物资和劳资运输通道。

虽从印度支那线取道贵阳仍是一个可行方案，但在英、法向德国宣战后，对德籍和奥籍医生贝尔和富华德来说，这条线路就不能走了。因此，他们不得不另辟蹊径离开香港。

幸运的是，援华医疗委员会为贝尔和富华德安排了航班。他们从香港飞行 1110 公里，到中国西南部战时陪都重庆，然后向南行驶 370 公里到贵阳。第二批次的其他成员白乐夫、严斐德和纪瑞德将跨越国境线，横跨 981.7 公里，从海防抵达贵阳。这群人很幸运，由于国共第二次合作相对顺利，他们平安通过日占区和根据地到达中国红十字会总部。

贝尔和富华德平安飞抵重庆，其余的人则转乘船舶、火车、汽车或步行缓慢向北跋涉。他们乘的小船刚出港，便遭遇一场强烈的
76 热带风暴。由于没有足够的装备和心理准备，暴风、晕船让这群医生十分痛苦。当他们经印度支那进入中国时，南宁和柳州的年轻人热烈地欢迎他们，就像他们当初到达西班牙那样，耳边随时响起苏联革命歌曲。当然，这些欢迎活动是短暂的，当局当即叫停一切途中的欢庆活动。[51]

当大家最终抵达贵州时，旅途辛劳已让大家兴致全无，行程变得愈加艰难。20世纪30年代末，中国云贵高原的交通是十分落后的。英国作家奥登（W. H. Auden）曾描写：

> 这条路蜿蜒曲折，就像一只被猫鼬袭击而痉挛的蛇。一个不留神，连人带车就会栽到路边草丛里。来不及躲闪的母鸡被车碾后还在沙尘里不时抽搐，每经过一个转弯，车上的人都不禁闭上双眼发出尖叫。但是司机只是轻蔑地暗中一笑，仿佛死神一般任凭一车人尖叫着在弯道上被甩来甩去。[52]

在经过几日辗转颠簸和成功躲避日军空袭后，第二批国际援华医疗队员最终抵达红十字会总部。[53]与此同时，1939年10月16日，德国纳粹空袭英国，整个世界也宛如一辆失去刹车的车辆，在一条方向不明的道路上，失控疾驰。

虽然孟乐克是在“埃涅阿斯号”抵达的前几天抵达香港的，但

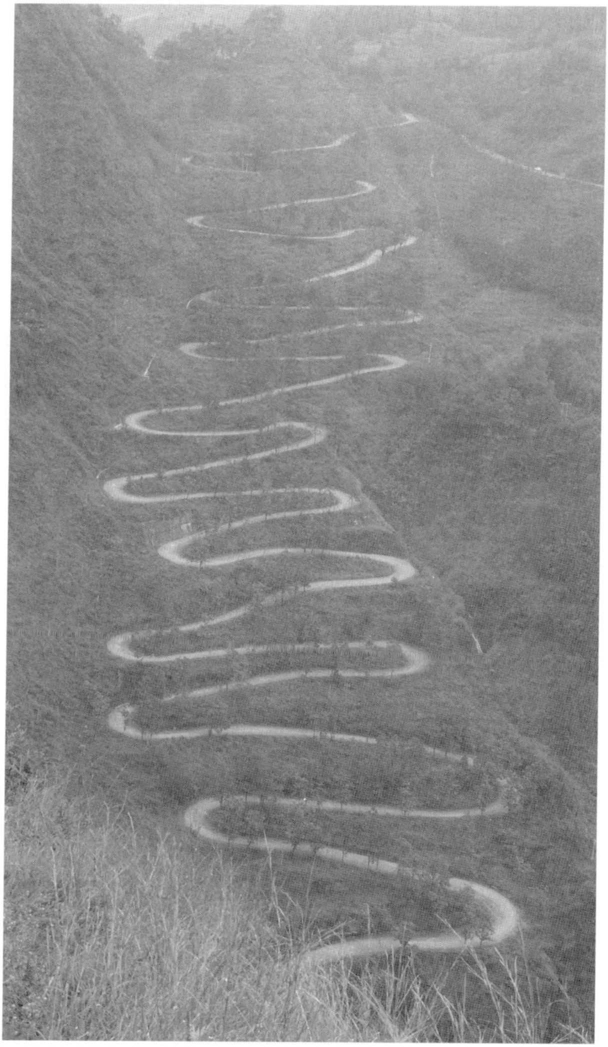

图十四　滇缅公路中国段的延伸，位于贵州省的“24道拐”。该图摄于2015年，该段极富特点的山路已被修缮保护。 77

（孟乐克之子罗伯特提供）

他的德国国籍则迫使他不得不迂回绕路。1939 年 9 月，他从上海寄出家书：

> 请原谅我好久没有写信了。在过去的几个月里，所有的事情都不明朗，但至少现在我可以肯定的是：几个小时后，我将乘船从上海到宁波，然后再到中国内陆西南部的贵州省贵阳市。在德语地图里，这个城市被称为 Kueijang。抵达后，我会成为中国红十字会的医生，相信这个选择一定会很有意义。在战争期间，我还去了香港，本希望与中国红十字会其他医生一路同行，但是因为我是德国护照，只能留在一个条件还不错的收容所里。他们待我还算客气，在待了 6 天后，我被驱逐到了上海。现在一切安好，尽管有战争，但中国红十字会还是解决了很多事情。[54]

78 事实上在 1939 年，从上海到贵阳的 1543 公里路程需要横穿多个日占区，绝非像孟乐克家书中那般轻描淡写。报喜不报忧的他可能不想向父母承认，去南美其实是一个更好更安全的选择。而同为医生的华侨亚瑟·钟（Dr. Chung）可能会更倾向于他父母的选择。他曾写道，从宁沪地区到浙、赣两省，即便是在和平年代，也是一次非凡的长途旅行，更何况是在战火连天的年代。只有最勇敢的人才会迈出这一步。[55]

仅在宁沪一带就风险重重。1939 年 5 月，史沫莱特在《中国周刊》（*China Weekly*）上写道，一名日本海军军官在一艘驱逐舰上拦截了一艘名为“Tembien”的医疗救灾船，该船携带医疗用品和食品从上海驶向宁波。若不及时返航，日本人就会向这艘载有 10 名中国医生和21名护士的船开火。日本海军军官告诉负责医生："我们不想看到有任何人帮助中国人治疗，我们希望他们死。"[56]

尽管孟乐克被从英国殖民地——香港驱逐到上海，尽管他已经有过被关押的前车之鉴，孟乐克仍然为自己离目的地更近一步而感到激动。他在家书中费心尽数战时中国的美好，只字不提途中的艰辛与未知不测，只为同样远在他乡的家人能安心勿挂：

> 中国的风景很美。这个山区省份（贵州）的许多道路都是战事开始才修建的。这里的公路环绕山巅，和白云石公路有些相似（白云石是意大利东北部的一个山脉，被联合国教科文组织列为世界遗产。那里有垂直的城墙，陡峭的悬崖和狭窄、幽深的峡谷）。山间梯田环绕，景色绝佳。真希望这样充满美景的行程能再来上几千公里。要走完这段路需要几个星期，但在中国，这点时间和距离简直不值一提。[57]

时间和距离在战时中国扮演着重要的角色。在1939年秋季，一批又一批难民和队伍涌向中国西部。他们把中国沿海残余的机构和工业，一个一个、一点一点，如蚂蚁搬家一样迁入西部山区。

许多历史学家认为这次大迁徙可能是人类历史上最大的一次迁徙，如同1940年春，英军从法国敦刻尔克（Dunkirk）大规模撤军到英国多佛的人类迁移奇迹。然而对于中国难民而言，这样的撤离意味着前方之路危机四伏：走大道和运河，很可能遭遇日本敌机；
走林间小路，老道上的匪帮一样令人闻风丧胆。总之，无论如何， 79
1939年的中国之行绝对比孟乐克和其他队员家书中蜻蜓点水的描

述要更加险象环生。

1938 年 12 月 20 日，孟威廉（Dr. Wilhelm Mann）乘坐满载的维多利亚号，从意大利热那亚港（Genoa, Italy）到上海。他发现，1936 年后，随着英国和其他欧洲国家、北美洲、南美洲、新西兰和澳大利亚对纳粹难民移民通道的关闭，上海已成为犹太难民最后的容身之地。23 岁的孟威廉暂居上海虹口战时贫民窟。在“二战”期间，对于 20000 多名犹太难民及其中 408 名外国难民医生来说，这里却宛如天堂。[58] 虹口于 1945 年 9 月 3 日从日本人手中解放，而借居上海的犹太人大多都于 1949 年离开。虽然战时情况严峻，但虹口却至少为犹太难民提供了基本的安全保障和宽容的生存环境。

然而，对于孟威廉来说最让他难以接受的是无法继续他的生物化学工作。在国际联盟卫生组织工作的埃里克·兰道尔医生（Dr. Erich Landauer）的帮助下，孟威廉也踏上从上海到贵阳的漫长旅途。在黑夜的掩护下，他和兰道尔从上海通宵赶赴宁波港，之后南行穿过已沦陷的浙江，横跨大半个中国，最终抵达中国红十字会医疗救援队总部。孟威廉医生曾写道，只有当自己真正成为数以万计的难民中的一员，慌不择路地以各种可以想象的交通工具逃离战火时，他才能体会到，什么是人类的混乱与崩溃。[59]

就这样，1939 年 9 月，孟乐克和孟威廉两位医生以同样的方式分别从上海辗转至贵阳。他们也许之前从未相识，但身上却拥有所有中国红十字会救护总队和国际援华医疗队成员的共同特质：走别人少走的路，做鲜有人做的选择。

抗战期间选择留在上海的犹太医生仍然占绝大多数。虽然在上海有 400 多名犹太医生和牙医，但参加抗日斗争的人相对较少。孟乐克在上海待了 3 周后选择离开；孟威廉也在上海待了 8 个月后加入到中国红十字会。此外，值得注意的还有罗生特医生（Dr. Jacob Rosenfeld）和傅来医生（Richard Stein Frey ）。奥地利犹太医生罗生特于 1941 加入中国共产党新四军和八路军。他是一名泌尿科医师，毕业于维也纳大学医学院。他似乎没有在中国与他
的奥地利同胞富华德、严斐德或王道有过任何联系。傅来是奥地利 80
共产党党员，1939 年，19 岁的他移居上海，自学针灸和医学，两年后加入八路军。

在上海生活了两年的罗生特和傅来加入了共产党医疗队。和白求恩、严斐德、纪瑞德和白乐夫一样，他们也为自己在战时中国为抗日军民服务感到自豪和骄傲：无论是反纳粹、反法西斯，还是支援西班牙、中国，抑或是放弃在上海、中国香港、布拉格、蒙得维的亚、巴黎乃至纽约的舒适生活，这一切都需要拥有难以想象的勇气和决心。对于国际援华成员们来说，庸庸碌碌、苟且偷生是他们此生都不会接受的选择。

1940 年，当德国医生顾泰尔和奥地利医生肯德乘坐的邮轮——“迪卡里昂号”停靠在缅甸仰光时，他们已无法再走香港或印度支那的老路前往贵阳了。和德籍医生贝尔及奥地利医生富华德一样，他们乘上飞机直抵重庆。从天上俯瞰，他们领略到中国西南

美丽的梯田和喀斯特地貌。壮观的标志性岩溶遍布贵州、广西和云南，是联合国教科文组织的世界遗产。他们还飞过了大轰炸后的重庆，在自然美景的另一面却是战争对世界的破坏以及他们对未来的担忧。

同样为中国战事忧心的还有穿越了半个中国的美国女医生科恩。她记述道，她有幸在马尼拉和香港停留，这有助于她更好地适应这片战火连天的新大陆。这很重要，因为战时中国随处都上演着死亡、饥饿和人间的各种苦难，直击人心：“街上横尸遍地，年轻人和老年人腿上都有大面积溃烂，身体消瘦，腿部浮肿，是正常人的 3 到 4 倍。”[60]

虽然一路上的见闻更深化了科恩对中国的了解，但当她到达重庆时，口袋里仅剩下 40 美元，行李也来不及送达。正如白乐夫、顾泰尔和孟乐克已经领悟到的那样，时间和空间的概念在西方世界和战时中国有着天壤之别。幸运的是，林可胜博士也同期抵达重庆。他们一同骑马两天两夜来到中国红十字会总部的新家——离她家乡纽约罗切斯特市（Rochester）12231 多公里的小城——贵阳。科
81 恩医生有幸在途中更进一步地了解中国红十字会救护总队队长林可胜：“他是我们灵感的源泉。我们都由衷感叹，能与一位发自心内心为国奉献，且竭尽所能、鞠躬尽瘁的人一起工作，的确是我们的荣幸。”[61] 然而，并非所有的国际援华医疗队的成员都对中国红十字会总部有如此亲切的第一印象。

到达中国绝非易事，生存下来更是考验。接下来的章节将讲述

医生们如何面对接下来的生活与工作。当然，这些加入到红十字会救护总队的医生与留在上海的犹太医生似乎有很大的不同：他们更富冒险精神，对人性有着强烈的责任感，是社会和政治上的理想主义者和国际主义者。他们也许更固执，为追求心中的理想不惜孤注一掷。这些共同点紧密地团结着这群犹太和非犹太医生，在战时中国这段非凡的历史中，绽放属于他们的精彩。

# 国际援华医疗队在战时中国

# 第二部分

# 第五章 中国红十字会救护总队的政治和文化环境

## 政治环境

83 远在西南云贵高原的中国红十字会总部，陆陆续续地迎来了从华北、华南和西南边境辗转而来的国际援华医疗队队员。1939 年 10 月 7 日，孟乐克在日记中把这个离家 8047 多公里的城市——贵阳，描述成一个被群山环绕的高原要塞古城：它的天空总是灰蒙蒙的，夏天炎热潮湿，冬天干燥寒冷。比起自然环境更让人无法忽略的是这里绝对的赤贫。“冬天，人们住在茅草屋和竹棚里，身上裹着长袄，里面塞满了任何能塞进去的材料。”[1] 尽管他们刚刚才目睹了沿海哀鸿遍野的大迁徙，但此地的贫困还是极大地超出了他们的想象。贵州的贫瘠、落后及其与东部沿海的巨大经济差距早在战前就已形成，加之西南大后方要在短时间内接纳数以亿计的难民，本就捉襟见肘的各种资源也变得更加紧张。

国际援华医疗队的最后6.4公里路是从贵阳市区到救护总队驻地——图云关村。[2]短短的几里路几乎全在上坡。新西兰记者贝特兰（Bertram）描述了他1939年抵达图云关总部时的场景：

> 登上图云关，眼前是原始的石膏和圆木屋顶。他们如同乡舍
> 一样隐藏在一片山林之中。在一个隐蔽的山谷里，有一个长长的
> 病房，那是拥有1000个床位的167陆军医院，同样也是培训医
> 护人员的卫训所。对面山上一排排的谷仓被改为学生宿舍，茅草 84
> 屋顶下是木制三层高低床。救护车在周围零星分布，旁边还有一
> 个修理店和几个供学生居住的帐篷群。[3]

当乘坐“埃涅阿斯号”的第二批西班牙医生们抵达图云关时，富华德难掩心中的失落。与当初他到西班牙的情景形成鲜明对比的是，他既没有看到举起拳头、摇旗呐喊的人群，也没有受到如英雄般的欢迎：

> 我们被带到一个用作储藏室的棚屋里，一屋子的旧箱子一直堆到房顶。后来来了些工人把箱子挪开，才勉强能让10人容身。甘理安的太太甘曼妮和马绮迪两位女士被安置在另一个窝棚里。更让人感到惊讶的是，尽管这里漏不遮风、四壁空空，但在整个红十字会总部，几乎没有比这半开放的仓库更合适居住的地方了。“乔迁新禧。”甘扬道对我说道。[4]

即使科恩在两年后抵达，这里的条件仍然没有多大的改善：

我发现这里几乎没有容身之所。与其说这里是外国医生的宿舍，还不如说这里更像猪圈，而且人满为患，11 个人挤在 3 个大炕上。我被带到了一个原本是浴室的房间，里面的地板上落满灰尘，没有天花板，只要一下雨，屋檐水就会漏进来。房间里唯一的光源就是门，可若是把门打开，就得不停驱赶院子里养的那二十几只鸡、满身跳蚤的狗，偶尔还有一只上蹿下跳的猫。更恐怖的是老鼠，相当瘆人……房子没有电，每每寒夜来临，屋内只有蜡烛和木炭聊以取暖。[5]

虽然窘迫程度出乎意料，但国际援华医疗队的大多数队员并没有过多挑剔，他们都急切期待着有机会拜访中国红十字会救护总队队长林可胜和其他人员。

作为一名记者，贝特兰有幸见证了这一时刻。在图云关，他参加了林可胜博士与援华医生们的第一次见面。用他的话来说，纪瑞德、白乐夫、严斐德和林可胜所秉持的更具实施性和革命性的共同见地，一定会让医学伦理学家柯罗宁（Dr. A. J. Cronin，《城堡》的作者）为之振奋。[6] 贝特兰回忆道，林博士与医生们相互钦佩，在诸多问题上都可谓是英雄所见略同：

“大多数现代药品都夸大其词……我们尝试把必备药品减至十几种，大量供应。”

“……前线手术只是一个富有浪漫色彩的神话，哪怕医生发挥完美，病人死亡率也十分高，得不偿失。对伤患处进行及时的处理和固定，既有利于健康恢复，也有利于把伤员从前线运回。关键在于如何组织。”

“只要能得到上级指挥官的认可，我们所做的卫生工作对军

图十五 在卡车无法抵达的地方，常常依靠人力搬运。这些中国士兵搬运着沉重的、装满冷冻血液的箱子运往中国红十字会救护总队总部。

（美国国家档案馆图片编号：208-FO-OWI-3395）

队来说就值十几个师了。”

“西班牙的情况又在中国重演。” 85

“林博士绝对是一个现实主义者，他的措施都非常实用。”[7]

对于林博士认真听取西班牙内战前线救援经验的态度，并积极运用于中国战场上的做法，严斐德给予了高度评价。富华德引述林博士的说法，把到医学救援小队推上战场前线这一决定，对中国红十字而言是具有非凡开创性和实验性的。[8] 但其实，早在 1938 年，在国际援华医疗队成员尚未抵达之前，林博士就与白求恩有过会面了。西班牙内战中采用的军事医学创新很可能在那时就已经运用到中国战场上了，这使得我方比敌军在战场救护方面更具战略优势。无论是林可胜、白求恩还是所有国际援华医疗队的成员，都一致推崇将前线救援队灵活化、小组化的主张。医生们都旗帜鲜明地把自己的个人发展与前线医疗改革紧密地结合在一起，以此支持战地救援工作改进。在西班牙内战的救援经验使他们得出结论：通过及时输血、外科干预和骨折固定，可以大大降低伤者的发病率和死亡率。然而在当时，这种理念是十分超前的，即使是类似的 MASH（陆军移动外科医院）理念也是在 20 年之后的朝鲜战争中才在美军中出现。而就是这样一个超前的理念被中国红十字会采用了：把救护队分为医疗、医防、医护和救护分队，各司其职，机动灵活应对战场情况。虽然林可胜总队长采纳了这项超前的战地救援策略，但在会内仍有许多人持反对意见和抵触情绪。例如，顾泰尔之后曾写道：
86 在敌人撤退很久之后，担架队才大张旗鼓地赶赴“前线”。[9]

国际医疗救援队的成员打心底里佩服这位极富人格魅力、锐意创新的总队长。例如孟威廉曾经写道：无论是在海内外人才招募还是组织动员，林可胜总能一呼百应。[10] 严斐德形容他是一位活泼雄辩、在艺术和科学上都造诣深厚的人。他的思路兼具科学性和人道主义光芒，他本人也颇具君子儒雅风范。[11] 科恩医生补充：“林博士是我们灵感的源泉。我们都由衷感叹，能与这样一位发自内心为国奉献、竭尽所能、鞠躬尽瘁的人一起工作，的确是我们的荣幸。”[12] 作家胡德兰（Freda Utley）发表在《亚洲杂志》的文章中描述了她对林可胜总队长的总结：

他身上兼具中西方优点，既有中国人的耐心、幽默和宽容，又像西方人那样对科学和人格绝对坚守，对面子和形式主义不屑一顾。他了解和热爱自己的人民，但同时又对他们不报任何不切实际的幻想。[13]

林可胜的确是领导中国红十字会救护总队当之无愧的灵魂人物。在对这些赞许表示感谢的同时，他也非常钦佩这群积极主动的援华医生。他在1939年8月向中国红十字会主席王正廷提交的报告中，专门提到了这群和他一样团结无私的医生：

来自西班牙的3位外科医生严斐德、白乐夫和纪瑞德已经抵达贵阳。他们每个人都十分出色，我正进一步了解他们的专业技能。目前看来，他们都十分称职，希望接下来会对我们的工作有很大帮助。这些医生都曾在西班牙服役两年，由伦敦的援华医疗委员会支付工资。纪瑞德医生是一位经验丰富的外科医生，他已随我们的小组被派往西北前线。严斐德和白乐夫也即将前往中部腹地。他们面对困难很少抱怨，有战地经验、能力强、技术过硬，诚心诚意帮助中国。我们十分高兴有这么多这样素质的医生前来支援。[14]

总之，林博士对这样一群具有高积极性、旗帜鲜明的反法西斯难民医生有着非常积极正面的印象。1939年，他显然想招募更多的外国难民医生到中国。林博士向中国红十字会国外后援会的赛尔温·克拉克夫人表达了这一想法，随后这一建议就被转达至援华委员会：

> 通过前期观察，我们发现，虽然这些医生来到中国的原因是政治迫害，而非纯粹出自人道主义精神，但他们表现出来的态度和专业技能却大大超出我们的意料。对中国抗日战争的理解和反
> 87 法西斯的国际主义追求使得他们迅速适应了中国的条件，以坚定的勇气、定力，克服战时中国极苦的生活和工作环境。若是没有这样背景的医生恐怕难以适应这样艰苦的条件。[15]

几个月后，林总队长又先后迎来了14位从伦敦出发，由挪威中国医疗援助委员会派来的外国志愿医生。德籍医生富华德和贝尔乘飞机经重庆于10月11日最先抵达，其余人员于10月16日经印度支那抵筑。[16] 11月5日林总队长记录到，他们被暂时安排在167陆军医院工作，不久将被派往战场。他还写道，另外两名抵达的外国医生（可能是孟乐克和王道医生）已被任命为后备医生。[17]

林总队长撰文报告王正廷主席，第二批抵达的国际援华医疗队医生已于1939年12月赶赴前线："12月8日，14位西班牙医生已分别被编入湖南境内的第六队和江苏境内的第五队。他们将由5名中国医生和其他人员陪同，赴前线各大部队，推行新的前线医疗服务模式。"[18]

尽管前线需求巨大，战地救援医生本应多多益善，但国际援华医疗队的成员们很快发现他们与救护总队的"蜜月期"已到头了，许多红十字会里的中国医生根本就不待见他们。严斐德这样解释

这种现象：

> 蒋介石、国民党治下的中国政府对我们的到来显得那么冷漠，漫不经心。当我们开始投入工作后，医院的医生和病人中立即充满了风言风语，说我们这群受到政治和种族迫害的人，不远万里来到这里，动机非常可疑。他们说，我们中有的是从集中营里释放出来的，有的是为躲避拘留才逃到中国来。而那些离开自己国家的医生会是什么样的人呢？在他们眼中，我们很“丢脸”。遭受如此非议，如同当头一棒，上一刻我们还沉浸在西班牙人民那热情洋溢的欢迎和团结一致的国际主义中，这一刻仿佛又突然陷入了中国官僚主义冰冷、麻木的谷底。[19]

同样，顾泰尔也曾写道，当时的中国人并不能理解一个德国人顶着叛徒或罪犯的污名逃离祖国，其中有着怎样的辛酸和无奈。在他们看来，这简直是狼狈不堪、颜面扫地。在 20 世纪 30 年代民族 88
主义盛行的中国社会，被公然批评或被人蔑视都是极“丢脸”的，是国民党治下的中国民间最不可接受、最糟糕的事情之一。然而与之截然相反的是，在中国共产党八路军和新四军中服务的两位犹太人，奥地利医生罗生特(Dr. Jacob Rosenfeld)和德国医生米勒(Dr. Hans Müller）却从未抱怨过他们的德、奥难民身份在共产党中给他们带来过的任何困扰。顾泰尔事后猜测，他们在红十字会中遭受的这种一言难尽的态度，很可能和国民党内很多人同情希特勒有关。[20]

好在，欧洲向世界灌输的反犹太思想并未在中国落地生根。战时中国的犹太记者指出，中国没有反犹太史。[21] 犹太人富裕、重商、重政的形象在欧洲成为众矢之的，但在中国文化中却反而成为被欣赏、钦佩和尊重的对象。再加上在那个年代两个民族都遭受迫害与重创，彼此间自然多了一份惺惺相惜。[22]

而白乐夫医生则认为，相较其他原因，西班牙医生与国民党之间的政治分歧才是国际援华医疗队饱受歧视的原因：

> 林可胜博士建立了一个组织良好的医疗救助中心。他和他的追随者们来自北京或东部沿海沦陷区。其中有好几个医生和学生为了跟随他参加抗日斗争，背井离乡来到这里……我们很快就感觉到，他们中的大多数人同情左翼进步力量，虽身在西南，却满怀希望，望向西北。尽管国共处于“休战”状态，但迫于反动势力压力，医生们在政治上小心翼翼，因为任何同情共产党的言行都将招致残酷迫害。[23]

这样的双重矛盾使得红十字会内部的形式更为复杂。一方面红十字会与军卫署亟须更多的医生，另一方面他们对思想“左倾”的国际援华医疗队医生们又难以容忍，双方分歧越发明显。杨固和富华德医生清楚记得发生在他们身上的怪事：他们抵达不久后，部分援华医生的衣服和钱包就不翼而飞了。第二天警察又前来将“寻获”的物品归还，虽然贵重物品都未丢失，但仍有一些私人文件下落不明。[24] 他们很清楚地意识到，这不是闹了窃贼，而是情报机构对他们开展的调查。

国际援华医疗队医生们的共产党员身份以及毫不掩饰的对新四

军和八路军的渴望，使得当局对他们时刻保持警惕和怀疑。国民党治下的红十字会当然知道这群西班牙医生的来历和政治诉求。与此 89
同时，国际援华医疗救援队的医生们也急切地探寻，如何才能跨越国共两党的鸿沟，充分发挥他们为战时中国效力的愿望。通过与共产国际联系，西班牙医生向中国共产党驻重庆代表周恩来表明了这样的想法。杨固记录道，周恩来还是建议他们“暂时应听从中国红十字会安排，安心工作”。[25]孟威廉也写道，周恩来还和西班牙医生中的共产党代表傅拉都说：“你们应该继续治疗国军伤兵……大家都是中国人！”[26]

尽管他们不得不继续留任救护总队，但医生们仍然觉察到了一种微妙的政治孤独感和人际疏离感。他们写道，自己好像被孤立了，周围的同事可能被警告，不许与他们交往过密。[27]富华德补充道，尽管如此，仍有一些会双语的中国女医生会冒险警告他们，潜在的政治危机一触即发：

> 他们根本不信任你！…你的善意在这里得不到认可，你的才华和抗日愿景也没有得到肯定。他们甚至不想用你……无论如何，他们会收集关于你的详细信息。我敢肯定的是，他们对你说的这些理念根本不买账。[28]

从某种程度而言，这样的暗中提醒已经表明，早在 1939 年，红十字会救护总队就已经存在政治分歧。之后，国民党还派观察员前往图云关，抵制亲共、同情共产党的思想在救护总队发展。一些中国红十字会救护总队的共产党员如章文晋*迫于形势，离开贵阳。[29]虽然中国共产党对救护总队的渗透程度和时间还存在争议，但很明显，国际援华医疗队对此起到了积极的推动作用。

还有一类人，既不抵触也不欢迎这些国际医生，他们也许只是不知道该如何同他们相处，对他们充满疑惑和不解。当英国作家罗伯特·佩恩（Robert Payne）访问图云关时，讲述了一位他认识的中国医生对援华医生们到来的困惑：

> 90 他很喜欢欧洲人，觉得他们是带着一种普世价值观来为红十字会服务的，但在这里又显得格格不入。他无法理解到底是怎么样的原因促使这些年轻的医学毕业生前来面对如此复杂危险的局势。他说："之前，我从未见过像他们这样的人。当然，也有些犹太人，他们医术高超，很容易在英国或美国安身立命，可他们却甘愿在这片荒野冒着危险生活、工作。是的，有的甚至是死亡。"[30]

当然，还有第三种人。他们与国际医疗救援队有着共同的反法西斯愿景。每当亚瑟·钟医生（Arthur Chung）谈起像国际纵队这样的国际主义时，他总掩饰不住和这些来自国内外的医生、东南亚的华侨一起工作的快乐。共同奉行的人道主义医疗救援理念和共同的抗日信念，把这群不同背景、来自不同地方，却又心心相印的人

* 章文晋，工程师，毕业于清华大学，1939 年加入红十字会。在迫于政治压力离开贵阳后，跟随周恩来在重庆工作，新中国成立后从事外交工作，于 1978 年升任外交部副部长。

连在一起，形成一个真正的国际纵队。[31] 他们相信联起手来，一致对外的必要性远高于国内的党派纷争，并仍寄希望于为共产党效力。

虽然中国红十字会救护总队内部对援华医生们态度迥异，但援华医生们对中国农村的印象却大致相同。他们钦佩中国广大劳动人民的勤劳，鄙视医疗机构中的腐败现象。如前所述，20 世纪 30 年代，中国军队的低薪资、低地位导致管理和医疗人员严重不足。在这种情况下，腐败无孔不入，其破坏力更是难以想象。华侨医生亚瑟·钟记录了他在黑市上的见闻：

> 司令部的窗口正对着边境检查站，我经常看到军官们脱下制服，穿上便服，漫步穿越边境以物易物。妓院的老鸨们一定也在轰轰烈烈地做着生意。我与一位军医初次认识，他当即就送了我两罐法国炼乳。我天真地接受了。没想到一周后，他把我拉到一边，问我是否愿意用一瓶奎宁“交换”我想要的东西。这个家伙固执得很，根本绕不过去，他不明白政府发行的商品为什么不能私下出售。“谁会在乎？”他说道。[32]

德国出生的记者王安娜（Anneliese Martens） 记得，当国际
援华医疗队的医生们从前线回来路过重庆时常找她谈心。她写道， 91
通常令医生们倍感震惊和心痛的不是艰苦的生活条件和工作环境，而是各领域随处可见、日益猖獗的腐败。[33]

林博士一定也意识到了这个问题。面对这样的腐败指控，很显然救护总队也未必能从贪墨成风的大环境中全身而退。林博士竭力维护他的组织免遭指控。早在 1938 年 9 月，他就曾致信美国医药

援华会：“我们欢迎美国联络官员随时来本机构调查，以粉碎针对总队的不实指控。尽管我们的工作尚存不足，但已竭力而为，不敢半分懈怠。”[34]

国际援华医疗队的成员对所见的周围机构的腐败行为义愤填膺。与之形成鲜明对比的是他们对广大团结、善良、正直的中国人民的同情与热爱：

> 富华德写道：“我们时常会遇到被背上的重物压弯了腰的农民。当他们突然抬头看到一个身着红十字制服的欧洲面孔时，脸上总是流露出一副惊讶的表情，这种惊讶绝非不礼貌的凝视或敌意，而是出于他们纯良的本性。与他们相遇总是令人感到愉悦轻松。”[35]

白乐夫对此十分赞同：

> 虽然他们（中国人）总爱开玩笑，却是忠诚可靠的伙伴，哪怕相处下来有小摩擦，但他们也不会小题大做。在中国的漫长的战争年代里，我从来没有被偷过，哪怕是把手提箱遗落在任何一个公共汽车站，也总能完璧归赵。与在欧洲听说的传闻截然相反，我对中国农民的开放合作精神感到惊讶。当然，也会有个别的农民和逃兵迫于形势逃到山里去，组成一个土匪帮，抢劫商贩，以此摆脱无法想象的贫穷。[36]

沈恩医生对那些辛勤劳作、收入微薄、靠体力吃饭的苦力尤为同情。这些人被分配去抬担架或者为救护队运送物资。沈恩曾写信向总部抗议：“我无法去要求一个劳工花去他们半个月薪水，去照一张所谓的证件照，更何况哪怕救护总队也没有资金这样做。”[37]

顾泰尔写道：

> 只要来到中国任何一个村，全村的男女老少都会围过来看“外国人”“外国佬”“大鼻子”，然后问一些诸如“你们也养鸡吗？”“有多少孩子？”这类问题。当一个农民带我们去他家时，你能感到他对你的尊重。中国人把自己看作是世界中心是有其深层次的文化渊源的，因为他们的确地处远东中央。热情好客的习俗也深植于人民心中。[38]

白乐夫补充道：

> 我们每到一处，都会遇到正在劳作的农民，他们用饭菜、辣 92
> 椒和青菜招待陌生客人。即使是饥饿的乞丐，也会不失礼貌和体贴地向我们打招呼：“您吃了吗？”“谢谢，我已经吃过了。”在一个民以食为天的国度里，关乎食物的问候也总是显得那么亲切自然。[39]

即使饱经战乱，中国人民的朴实友善也让国际援华医生们在多年后回想起来仍觉温暖如初。

尽管他们对中国老百姓表现出强烈的同情，但医生们很快感受到了战时中国复杂、严酷的政治环境和文化桎梏。虽然林博士与他们的第一次会晤轻松愉快且互生好感，但现实是：国民党治下的中国红十字会救护总队并非人人如此。对于他们的到来，有人欢迎，有人非议，还有人无法理解。严斐德和顾泰尔意识到，某种程度而言，他们的难民身份和离开祖国的事实在很多人看来是“掉面子”“不光彩的”。

白乐夫、富华德和杨固则敏锐地捕捉到更多潜在危险：首先，他们对机构腐败的直言不讳令许多大发国难财的人咬牙切齿；其次，同僚们对于西方医生的嫉妒和排外心理也让他们无所适从；最后也是最关键的，支持共产党的他们正在国民党治下的中国红十字会工作。历史证明，政治“左倾”的他们，终将无法在中国红十字会中站稳脚跟。

## 文化环境

尽管中国人民的淳朴和热情不断地支持和鼓舞着国际医疗救援队的医生们，但文化上的差异也时常令他们无可奈何。人们对他们的工作褒贬不一：一方面他们的努力被大家认可；另一方由于缺乏现代生物医学的土壤，人们似乎更依赖廉价、广泛、源远流长的中医药。国际援华医疗队的医生们来中国是为了反法西斯和改善公共
93 卫生的，但他们没有想到会卷入国共两党、东西方文明、中西医之间更为广泛、持久的矛盾冲突之中。

的确，西方的现代生物医学与中国大部分农村人口所仰赖的中医文明有着本质区别，而这种差异也成为红十字会医生与广大百姓间的障碍。“生物医学”一词源于西方，是指基于实验室数据基础

上的“西医”或“基础科学”。20世纪30年代，中西医之争可在农村地区对生物医学朦胧的认识中窥见一斑。严斐德记录道：

> 中国传统的中医药是由本草、草药和针灸穴位所组成，甚至有道教玄幻思想贯穿其中。中医盛行的其中一个原因是便宜，另一原因是以医者经验见长，而非经论证、可标准化的理论科学。教育部部长陈立夫和他的大哥陈果夫出于民族主义和其他反动因素，以牺牲现代医学为代价，大肆推行传统中医。因此，在中国若想证明现代医学的可靠性，医生和老师们得千万小心，切莫激怒占国民人口一半的中医信徒。[40]

《本草纲目》是一部综合研究根本和草本植物、品种和药理的综合研究文集。它由李时珍在16世纪末编著，被联合国教科文组织称为中医史上最全面的医学巨作。

尽管一些生物学家草率地贬低中医，但严斐德心中清楚，只要还在中国一天，就得正视陈果夫、陈立夫等人为首的“CC集团”强大的政治影响力。战后，“CC集团”曾宣称北平协和医学院的生物医学精英们所付出的努力、所取得的成果都是美国在中国搞的医学殖民。[41] 同时严斐德意识到，在中国，英美、德日医疗派别之间也存在着严重的医疗政治分化问题。这使得在战时中国，治病救人的医者天职也成为一个充满风险的职业。

斯坦福大学外科主任兼国际大队医生里奥·埃洛塞尔（Dr. Leo Eloesser）在中国待了一年后，对这个问题提出了他个人的看法：

尽管拥有世界最古老的文明，但在中国现代生物科学仍如同襁褓中的婴儿，广大群众很少或根本没有机会深入了解。普通的中国人，不仅是农民，哪怕是教育程度较高的人，也对医生的来访混杂着不信任、不吉利的情绪，但又充满崇敬，就像对待一个把灵魂出卖给魔鬼的人。[42]

然而，著名的生物科学家，如务实的林可胜博士也看到了生物
94 医学在战时中国农村的局限性。例如，他不会将宝贵的公共卫生资源用来建立心血管和神经外科医院。因此，当这方面的专家埃洛塞尔申请加入中国红十字会时，他的请求并未获得及时回应，而是直到战后才得以实现。[43]不过最终，埃洛塞尔还是接受了林博士的观点。他后来设计出了专门针对欠发达地区和贫困农村的基础医疗项目，并出版了一套农村实用助产教材。

中国农村人口对现代生物医学的不信任，还源于对公共卫生价值认识不足。[44]现代生物科学家通过对致病菌上万次的观察实验得出的重大医学突破，不仅彻底改变了天花、疟疾、白喉、伤寒、霍乱和结核等传染病的防治，更让人类探寻到类似疾病的发病机理，掌握了大面积疫情防控的主动权。而令人遗憾的是，在 20 世纪 30 年代，面对迷信中医的广大中国百姓，国际援华医疗队的成员们和拥有西方求学背景的中国生物医学带头人缺乏足够的信心和必要的耐心。因此，当他们面对乡间赤脚医生、神婆等通过跳大神等方式来祛病纳福时，心中既充满了蔑视，也深感无奈。

当然，即使是再出色的生物医学专家也无法用强有力的证据去

推翻中医科学的有效性和安全性。因此，在 20 世纪 30 年代的中国，中西医势均力敌、不分高下。在那个特殊时期，政治、文化间的冲突也是导致这种现象的原因之一。即使到了今天，中西医间的博弈依然是一个热门且广受关注的话题。[45]

有一点可以明确的就是：至少国民政府还是把生物科学视为卫生署现代化的重要组成部分。对于中国红十字会救护总队、军医署和卫生署的人来说，中医代表了过去，是旧医。而中医学界却认为，中医药文化博大精深，并未随着时代而过时。因此，大力弘扬中医药学就成为抵御外来文化和经济入侵的具体形式。[46] 他们声称，任何对中医的偏见都是种族歧视和文化殖民的表现，而非基于对事实的判断。

医学之争对许多国际援华医疗队的医生而言并不陌生，他们在不同的背景下都曾目睹，甚至卷入其中。在 20 世纪 30 年代，德国国家社会主义党（纳粹）禁止犹太医生治疗雅利安人。到了 20 世纪 40 年代，纳粹分子更是将非雅利安生物学家排除在外，赶到诸如柏林犹太医院这样的地方。若非如此，诸多重大医学突破很可能
会更早出现。例如，在胃肠病学领域，对犹太医生的打压导致了柔 95
性纤维光学内窥镜和粪便隐血检测等先进医疗技术的代代延迟。[47] 除了纳粹对病患的直接影响之外，医学进步的延误也造成了人类不可估量的痛苦和生命损失。

与这些世界范围内普遍接受且不断进步的医疗诊断相比，中医药领域的潜力无疑是巨大的，更有待于深入地发掘、研究和应用。

例如20世纪20年代陈克恢*和施密特（Carl F. Schmidt）从中药麻黄中分离出哮喘药物麻黄碱，预示着数百项国际研究及新型中药化合物的广泛应用。[48]随着时间的推移，麻黄碱被更为有效、安全的哮喘药物取代。随后，它作为一种减肥补充剂开始普及，直到被发现可能诱发心血管疾病，才最终被美国食品和药物管理局禁止。

而近期，像2015年诺贝尔医学奖获得者屠呦呦这样的科学家，已经有能力将中医知识与具有前瞻性、可循证性的数据分析相结合，并取得巨大成功。由于现代医学广泛采用随机、双盲、安慰剂对照、动物和临床观察等严格的试验分析法，这使得许多中医理论，诸如青蒿素（Artemisinin）类化合物在治疗恶性疟疾方面的成效难以有效验证。加之中医千年传承下来的各类药方均是凭借个人经验搭配而成的多味中药组合，其中任何一味药材都可能含有数十种潜在的活性化合物成分，相互叠加组合，千变万化、错综复杂。因此，当代生物医学家和中医从业者必须秉持更为严谨、审慎的态度，结合科学实验法，开展中医开创性、前瞻性研究。[49]

不过，有一点可以确定的是，在20世纪30年代，陆军医疗队和中国红十字会在广大农村地区所提供的生物医疗服务仍有着巨大的缺口，从而在相当一部分百姓中形成公共医疗和生物医学的真空。问医无门的百姓只能继续依赖中草药，甚至是迷信。林博士意识到，让中国生物医学工作者在广大农村地区开展卫生服务，首先从经济

* 陈克恢，中国药理学研究创始人。

上就行不通。那些由少数正规医学院和护理学校培训出来的医护人员在大城市都异常抢手，谁又会自愿到农村来？这里连基本的养家糊口都难。[50]无论是代表先进医疗理念的西医还是游走于乡间地头的中医，在当时的中国农村，其炙手可热的程度，都绝非严斐德、白乐夫这样的外国大夫可以想见的。

一位中国军官曾感叹："在战时中国，曾有六十多万位中医将祖传秘制或耗尽毕生心血调配的药方捐献给部队。尽管相信现代西医的人对这些方子不以为然，但至少在某一些特殊情况下，对一些伤患而言，它们仍然发挥了很大一部分心理安慰作用。当然，在外 96
科手术中，它们几乎毫无用武之地。"[51]

国际援华医疗队的医生们渐渐领悟到，他们需要以一种更巧妙、更艺术的方式与所谓的"草药医生"和谐共存。例如，白乐夫医生曾深感无奈：一方面，一些陆军医疗队的师级外科医生基本上从未接受过正规的医学训练；另一方面，一旦他们觉得在外国人面前丢了脸面，他们就有本事轻而易举地扰乱部门所有的医疗行动。[52]

中西医间的学科之争和百姓的偏好，依然随着时代的演变而此消彼长。然而，毫无疑问的是，在那个特殊的年代，无论是从中国北平协和医学院、香港大学、同济、圣约翰（上海）、长沙、济南等优秀医学院校毕业的医学翘楚，还是从欧洲、北美洲不远万里、应声而来的国际医生，在中国，在抗战大后方，他们都无私地为红十字会，乃至整个中国的医疗卫生事业奉献力量。

1941 年 11 月，科恩在中国红十字会总部曾感叹道："北平协和医学院的外科医生张先林（Chang Hsien-Lin）[53]和汪凯熙（Wang Kai Hsi）业务精湛、十分出色，甚至超过我在美国见过的最好的外科医生……而当战事来临，汪医生毅然放弃了在协和前途似锦的未来，一路追随林可胜至此。”[54]

与此形成鲜明对比的是，有一些人却只想着从西方医生那里获得专享医疗服务。严斐德在江西工作时，他成了蒋介石的儿子蒋经国的私人医生。[55] 1941年10月，肯德通过为一些高级官员提供医疗咨询来帮助他的中国同事，这些官员“比起中国人，可能更听外国人的话”[56]。

即使外国医生往往更受重视，但他们仍得对病人的死亡负责。白乐夫曾提到，“当时，有一名病人去世了，我们的两名（国际援华医疗队）医生就在未经审判的情况下被逮捕。后来通过红十字会的干预才获释”[57]。巴慕德（Harold Balme）1939年在切罗医学院写道，医者为患者之亡所连累的传统起源于周朝（公元前1122年），当时的医生等级就是按特定时间内的治愈率来划分的。[58]

在这件事情上，林可胜博士坚决反对这种古老的陋习在救护总
97 队滋长。他出面保释被捕的医生，从行动上为他们撑腰。所幸，他并未被此事牵连。后来医疗责任一事被淡化，取而代之的是政治不端等问题，此事也向新的方向发展。

这种对训练有素的西洋医生的偏爱，在科恩看来不足为奇，无论是否有道理，都会引起怨恨：“即使来到中国，仍感觉自己是‘少数人’。这种感觉时而强烈，时而微妙，如同是悬浮在心头的一片

乌云，即便当下未受其扰，却总担心终有一天会到来，如鲠在喉。”[59] 沈恩医生同样感叹，中国医生太过忌讳在同行面前显山露水。[60]

战时中国红十字会救护总队中出现的人际、文化和政治困境的边界，似乎并不像湘北前线敌我对抗那般泾渭分明，但同样令人心悸。一些人把他们的政治喜好、个人得失以及救护总队的动机和怀疑看得比任何东西都重。与之形成鲜明对比的是，一些无私的中国医师，如林可胜博士，心怀大爱、远见卓识，专注以医抗日，竭尽所能努力为所有抗战志士提供医疗服务，淡化救护总队内的政治、文化和人际分歧。与其同时，国际援华医疗队也默默地支持着林可胜博士，为其普及生物医学、推行公共卫生、争取平等医疗、造福中国的理想，添助一臂之力。

# 第六章 战时中国医疗条件

98 战时中国复杂的政治文化环境对于年轻的国际援华医生们而言也许难以理解。相比之下，眼前医疗条件的匮乏程度，似乎更为直观，但同样具有压倒性。在接下来的 5 年里，防治大面积营养不良和传染性疾病，将成为他们此段职业生涯中无法回避的双重重任。

## 营养不良

救护总队战时医疗任务主要是针对广泛存在的慢性营养不良和易感性传染疾病。大面积营养不良会导致免疫力下降，使得疫情在人群中加速蔓延。同样，一旦患上传染性疾病，肌体在恶性循环中也会加剧营养不良。

例如，由痢疾和寄生虫感染所致的肠胃吸收不良十分常见，情况严重时甚至致命。“缅甸外科医生”西格雷夫（Dr.Gordon Seagrave）[1] 就曾遇到过一起令人触目惊心的寄生虫病例：

> 伤者腹部中弹，肠子破损严重。和许多中国人一样，这也是位蛔虫病患者。蛔虫从受损的脏器中争先恐后地溢出，在腹腔的各个角落游荡。其中一只黏附在伤口处，虫体被子弹劈成两半……军中有许多腹部受伤伤兵，但如此严重的蛔虫感染病例还不多见。[2]

传染病仅是引起营养不良的其中一个因素，除此之外，还有更
多深层次的原因。战时中国虽是一个农业大国，然而即便是和平年 99
代，5 亿多百姓的口粮尚不能完全保证，何况战争及其所带来的举国西迁，从根本上破坏了国家农业生产力，也极大降低了物资运输效率。大面积的饥荒和营养不良已经成为基本医疗最核心的挑战。随着战事不断升级，进口物资日益紧缩、战争消耗大量社会资源，加之人为破堤导致黄河流域洪水泛滥、局部地区遭受毁灭性干旱，粮食颗粒无收，以及国内势力四分五裂，中国面临的不再是简单的饥荒，而是多种因素相互叠加产生的天灾人祸。一时间华夏大地饿殍遍野，满目疮痍。

援华医生们撰写的医疗报告就是战时中国遭受大面积严重营养不良的直接证据。以下是孟乐克 1939 年从湖南前线 32 医疗队发回的呈救护总队的报告：

> 由于大多数人都患有慢性营养不良，医疗工作的开展异常艰难。经军方当局特别许可，吴医生对部分遗体进行了尸检，发现几乎每例都有慢性营养不良，皮下脂肪层和游离脂肪消失，贫血，肠、软骨萎缩等症状。有的病患患有肠炎，但程度都不重，可知

致死的原因并非肠炎，而是蛋白质和维生素严重缺乏所致的重度营养不良。[3]

通常情况下，获得尸检许可是非常困难的。人们普遍认为病人已经经历了病痛的折磨，不应该在逝后再被折腾。而且，中国人相信，若死无全尸，逝者的灵魂将无处安息，飘荡在人间直到找回缺失的肉身。

同时，孟乐克在瑞士巴塞尔大学的同学汉斯·米勒医生（Dr. Hans Müller）在中国西北也有类似的发现："至少三分之一的死亡是由于缺乏药物和营养造成的。"[4] 兰道尔医生（Dr. Landauer）在 1940 年 10 月补充："新四军战士们的血红蛋白贡献率普遍低于 80%，仅在 60% 左右。"[5] 这种程度的贫血通常伴有其他慢性病，进而导致发病率和死亡率升高。

贵格会驻华代表约翰·里奇（John Rich）在日记中记录下了他亲身经历的一件事，眼前的惨状与现实的绝望不断冲击和拷问着为医者的良心：

在旅社门口，我心痛地发现一个小女孩蜷缩在角落里，一个瘦弱、可怜、单薄的小流浪汉。我赶紧让鲍勃（麦克卢尔医生）带她进来吃点东西，但是他却坚持不肯。他说，她一定满身寄生虫，不能碰她。我说，那至少告诉她我们早上给她拿食物来。但是鲍勃称，到那时，就会有一百个饥肠辘辘的流浪汉在大门口等
100 着，然后不到天黑就会有两百个。真是没有比像这样无可奈何地从一个小小的悲惨生命旁走过更令人悲伤的事了，我真后悔自己

当时没有听从我的内心，去帮帮这个可怜的孩子。[6]

“满身虱子”，除了表示遭遇虫患，还有“穷凶极恶”的意思，毕竟虱子就是这样的寄生本质。

营养不良和吸收紊乱还大大降低了中国军队的战斗力。许多军官都注意到了“长期的营养不良会引起士兵们患上重度干眼、沙眼、皮肤感染、各种寄生虫感染和贫血”。[7]如何缓解中国军民缺食少粮、营养不良的现状，已成为卫生署、军医署、中国红十字会，国际援华医疗队等援助组织争论的主要焦点。

其中，维生素常常成为争论的重点。在 20 世纪 30 年代，针对维生素缺乏症的诊断和治疗已经相当成熟。例如，脚气病（并非“脚癣”）引起的神经病变和营养性水肿是由于食用抛光米、霉米或陈米所导致的维生素 B1（硫胺素）缺乏所致。中国红十字会一大队的吴威廉医生（Dr. William Wu）指出：“在贵阳，一个能容纳 50 个病患的特殊病房，常常挤满了这样的病人：他们会集体服用医生开出的特殊的营养菜单和维生素 B 片，90% 以上的人能接受免费治疗并治愈出院。”[8] 夜盲症是缺乏维生素 A 最常见和最易识别的早期征兆，但如果不治疗，它可能会发展成失明。[9]根据孟威廉的说法，中国红十字会在贵阳的实验室负责为脚气病患者生产维生素 B1 制剂，为干眼症和夜盲患者生产维生素 A 制剂。[10]

然而，中国红十字会的官方报告似乎没有准确反映士兵们的食物供给情况。据估计，国民党在 1940 年给部队提供的每日口粮包括“953 克大米、273 克蔬菜、10 克猪油和 13 克盐”。[11] 一天两餐，包括一盘蔬菜和一些肉，但事实上，军中更常见的是汤、米饭和薄粥。[12]

就算卡路里的摄入量勉强能保证，但食物蛋白和维生素仍十分缺乏。中国红十字会记载：“国民低营养的根源是国家经济水平所致。”[13] 然而，广泛存在的腐败和物资挪用也使得士兵们本就有限的日常供给被盘剥到了难以果腹、朝不保夕的程度。

一些组织也曾就中国军队是否得到足够的膳食补给提出过质疑。1941 年，中国国立卫生研究院写道，中国军队膳食水平远远
101 低于最低标准。[14] 国家卫生署补充道，450 万名新兵中只有 40% 身体健康。据估计，有超过 50% 的人在服役前就患上营养或感染性疾病。[15] 总而言之，这支腹中空空的队伍很难行军打仗。

对于国际援华医疗队的成员们来说，要适应救护总队的饮食也不是易事。由于食物的数量、质量均十分有限，基本生活水平得不到保障，几位外国志愿医生初到图云关总部时，也有打退堂鼓的时候。例如，麦克卢尔曾抱怨：“即使是非本地出生的外国人在这里，也得不到任何食物上的特殊关照，更何况大家也没有余钱可以买到更好的东西。亚瑟 • F. 布莱森医生（Dr. Arthur F. Bryson）曾尝试自己采购，但能买到的东西和这里发的也没有什么两样。没有哪个西方人能像中国红十字会的援华医生那样在这里坚持下来。”[16] 亚瑟 • 布莱森医生是一位出生于中国、接受过英语培训的骨科医生，他于 1939 年回到了世界福音委员会（Council for World

Mission）。他曾断断续续地在中国红十字会工作，直到 1941 被日本人俘虏囚禁在伦加营（Camp Lungha）。战后，他在尼日利亚当过整形外科医生。

在这个问题上史沫特莱和麦克卢尔看法有所不同。她曾记录道，她在图云关遇到的 16 位国际医生，很适应当地的饮食和生活方式：

> 这些人和我在中国见过的外国人完全不同。尽管存在一定的政治分歧，他们还是团结起来共同反对法西斯分子。而且，和我认识的其他一些外国医生不一样，他们吃、穿、住、行都和地道的中国人别无二样。[17]

其实，并非强烈的反法西斯的信仰增强了医生们的体格机能，而是相较于前线，驻扎在基层医院的援华医生们的膳食补给已经算是充足的了。而远在宜昌前线的沈恩和甘理安则时常出现由饥饿引起的水肿。

国际援华医疗队的医生们尽其所能保证适当的营养摄入。然而，随着通货膨胀加剧，中国红十字会的薪水越来越让医生们捉襟见肘，甚至连一日三餐都难以为继。林博士在向美国驻华医疗局的一份报告中承认了这一事实：“我们虽然每月支付科恩医生 409 元，但她的生活也不宽裕，因为她必须自行购买食物和生活用品等。好在她一向兢兢业业，从不抱怨。”[18]

尽管医生们的个人营养还算能得到保障，但他们仍观察并记录着官方公布的营养报告和部队中实际情况的差异。正如米勒和孟乐 102

克在早期报告中所指出的那样，甘理安和沈恩医生就曾亲眼见证长江流域的湖北宜昌前线由于缺食少粮所导致的疾病和死亡。

> 第十八师是唯一一个接受全量24盎司（680克）大米的队伍，每个指挥官都会为在册士兵领取。其他部队口粮不会超过20盎司（567克）。为避免过度盘剥军中粮草引起注意，有人把主意打向医院的伤员口粮上。在医院里，层层盘剥和腐败会把伤员口粮降至16盎司（454克）。粮食总量不足，质量也难达标。这些存放超过两三年的陈谷旧米中所含的蛋白质和植物维生素早就在送到士兵手中前，就已完全流失了。[19]

这些前沿的观察与中国红十字会和国家卫生研究院此类官方预计的每日大米消耗量（分别为953克和773克）相差甚远。虽然慢性营养不良在医生们眼里是不争的事实，却没有在所有国际救援组织中达成一致看法。

例如，美国医药援华会会长亚瑟·科尔伯格（Arthur Kohlberg）就对此不以为然。作为麦卡锡*的未来盟友，也是美国极右反共组织——约翰·伯奇社（John Birch Society）的一员，他极力地为国民党辩护，反对一切针对国民党内部腐败和挪用物资的指控。[20]他声称，沈恩和甘理安在宜昌的所见只是个例，不能代表湘东北——洞庭湖区以南322公里战区的普遍事实。[21]但这样的辩护

---

* 麦卡锡，极右反共势力代表。

立即遭到来自澳大利亚特拉普派教士史坎龙（Patrick Scanlon）* 的反驳[22]。他认为1942年间营养不良在洞庭湖区的部队中十分常见。[23]英国红十字会主席威尔弗雷德S. 弗劳尔斯（Dr. Wilfred S. Flowers）也认为这种辩白苍白无力：

> 我常常看到饥肠辘辘的士兵在行军途中步履艰难。他们因营养不良或疾病而骨瘦如柴。充足的食物、维生素、脂肪和盐，都是他们身体缺乏的。科尔伯格完全不把那些诸如巴赫曼（Dr. Bachman，美国医药援华会）和爱德华兹（Mr. Edwards，美国援华联合救济会）这些更有经验的专家的意见放在眼里。大面积的饥饿在平民和士兵中普遍存在。我已就此事致电国际红十字委员会……科尔伯格所谓的见闻，只不过是一次精心包装排练过的表演罢了。[24]

科尔伯格向美国医药援华会的上级机构——中国援华救济联合会（United China Relief）投诉爱德华兹[25]和巴赫曼对沈恩和甘
理安对此事看法的支持。他认为指控国民党机构腐败导致的军民营 103
养不良的做法，多多少少有点“叛国”的味道，在他看来，这是共产主义向救济联合会渗透的证据。[26]最终救济联合会董事会当面听取了科尔伯格的指控，并以信任投票的方式对爱德华兹医生进行了投票。[27]投票表决的结果最终站在了国际援华医疗队、英国红十字会和联合救援机构医生们的一边，证实了营养不良在战时中国普遍

* 教士史坎龙（ Patrick J. Scanlon），曾为山东省潍县（今潍坊地区）集中营食品地下供应组织者。该秘密集中营系日本法西斯在二战期间所设的秘密集中营，关押了2000多名在华同盟国侨民。在这里面，有大量的在华传教士及其后代。

且广泛存在的结论。

然而讽刺的是，尽管经历了这样的指控风波，美国援华救济联合会丝毫不受影响，仍继续为中国提供医疗援助，而中国红十字会救护总队则最终无法从亲共的内部指控中解脱出来。

当慢性营养不良这个不争的事实再也无法被军方忽略时，他们轻蔑地说："没关系，我们中国最不缺的就是人。"[28] 虽然这也许的确是被中国人引以为豪的神话，但在战争面前，再多的人口也无法填满战争机器无休止的消耗。[29] 野蛮和强迫式的征兵政策虽维持了军队人数，但同时也造成了农村劳动力数量的大幅下降，以及随之出现的农业劳动力不足现象。长此以往，粮食产出供应不足，大面积营养不良情况继续恶化，疾病发病愈加严重，部队伤亡不断扩大，青壮年缺口日益加大，整个国家必将陷入恶性循环。

关于慢性营养不良的争论仍在持续，但严重饥荒的蔓延所带来的恐惧却更令人惶惶不可终日。仅华北平原的河南省在 1942 年的饥荒中，就有超过 300 万人死亡。美国记者白修德（Theodore White）把河南饥荒定性为战时中国最严重的灾难，也是世界上最大的饥荒之一。如果说气候异常导致的是颗粒无收的天灾，那么蓄意囤食储粮和投机牟取暴利则是直接导致这场灾难的人祸。回想当时的惨状，白修德心有余悸：

人们把榆树的树皮切成碎片，磨成食物吃。有的人拔出新麦的根果腹，而在其他村庄，人们则靠捣碎的花生壳或垃圾活命。

> 路边的难民疯狂地往嘴里塞土来填饱肚子，教会医院里也挤满了各式患有严重肠梗阻的人。[30]

1942年后，饥荒从河南不断向外蔓延。严斐德注意到即使是在富庶的汕头沿海地区也未能幸免：

> 饥荒是1943年最大的杀手。在某种程度而言，这场惨剧是人为的。投机者们不顾百姓死活囤积居奇，导致物价上涨。他们在疯狂敛财的同时百姓却无力负担，只能忍饥挨饿。在汕头，佛 104
> 教组织把棺材排成一排，病人们蹒跚地走进棺材，等待死亡，以求来生不再受饿。[31]

国民政府在农产资源管控、运输和定价机制上的疏漏和不作为，以及大面积的机构腐败，显然是导致了战时中国严重饥荒的元凶。国际援华医疗队医生的这一观察恰恰印证了历史学家方德万（Hans Van De Ven）的观点，即哪怕在最好的情况下，中国仍然是一个农业社会，根本无法应对现代战争对食品安全和医疗卫生的挑战。[32]国民党没有能力保障中国人民的食物和公共卫生安全，这成为它后来失败的关键原因。

## 传染性疾病

1937年，林可胜博士曾写道："大部分的中国人（80%）是农村人口，年均收入在30美元到50美元不等。"[33]"在这样的环境下，在他们思想中起支配作用的是中世纪水平的文化。”正是在此背景下，传染病和感染性疾病才会在整个战争年代肆虐中华大地。减少全国范围内普遍存在的公共卫生问题，以及降低其所带来的负面影响，便成为中国红十字会救护总队的当务之急。

在战时中国，传染性疾病如霍乱、鼠疫、天花、伤寒和痢疾的流行带走了大量生命。1938 年 6 月，中国红十字会驻港办主任伍长耀指出，包括国际联盟在内的多个组织一直致力于帮助中国预防和诊断这些疾病：

> 在国际联盟防疫委员会第 2 队的干预下，大规模疫苗接种正在进行。这是目前预防西北地区斑疹伤寒大面积传播的干预措施。伤寒随处可见，但鼠疫尚未流行……我们广泛使用抗脑膜炎球菌和抗痢疾血清……疟疾在西南部更严重；霍乱在中部腹地流行，尤以湖南为甚。目前有 50 个医疗救援队分散在全国各地，积极应对。[34]

面对 1938 年在全国范围内传播凶猛的疫情，即使多方努力，却仍然显得鞭长莫及。

> 粤、湘、豫爆发了一场疫情。长江两岸，约 20% 的病人患有痢疾，另有 10% 患有其他肠道疾病。八月份，整个医疗队无一幸免都感染了疟疾，停工整休。[35]

1939 年，随着日军西进，难民危机不断升级。中国的公共卫生资源在本已经左支右绌的情况下，根本无暇顾及四处逃散的难民。

拥挤不堪的难民营更是成为流行病滋生的温床。麦克卢尔和其他医 105
生都意识到了日军的险恶用心：通过疾病传播，达到恐吓百姓、扰乱人心的目的。他写道：“在现代战争中，扰乱民心已成为一个军事策略，以摧毁对方士气，达到事半功倍、不战而胜的目的。许多军事技术已经从服务硬军事开始向这方面转变。在这种新策略的影响下，医疗工作自然压力更大。提供令人满意的医疗服务便成为安抚民心、提振士气的重要组成部分。”[36]

在许多疾病中，最能扰乱民心的当属疟疾。自汉代以来（公元前 206 年至公元 220 年），疟疾一直是中国西南地区公认的祸害，云贵高原受害尤甚。可以说，从某种程度而言，该地区在历史上的积贫积弱和这种疾病不无关系。[37] 战时中国大多数难民面对来势汹汹的疟疾，毫无招架之力，一旦爆发，死伤无数。仅在国际援华医疗队驻扎的贵州省，1938 年就有约 80 万疟疾病例。这段时期，该省每年都有 8 万人死于疟疾或相关疾病。[38]

随着战事向全国蔓延，疟疾从地区性疾病变成了全国性的诅咒。这一转变是由从疫情严重的西南地区部队向华中、华北地区转移而导致的。此外，难民从黄河泛滥区一路西进，进入疫区，在没有有效防治措施的情况下，又再一次加重了疫情在西部的蔓延。同时，它影响了中国红十字会几乎所有的医疗队，无论是级别最低的士兵还是领导，几乎无人幸免。1940 年 7 月，林可胜总队长在写给美国医药援华会支持者的信中致歉：“来信收悉。久未处理，实感抱歉，实因本人也感染疟疾久未恢复。”[39] 由于在接下来的很长一段时间都没有出现相对行之有效的医防措施，这场疫情一直持续到抗战结束。

据中国军方的一份总结报告估计，疟疾在部分地区的流行率高达95%。虽然中国军方准备了大量被称为“弗拉辛”（Fraxine）的本地化合药物来抗击这种疾病，但目前尚未有可靠数据证明其疗效。[40] 中国红十字会指出，采用现代药物治疗疟疾在1938年仍然非常有限：“用奎宁进行全面预防的成本太高，防治重点主要还是通过蚊帐、及时诊断和积极治疗。”[41]

1938年，中国红十字会注意到，疟疾对中国军队的影响简直是毁灭性的。

> 整个师都瘫痪了。邮局贴出告示：“疟患盛行期间暂停营业。”
> 106 士兵们头上裹着毛巾，哪怕把所有能用的衣物、毯子裹在身上，
> 仍瑟瑟发抖，颤颤巍巍。这样的场景早已司空见惯。[42]

除了疟疾之外，最具破坏性的是细菌性痢疾。中国红十字会记载道：

> 沿着长江前线，大约有20%的人口饱受痢疾之苦，其他10%患有各种其他原因引起的腹泻。中国红十字会为武汉地区的军医院生产了大量的硫酸钠和少量艾米汀。然而，若是没有适当的饮食和护理，从长期而言，即便是对症下药也是治标不治本。中国红十字会为前线部队准备了装有漂白粉的竹管，小勺子被固定在塞子上，以便用时舀出放入水瓶，改善水质。氯胺片效果更好，但是成本太高。对于没有条件使用药物的人来说，煮沸的开

水比什么氯化物都可靠。[43]

医院对痢疾患者的低级护理简直让严斐德和华侨医生亚瑟·钟头皮发麻。军队医院的痢疾病房人满为患，士兵们横七竖八地倒在地上，人挤人，人挨人，水泄不通。空气里满是令人作呕、却无处可逃的恶臭，失禁的大便挟裹细菌汇流入室外的池塘。终于，这群奄奄一息的人中有人一命呜呼，身体凉透后才被旁边的患者发现。这时医院护工才悻悻而来，在一片微弱哭声中，把尸体拖出病房。[44]钟医生写道："那些憔悴的、骷髅般的人影一直困扰着我。我仿佛感觉到他们用手拉着我，恳求我帮忙。每每想到这里就令人不寒而栗。"[45]

当然，疟疾和痢疾并不是困扰健康的唯一疾病。还有虱子，无孔不入的虱子。毫不夸张地说，中国红十字会医疗救援队的工作必须从零开始，因为整个军队都感染了虱子。[46]到 20 世纪 30 年代，医生们已经知道斑疹伤寒和反复性发烧都是由老鼠携带的跳蚤引起的。[47]然而，在 1938 年，即使是在基地医院，也几乎没有用来除虱和洗澡的设施。

斑疹伤寒疾病是通过虱子寄宿人体而在人际间传播。虱子通过吸食急性斑疹伤寒患者的血液而感染病毒，并通过蛰咬，感染第二宿主。同样，复发性发热病毒也通过虱子粪便中携带的螺旋体向人类传播。

中国红十字会报道：

> 斑疹伤寒尚未出现，但复发性发热在多地可见，并大有蔓延
> 之势。据估计，复发性高热的发病率为 10%，当然由于显微镜并
> 未广泛使用，且同时疟疾一度盛行，该估计并不一定准确。复发
> 性高热需要用新砷胺（砷的衍生物）进行治疗并采取卫生措施以
> 107 控制病情。我们希望动员所有的基层医院都开展去虱工作，这应
> 成为每家医院的硬性任务。[48]

虽然所有战线都存在局部感染，但在基层医院发生复发性发热的风险更大，其中包括宜川地区 200 名患者的疫情。相较于斑疹伤寒，复发性发热似乎更常见。[49] 尽管传染范围如此之广，部分指挥官依旧对虱子传播病毒的危害视而不见，因为灭虱将进一步“增加”成本。[50]

1939 年，从中国红十字会医疗救护总队在宜川郊外的区队报告中可见，斑疹伤寒虽不常见（主要发生在西北部），但也有疑似病例存在。通过灭虱来达到预防作用是唯一有效的途径，因为斑疹伤寒通常无法通过疫苗免疫。

折磨人的还不止虱子和跳蚤。图云关国际援华医疗队的宿舍简直成了老鼠的天堂。老鼠的泛滥使医生们更加担心传染病的肆意蔓延。孟威廉写道，成群结队的老鼠肥壮如猫。当它们沿着营房的天花板乱跑时，简直可以称之为“野性追逐”。[51] 哪怕在医护人员中，经常性发热症状也十分常见，根本无法区分到底是疟疾、斑疹伤寒、伤寒还是单纯发热。据记录，顾泰尔、沈恩和纪瑞德曾多次遭受高热折磨，只有白乐夫在疟疾和斑疹伤寒传播中所幸未被感染。[52]

除了以上几种疾病，中国百姓还饱受霍乱摧残。霍乱是一种高传染度的可怕疾病，主要由于人食用或饮用了被霍乱弧菌污染的食物和水而导致。林可胜博士意识到霍乱疫情的危害，高度重视并从中国红十字会和卫生署获得了霍乱疫苗资金。[53] 最初，霍乱疫苗是从法属印度支那的河内研究所以低价购得。[54]

尽管下大力防疫，1939 年贵阳仍爆发霍乱疫情。白乐夫初抵筑城，死尸堆垛，惨不忍睹：在这个拥挤的城市中爆发的疫情，令本市的医疗系统根本束手无策。路边尸体随处可见，有的早已脱水干瘪。人们也不敢轻易靠近，只得等疫情消退后再埋葬。[55]

霍乱疫情在拥挤的城市和难民营的肆虐终于引起全国的关注，所有可用公共卫生资源都集于此地。据麦克卢尔估计，在为期 3 周的防疫攻坚战中，有 600 万人接种了霍乱疫苗。他赞扬国际联盟的 108
波利策博士（Dr. Pollitzer）“在伟大而谦逊的科学服务精神指引下，以谦逊的姿态拯救了数百万人的生命”。[56]

随着日本收紧对印度支那禁运的管控，中国红十字会在贵阳建立起了自己的疫苗生产基地。孟威廉指出，中国红十字会医疗救援队的所有队员都接种了霍乱和伤寒疫苗。[57] 随后他们对几百万平民也开展了大规模疫苗接种。每个接种过的人手上都会涂一点颜料，作为已接种的证明，以免复种或漏种。[58] 到 1943 年，美国公谊服务委员会估计“每年有六百万剂霍乱、伤寒、白喉、破伤风和斑疹伤寒生物制剂。设备有限，但效果出人意料的好，技术过硬”。[59]

虽然接种疫苗降低了霍乱疫情的严重程度和发生率，但其他传染病也开始悄然蔓延。例如，白喉是另一种由细菌（主要是白猴棒杆菌）在人际间传播引起的传染性疾病。由于白喉类毒素的常规免疫直到战后才广泛普及，战时中国疫情在所难免。[60]疾疫无情，中国军民损失惨重，严斐德也被感染，在鬼门关转了一圈：

> 3天了，我躺在床上，发烧怕冷，开始我以为这只是一个普通的流感，直到我找到一面镜子和两根蜡烛，照见咽部的那些可疑的白点。这些白点就是白喉的病症。我被放上轿子，抬了2天，来到一个大村庄，找到里面一位知道如何修车和加油的师傅。就这样，我才被送到了坎西。在那里我用蔡司显微镜诊断出自己患的就是白喉。在医院天主教姐妹们的照顾下，我恢复了健康。她们会不时走进我的房间，问我是否对上帝问心无愧。她们告诉我，我对穷人很好，上帝会保佑我的。我很幸运，大难不死，逐渐康复。[61]

虽然严斐德挺了过来，但是疾病引起的恐慌依然在医院、部队和民间不断发酵。其中以南方鼠疫为甚。其实，早在1894香港鼠疫爆发期间，瑞士微生物学家亚历山大·耶尔森（Alexandre Yersin）博士就已从鼠疫的致病菌——鼠疫耶尔森菌（Yersinia pestis）中首次分离出鼠疫杆菌。而这一场鼠疫，仅在几周内就在广州造成6万多人死亡。[62]

中国红十字会表达了对疫区暴发瘟疫的忧虑，并声讨日本在战争期间使用鼠疫作为生物武器的恶毒行径。来自中国红十字会的

金宝善和林可胜博士的救护总队的报告，可视为日军将鼠疫用作 109
生化武器的直接证据[63]。战争期间，盟军司令部对日本使用鼠疫作为生物武器的可能性进行了广泛的描述。[64]虽然有报道表示，鼠疫可能是一种来自云南、福建和浙江的地方性疾病，[65]尽管驻贵阳的国际医疗队报告中称英国女医生高田宜死于鼠疫，但国际援华医疗队的观察似乎并不支持这种观点*。然而，肯德和谭学华医生在湖南常德，从一个因鼠疫致死的女孩儿身上携带的病毒中分离出鼠疫耶尔森氏菌。[66]1941 年 11 月，肯德所在小组向红十字会总部报告了他们抗击流行病工作上遇到的挑战：

> 在常德，一个 45 口人的村里突然多了许多死老鼠。鼠和人体体征显示这是一场急性鼠疫。这场鼠疫已持续一个月。波利策博士和我继续专注于抗击这次疫情的变化。到目前为止，800 人中已有 23 人死亡，许多人外逃避疫，要想控制疫情非常困难。[67]

疥疮，是由疥螨引起的另一种高度传染性的疾病。虽然不像瘟疫和霍乱那样致命，但是疫情仍非常普遍，造成许多肉体痛苦。1940 年，林博士描述了战场上的疥疮情况：

> 在近期行军途中，时常可见军民身上的虱咬和疥疮疤痕。尤其是后者会导致严重的脓疱病和表层皮肤巨型溃疡，腿部尤甚。这里的条件用欧洲中世纪来形容都不为过！硫黄需要时间来处

* 详见第八章。

> 理，我们大多使用石灰水，凡士林现在稀奇得很。猪油，可以用作替代品，这么好的东西，拿来吃简直就太浪费了！[68]

虱子和疥疮不仅出现在中部地区。虱子在整个中国共产党新四军和八路军队伍中都十分常见。据说就连毛主席都曾“顾不上理会他人惊讶的目光，不拘小节地直接把手伸进宽松的裤子里抓虱子”。[69]

正如疥疮、鼠疫和疟疾长期困扰着华夏大地，肺结核亦是如此。事实上，结核病早于公元前2600年就在中华大地出现，并广泛传播。[70] 战争期间，这种顽疾又死灰复燃。卫生署金宝善写道：

> 中国战时肺结核死亡率是其本身致死率的3至4倍。这是由于缺乏预防和治疗设施的结果。美国当时的报告显示，不到30%的美国大学生体内结核菌呈阳性；而在中国，近100%的学生结
> 110 核菌呈阳性……由于战争危机，我们不敢奢望能建造疗养院；病人只能在他们力所能及的地方短暂休养治疗。[71]

1942年，国际援华医疗队的医生科恩建立了第一个结核病病房。其实，对于结核病而言，早期的干预比后期的治疗更为关键。“结核病房有25张病床，大家在科恩的指导下工作。约50%的病人会在一个月内死亡，由于已经发展至晚期，几乎无药可医。”[72] 尽管努力控制这种疾病，但结核病仍然是一种隐蔽性强的慢性疾病，甚至包括一些外国志愿医生也不幸染病身亡。

还有一种虽不致命但却令医生们也无法回避的疾病——沙眼。

它是由沙眼衣原体菌引起的一种具有传染性和潜在流行性的眼疾。患者的眼睛分泌物交叉污染致其迅速传播，成为可预防性失明的主要病因。鉴于战争条件，多次出现的沙眼病例报告并不稀奇："沙眼真是一个祸害。我曾在甘肃见过一群盲兵，盲人领导盲人。[73]1941年，中国西北70%的人患有沙眼，这意味着成千上万的人可能失去光明。"[74]

在贵阳，肯德医生指出："在路边简易的客栈里，饭后擦脸的

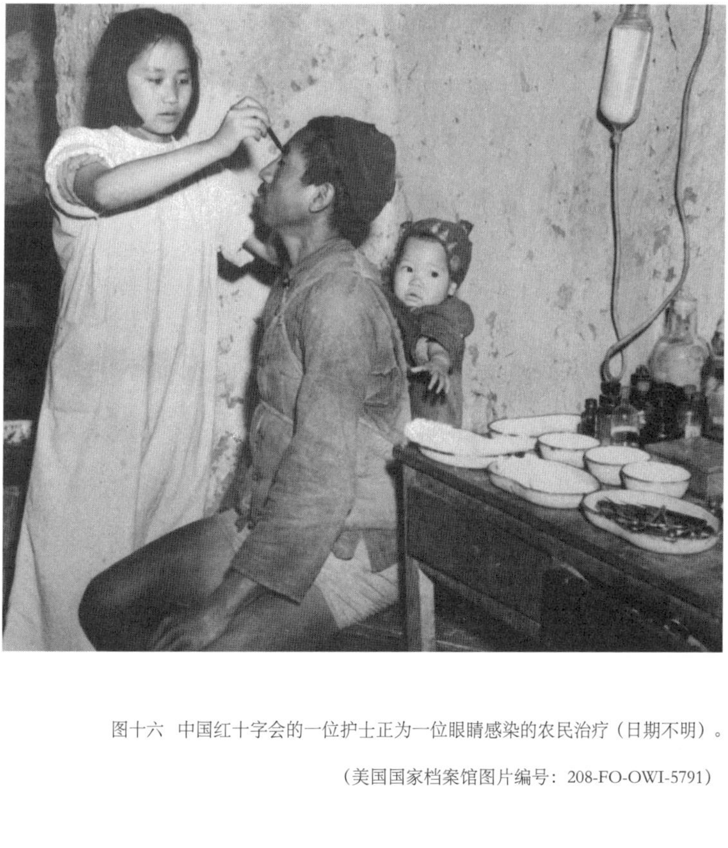

图十六 中国红十字会的一位护士正为一位眼睛感染的农民治疗（日期不明）。

（美国国家档案馆图片编号：208-FO-OWI-5791）

抹嘴布很可能就是沙眼传播的元凶。”[75] 德国援华医师们对此尤感不适，这些用过的抹嘴布在热水里泡一泡，拧一拧就扔给下一批客人用，这与直接用沙眼衣原体擦脸又有何异？

相比之下，伤寒是战时中国另一种更致命的急性疾病。致病菌伤寒沙门氏菌（Salmonella typhi）通过污染水源和食物进入人体。国际援华医疗队的一些成员出现了伤寒症状。其中一人在云南死亡，其余人勉强获愈。

战时中国严酷的环境向这些年轻医生的决心及其专业技能都提出了严峻的考验和挑战。这些经历将重塑他们的人生。虽然西班牙医生们已经对疟疾、痢疾和疥疮都很熟悉了，但在战时中国，热带疾病的传播范围之广及营养不良的程度之严重都是他们前所未见、
111 闻所未闻的。面对各种热带传染疾病，即使他们对自己的医术再有信心，终也只能望而兴叹，毕竟挡在他们面前的诸多困难，仅凭人力是无法克服的。

然而，在这个过程中他们每一次的尝试、创新都为他们的专业实践提供了深刻而宝贵的经验。国际援华医疗队的医生将深刻地领悟到：公共卫生的普及和实施的重要性远超个人的医术。毋庸置疑，这些从战时中国政治和战场上幸存下来的国际援华医疗队医生们随后亦将义无反顾地投身于战时中国的公共卫生事业中。

# 第七章　往返奔赴于各大战场（1939—1940）

对于国际援华医疗队的医生们而言，无论是前期频繁活跃于各 112
大战场，还是到后期不再被启用，其原因都是复杂且深刻的。其中既包括国共两党之间敌对情绪的起伏消长，也掺杂有抗日军事战略考量以及盟军在亚洲的最终介入等因素。即便如此，国际援华医疗队仍直面贪墨成风、人手不足等问题，勇挑医护重任，持续与普遍存在的营养不良、传染病和无孔不入的腐败开展长期斗争。

在 1939 年国际援华医疗队抵达之前，国、共两党之间的医疗物资和人员流动是相对容易的。两党之间的良性往来，符合林可胜博士的愿望，即借助中国红十字会救护总队的平台实现为全中国军民提供医疗服务的愿望。红十字会救护总队对共产党的同情可能来源于多种原因。例如，新四军首席医务官沈其震曾在 1938 年 1 月对林博士表示感谢：“林博士赢得我们的尊重与感谢……医疗救助委员会提供的物资被送回南昌……林博士随后来到南昌……视察我们医院，并评价说这是第三战区最好的医院。”[1]林可胜博士乐于向八路军提供医疗帮助，也让白求恩充满感激：

> 113 林博士是中国红十字会所有医疗救助工作的最高管理者。我们有幸与这位杰出的人物进行多次交流，对其组织力、远见和行动力都十分钦佩……我认为救护委员会的工作有巨大影响力，能够在全世界范围内赢得广泛支持。委员会的远见卓识和有力的组织，为广大英勇抗敌的中国志士提供了莫大的支持和帮助。[2]

尽管林博士曾成功地在1938年为中国共产党提供了医疗援助，但当1939年白乐夫、纪瑞德和严斐德抵达时，形势已经发生了很大变化。当时就有医生直接提出要加入（陕北）八路军，毕竟，在此之前已经有5位印度医生（见附录三）、米勒（Dr. Müller）和白求恩小组［理查德·布朗（Richard Brown）和简·艾文（Jean Ewen，RN）］等多位国际医生成功做到了。而这样的抱负并不符合宋庆龄女士的期望，而且赛尔温·克拉克夫人也早在他们刚抵香港时就提醒过他们，北上前往共产党根据地的想法已经不现实了。

就在1939年的夏天，白乐夫、纪瑞德和严斐德还是设法接触到共产党驻重庆代表周恩来，希望他能安排他们参加八路军。周恩来在重庆会见了他们。他说，他们的重要性不仅仅局限于在哪一方的前线效力，而是要用在西班牙内战中积累的救援经验来救助军民百姓。他鼓励他们继续留在国民党中，无论在中国何处工作，他们的根本任务都应该是帮助中国人民抵御日本侵略。[3]

后来白乐夫和严斐德决定听从周恩来的建议，而资深的外科医生纪瑞德则联合其他一小拨医生继续和延安方面保持联系。白求恩在过去的一年里一直承担着八路军的医疗救援服务，按原计划，他本打算返回加拿大一段时间筹措资金，而纪瑞德将成为他离开期间的最佳代替人选。或许连白求恩本人都未曾知晓，纪瑞德已为替代他做好了万全准备。不幸的是，白求恩在手术中不慎被划伤，引发了败血症，加之当时他还患有肺结核和营养不良，而根据地十分缺乏抗生素药物和基本医疗条件，他于 1939 年 11 月 12 日不幸以身殉职。

纪瑞德被紧急任命赴根据地代替白求恩，无奈国民党却不断设
置各种障碍阻止纪瑞德北上。记者贝特兰写道：“纪瑞德医生曾两
次抵达黄河，又被迫无奈折返，只能暂留陕西一家军队医院工作， 114
以待时机。而另一名外国志愿医生，年轻的德国反法西斯医生
汉斯·米勒（Hans Müller），却成功抵达八路军陕西总部。”[4]

别说几次，哪怕只是穿越黄河一次都得以命相搏。有的红十字小分队不愿去陕西就是因为不想过黄河。救护总队 61 分队的队员余道真解释说：“也许人人都有北上黄河的愿望，但一旦抵达，眼泪就会不由自主地掉下来，因为返程之行更是险象环生。”如果黄河湍急的水流还不够威慑的话，那么等待他们的还有日军凶猛的枪炮。这足以令许多有志为八路军服务的医生们望而却步。[5]

至于为什么米勒医生能在 1939 年找到八路军，而严斐德、白乐夫、纪瑞德却未能如愿，其中的内情尚不可知。米勒事后回忆，

把一切归因于自己的运气：

> 当时我坐立不安，一心只想去前线。我在贵阳拜访了中国红十字会（虽然我并非其中一员），结识了参加过西班牙内战的德国医生，白乐夫和严斐德。他们也渴望脱离红十字会去延安。他们恳求我能把他们也带上。从某种意义上说，他们羡慕我，因为我已经踏上通往延安之路了。[6]

对于所有西班牙医生而言，纪瑞德未能如愿参加八路军，是对大家意志的重创。共产党也许再也找不到一个像纪瑞德这样有着丰富战地经验和娴熟医疗技能的外科医生代替白求恩了。未能如愿加入八路军，并非国际援华医生们浅尝辄止、半途而废，而是多种因素制衡下的无可奈何。尽管这样的结果令人失望，但西班牙医生仍坚持向伦敦援华医疗委员会（China Medical Aid Committee of London）表达，他们为共产党抗日根据地提供医疗服务的强烈愿望和必要性：

> 中国人民奋起抗击日本军国主义野蛮侵略的正义之战，已苦撑 3 年半之久。几年来，他们在人类最恶劣的战斗条件下浴血奋战，多地甚至连最基本的保障都没有。百姓艰难求生，战事艰苦卓绝，医疗保障形同虚设，每年超过 1500 万平民死亡，其中至少有一半生命是可以通过最基本的医疗措施挽救的。在这场神圣的斗争中，中国并非孤立无援。全世界人民，特别是英美两国民
> 115 间都组织了各类运动，为中国人民保家卫国的正义事业提供各种各样的支持……敌后地区十分分散，虽然沦陷区有几千名医生，但抗战后方却寥寥无几。国民党尚有机会从沿海和国外获得补给，

而共产党游击队占领的敌后根据地却几乎没有任何医疗补给和支援。[7]

在为所有中国人提供医疗服务的愿景上，林可胜博士和国际援华医疗队的医生们不谋而合。而正是这样的设想将他们直接置于政治利益斗争的焦点上。由于林可胜与蒋介石、宋美龄关系密切，保卫中国同盟的发起人宋庆龄并不待见他。她认为，若是国共统一战线达成，就意味着林得把医疗用品和经费都交予蒋介石及其贪腐成性的国民党政府。[8]但另一些助华友人，如荷属东印度群岛的华侨、美国医药援华会、史沫特莱和赛尔温・克拉克夫人等，则更愿意相信林博士就是领导中国战时医疗体系的最佳人选。

随着通往共产党北部根据地的渠道和安全要道陆续被封，1939年周恩来和宋庆龄劝诫国际援华医疗队，千万不能轻举妄动，眼下应以手头医疗任务为重。9月6日，纪瑞德、严斐德和白乐夫奉红十字会之命离筑，前往湘赣前线。

在这长达800公里的行军途中，援华医生们需要尽快掌握如何在长途行军中开展工作。在这样艰苦的环境中即便是生存下来都需要时间适应，更何况还身负重任。白乐夫对当地人称为“铺盖”的简易寝具印象深刻，他看着中国人是如何将垫子、枕头、床单和必不可少的蚊帐一股脑儿地裹在一起，压缩成一个紧实的背囊，挂在竹扁上，肩挑前行。他很惊讶，即使在没有驮畜的情况下，每个农民也能轻松地担起45公斤，日行达30公里。[9]孟乐克将行军途中的见闻写进家书：“在中国行军就仿佛置身歌德时代，背上寝具和个人物品就能出发，如同游走于中世纪，现代文明带来的束缚也被抛之九霄云外，真是一种难得的体验呢。”[10] 后期，随着战事深入，国际医生们也变得越来越本土化。他们和中国医生们愈发相差无异，其中一个表现就在他们的鞋子上。1939 年，在长沙前线，富华德写道，经过几天的行军，他们的脚底都磨出一个个大大的水泡。[11] 他们不得不放弃在西班牙最受欢迎的高级皮靴，纷纷穿上中国的土布鞋。

行军途中，许多带有中国古典韵味的自然美景与现代战争带来的满目疮痍、人间悲凉形成鲜明的对比。白乐夫记得他们曾途经一
116 处遍布杜鹃花和野玫瑰的红色山丘，当他们沿着金色小道翻过山丘来到谷底时，宛若置身仙境。这里流水潺潺，一旁的稻田比他们曾见过的任何植物都要绿。然而，这样的美景却无法令人陶醉。不断有难民从身边经过，把人们又生生拉回残酷的现实。他们看到“一个瘦得皮包骨的孩子无力地趴在父亲的背上，由于长时间饥饿，他已失明。一旁还有一个骨瘦如柴的女孩倒在路边”。[12]

随着第二次世界大战在欧洲打响，1939 年 9 月波兰也出现了类似的难民潮。在中国，日本第一次入侵满洲已经过去了 8 年，第二次中日战争也已经持续了有 2 年多。坚定的反法西斯主义者白乐夫和严斐德，在向长沙前线进军的途中，不放过任何可能打听得到欧洲战事的机会。在与德国传教士的短暂交往中，他们觉察到一些德国传教士对法西斯可疑的态度：“他们围坐在收音机旁，听着希

特勒在波兰的行军消息，谈笑风生！”[13]

在图云关的基地医院，在华的其他欧洲人也同样感受到这群医生们明确的反法西斯主张。孟威廉医生描述了这样一名前来寻求医疗帮助的法国人，他是德国占领法国期间的傀儡政府——维希政权的支持者：

> 我们抵达图云关后，他就被送到这儿来……他听说这里的红十字会要么是犹太人，要么就是共产党人，就问这是不是真的。波兰医生立即站起来故意大声说道：“我叫莫伊·什穆尔（斯坦尼斯洛）傅拉都！”那个法国人听闻，瞬间就立即消失得无影无踪。[14]

与这些欧洲反犹太势力形成鲜明对比的是，国际援华医疗队的医生们从未在任何报告中提及过中国有反犹太情绪。

白乐夫、严斐德和纪瑞德继续乘车或步行向长沙前线行进。当他们终于 9 月 15 日抵达时，面对日军凶猛的火力，他们与第 49 旅选择撤退。[15] 纪瑞德怀揣着与八路军再次会面这个不切实际的想法前往西安。与此同时，欧洲战事全面爆发，严斐德整日心烦意乱。第二天，9 月 16 日，他请求英国克罗姆医生（Dr. Len Crome）帮他返回欧洲：

> 我如坐针毡，恨不得立马飞回欧洲，哪怕到德国边境的任何一个前线。没有什么比一个合适的人，在一个合适的时间，出现在一个合适的地点更为重要的了。这里工作的效率令人失望。只

> 要能让我上战场，为覆灭希特勒献力，为迎接新的领袖出力，我
> 117 甘愿冒险从中国回来……因此，作为我的朋友兼同志，我请求你务必尽力为我提供一个工作，无论是在西班牙、捷克、奥地利，甚至是德国志愿队伍中，还是加入英国或法国部队，只要有任何一个组织和单位愿意接受我这样一个出生在布拉格、拥有西班牙国籍和护照的人，本人定当全力以赴。[16]

波兰籍医生也希望回国，为解放波兰而战。奈何此时他们亦有要务在身。第 57 医疗队队长甘理安和傅拉都继续与第 3 中队一起在湘西前线服务。[17] 1939 年的整个秋天，医疗救援队都致力于将小型可移动医疗队推向前线。

富华德写道："林博士想派我们到长沙开展一种具有示范性、易复制的卫生服务模式。"[18] 然而，随着医生们进入前线，他们遇到了当初初到图云关时那样复杂又尴尬局面。一方面，白乐夫所在的赣西北前线给伦敦援华医疗委员会写信表示："当地部队对我们的到来异常欢迎，如同久旱逢甘霖。"[19]

而同时，另一方面，富华德又留意到，甘扬道已经收到好几封用蹩脚英语写的匿名信，要求他离职，并从各小分队撤回其他援华医生。如果他拒绝"服从"，他们的安全将得不到保证。负责整个前线救援工作的甘扬道，由于派遣了一些中国医生到急需医疗服务的前线，无形中制造了许多敌人。富华德补充说，有的中国医生对"有辱人格"的安排反应强烈，这意味着他们不得不离开舒适的生活，奔赴前线，将工作、生活、身家性命全都暴露在危险之中。因

此，有人甚至拒不从命。[20]国际援华医生们看似经验丰富、身处“要职”，但实则诸多事物仍是由各队所服务的部队领导决定的。

自1938年汉口失守后，中国的军事战略转为“纵深防御”，即通过建立一个没有任何交通运输和物资供给的缓冲带来阻隔日军的前进。虽然这一防御策略对日军进军中原起到了一定的拖延作用，但同时也导致了前线医疗服务的缺失和空白。在这种情况下，根本没有办法把医生送往前线。现在，哪怕是把伤兵送回部队或基地医院也要经过一段枪林弹雨的焦土地带。严斐德曾亲眼看见过一位伤员的绝望：

> 无论是血液还是唾液，任何体液的流失，都意味着生命力的 118
> 殆尽。随着伤口失血加剧，伤员变得越来越焦躁。他用手捂住伤口，像世界上任何一个渴望求生的伤员一样，不停呼喊着：妈妈救我，战友们救我。他的战友将把他带出危险地带。每走一步，身下的担架、竹竿和纱布都会随之摆动，伤口破碎的骨碎片相互摩擦产生位移。伤员一直在呻吟，直到绝望和虚弱盖过了疼痛。没有吗啡吗？奇怪，在这样一个鸦片、烟土曾经满天飞的地方，伤员竟然还要遭受如此痛苦。[21]

日本和中国军队之间160多公里的缓冲地带变成了一个真正的无人区。沟壑与泥墙交错，以此阻碍日本机动部队的横行。白乐夫形容，眼前的无人区惨状如同《圣经》中的“十字苦伤道”，前线的伤员一瘸一拐地踏过这片毫无生机的焦土。[22]严斐德补充道，在基层医院几乎就从未见过腹部、胸部或头部受伤的伤员。任何伤员只要能到达战地医院，本身就是一个伟大的壮举。由于缺乏运送前线伤员的通道，大多数战地医院入住率都不高。[23]在这种情况下，林博士对于自愿到中国开展神经外科和心血管服务的埃洛塞尔医生并不那么重视也就显得不足为奇了。

贝尔来到一个部队医院，惊讶地问为什么医院有这么多空床？一位主任把理由归因为后勤保障不到位。贝尔反问，那空医院又有什么作用呢？这位主任尴尬地回复，蒋夫人曾经视察过他们医院，并对他们的工作给予高度评价。贝尔小声地对富华德医生说："这也许就是它存在的意义。"[24]

1939年秋，纪瑞德仍然留在西安工作。他与中国红十字会和中国共产党八路军代表都保持着密切地联系。即便如此，他仍然无法到达距西安322公里开外的八路军根据地。

为八路军工作的印度援华医生巴苏华（Dr. Basu）前往西安拜访纪瑞德。他写道，他们和中国红十字会主席王正廷以及美国记者西奥多·怀特（Theodore White）一起吃饭。据巴苏华回忆，当时王正廷和怀特对他的态度相当粗鲁傲慢，因为他的服务对象是八路军。之后当他再向林博士抱怨此事时，林当即向他表示了道歉。同
119 时，巴苏华对心怀国际主义的纪瑞德和为朱德和八路军服务的米勒医生赞赏有加。[25]

随着国共两党矛盾激化，意识形态斗争和路线分歧愈演愈烈，也直接影响到了医疗卫生领域。很快，国际援华医疗队的成员们就被逼上了一座没有任何退路的政治孤岛。

1940年，国共两党的第二次统一战线以及整个抗日战事都停滞不前。这样的僵局一直持续到1944年日本“一号作战”计划实施前。在这期间，随着外部军事威胁的减少，国共两党新的冲突开始显现。时局的变化也带来了军民医疗需求的改变。

据卫训所资料显示，1940年的伤员人数是1937年的17%，而患病人数则是1937年总量的283%。[26]林可胜博士同样指出：“虽然我们的伤病数量上升了300%—400%，但我们的外伤致死率仅是战争初期的1/3。”[27] 到1940年春，兰道尔也注意到了这种变化：“前线实际上更像是一个有突袭的战斗区。疟疾和其他疾病改变了流行病学。”[28]中国战时医疗需求，明显从战场救援转向了卫生防疫。

1940年7月，杨固、傅拉都、沈恩3位医生也像严斐德、白乐夫和纪瑞德那样与周恩来代表见了面。杨固表达了他对现状的不满，他更希望能够为共产党服务，而不是像现在这样被迫为国民党效力：

> 我简直无法再继续和国民党反动派合作下去了，我要向我党（罗马尼亚共产党）领导反映。我要立即给莫斯科写信……告诉他们，与其与反动派合作，还不如回到我自己的国家。同时，我也寄希望于这个问题能够得到解决，一旦解决，我们还是会安然接受中国红十字会的领导。[29]

1940年，当顾泰尔和肯德与国际援华医疗队的医生们在图云关汇合时，傅拉都告诉他们，中国北方的共产党实际上已经被国民

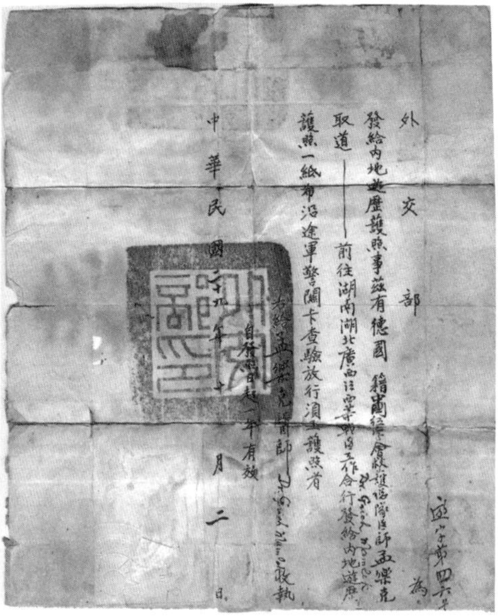

外交部　為
發給內地遊歷護照事茲有德國籍中國紅十字會救護總隊醫師孟樂克
取道——前往湖南湖北廣西江西等地工作合行發給內地遊歷
護照一紙希沿途軍警關卡查驗放行須至護照者
右給孟樂克醫師收執
自發照日起一年有效
中華民國二十九年十月二日

图十七　中华民国外交部颁发给孟乐克的护照。该护照说明了孟乐克——红十字会救护总队成员将取道前往湖南、湖北、广西和江西各大前线开展救护工作，并要求沿线军警关卡予以放行。中华民国外交部 1940 年 10 月 2 日颁发。

（罗伯特 · 孟乐克提供）

党封锁，既不允许医疗人员，也不允许医疗物资进入，与八路军合
120 作的机会渺茫。[30] 医生们越来越悲凉地感到，他们为全中国提供医疗服务的理想正在坍塌破灭。

中国外交部还加强了对战时人员流动的限制，紧缩了对国际援华医生们出行的管制。例如，从 1940 年秋天开始，孟乐克的旅行

图十八 1940 年 8 月 4 日，国际援华医疗队第 32 分队在渌口（湖南）。中国志愿者们与甘曼妮（前排中）和孟乐克（后排中）在一起。

（罗伯特 · 孟乐克提供）

许可证仅限于湘、鄂、桂、赣地区。1940 年，他从湖南省渌口寄出的家书中依然对战争、政治和时局只字不提，只是画了一幅画，以此宽慰家人的焦虑和担心。他在信中是这样表述的：

> 目前，我在中国红十字会支持的一家野战医院工作，这里有 121
> 一位非常好、会英语和德语的中国医生。这里的工作很有意思。我正在学习一些我以前只知名、不知形的疾病。在中国的生活总体上很愉快。人们彬彬有礼，善良友好，十分有趣。[31]

而此时的严斐德却再也坐不住，焦虑难耐。他继续写信让家人帮他联系返欧的渠道。此外，他还让亲友把他在中国的情况告诉他在西班牙内战时期结识的朋友——英国护士达顿。由于他在中国的工作将于第二年6月到期，便再三催促家人帮他返回欧洲或去美国。[32]

产生这样退缩的情绪其实无可厚非。日复一日的经历、见闻及随之产生的压抑和痛苦可能是严斐德希望尽快回到西方世界的原因之一。例如，国民党广泛存在的农民征兵制度是那么的残酷，以至于让目睹着这一切的严斐德希望尽快逃离此地：农村青壮年正被一种非人道的方式虐待，强征入伍。其手段之残忍让国际援华医疗队的医生们不禁质问：中国农民的困境与被德国纳粹迫害的欧洲少数
122 族裔到底有什么区别？征兵的惨况日日上演，几乎无处不在，不断拷问、折磨着医生们的良心。他们逐渐意识到：当前所处的环境，也许并不能实现他们心中的人道主义梦想和平等医疗理念。

富华德还记述了强制征兵制度的政治荒谬性和困境：无数的人被捆在一起，被抽打，被咒骂，与牲畜无异。他们被迫离开土地、妻离子散，忍受虐待、饥饿、寒冷和疾病。只有一半的人能幸存下来。对富华德来说，在中国，最困难的一项任务就是不断提醒人们要尊重最基本的人道主义标准。[33]

严斐德医生还记得：有一次，“当我带着一队士兵走近一座村子时，全村的百姓都因害怕征兵而逃到山上”。[34]这并不奇怪，因为新征民兵第一年的死亡率就高达44%（即167万人中就有75万

人死亡）——“这是对中国执政者的严重控诉。”历史学家芭芭拉•塔奇曼（Barbara Tuchman）如此评价道。[35]

## 香港之行

虽然救护总队给国际援华医疗队医生们安排的工作主要集中在华中和西南地区，1940 年夏，白乐夫和严斐德还是设法抵达香港东部。伦敦援华医疗委员会委托他们沿日本航线，从香港运送最急缺的医疗物资返筑（贵阳）。白乐夫记得，他们于 1940 年 6 月 16 日离开贵阳，乘卡车前往广西柳州：

> 我们出发两天后抵达柳州。当地正在修建一条新的铁路。有大批工人正在紧张劳作，牲畜也被驱赶着不停往返运送木材。这场景让我联想到金字塔之类的建筑场景。随后，我们乘火车去桂林机场。由于飞机超员，已先行起飞。就这样，我们眼睁睁地看着我们的飞机从头顶飞过。桂林是我在中国内地见过的最先进的城市了，有电灯和一个相当不错的酒店。然而这里实在是太热了，无法用言语表达，让人整日浑浑噩噩。6 月 20 日，我们登上另一架飞机。这架飞机飞得如此之快，带着我们从午后闷热的高温中径直爬出。海拔越来越高，到达 3000 米时，一眼向下望去，尽是山脉、稻田和村庄。机舱温度也变得越来越低，所有的乘客都穿上了外套，只有我们在经过这么多天的高温炙烤后，在高空的低温中感到神清气爽。突然，我们身边的云后出现了另一架飞机，天呐！是可怕的日本人！然而，它似乎对我们没有兴趣，径直从我们身边飞过，真是令人胆战心惊！夜幕降临，窗外一片黑暗。在漫长的黑夜中骤然出现一片光之海，那就是香港。在经历

> 了与敌机相遇和漫漫黑夜后，眼前的香港真的像一座童话般的城市，恍若天外之物，在我们眼前散发着耀眼的光芒。[36]

123 事实证明，医疗物资并不是白乐夫和严斐德带回贵阳的唯一东西。白乐夫还带回了他未来的妻子唐莉华（Joan Staniforth）。

图十九　1940 年 6 月，严斐德（左一）、唐莉华（左二）、白乐夫（左三）和美国作家雷厄姆 · 派克（右一）四人搭乘舢板沿着日本航线从香港返回贵阳。

（伯纳德 · 白乐夫提供）

在此之前，她一直在香港给赛尔温·克拉克夫人做助理。作家格雷厄姆·派克（Graham Peck）[37]也加入了他们。一行人沿着海岸航行，经过澳门，穿过日本控制的西江三角洲地区。最恐怖的经历莫过于白天要躲避日本巡逻艇，晚上还得提防哨兵、海盗、警察和走私者。[38]他们越过日军防线进入了中国内地，最后抵达国民党控制的安全地带。[39]白乐夫和严斐德携带物资成功地穿越了日控区，但讽刺的是，他们却从未成功进入中国共产党的根据地。

随着抗战进入白热化阶段，各方也开始在交通运输上展开较量，各类物资进入中国变得愈发困难。当日本进入法属印度支那
时，美国对出口日本的所有钢铁实行了禁运。随着法国 1940 年 6 124
月 25 日向德国低头，日本势力开始威胁英、法在东南亚的殖民地。1940 年 7 月 18 日，英国迫于日本对香港和新加坡的威胁，试图通过暂时关闭滇缅公路（3 个月）来保全自身利益。而仅仅两个月后的 9 月 24 日，日、德、意便共同签署了三方协议。至此，英国才从其“绥靖政策”的黄粱一梦中惊醒过来，于 10 月 18 日重新开放滇缅公路。当时大多数观察家判断，太平洋战争已是确定无疑的了。

## 医疗队为公共卫生做出的努力

1940 年，当世界的形势都在发生天翻地覆的变化时，中国红十字会向西南各地派出的援华医生们仍埋头于工作。尽管他们的活

动范围有限，但战时中国对卫生防疫工作的需求却是无限的。战时公共卫生的一个重点就是建去虱和洗浴站，以减少疥疮、斑疹伤寒和回归热的传播。

1938 年 9 月，中国红十字会救护总队只有 7 个排粪池和洗浴

图二十　1944 年 12 月 25 日，中国军队在集体淋浴点接受去虱、去疥疮药浴治疗。将混有消毒药物的热水从油桶里灌入设有漏孔的竹管，可供多人同时药浴。

（美国国家档案馆图片编号：111- SC-1276）

站可用，但到1940年6月，这一数字已增长到200多个。[40] 救护总队第49分队详述了他们清除疥螨的过程：

> 研究发现，70摄氏度的温度持续约15分钟，足以杀死虱虫和虱卵。在保证效果的情况下，一个桶中最多可以放4至5人的衣物进行灭虱。然后开始人体去虱和洗浴治疗。在16天内，总共有1606人进行了去虱和洗浴，费用为每人0.17美元……该地区其他战地医院转来的患者都被要求在接受进一步治疗之前，统一去虱。[41]

在对抗疥疮的战斗中，杨固曾写道，起初，要调动部分中国医疗工作者的积极性是十分困难的。因为这个过程十分繁复，煮沸硫酸和不停整理粗糙的纱布很容易引起皮肤损伤。故而最开始只有杨固一人承担。此外还有一部分中国医务官员认为，为一名普通士兵上药是有辱身份和水平的。然而同时，他也注意到：渐渐地，抗疥疮工作取得了良好的效果。看着这些外国人都在带头苦干，一些官员的观念也在逐渐改变。他们开始从心底里重新审视这群国际援华医生们。至少，他们很显然不搞西方殖民主义那一套。[42]

国际援华医疗队在公共卫生领域取得的成效，虽然不像传染病 125
暴发时那样病如山倒，但至少稳步向前。记者史沫莱特注意到了这一变化并发表了评论：

> 每当一个新的除虫站和洗浴点在某个前线悄然出现时，军官

> 便向他的队伍们喊话："现在你们没有患疥疮的权利！"……医疗队正在一点点地将这艘旧船改头换貌。从此以后，他们要重新培训每一个随军医务官，向军队讲授卫生和急救知识，用手头能找到的任何材料建成去污点、洗浴站，净化水井及开展其他防疫工作。教育，大力宣传教育才是关键。[43]

肯德在去虱点和洗浴站点的"浴桶"设计收获了广泛的赞誉。冯玉祥将军和53军司令周福成对肯德1940年的防疫工作称赞有加。[44]与斑疹伤寒和回归热一样，使用去虱和洗浴站被证明是对付
126 疥疮最有效的防治方法。通过推行诸如去虱、洗浴等公共卫生措施，减少疥疮、斑疹伤寒和回归热的流行，显然已成为中国红十字会救护总队主要的成就之一。

然而1940年，随着欧洲战事告急，援华医疗委员会对国际援华医生们的支持进一步减弱。当"不列颠之战" 在英国上空打响时，德国坦克在欧洲大地上肆意碾压，德军U型潜艇和飞机封锁了英国海、空通道。德国对斯堪的纳维亚地区的大举进攻使得挪威对西班牙医生及中国红十字会的资助难以为继。挪威通讯员托尔（Tor Kjesdal）向美国医药援华会去信求助：

> 哈斯隆德（Dr. Haslund）领导的挪威西班牙救济委员会同意支持一些外科医生，并将他们送到林可胜博士那里。在挪威公共卫生主管卡尔·埃文格（Dr. Karl Evang）的帮助下，我们选出了一些业务素质高的医生来支持林博士的工作，并专门设立了一个基金，用于支付在中国抗日后方的援华医生们的薪资。为保护这项经费免遭纳粹发现，当战事在挪威打响时，我们把钱都转

移到了美国。贵会能否考虑将资金从中国红十字会转移到这个特别账户上？[45]

1940 年 11 月，这封求助信又经赛尔温·克拉克夫人（Hilda Selwyn-Clarke）转给美国医药援华会：

关于分别由挪威和伦敦委员会派出的 10 名和 9 名外科医生，他们月薪是 7 英镑 9 便士。每个医生都要求每月薪资中的 3 镑以本国货币支付，留存香港账户，以便日后返欧使用。由于战事已在挪威和英国打响，我们不敢再指望挪威和伦敦委员会能够支付他们第二年的工资，因此我会呼吁香港英国救济基金筹集 8000 元港币作为医生们的酬劳。也许是因为这群西班牙医生曾经的战地经验十分宝贵，令林博士推行的新战地救护方案得以顺利实施，他安排每位医生作为一个医疗小组的负责人，并额外支付他们每人每月 200 元。对于医生们的原有的薪金，林博士不但分文未动，还贴钱发俸，这令我心生愧意。医生们丰富的政治经验使他们能够理解中国的难处，并与同事们配合良好，而非一味地批评和误解。他们是真诚的反法西斯战士。白乐夫和严斐德的英语说得很好，他们将负责起草报告。[46]

1940 年年末，英德之战愈演愈烈，顾泰尔和肯德开始担心留在英国的家人，他们不明白为什么同样身为医生、护士的妻子（们）不能加入中国红十字会救护总队。顾泰尔写信给伦敦援华医疗委员会，试图说服其同意让他们的家眷（们）来中国：

如果您仍不确定欧洲人能否适应中国环境，那么以我的经验

> 及目前的形势来看，在中国可能比在英国要好得多。我们希望这封信能消除委员会的疑虑，并尽一切努力帮助我们的太太登上第一艘可乘之船离开。[47]

127 就在此信寄出的几个月后，身为医生的罗莎（Dr. Rosa Coutelle）和护士玛丽亚（Maria Gonzales Rodriquez），终于获得中国红十字会的许可，开启赴华之旅。在此之前，任何艰难险阻都未曾让她们停下脚步：在西班牙内战的炮火中幸存、被收押在法国的集中营中失去自由以及被流放到异国他乡。1941 年 3 月，她们乘船从英国利物浦出发，向北行驶了 3 天，穿过爱尔兰海和北海峡到达大西洋。当她们行驶至苏格兰西北海岸附近时，却赶上德国空军（German Luftwaffe ）轰炸苏格兰。她们乘坐的蒸汽船——“斯塔福德郡号”（Staffordshire）也被击中。罗莎回忆起当时的情况仍心有余悸，因为当飞机开始扫射邮轮时，她和她的儿子查尔斯正在甲板上。在这次袭击中，船上共有 40 多人丧生。在救生艇上待了大约 6 个小时后，他们及时获救，被一艘挪威拖网渔船带到刘易斯岛（外赫布里底群岛）。在埋葬其他死者后，他们只能再次回到英国，在战火中艰难度日。[48]

总之，从 1939 年到 1940 年期间，中国战事趋于平稳，欧洲军事对抗升级。国际援华医疗队的成员们既不能返回欧洲，也无法突破国民党的封锁北上投身共产党，更不能通过日本封闭的印支和缅甸公路向南转移。很大程度上，他们仍然身处国民党顽固派掌控下的中国红十字会，他们在华中、华南小型医疗救援队中的一举一动都处在严密的监视中。

医生们的出行范围也受到严格的出行许可限制。无数的军事缓冲区不仅隔离了日军，也将前线无数伤员与战地医院隔开。现代战争策略的改变也带来战地救援效率的下降，这也是国际援华医疗队的医生转向广大农村地区实施预防医疗的另一个深刻背景。

随着对传染性疾病管理投入的不断增加，以及 1940 年民国政府引进外国医疗保障制度、建立公医制，战时中国的公共卫生水平在这一时期得到了迅速发展。当时主要采取的措施有：中国红十字会救护总队和陆军医疗队增加使用去污点和洗浴站；国家卫生署开始支持大规模疫苗接种项目；林可胜博士领导的卫训所加大对疾病预防措施宣传力度。广大农村地区军民健康状况一度得到明显改善。

尽管如此，救护总队的公共卫生工作和国家卫生署在广大农村地区的卫生倡议在政策支持、资金补给和医疗队伍建设方面仍面临巨大挑战。大多数历史学家都认为，这是中国公共卫生长久以来积贫积弱所致。医学观察家瓦特（Watt）指出，到 1943 年，四川的公共卫生服务举步维艰，濒临崩溃。[49] 现代学者卜丽萍（Bu 128
Liping）认为，截至战争结束为止，这些努力对于改善农村卫生服务也仅仅是杯水车薪而已。[50]

当国际援华医疗队的医生们在中国大地上如火如荼地为开展公共卫生努力时，欧洲政局却危如累卵，十万火急。随着挪威被德国军队占领，英国大战在即，挪威医疗援华委员会停摆，“斯塔福德号”的沉没打破了顾泰尔、肯德与妻儿团聚之梦，好在两位太太和孩子还能劫后余生，滞留英国。而此时，其他援华医生的犹太亲属们正被希特勒政权困于中欧，苟延残喘，苦苦挣扎。

# 第八章　高压遏制下的医疗救援（1941—1942）

随着第二次统一战线的持续瓦解，加之国民党对中国红十字救 129
护总队的改组，使得林可胜博士的工作更加任重而道艰。刘瑞恒，林可胜在国家卫生署的最有力的支持者之一，被排挤出红十字会。王正廷重任中国红十字会会长。

杜月笙继续担任中国红十字会副主席。“大耳朵”杜月笙是上海臭名昭著的走私鸦片的绿帮头目，拥有巨额财富和影响力。以他的经济实力，要支持中国红十字会的生物医学家和上海中医学院完全不在话下，这足以保证他在红会的地位。[1] 瑞士记者伊洛娜·拉尔夫·苏斯（Ilona Ralf Sues）回忆起 1938 年她在上海第一次见到他时的印象：

> 他的头像一个椭圆形的蛋，没有下巴，耳朵巨如蝙蝠翅膀，冷酷残忍的嘴唇下露出的是满口烟熏大黄牙，一副瘾君子的病态……他蹒跚而行，时不时地左右环顾，看是否有人在跟踪他……

> 双眼如一潭死水，无法穿透……让人不寒而栗。他伸出一只冰冷无力的手，瘦骨嶙峋，手指末端留着的棕鸦片色的指甲足足有5公分长。[2]

相较于杜月笙，即使中国红十字会新一届领导层看上去更儒雅，更风度翩翩，但在对待林可胜博士率领的救护总队上依然丝毫不留情面，不断通过各种不必要的官僚手段进行干预打压。1940年新任红十字会领导层的王正廷、潘骥（秘书长）对救护总队开展重组，对其政治和经济实行严格把控。潘指责林政治左倾和经济腐败，他
的理由包括林对国际援华医疗队西班牙医生们的支持、与左派记者 130
史沫特莱交往过密，当然也包括他之前对中共新四军、八路军曾施以援手。这些都被用来给林博士贴上亲共的标签。1940年8月，蒋介石召见林博士，要求他到重庆当面表忠。[3]这也不是他最后一次面对党内质疑。

到1941年，各种迹象表明，向全中国提供广泛的、无差别医疗救助服务的计划基本宣告失败。英国救援队的两名志愿者，埃弗特·巴格（Evert Barger）和菲利普·莱特（Philip Wright）在向延安运送6吨医疗物资的途中，遭到了国民党的百般刁难，引起强烈不满。虽然蒋介石明面上已批准此次物资运送，但国民党的军队依然在陕西省三原县[*]收缴了这批物资。

更令两位志愿者巴格和莱特心痛的是，这批共产党急需的宝贵

---

* 三原县，今咸阳市内。

物资最终居然通过西安一家私人药房，被贩卖到黑市上。自从此次任务失败，截至1944年底，再也未有过如此大规模向共产党抗日游击队输送药物的行动了。

据当时媒体估计，在这一时期，基本医疗保障的缺失导致数以万计的生命损失。其中很可能就包括白求恩医生，他的败血症可归因于抗生素缺乏。[4]与此同时，国际援华医疗队仍未放弃对国民党封锁医疗物资的抗议和谴责。18名国际援华医疗队医生再次向伦敦援华医疗委员会的吉尔克里斯特（Dr. Mary Gilchrist）致信求助，请求英国外交部出面干预：

> 我们认为，每一位为中国之胜利奉献力量的人，都衷心希望这些援助物资能够送达与敌人浴血奋战的人民和队伍中去。然而，当前这种期望简直变成奢望。国际援华物资不应只属于某个个人或团体，而是属于所有中国人民的。我们希望能改变这种趋势，在不必获得所谓许可的情况下，就能为八路军和新四军这些值得尊重和爱戴的战士们提供帮助和服务 。[5]

令人遗憾的是，英国政府将国民党当局对医务人员和物资的垄断视为中国内部事务，拒绝出面协调。英国外交（和联邦事务）部的安东尼·伊登（Anthony Eden）[6]回复：“中国的物资流动应该是中国内政，英国不宜介入。国际援华医疗队应向中国驻英大使反映，共同协商解决此事更为适宜。”[7]

宋庆龄所领导的保卫中国同盟曾成功通过中国红十字救护总

131 队，从香港向八路军根据地的国际和平医院输送过物资。而此时王、潘势力已牢牢把控着救护总队的所有物资，林博士再也无法插手医疗物资的配送事宜了。

并不是只有保卫中国同盟和英国救援队两个组织感受到了国共两党在医疗物资分配问题上的紧张关系。1941 年 9 月 23 日，公谊救护队麦克卢尔写信给赛尔温・克拉克夫人，讲述了英国志愿者巴格和莱特物资被截一事。他写道：

> 有一次我遇到了蒋夫人，虽然以前很少和她主动交流，但我仍向她告知了医疗物资被截一事。据悉从贵阳运出的这批物资并没有任何文件许可。由于之前与国际救援委员会有联系，我被委托解决此事。虽然我的立场从未改变，但我确实希望他们能意识到，这是一个严重的战术错误，就好比为了给对方设置障碍（比如，政治压力），不惜以身试险，结果只能两败俱伤。虽然结果不尽如人意，好在最后我们还是了结了此事。[8]

各个援华救援组织也清楚地认识到，国民党已将手中的医疗资源当成了政治武器，牢牢攥紧。尽管如此，英国外交部仍坚持认为此事为中国内务，不愿从人道主义角度出发出面干预。

在这样的大环境下，此时的国际援华医疗队更是处境窘迫。尽管周恩来曾肯定过他们在国民党大后方工作的重要性，而事实则是他们在医疗救援方面的重要性正在不断地被刻意弱化，乃至生存都受到威胁。由于这群西班牙医生对共产党新四军、八路军怀着天然的亲切和强烈的认同，国共第二次统一战线解散后，他们被加以严控，并一度被视为稀有的、只属于国民党的医疗商品。

随着两党敌对情绪爆发，鸿沟变得愈发不可逾越。1941 年 1 月，国民党埋伏和突袭了共产党皖南新四军司令部，造成了数千人丧生、震惊中外的“皖南事变”。[9] 第二次国共统一战线以失败告终。

由于两党关系崩塌，林可胜博士所领导的救护总队更是无法摆脱惨被牵连的命运。皖南事变后，所有为共产党提供医疗援助的计划都被严令禁止。宋庆龄强烈谴责了这有悖人道主义的行为： 132

> 在世界上大多数处于战争状态的国家中，哪怕是受伤战俘也能享受医疗服务。而在中国，国民党人为划线，把同样浴血抗日的战士区别对待，一边是有权享受医疗服务，另一边则无权获得任何医疗救助。无论是医疗志愿者，还是药品、物资，都被阻止北上。[10]

从各项信息和信件中不难看出，国际援华医疗队的医生们都早已清楚地认识到了这一点。

国民党治下的红十字会救护总队面临的压力与日俱增，国际援华医疗队的成员和国际援助组织都已经无法再向共产党根据地军民提供任何援助了。而与此同时，两党也不希望看到国际援助停止，这将不利于他们实现共同的抗日大业 。但随着双方敌对情绪加剧，救护总队不问政治、救死扶伤、助危济难的纯良愿景也愈发难以实现。不久，蒋介石再次传唤林博士到重庆，斥责他是：“政治左倾，阴助延安。”

与此同时，医生们也越来越感觉到他们在中国红十字会救援总队中的处境岌岌可危。虽然在反法西斯信仰上一致，但在政治思想上却存在分歧。所有的西班牙医生都是共产党党员，在 1941 年的图云关总部，只有孟乐克和罗益(Dr. Walter Lurje)不是共产党员。科恩和高田宜虽然也不是共产党员，但她们当时还未到达图云关。

孟乐克在家书中谈及国民党对林博士的一项指控：

> 他们说他从西班牙国际纵队（International Brigade in Spain）向救护总队调派了十几名“左倾”思想严重的医生。由于一些特定的原因，这些人似乎不受欢迎。除了“西班牙医生”外，我就是红十字会里极少数的外国医生。因此，我估计在不久的将来我就会和西班牙医生一起被扫地出门了。[11]

1941 年初，林博士开始意识到，国际援华医疗队共产党员医生的存在，可能被国民党的一些官员借题发挥，将他从救护总队领导层中除名。尽管如此，他仍试图竭力保全国际援华医疗队和救
133 护总队。中国红十字会国外后援会的赛尔温·克拉克夫人（Hilda Selwyn Clarke）于 1941 年将林博士的意图转达给英国驻华大使柯尔爵士（Sir Archibald Kerr）：

> 林博士来信求助，希望英驻华大使馆能暂时接管救护总队中的外籍医生(约 23 人，其中 20 人是由伦敦援华医疗委员会派出)，

以缓解他当下举步维艰的政治处境……他由衷地希望所有的外籍医生都能够继续留下来服务，才出此下策。当前的形势是否也在提醒我们，有必要考虑让医生们返回英国了吗？[12]

林可胜博士对救护总队的担心绝非杞人忧天。他一贯倡导中国红十字会救护总队保持中立立场，试图淡化国民党对共产党渗入的紧张情绪。然而，在 1940 年，国民党已经派遣观察员到图云关，以阻挠救护总队把共产党纳入服务对象。一些救护总队中隐藏的共产党员，如清华大学毕业的章文晋，1939 年曾追随林可胜来到救护总队，后来迫于形势，离开贵阳，在重庆为周恩来工作。[13]

1941 年 2 月，国民党党内针对林可胜的指控开始升级，他被迫辞去中国红十字会救护总队总队长职务。然而，蒋介石却授命红会不要放他走。[14] 他知道林的号召力是帮助他获得国际援助物资的金字招牌，也是稳住救护总队人心的基础。史沫特莱在香港参加了中国红十字会的董事会会议。她厉声谴责董事会成员不断踩低林博士就是为了拔高自己的威望和权力。“她忍无可忍，仗义执言，不惜失去由红十字会提供的重返中国的机会。”[15]

1941 年，国际援华医疗队的医生们对中国红十字会愈发感到失望与不信任。正如顾泰尔写给妻子罗莎的信中所述：

我们希望暂由军部接管我们这支医疗队。作为高度流动的单位，这样我们就可以随军去任何需要和必要的地方了。这个提议自然被顺利“采纳”。很快中国对志愿者的宣传工作也开始了，

> 昨天一些队伍离开了长沙，当然不包括我们。据我所知，他们根
> 本没被军方直接派驻前线，而是作为红十字地方分队，落脚在
> 一个离长沙大约45公里开外的小镇。所以，事实证明我们的计
> 划不能算成功，甚至可以说是得不偿失！我们不会再被重用了，
> 134 但却常被人揶揄：“你到底什么时候上前线啊？中国人已经走
> 了！！” 你看，这不是应该和责任的问题，而是“丢脸”和让
> 人“看笑话”啊……10月10日，中华民国国庆之时，柯里格、
> 甘扬道及另外两名中国医生被派去担任顾问，但却不归属任何组
> 织；还有一件令人匪夷所思的事：一个毫无用处的救护车队被派
> 往南方。当时，所有战役都已经结束，所谓的急救和组织疏散都
> 是无稽之谈。[16]

很显然，这些表面功夫与中华民国国庆“双十日”的真正内涵大相径庭。“双十日”是为了纪念1911年10月10日武昌起义。这场起义直接推翻了清朝的统治，并为中华民国于次年1月1日建立奠定了基础。

顾泰尔曾向家人吐露，这段尽尝冷眼的时期是他一生中最沮丧、最难受的经历之一。这与在西班牙时期同志间形成的深厚情谊形成了鲜明的对比，许多西班牙医生都把那段时光称为他们一生中最美好的经历。事实上，随着1941年政治对抗加剧，一致抗日力量减弱，中国红十字会救护总队内部不满情绪和不作为风气陡增。一位年轻的海外华人医生在图云关写道：“我们所看到的都是慢性病，都可以按照《医疗手册》来解决，任何护士都能胜任。我们来这里实习又怎么提高呢？”[17]

今天，对于国际援华医疗队在华期间为什么没有大作为的研究

不多，甚少有人从政治角度探究过这个问题。1941 年 6 月 18 日，甘扬道安排柯芝兰和她的丈夫柯让道担任手术护士（专门承担给外伤患者换药和整理床铺的工作）。而红十字救护总队的护理监事则评价，根据她的业务能力，无法胜任。[18] 要知道当时她已是战地经验丰富的护士了，况且她的丈夫柯让道还是救护总队 383 驻广东分队的队长。[19]

尽管中国急需医生，但仇共的国民党对同情共产党的医生忌惮颇深，担心他们会渗透组织甚至破坏任务。与此同时，救援总队还在对外宣称需要更多的医生。林博士于 1941 年 2 月 28 日在香港中央新闻社表示，尽管红十字会工作有组织有条理，但缺医生和护士仍然是中国大后方医疗救助最大的问题。[20] 与此同时，国际援华医疗队医生们的医疗活动空间也在被不断压制，处处受限。

截止到 1941 年底，中国红十字会救护总队的 2700 多名员工只 135
剩 181 名。1938 年 6 月至 1941 年 3 月，救护总队的医务人员仅增加 30 名医生[21]，而其中超过 2/3 都是国际援华医疗队队员。这些少数外籍医生占中国红十字会救护总队在华医务人员的 12%。

麦克卢尔对这支队伍取得的成绩惊叹不已：

> 事实证明，林博士能够如此高效、出色地整合国际援华医疗队，实在离不开他手下这群医生和护士们惊人的毅力和勇气。在过去的一年里，他还建立了战时卫生人员训练所，教授中国年轻女孩和家庭主妇护理和预防医学的基本知识。[22]

事实上，比起个人的意志和能力，卫训所所起到的作用更值得重视。历史学家约翰·瓦特（John Watt）的研究有力地证明了林博士率领卫训所为数千名护理人员开设短期培训的做法已成为战时中国生物医学兴起的一个关键。[23] 如果卫训所的工作跟不上，那么许多现代有效的公共卫生理念就无法走进中医传统思想根深蒂固的广大农村。

一方面不停在媒体上大肆宣传亟须更多的医生，而另一方面又在私下不停解雇。战时中国对医生的需求变得越发畸形和矛盾。1941 年 7 月，中国国防供应公司代表许肇堆[24] 向林博士转述了《时代》杂志创始人亨利·卢斯（Henry Luce）提出的一个想法：

> 他建议，您可以通过美国医药援华会给美国医学会杂志写一封信，说明对美国医生的需求。如果你能起草这封信，我相信亨利会乐于帮忙的。附：派医生来中国是一个不错的主意。效果如何，不试试怎么知道呢？[25]

与此同时，胡德兰（Freda Utley）在《亚洲》杂志上也写道：

> 虽然香港有很多中国医生，也有很多的口岸，但他们中鲜有人自愿上战场……中国红十字会救援总队的力量来自于其旗帜鲜明的爱国精神和行之有效的组织方式，在这里，出于对国家的共同热爱，即使是政见不同的人，也能够不问出处，精诚合作。而其弱点在于缺乏广泛的支持，林可胜拒绝向贪婪和泯灭道德的势力低头，他坚持一视同仁，向所有抗日部队提供补给……难道这些医生不是因为响应林可胜的号召才赶赴中国的吗？当今世界上

> 没有什么地方比中国更需要医生了，今天人们认识到，中国人不仅为自己而战，也为我们而战。[26]

基础设施和基本医疗条件严重不足的现实也困扰着留下来的教 136
会医生，而他们的工作在中国又不可或缺。麦克卢尔在给基督教海外医学会主席爱德华·休谟（Dr. Edward Hume）[27]的信中说："有必要让更多的医生到中国西部来，他们将成为中国未来的盟友。难民大量涌入后，需要他们在这里广施福音……中国的医生流动很大，这种情况下，南方的一些传教士医生确实能解燃眉之急。"[28]

美国公谊服务委员会公共关系部主任约翰·里奇后来与林博士谈及他的想法，建议将贵格会教徒医生纳入中国红十字会，为残疾士兵提供康复服务：

> 他（林医生）认为这个建议非常棒。曾有人告诉我说他不愿再用外国人，但他坚决否认这一点。他说，他只是不愿接收任何不能接受中国现状、不愿面对中医在中国广泛流行现实的所谓高级专家，也不想要任何未经培训的人。我指出，我们没有足够的医生来履行与中国红十字会的协议，并询问他是否同意我们去找更多的医生。他同意了，我们就这个问题继续保持通信交流。[29]

然而，记者们和传教士们向欧洲和美国盟军司令部呼吁派遣更多国际医生到中国的努力收效甚微。1941 年成功进入中国红十字会的仅有 2 名外国女医生：美国的阿黛尔·科恩（Adele Cohn）和英国的高田宜（Barbara Courtney）。

高田宜于 1941 年 5 月抵达贵阳。她从加尔各答旅行到香港，赛尔温·克拉克夫人在一家教会医院给她提供了一个职位。然而，高田宜明确表示，她想加入中国红十字会救护总队。她的旅行记录不完整，应该是公谊救护队和英国救援队帮助她从印度抵达贵阳。当时，她和另外 3 名与中国红十字会有联系的英国志愿者一起工作：他们分别是迈克尔·苏利文（Michael Sullivan）、埃弗特·巴格（Evert Barger）和菲利普·莱特（Philip Wright）。1942 年 2 月 17 日，他们从贵阳寄出给英国外交大臣的信，申请英国政府拨款支持林博士和中国红十字会救护总队。[30]

苏利文（Michael Sullivan）是一名英国和平主义者，1939 年加入国际红十字会委员会，随后加入救护总队。他的工作是一名卡车司机和绘图员，他在中国一待就是 6 年。战后他成为中国红十字会医疗救援队总部最著名的国际志愿者。但有意思的是，这并非源于他对战时医疗事业的贡献，而是因他对中国艺术的热爱和高水平的鉴赏力。战后，他成为斯坦福大学和牛津大学的亚洲艺术教授。作为西方中国私人艺术品最多的收藏家，他的名字仍不断被提起。
137 2013 年去世后，他的藏品被捐赠给牛津大学阿什莫利艺术和考古学博物馆。[31]

尽管录用了两位女医生，林博士仍于 1941 年阐述了当前对于接收更多外国医生的矛盾：“医生的确非常需要，但与外国医生工作经验证明，必须谨慎选择；否则，他们的能力将无法施展。”[32]

很有可能林博士当时就是隐喻国际援华医疗队医生正迫于政治压力、无法开展工作的现实。他向美国医药援华会重申：“如果你找不到真正怀有热情的外国医生，就不要随意派人来……当然我这么说并非出于对外国医生的服务感到失望……西班牙医生们总体上做得相当出色。”[33]

国际援华医疗队的医生们得努力适应一个矛盾的现实：中国需要他们，林医生赞赏他们，但同时他们却无法继续开展工作。1941年，杨固记录下他和白乐夫、富华德在图云关以及纪瑞德在西安近郊滞留期间无所事事的状态。[34]国际援华医疗队的大部分医生被“雪藏”，而林可胜博士似乎对此无动于衷，这令富华德感到十分失望：

> 林医生对我的投诉没有任何反应，既没有发表意见，也没有任何回复。很明显我反映的情况早已不是什么新闻了。也许对他来说，听到这样的话从一个外国人嘴里说出让他很尴尬。宴会结束后，他来到我身边道别，他说：“我一直在想撤回所有的西班牙医生，你很快就会回贵阳了。”……无论如何，至少这也代表着我在中国一段经历的终结。[35]

只有严斐德仍然活跃在医疗服务岗位，尚未被召回图云关。1941年秋，他开始在江西赣南坎县[36]的工业合作社工作，这是新西兰出生的作家和政治活动家路易·艾黎（Rewi Alley）发起的。后来，严斐德成为蒋介石儿子蒋经国的私人医生。[37]

当严斐德向南出发后，1941年9月6日，顾泰尔写道，他多么希望与甘扬道、傅拉都以及贝尔一起北上黄河。然而，这次出行一无所获，6 个月后，顾泰尔依然待在图云关原地不动。[38]1942 年，滞留图云关的国际援华医疗队成员还有图云关陆军医院 23 队的甘扬道、X 光室的科恩、实验室的甘理安、公共卫生和环境室的傅拉都。他们都被划归为贵阳总部备用人员。[39]

138 医术高超但终日无所事事，战火仁心却无处施展寄托。医生们开始重新审视，这个深陷战争的世界是何等的讽刺：在纳粹控制的欧洲，不允许犹太或共产党医生向雅利安人提供医疗服务，而在中国抗日大后方，雅利安犹太医生又被禁止向共产党提供援助。如今，国际援华医生们靠手中的柳叶刀反抗法西斯的梦想再次破灭。此时的他们被困在一个政治无人区，如同被困在前线的战壕、城墙中的战士，无处遁逃。

## 1942 年：太平洋战争和敌国侨民医生们

这样的日子一直持续到 1941 年年底。12 月 7 日，国际援华医疗队终于看到了转机：美国“亚利桑那号”战舰被袭沉于夏威夷珍珠港。在所谓的太平洋战争中，与美英结盟，这是早已千疮百孔的中国渴望已久的转机。但是，对于新结成的盟国来说，并没有出现期待中的旗开得胜。1941 年 12 月 25 日，香港攻防战惨败，这座往昔的“不夜城”沦陷。

总部设在香港的中国红十字会总部和宋庆龄的保卫中国同盟紧急转移至中国西南的重庆。1941 年 12 月 19 日，保卫中国同盟司库

图二十一 1944 年 7 月 13 日，中国士兵在缅甸北部的孟拱河谷搬运美军弹药。

（美国国家档案馆图片编号：208-FA-30121）

兼任香港志愿军二号炮台炮手的诺曼·弗兰士（Norman French）阵亡，[40] 其秘书赛尔温·克拉克夫人（Hilda Selwyn Clarke）不久后也被日本人羁押。面对日本的步步紧逼，大英帝国在东南亚的前哨如多米诺骨牌一般纷纷倒塌：1942 年 2 月 15 日新加坡失守，

1942 年 3 月 7 日缅甸投降。

1941 年 12 月 9 日，中国对轴心国宣战，这使得出生在德国和奥地利的国际医生处境更加艰难，他们现在俨然成为人们眼中的敌方探子。自从 1939 年 9 月盟国向德国宣战以来，他们一直是英法两军的眼中钉。而他们的政治信仰、种族和对中国的援助又使得他们成为德国人和意大利人中的异类。当德国在 1941 年进军苏联时，他们又再次成为苏联人仇恨的对象。

虽然日本早在 1937 年就开始侵略中国，但中国正式宣布对日本及轴心国宣战却是在 1941 年 12 月珍珠港事件之后。正是因为这一点，国际援华医疗队中的德裔和奥裔一下子就成了第二次世界大
139 战中所有参战方眼中的“众矢之的”。尽管西班牙医生们认为这种不分青红皂白的敌意简直荒谬至极，但现实却是，他们的处境雪上加霜。医生们向位于伦敦的援华医疗委员会通报了他们当时的境遇和困境：

> 中国向轴心国宣战后，对敌方侨民——德国人和奥地利人的
> 140 限制又再次升级，获得中国外交部颁发的自由出行证变得愈发困难。这极大地制约了当前的工作，也打击了医生们的积极性。贝尔、顾泰尔、富华德和肯德已被正式通知禁上前线；顾泰尔和肯德虽有英国内政部颁发的证书，但也已过期。如果内政部能重新颁发证书，将有助于缓解当前之困。签证必须重新发给英驻重庆事领馆，以便医生们及时获得。此外，当前的形势之困不仅只限于国际援华医疗队成员，所有外国医生也遇到类似困难。[41]

事实上，由援华医疗委员会派出的孟乐克、罗益、王道及其他医生都是反法西斯德奥难民，如果他们加入盟军部队共同作战，势必引起不小的麻烦和矛盾。按规定，他们必须定期向警方报告，同时努力争取救护工作所需的出行许可和签证。

1942 年 3 月，当日本包围仰光时，蒋介石派出远征军前往缅甸，保卫曼德勒和缅甸北部。林可胜博士率领的一支中国红十字救护队随行开展医疗服务。尽管中国和盟军竭尽全力，盟军在第一次缅甸战役中失利，史迪威和林可胜分别率领一小队人马和医疗队成功突 141

图二十二　1941 年孟乐克在中国红十字会救护总队中的工作证。

（罗伯特 · 孟乐克提供）

围，勉强逃出了日军围堵，抵达印度。日本成功地切断了中国最后一条通往外界之路——滇缅公路。到 1942 年夏天，日军已控制了东南亚的大部分地区。

1942 年，在图云关的总部，医生们的处境每况愈下。顾泰尔写信给他的妻子（罗莎和儿子查尔斯已安全回到英国），信中提及救护总队新一届领导层对他们的漠然置之：

> 中国战争已经同世界接轨，建立了共同的世界反侵略战线。这是我们都希望看到的，未来我们还有更多更有意义的事情要做。无论如何都会比现在更好。你看，我还在贵州，整日无所事事，已半年有余！我、傅拉都、甘扬道、陶维德、孟乐克、甘曼妮（甘扬道的太太），还有高田宜（英国护士达顿的远亲），我们面临的是遥遥无期的等待，无尽、漫长的等待。[42]

被困滞于图云关的医生们只能相互慰藉，终日与病人为伴。在此期间，柯里格感染了严重的痢疾，顾泰尔用显微镜证实这是一种严重的阿米巴细菌。[43]1942 年 3 月，救护总队将派一支队伍前往浙江省摸底当地鼠疫爆发情况。31 岁的高田宜想加入这支队伍。为了能上战场，她竟不顾自己身体不适，冒险在启程的前一天接种了鼠疫疫苗。这也许是极不明智的，但当时的她的确不想错过这次上战场的机会。[44] 她的朋友顾泰尔讲述了接下来发生的事情：

> 第二天，她就病倒了，当晚死于脑脊髓膜炎。这可能是由鼠疫疫苗导致的恶性疾病。尽管诊断得早，她也服用了磺胺，但已

回天乏术。高田宜是印度神智学会的成员，她是从一个完全不同的渠道加入我们的。尽管在观点上和我们有很大的不同，但她很快赢得了我们的尊重和友谊，因为她是一个简单、安静、谦虚和绝对忠诚的伙伴。她用她的行为向我们诠释了“普世友爱”精神和人生追求。她成了我们的亲密的朋友，每个人都喜欢她……后来我们才知道赛尔温·克拉克夫人曾劝阻她加入中国红十字会，因为这里条件实在是太艰苦了，为此还特意给她提供了一个留在国际红十字会特派医院的工作。高田宜谢绝了她的好意，执意追随心中所向……我们把她埋在一个美丽的山坡上，对面不远处就是她喜欢的群山……她的故事不会被遗忘，我们将把对她的思念化为力量，继续投身于她未竟的事业……只有这样，我们才能真正尊重她的精神，在痛苦中升华出积极的能量。[45]

救护总队的一位中国医生也回忆起她生前的样子： 142

她和一位年轻的犹太医生很要好，但她不允许友谊妨碍她的工作。这天，卫生部长命令我们准备一组医生到前线去，而她也是被选中的医生之一。我从未见一个女孩儿这么高兴。她的雄心壮志不仅是在中国工作，更是到前线去照顾伤员。她容光焕发，如同一团充满着生命和活力的炙热火焰，吸引着周围人的目光。哪知随后她就被脑膜炎击倒。这种疾病十分可怕，她也一定非常痛苦。我们都没有见识过脑膜炎，根本无法想象她这么年轻就感染如此恶疾。不出几天，她便永远地闭上了眼睛。

她的墓址选在一座高山上。那天风很大，下着雨，我们踩着石砾路，磕磕绊绊。真想尽快结束这一切。太痛苦了。棺材被放进一个浅坟里，我们刚念了几句悼词，突然，这位年轻的犹太医生扑了过来，号啕大哭，好像要把她从坟里唤醒……[46]

在图云关，高田宜的墓志铭这样写道：

> 英国女医生高田宜，1941 年来华支持我国抗战。翌年，侵华日军投掷细菌弹，她为防治菌疫，不幸以身殉职。兹刻碑以志不忘。

高田宜去世了，林博士又仍在缅甸久未归队，国际援华医疗队的医生们终日无事可做，在政治高压下越发显得垂头丧气。1942

图二十三　高田宜在贵阳图云关森林公园红十字会救护总队驻地的墓（贵阳市郊）。

（罗伯特 · 孟乐克提供）

年6月10日，顾泰尔写信向妻子倾述心中的沮丧：

> 我自己没有什么好写的。这里的局势变得相当紧张。整日无事可做……同时，舆论偏见愈演愈烈，称我们是不愿工作的“懒惰的犹太人”。在今年年初甘曼妮在实验室还受到表扬，但现在已有传言说她要走人了，因为她对做任何事都提不起兴趣……
>
> 潘骥，中国红十字会的领导（林是中国红十字会下属救援总队的队长）直截了当地对甘扬道说：对他而言，为大家签署护照申请不过是举手之劳。但他不会这样做，因为他希望双方的合作尽快结束。林博士远赴缅甸，他的地位在这一年以来被大大削弱，别有用心的人乘此对我们群起而攻之。就算此时林博士回来了，他能否顶住压力、继续支持我们尚未可知。在中国，只要遇到一点困难或挫折，失败主义者和反动派就会蠢蠢欲动。在红十字会这个小环境中，亦不能免俗。
>
> 林博士在中国红十字会中最大的对手是在香港的中国红十字会的前任主席王正廷和潘骥。现在他们来到重庆，并致信给救 143
> 护总队所有服务过的部队，告知中国红十字会部分人员已被赤化，应予以警惕。[47]

记者爱泼斯坦（Israel Epstein），在1942年已经注意到，这群曾经风光一时的西班牙医生已经销声匿迹了：

> 一年前，救护总队最引以为豪的财产之一就是一队外国医 144
> 生，他们曾在西班牙国际纵队服役，在马德里沦陷后又作为志愿者来到中国。如今他们被从前线撤回，闲集总部，如陷囹圄。尽管中国迫切需要每一个自愿留下、甘愿奉献的医务人员，但一个偌大的中国却容不下这些“早熟的反法西斯分子”。他们提出希

望服务的地方和阵线若是不符合国民党的预期，那么一腔热情便会被断然拒绝。[48]

只有个别的医生，如甘理安和沈恩，仍然能够继续在前线工作。他们的好运离不开开明的部队长官。例如，隶属于18师、宜昌前线以东的沈恩总是赞赏罗卓英将军的开明领导，包括大力支持建立公共卫生措施，防止传染病在军中传播等。[49]罗将军出色的指挥能力得到广泛的认可，他成为缅甸第一路远征军总司令，1942年成为史迪威的参谋长。

同时，沈恩也为在图云关遭受不公待遇的医生们感到惋惜。他补充道，潘骥十分敌视这群医生，还曾试图关押其中一部分人，尤其是德国籍医生。[50]肯德也留在了前线，他在1942年8月从2大队发回的报告称："近期没有战斗，只有大量的部队调动。我们的部队被预防性工作缠身……我拜访了67军，他们本很乐意高兴收编我们，但后来又不了了之。"[51]

1942年8月，在第一次缅甸战役失败后，随军长达5个月的林可胜博士回到了图云关总部。当时，中国红十字会新任领导层已经完全把控救护总队，而来自卫生署和中国红十字会的援助也越来越少。这种情况下，林博士除了再次请辞救护总队队长一职外，再无他求。一年后，他又辞去卫训所的校长职务。麦克卢尔在给云南公谊救护队的信中写道：失去了林，中国红十字会难以再复往日之辉煌。

> 一段时间以来，有迹象表明中国红十字会的工作受到了严重的政治干扰，这最终导致了作为医疗工作核心和灵魂人物的林可胜博士辞去了救护总队队长一职……然而，政治家们完全无法驾驶这艘船，内部四分五裂，只能任其凋敝。救护总队退出部分前线、失去大量物资供应、面临大规模辞职，一切工作陷于停顿。[52] 145

国际援华医疗队见证了中国红十字会救护总队的兴衰起落。和大多数中国同事一样，他们最初被林可胜博士的精神和领导力所感染，心无旁骛、埋头苦干。林可胜博士辞职后，红会再无有如此能力、魅力与爱国情怀兼具的领导了，一时间人心涣散，大量离职，援助资金断裂，内部士气低落，通货膨胀攀升，中国红十字会救护总队失去了往日的光环。

导致林博士失势的因素既包括来自官僚行政系统对他成功的眼红妒忌，也包括国民党根深蒂固的政治狐疑及对其医者仁心的不屑一顾。在是否应向共产党提供医疗保障的问题上，国民党的狭隘与自私最终还是吞噬了林可胜博士和中国红十字会救护总队为全中国提供医疗保健的良好愿景。[53] 至此，国际援华医疗队的医生们又一次身不由己地陷入了曾经的政治困境。百折不挠的他们将不得不再次寻找出路、突出重围。

国际援华医疗队与中国远征军：1943—1945

# 第三部分

# 第九章 跟随远征军赴缅甸和印度

147 1942年秋，前景堪忧的国际援华医疗队队员终于迎来了柳暗花明的转机——跟随中国远征军赴缅甸和印度。虽然此次远行和他们的到来一样也十分突兀且充满复杂的巧合，但对于久滞于图云关的医生们来说，这并不是一件坏事。这次任务充满了机缘巧合：林可胜博士和史迪威将军早在战前就是相识已久的老朋友，在第一次缅甸战役败北后，他们再次相遇。在谈及如何全力开展第二次缅甸战役医防工作上，两人一拍即合。于是便有了国际援华医疗队参加中国远征军，共赴缅、印的决定。

对于盟军而言，这个决定潜在意义和价值是一目了然的：这支由多国医生组成、饱经战斗、即将面临解散的队伍曾登上过《纽约时报》的头版，曾出现在史沫特莱广为流传的传记《中国战歌》（The Battle Hymn of China）中，早已声名在外。除此之外，他们也了解到，这些医生们还曾向美国和英国的多家救援组织和军方反映过他们被“冷藏”的处境。

正因如此，这样的安排可谓是皆大欢喜。无论是中国红十字会，还是国际援华医疗队医生本身，或是美国军方，都各得其所，大家都觉得让美国人来负责国际援华医疗队简直是再合适不过了：一来医生们“亲共、通共”的嫌疑烟消云散，二来他们被漠然冷置 148
所带来的负面舆论也不会再影响到海外筹款进度，这一点在后期国际上造成的负面影响尤甚。在伦敦的吉尔克里斯特医生（Dr. Mary Gilchrist）和顾泰尔夫人罗莎孜孜不倦地向援华医疗委员会反映医生们在图云关的困境，国际红十字会已派出一位代表赴图云关。[1]吉尔克里斯特医生是伦敦援华医疗委员会的秘书，在西班牙医生们赴华之后依然与他们保持联络，即使是伦敦遭遇大轰炸时也未中断。

1942 年 11 月 20 日，史迪威将军向中国军部申请派遣 8 至 10 名外国医生支援在印度蓝姆伽接受美方整训的中国驻印军。[2]双方达成一致，只要救护总队把医生们送到昆明，美军便会派直升机去接他们。[3]1942 年 12 月 8 日，文件终于下来，国际援华医疗队的医生 149
们很快将登上轰鸣的直升机向南飞跃“世界屋脊”喜马拉雅山脉。[4]

被派往缅、印的医生们的调令不仅得到了国民党的批准，也得到了共产党毛泽东和周恩来的同意。在 1942 年，这是为数不多同时获得两党首肯的事件之一。当时，全国抗战局势不利，对于医生们来说，如何安全地转移成为当务之急。在得知美军意向后，西班牙医生们再次先征询周恩来的意见。他建议他们接受美军的提议，同时希望医生们即使在艰难的处境中，也要依然坚定抗日决心。[5]

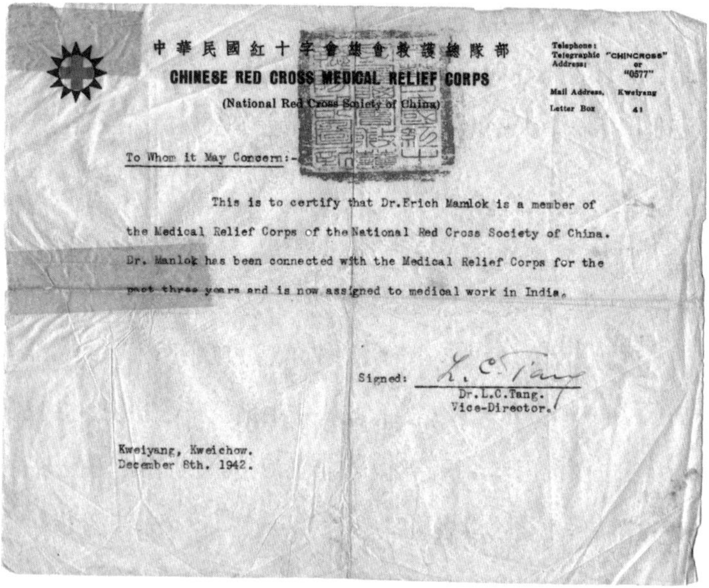

中華民國紅十字會總會救護總隊部
CHINESE RED CROSS MEDICAL RELIEF CORPS
(National Red Cross Society of China)

Telephone:
Telegraphic Address: "CHINCROSS" or "0577"
Mail Address, Kweiyang
Letter Box 41

To Whom it May Concern:-

This is to certify that Dr.Erich Mamlok is a member of the Medical Relief Corps of the National Red Cross Society of China. Dr. Manlok has been connected with the Medical Relief Corps for the past three years and is now assigned to medical work in India.

Signed: L. C. Tang
Dr.L.C.Tang.
Vice-Director.

Kweiyang, Kweichow.
December 8th. 1942.

图二十四　1942 年 12 月 8 日，由中国红十字会救护总队出具的文件，派遣孟乐克赴印度跟随中国远征军提供医疗服务。

（罗伯特 · 孟乐克提供）

杨固描述了当时征询周恩来意见时的情景：

中国红十字会来信告，他们将派一支医疗队随军参加美军整训以抵抗入侵缅、印的日军。根据红十字会命令，我们将被派去执行这一任务。我们再次与中共领导人接触，在得到周恩来的同意后，包括我在内的一些医生将赴印度，抵达后再重新整编赴缅甸……。我们到那里之后将像以前一样继续为中国军队服务，也

> 有可能与当地共产党接触，但我们得把我们所有的党内文件都留在中国。[6]

出发在即，消息却迟迟没有传递到在战场服务的医生们手中。白乐夫唐莉华夫妇记得，1942 年 12 月，他们才终于收到延宕已久的电报，要求速速返筑赴印：“白乐夫被安排去缅甸，我们马不停蹄地花了一个月的时间翻山越岭，跨越长江。令人郁闷的是，刚到重庆就听说已经太晚了，8 位医生已从贵阳启程。白乐夫只能重新领命，即刻赶赴云南前线。”[7]

贵阳以南，云南境内，富华德回忆起少被提及的一幕：

> 遇冷已久的医生们又再次看到了工作机会。贵阳当局很高兴这些欧洲医生终于要被送走了。在云南的其他人员被告知直接去昆明和贵阳的同事会合，然后乘飞机赴印度……。暂且忽略这个命令的正式性，美军给我们出示的唯一文件就是写着派遣 8 位医生乘飞机赴印度整训基地的一纸文令。[8]

顾泰尔在信中向他的太太描述了 1942 年 11 月 11 日他离开时的场景：

> 我们 9 个（陶维德、孟乐克、柯里格、纪瑞德、贝尔、富华
> 德、杨固、何乐经，我，好像还有傅拉都）将赴昆明，再乘飞机 150
> 赴印度，为盟军和远征军服务。这是一个匆忙的决定，还没有弄清楚怎么回事儿，就已启程上路。但是至少可以确定的是我们又有机会开始工作了。林博士把我们送到昆明。能把我们送走，他一定求之不得吧！[9]

顾泰尔此时也许不知道，现在的林可胜博士已被降级为中国红十字总顾问一角，已经无权再签署像这样的紧急调令了，该令是由时任救护总队副队长的汤蠡舟医生签署的。

杨固还记得1942年12月，和他一起从昆明出发前往印度的有贝尔、富华德、顾泰尔、柯里格、傅拉都、陶维德、何乐经、纪瑞德和孟乐克。他们乘飞机前往加尔各答。几位已婚医生夫妇则留在中国，他们是：白乐夫唐莉华夫妇、柯让道柯芝兰夫妇、甘理安甘曼妮夫妇以及甘扬道和他的中国妻子张荪芬。[10]一同留在中国的还有严斐德、肯德、孟威廉、沈恩、戎格曼、马绮迪和科恩。当时除了纪瑞德被调往印度，其妻子仍留在图云关之外，其余的已婚医生皆留在了图云关。在这方面美军似乎有所顾虑。

此次高海拔航行，高寒缺氧，令人终生难忘。除了搭载这几位急需的医生外，此架航班还运载了一批钛金属棒，医生们就坐在这些金属上飞越了喜马拉雅山脉。当飞机在印度降落后，一位美国心理医生来接他们。顾泰尔注意到他上前去和飞行员们聊天。在他看来，对飞行员及时的心理疏导应该是十分必要的，因为他们刚刚飞越的正是“二战”当中令许多飞行员有去无归的“驼峰航线”。[11]

离开了身后那个令他们意志消沉的图云关，这里的生活似乎也变得明快起来。当它们于1942年的最后一天抵达加尔各答时杨固记录到当时他们是如何庆祝这一时刻的：

就像在中国一样，我们设法搞来了些吃的喝的就开始整夜高

> 唱革命歌曲。夜深了，一位英国警察叫停了我们，上来盘问我们
> 是谁，怎么来的，来印度的目的。我们向他一一作答，但他仍要
> 求我们出示相应的文件。由于我们都没有身份证件，也没有任何
> 证明此行任务的文件，我们被要求在警察未查明前不能离开酒店。
> 我们当然不会擅自离开，只不过这一下也把我们的好兴致给搅黄
> 了，大家各自上床睡觉。第二天，这位警官把我们带上警车载到
> 加尔各答警察局逐一审问。大家毫无隐瞒，对各自的身份和目的
> 如实相告，也按要求填写相关的申明包括各自的国籍。在此期间，
> 一位美国官员出现，出示了所有必要的证明。尽管如此，负责调 151
> 查此事的官员仍然对美国人随意带外国人进入他国领土的行为表
> 示极度不满和愤怒。在印度，英国人总感觉他们才是主人。为此，
> 两人争执不休。[12]

这群医生既没有任何官方文件，也未曾事先通告，手持敌国国籍，还说着蹩脚的中文。到底该如何处置他们，驻印英殖民军与美军驻缅指挥部僵持不下。好在这群医生看上去斯斯文文、温文儒雅，无论是美国指挥部还是中国远征军都抢着要他们。中国驻印军总参谋长柏特纳（H. L. Boatner）将此尴尬情况分别向中国军方和中国红十字会做了通告：

> 由中国红十字会救护总队派出的10位赶赴蓝姆伽中国驻印军部队的医生已于1942年12月26日从昆明出发，12月30日安全抵达加尔各答。在加尔各答，有5位医生（贝尔、杨固、富华德、孟乐克和顾泰尔）被英方以调查为由暂扣。其余5名（陶维德、纪瑞德、何乐经、柯里格和傅拉都）已于1943年1月7日安全抵达蓝姆伽。[13]

这段经历对于富华德而言一定是难以释怀的。他在他的自传当中写道："在英国警察严密的监视下，我们在加尔各答整整待了一个月，直到美国军官最后派车护送我们抵达蓝姆伽。"[14]

这场由国际援华医生所引发的政治风波持续了好几个月。首先，印度政府通过英国驻重庆使馆进行沟通：

> 印度政府拟抗议美国违反引入协定，在未事先告知的情况下引"敌方侨民"入境。在此之前，我们需向驻重庆大使馆或驻昆明总领事确认是否事先知情？[15]

英国大使馆官员回复说中方和美方的确应该在事前告知印方，希望此事能够尽快解决。回复中还提到驻伦敦的援华医疗委员会对于医生们在印的处境和待遇十分关注，愿意尽其所能提供保障。[16]同时英国驻重庆大使馆还承认无论是大使馆还是总领馆都未事先获知，此事似乎是由美国在华部队执行安排。[17]1943 年 4 月 13 日，印度政府对救援队中的敌国侨民进行了仔细的甄别研判：

152 基于安全考虑，我方认为在印度的外国人越少越好……他们在加尔各答时身上并无有效签证，只有美国驻昆明指挥部的一纸文书证明他们是为史迪威将军所用。情报显示顾泰尔毫无威胁，孟乐克略有可疑，其余 8 位未见可疑。10 人已获许赴蓝姆伽加入当地的中国红十字队伍…… 我方同时声明，不再接受其他外国医生赴印。[18]

当英国人、印度人和他们的美国盟友为这几位“敌国侨医”争执不休时，杨固不禁感叹，此时被困在印度土地上的他们，身不由己，要是没有美军协调，只能任人鱼肉了。现在这5位国际援华医疗队的医生们有的是时间来回想他们这段不同寻常的经历。对于德裔犹太医生孟乐克和顾泰尔来说，印度已经分别是他们的第三个、第七个辗转国了，而同时对于经历过西班牙内战洗礼的贝尔、顾泰尔、傅拉都和杨固而言，这也是他们众多不凡经历中的其中一段。哪怕是最年轻的队员孟乐克，也是第二次被英国人扣留了，第一次发生在他刚刚抵达香港时。然而即便如此，他的经历也要比那些曾经历过法国拘留营的西班牙医生要好得多。

与此同时，中国驻加尔各答总领馆也在请求中国红十字会救护总队尽快发电，对被扣留的5人进行担保。关押期间，他们也频频寄出家书。[19] 讽刺的是，作为反法西斯先驱的5位医生刚逃离了一个反法西斯国家，未曾想又再次陷入“以国籍是问”的政治纠纷中，在被寄予医护众望的同时，他们却仍被视为是“敌方人士”。

在接下来的两周，美国总统罗斯福（Franklin Delano Roosevelt）和英国首相丘吉尔(Winston Churchill)在卡萨布兰卡(Casablanca)会面共商重返欧洲计划。虽然抗日战争依然胶着，但此时医生们已经迫不及待地准备迎来法西斯的末日。接下来，5名医生也获释了。新年，总算是开了个好头。

在英国人密切的监视下，5位医生乘火车向西北450.6公里的外比哈尔邦（Bihar）的小山村蓝姆伽行进。蓝姆伽营地（Camp

153 Ramgarh）是中国远征军X军的主要集训地和救护营。在史迪威将军和美军指挥部征用此地之前，这里曾是英国关押意大利人的战俘营。作为英美“二战”租借法案（Lend-Lease）[20]协定内容，此地交由美国人用于重新整训中国远征军，而英国人则负责为部队提供场地、后勤、食物和供给。[21]讽刺的是，刚到此处，被关押已久的医生们居然有一种似曾相识的感觉。和图云关一样，这里也有一所基地医院——蓝姆伽医院。但这里的条件比起图云关来说要好太多：蓝姆伽医院有22个病房，每间都由砖墙隔开，瓷砖屋顶，水泥地面。一条大路将营地分一分为二，两个带刺的铁丝网把营地围在中间。[22]

大战将既，军无小事。1943年1月，史迪威将军向中国将军何应钦承诺，他已向华盛顿提出“采购20万支步枪、1万辆2.5吨位的卡车、2500辆武器运输车和1万辆吉普车以及6个月的设备维修服务”的申请。[23] 到1943年3月，蒋介石和史迪威同意为中国培训30个师。超10万国民党军将在蓝姆伽（X军）接受训练，其余的将在昆明（Y军）和桂林（Z军）接受训练。

这个计划听上去十分宏大，而其实，以中国军方当时的势力，根本难以达到这样宏大的培训目标。然而，从某种角度考虑，蒋介石觉得有必要通过参加缅北战役让盟友吃一颗定心丸，但同时也有所保留，他要尽可能保存实力，以确保在今后与共产党可能产生的交火中处于优势地位。这两者之间既相互关联，又存在矛盾。他更愿意倚仗的是美国的空中力量，而非大规模的地面部队，因为这将大大削弱他的军事力量。[24]1943年8月，乔治·马歇尔（George

图二十五　1945 年 6 月 9 日，中国第十三军司令部一群营养不良的新兵被盟军司令部拒绝服现役。

（美国国家档案馆图片编号：111-SC-246170）

Marshall）将军与中国财政部长宋子文的通信证实，史迪威将军需要中方增兵 2.3 万以填补第 22 和第 38 师的空缺。

对于这个要求，重庆方面并未及时给予肯定回复。即便同意，中国士兵的身体素质也无法达到美国人提出的最低健康标准。宋子文的代表写道："美国当局对士兵的身体素质要求很高，只有 20% 到 30% 的新兵符合，因此，政府必须再从 10 万士兵中挑 3 万名新兵。"[25] 尽管中国红十字会救护总队和其他机构竭尽全力，中国军队中大面积营养不良的现实仍难以改善，甚至连盟军的最低健康标准都无法企及。

起初，盟军司令部还试图说服在缅甸的国际援华医生为美国武装部队服务，成为美军合同制外科医生。然而，这些医生更愿意以平民身份再次为中国军队服务。对于这种想法，顾泰尔这样解释：

154 > 最初，我们也考虑过，若被聘为合同医生，将意味着获得更好的工资和医疗保险，以中和战争给我们造成的损失。但若是签订合同我们就必须得在美军中待上一段时间。然而，我们都想在欧洲战争结束后立即回家，所以都不约而同拒绝这个邀请。因此，史迪威——这位实实在在的非官僚主义者，任命我们一个独一无二的身份，“联络医生”[*]，双方都有 14 天的解约通知期，工资为 100 美元（1944 年 4 月至 1945 年 2 月），后来又涨到 200 美元。[26]

令医生们感动的是，尽管婉言谢绝了美军的邀请，史迪威将军依然尽其所能为这群现为美军“联络医生”的国际援华医疗队队员们提供更多保障。例如，他曾下令“联络医生一旦被虏，他们应被授予与美国陆军医疗队第一中尉同等地位”。[27]

除此之外，在缅甸的医生们还享受到了美军的食物补给、服装

---

* “联络医生”又称“合同制医师”，是史迪威专门为了国际援华医生所特设的岗位。由于这些援华医生们经验丰富，技术过硬，通晓包括中、英文在内的多种语言，在中、美两军的医疗服务中起到特殊作用。医生们除了为参加缅北战役的中国军队提供医疗服务外，美军还委托他们在美军医院开展以中国驻印军军医为对象的医疗整训工作，以提高战地救援水平。因此，“联络医生”们享受美军文职岗位待遇和薪水。此外，一旦遇俘或阵亡，美军还提供相应抚恤待遇。

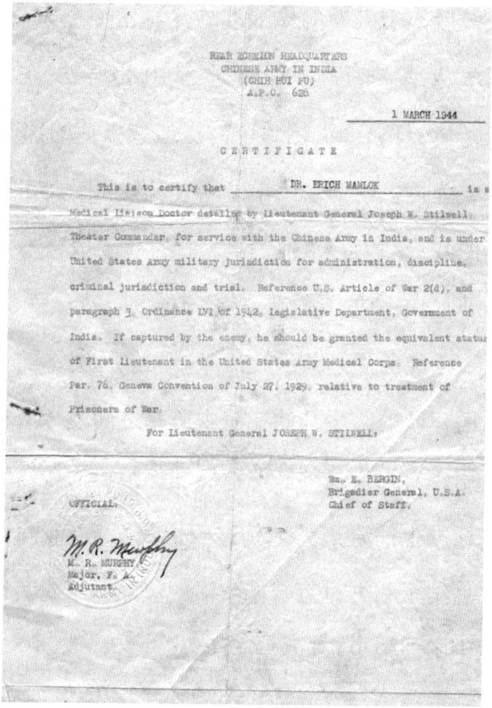

REAR ECHELON HEADQUARTERS
CHINESE ARMY IN INDIA
(CHIH HUI PU)
A.P.O. 628

1 MARCH 1944

CERTIFICATE

This is to certify that DR. ERICH MAMLOK is a Medical Liaison Doctor detailed by Lieutenant General Joseph W. Stilwell, Theater Commander, for service with the Chinese Army in India, and is under United States Army military jurisdiction for administration, discipline, criminal jurisdiction and trial. Reference U.S. Article of War 2(d), and paragraph 3, Ordinance LVI of 1942, Legislative Department, Government of India. If captured by the enemy, he should be granted the equivalent status of First Lieutenant in the United States Army Medical Corps. Reference Par. 76, Geneva Convention of July 27, 1929, relative to treatment of Prisoners of War.

For Lieutenant General JOSEPH W. STILWELL:

Wm. E. BERGIN,
Brigadier General, U.S.A.
Chief of Staff.

OFFICIAL:

M. R. Murphy
M. R. MURPHY,
Major, F. A.
Adjutant.

图二十六　1944年3月1日，史迪威将军下令，一旦在印度为中国军队服务的“联络医生”被俘，他们应该被授予与美国陆军医疗队第一中尉同等的地位。

（罗伯特·孟乐克提供）

补贴和比在贵阳中国红十字会总部更全面的医疗保障。柏特纳将军还亲自向纪瑞德致信答谢：“诸位（联络医生）在这段时间做出的贡献，不是仅用金钱就能衡量的，你们在盟军中享有的一切赞誉都实至名归。”[28]

柏特纳将军不是唯一对他们工作赞赏有加的人。中美两军间有 155
条不紊的组织配合、精诚合作和高昂士气也令顾泰尔印象深刻。同时，他也发现参与丛林战斗是十分艰苦和疲惫的，而日军的“战到

最后一个人”的作战战略又异常冷酷无情。据估计，有约 8 万日
156 本人在夺回缅甸的过程中丧生。在为期 3 个月的密支那（Myitkyina）围攻中，史迪威指挥的部队每 5 人中就有 4 人受伤或阵亡。顾泰尔还指出，大多数美国人在这场战争中缺乏奋勇作战的政治动力：“他们只是把打仗当成日本人强加给他们的工作，只要尽快完成、做好，就肯定会有好处。”[29]

经历了之前的政治风波和经历美军的合同游说之后，国际援华医疗队的医生开始在美中盟军之间发挥着积极的医疗服务及联络作用。对于作战部队的营养和保障方面，这支多国部队组成的盟军在标准上简直天差地别。一位美军教官，斯韦尼（John Sweeny），总结了双方对蓝姆伽生活的看法：“对美国人来说，这是地狱，对中国人来说，这宛若天堂。”[30]

美国兵最常抱怨的就是中—缅—印司令部无法为他们提供多样化的食物来满足作战消耗。口粮的选择相对有限，毕竟这是当时世界上最长的军事供应线。然而，美国士兵抱怨远征军“1 号菜单”配给热量不足。这让国际援华医疗队的医生们感到好笑，因为每天富含蛋白质的 3945 卡路里已远远超过了中国士兵和医生们的日供给量。

更令人感到荒谬又心酸的是，盟军司令部缺少美国医生的一部分原因居然是肥胖，而不是营养不良。肥胖导致许多其他各方面合格的候选医生被淘汰。然而，中缅印战区的医疗人力短缺如此突出，以至于美军后来都不得不把肥胖一条从筛选标准中剔去。大家把这

事儿编成了打油诗相互调侃：

嘿，胖墩儿 胖墩儿
挺着大大的肥肚儿
即使再胖也不耽误事儿
你们将成为医生
获得任命
从此成为医疗队的宠儿！[31]

美国军方对招募肥胖医生的担忧与中国军队营养不足的现实形成了鲜明对比。例如，中国军队在蓝姆伽爆发的脚气病*引起了相当大的恐慌。[32]脚气病表现出夜盲症、舌炎和骨软化的症状，这对于国际援华医疗队的医生来说早再已熟悉不过，甚至比新盟友中的肥胖人士更为常见。

然而，营养差异还只是医生们眼中差异的一部分。早在西班牙 157
内战期间，部分国际援华医疗队的医生就与美国志愿者们接触过，其他医生在与美军接触后也有良莠不齐的感觉。杨固曾在国际纵队美国巴斯基医生（Dr. Barsky）领导的美国外科团工作过。[33]他写道，一些美国士兵观念保守，歧视中国人和黑人，认为他们是劣等人种。虽然美国士兵当中不乏思想开放、观念进步的人士，但根深蒂固的种族主义却在20世纪40年代的美国十分盛行。这与医生们秉持的民族平等主义大相径庭。[34]

* 脚气病，一种缺乏维生素所导致的全身性疾病，与通常所说的“脚癣”没有关系。

对于美国人表现出的素质不高和种族主义，富华德的言辞更显严厉：“从道德素质而言，美国人的生活相当浅薄，主要谈论的是家人、家庭、电影、爱情、女人和露骨的性爱，最关心的是食物。他们对待所谓劣等人种的中国人，只有鄙视。”[35] 在1944年的中、缅、印、美队伍中，种族歧视的危害不可小觑。例如，518团的指挥官就曾试图成立一个由4人组成的个人军事法庭。富华德记录道：“他们形成了一个宣扬种族主义和骚乱的小团体，既令人厌恶也十分危险，这种做法只会削弱部队的团结与战斗力……据小道消息称，该团至少有一名军官正遭受迫害。”[36] 同时，大家也看到了美军士兵富有同情心的一面：“美国奉命不干涉中国的纪律。但当他们看到中国士兵用手榴弹炸鱼时，也会心生厌恶和愤怒。”[37]

## 缅北战役

缅北战役始于1943年11月的雨季。盟军希望通过此战，驱逐盘踞滇缅公路一带的日军。缅北高地山高林深，潮闷的热带雨林气候为医生们的传奇故事平添了一段难忘而闷热的篇章：“从1943年3月到10月，山上的降雨量达为444.5公分，山谷达到254公分。”[38] 中国陆军第50师驻印翻译王瑞福描述了这里的作战条件：

> 我们大部分时间都在遮天蔽日的丛林里作战。这里长满了野生的参天大树，叶子像脸盆一样大，藤蔓和灌木的数量如此之密，覆盖了整个天空。湿热的空气从印度洋吹向北方，在这里被高山

> 挡住，形成暴雨，把此地变为地球上最潮湿的地区。我们不能建兵营，没有庇护所，只能手持一把大砍刀，边走边砍，从荆棘灌木间探出一条路来。树可作为临时的庇护所和柴……潮湿的空气滋生大量的蚊虫，蚊子和飞蛾直往脸上扑。警卫需要戴蚊帐。所有裸露在外的皮肤都要涂抹驱虫剂，还要服用黄色阿的平来预防疟疾。在这样的环境中，大自然给我们带来的最严重的问题就是水蛭。[39] 158

西格雷夫（Dr. Gordon Seagrave）在他的畅销书《缅甸医生》中以美国人的视角描述了缅北战争的医疗条件。[40] 他还曾说过，缅北可谓是水蛭的故乡：

> 这些玩意儿似乎是通过气味相聚于此，所到之处皆是密密麻麻、不计其数。你不得不留意每一步，否则一脚下去就会踩到好几只。它们的吸盘在空气中寻找着猎物的气息，如果你动作大一点，它们便能迅速锁定你的位置，瞬间就像指南针一般精准地对向你。[41]

将不同国家的队伍塑造成一支训练有素的军队绝非易事，更何况在如此恶劣的自然环境下。尽管如此，第二次缅甸战役还是取得了胜利。缅北战役是中国军队第一次进攻并取得决定性胜利的战役之一，[42] 这其中也少不了医疗服务的功劳。中国驻印第38师军医薛荫奎上校对多方通力配合下的医疗工作表示赞赏：

> 我军是此次反攻缅北战役的发起者和主力军。第一次交战发生在胡康谷地（Hukwang valley）和孟拱河谷（Mogaung Vally）

> [43]……整场战斗，我军伤亡比例约为2：1。在中美医疗单位的共同努力下，共有13000人接受治疗。其中60%—70%的人已经基本恢复，即将回到队伍；约5%的人失去永久战斗力。将伤者和病员送返是美军部队的责任……战场救援和医院的工作都十分出色。[44]

《纽约时报》的一位记者总结说，本次战役是中国军队所接受

159 图二十七 一名哨兵带领中国伤员前往西格雷夫的诊室。

（美国国家档案馆图片编号：208-FO-OWI-3792）

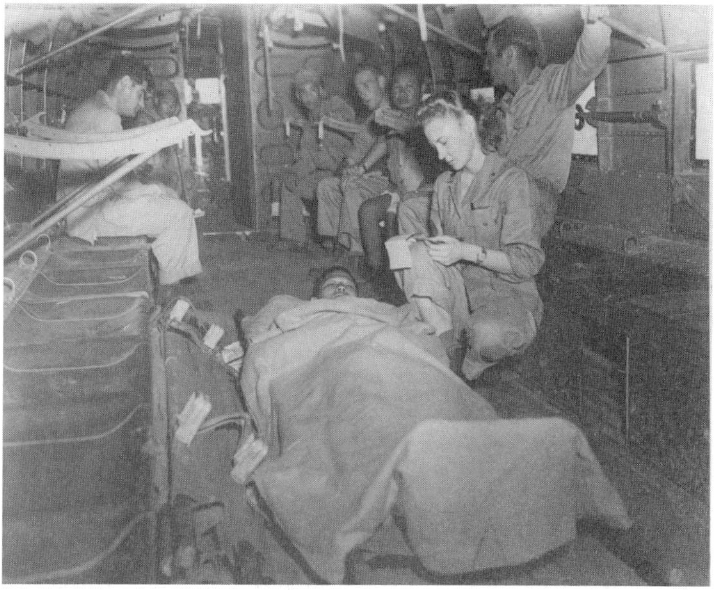

图二十八 医疗保健方面的许多提高都离不开战场伤兵的及时转移。如图，1944 年 11 月，美国陆军护士珍妮特 · 格里森（Jeanette C.Gleason）在返回印度的一架撤退飞机上治疗一位受伤的中国士兵。上了飞机并不代表就安全了。格里森中尉曾从一架受损的、正在跨越喜马拉雅山脉的飞机上跳伞逃生。在抵达友邦中国之前，她走了四天四夜。

（美国国家档案馆图片编号：208-FO-OWI-195196）

过的最好的医疗服务。[45]

纪瑞德和陶维德加入了薛荫奎和西格雷夫医生所在的第 38 师。[46] 西格雷夫医生对陶维德在这场战役中的表现十分欣赏：

160 我们的一个小分队奉命护送这些部队。陶维德是一名波兰籍合同制医生。在西班牙战争初期加入到共和军医疗队，直到战争结束。之后，他和其他波兰、德国、捷克斯洛伐克医生们一起被送到中国。在几乎没有设备和医疗用品的情况下，他们为中国军队服务多年，学会了说中文，也学会了如何与中国人相处并随遇而安。在史迪威的领导下，他们被调到蓝姆伽，与西格非少校（Major Sigafoos）合作，担任中国团的联络官……陶维德是个有威望的人。尽管他曾遭遇到诸多美国军官难以想象的困难，但他从未抱怨，诙谐幽默，令整个队伍如沐春风。在密支那，彼得森上校（Colonel Petersen）让我任选一名联络医务人员为部队提供长期增援，我选择了他。[47]

和在中国一样，缅印战场上的联络医生，如陶维德，要为在前线的多个驻印部队服务，而不是单单服务一支部队。中国驻印军的每个师都由 3 名医务军官和 2 名联络医生组成。[48]1944 年春天，富
161 华德加入了一个丛林作战营，后来又加入了第五炮兵团；从 1944 年 5 月到 1945 年 1 月，柯里格为一支机动部队服务；1944 年 5 月到 1945 年 1 月，顾泰尔在第 112 团服役，1945 年 7 月之后至战争结束，又在第 50 师医院服役；虽然医院对外仍由中国医生担任主任，但何乐经则实质上承担了康复医院医务主任的工作。[49]

在缅甸，医生们再次遭遇了类似在图云关的限制。由于未在事先告知的情况下就贸然进入印度，这引起了印方的误会和外交摩擦，他们在缅甸的活动也处处受限。1943 年 4 月 10 日，伦敦援华医疗委员会的玛丽·吉尔克里斯特医生（Dr. Mary Gilchrist）向英国外交部秘书斯科特（A. L. Scott）表达了这一关切：

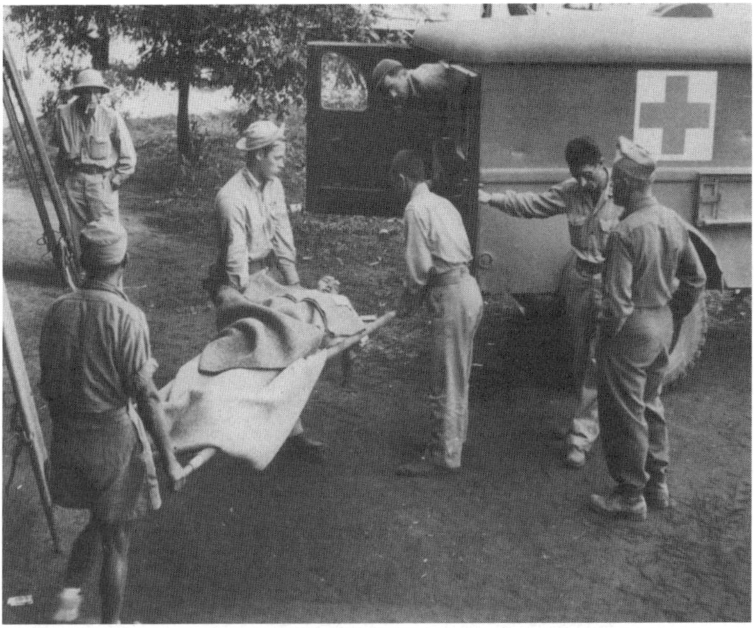

图二十九 西格雷夫（右端）和陶维德（右二）在缅甸为一位中国士兵评估伤情。该图摄于 1943 年至 1944 年间。

（美国国家档案馆图片编号：208-FO-OWI-3785）

虽然国际援华医疗队的医生们与中国红十字会和接受美国整训的中国军队在一起工作，但由于部分医生仍背负“敌国侨民”的身份，他们的移动很受限制，进而导致他们的工作受到极大的阻碍。例如，罗马尼亚医生杨固所在的部队更换驻地，而他却不能随之移动。无奈，他被波兰医生陶维德所取代。印度政府能否给我们的士兵颁发一些身份证明或登记证，这样他们就可以作为医务人员一起行动？……美国指挥官说这是印度刻意为之。这让

图三十　图中显示，1945 年 4 月 28 日，沿着中印公路，推土机在史迪威公路缅甸境内 154.5 公里段进行新的施工。

（美国国家档案馆图片编号：111- SC-273003）

人非常沮丧，这些满腔热情的医务人员不得不中断工作，而此时此刻，他们的工作又显得如此重要。[50]

大多数身背“敌国侨民”身份的医生都设法留在前线。1943 年 12 月至 1944 年 5 月，孟乐克服务于第 22 师第 65 团廖耀湘部队，跟随部队夺占胡康谷地（Hukawung Valley），攻克孟拱河谷（Mogaung

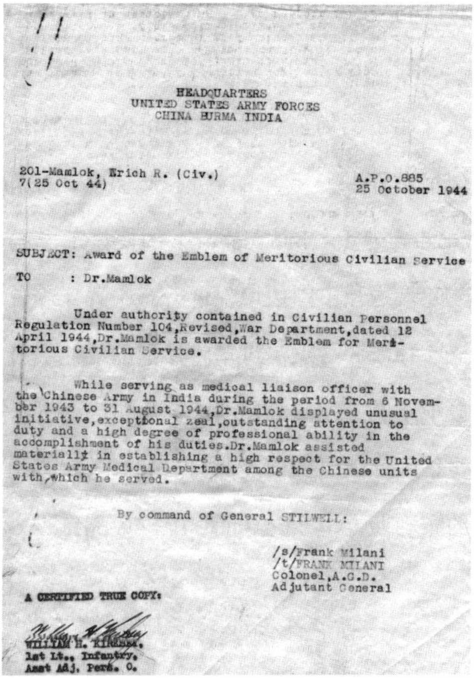

HEADQUARTERS
UNITED STATES ARMY FORCES
CHINA BURMA INDIA

201-Mamlok, Erich R. (Civ.)
7(25 Oct 44)

A.P.O.885
25 October 1944

SUBJECT: Award of the Emblem of Meritorious Civilian Service

TO : Dr.Mamlok

Under authority contained in Civilian Personnel Regulation Number 104,Revised,War Department,dated 12 April 1944,Dr.Mamlok is awarded the Emblem for Meritorious Civilian Service.

While serving as medical liaison officer with the Chinese Army in India during the period from 6 November 1943 to 31 August 1944,Dr.Mamlok displayed unusual initiative,exceptional zeal,outstanding attention to duty and a high degree of professional ability in the accomplishment of his duties.Dr.Mamlok assisted materially in establishing a high respect for the United States Army Medical Department among the Chinese units with which he served.

By command of General STILWELL:

/s/Frank Milani
/t/FRANK MILANI
Colonel,A.G.D.
Adjutant General

A CERTIFIED TRUE COPY:

WILLIAM H. [illegible],
1st Lt., Infantry,
Asst Adj, Pers. O.

图三十一　1944 年 10 月 25 日，史迪威将军授予孟乐克立功勋章的文件。美国陆军司令部（CBI）文件。

（罗伯特 · 孟乐克提供）

Valley)，拿下瓦拉匝普（Warazup）。中国第22师的任务是向南扫平“厚得无法想象的和难以追踪的塔罗平原”。到 1944 年 2 月，经过一场场浴血酣战，他们终于把塔罗平原从日本人手中解放出来。[51]

孟乐克在中国行军时惯用的铺盖、布鞋再也无法帮助他适应湿热的雨林了。在瓦拉匝普一场惨烈的战役中，他落入树下一个陷阱，脚踝受伤，急需送到基地医院救治。比起他们在中国长沙、衡阳前线，此时的战地救援运输工作已有很大提高。孟乐克被美军的道格拉斯 C-47 空中列车接走，送往印度：“当被抬上飞机，吸上氧气那一刻，我才恢复意识。这里茂密的丛林和中国尘土飞扬的前线真是鲜明的对比啊。”[52]1944年，伤愈后的孟乐克又重返缅北战场。

162 到1945年1月下旬，X、Y两支部队联合起来，终于于2月重新开通了缅甸公路，3月中旬攻下腊戍（Lashio），结束了日本对缅甸公路长达5年的封锁。[53]4月，在布雷德斯特上校（Colonel Waldemar F. Breidster）的安排下，孟乐克和富华德再次见面，一起被送往中国边境附近一家中式疗养院。[54]

乔治·马歇尔将军将惨烈的缅北战役描述为第二次世界大战中最艰难的一场鏖战。[55]在艰苦的情况下，美军司令部一再强调国际援华医疗队医生们英勇付出和艰苦努力。例如，北方作战区司令部的布利斯上校（Colonel Harry Bullis）曾写道：

> 孟乐克在各种艰巨的任务中坚定地履职尽责，以令人称赞的方式进行战斗。他在工作中表现出的勤奋和能力，及其高超的专
> 163 业技能使他获得了大家的尊重。他平易近人，是一个完全可靠和忠诚的人。他在战场上的表现令人肃然起敬。[56]

史迪威将军在授予孟乐克文职立功勋章（Emblem of Meritorious Civilian Services）时，感谢他“为所在的中国部队服务的同时为美军医疗部门做出的贡献”。[57]

164 布利斯上校也赞扬了纪瑞德在战斗中不知疲倦的工作，并对他的“专业知识、可靠性和忠诚度”给予高度评价。[58]中国坦克部队指挥官罗瑟韦尔·布朗上校（Colonel Rothwell Brown）这样称赞柯里格：

图三十二　1944 年 3 月 4 日，波兰裔外科医生柯里格正在为受伤的中国士兵处理伤口。

（美国国家档案馆图片编号：208-FA-24347）

我们十分荣幸有柯里格前来支持我们。他简直就是无所畏惧的勇士。在瓦鲁班（Walawbum）的战场上，他救治了 40 到 50 名伤员……他熟练掌握 8 种语言，这还不算上中文，尽管中国人都说他说得很好。柯里格体格健壮，身形如桶，长期的户外作业使他周身皮肤晒成铜褐色。丛林的艰辛他不以为然，最喜欢高谈中国士兵的勇气：中国士兵英勇无畏，他们有耐心、懂感恩；受伤时，表现得像个真正的男子汉，即便他们中的大多数都还只是孩子。[59]

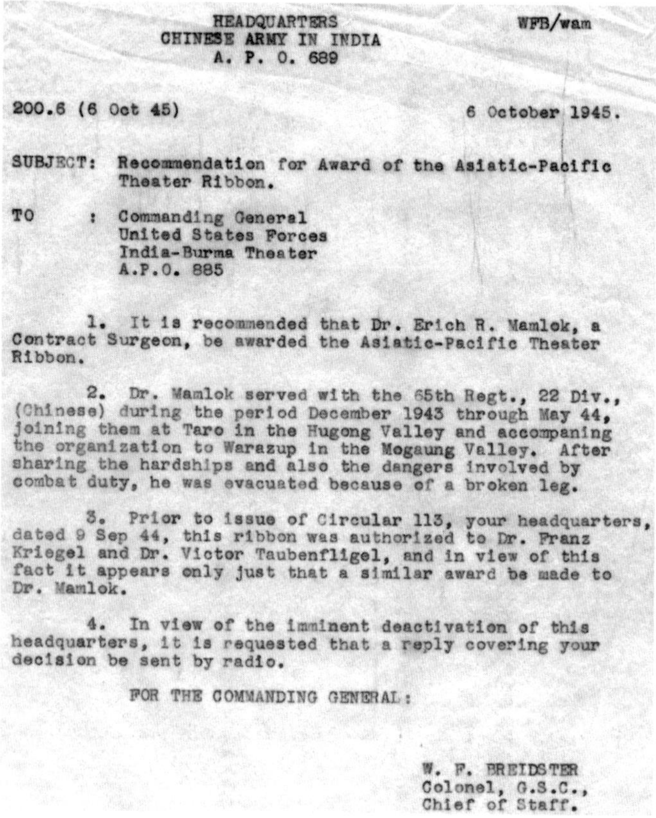

HEADQUARTERS
CHINESE ARMY IN INDIA
A. P. O. 689

WFB/wam

200.6 (6 Oct 45)

6 October 1945.

SUBJECT: Recommendation for Award of the Asiatic-Pacific Theater Ribbon.

TO : Commanding General
United States Forces
India-Burma Theater
A.P.O. 885

1. It is recommended that Dr. Erich R. Mamlok, a Contract Surgeon, be awarded the Asiatic-Pacific Theater Ribbon.

2. Dr. Mamlok served with the 65th Regt., 22 Div., (Chinese) during the period December 1943 through May 44, joining them at Taro in the Hugong Valley and accompaning the organization to Warazup in the Mogaung Valley. After sharing the hardships and also the dangers involved by combat duty, he was evacuated because of a broken leg.

3. Prior to issue of Circular 113, your headquarters, dated 9 Sep 44, this ribbon was authorized to Dr. Franz Kriegel and Dr. Victor Taubenfligel, and in view of this fact it appears only just that a similar award be made to Dr. Mamlok.

4. In view of the imminent deactivation of this headquarters, it is requested that a reply covering your decision be sent by radio.

FOR THE COMMANDING GENERAL:

W. F. BREIDSTER
Colonel, G.S.C.,
Chief of Staff.

165 图三十三　1945 年 10 月 6 日，授予陶维德、柯里格和孟乐克亚洲太平洋战区奖章的文件。

（罗伯特 · 孟乐克提供）

中国军队驻印度军医处处长萧冰曾请求柯里格帮助培训在美军医院中工作的中国医师，他指出：“由于中国医生目前无法提供高
166 标准的医疗服务，此类培训十分必要。”[60] 战后，柯里格亦被授

图二十四　1944 年 8 月 13 日，傅拉都在中国远征军第 22 师第 65 和第 40 移动医疗医院的表彰会上。

（美国国家档案馆图片编号：111-SC-262576）

予了美国杰文职人员徽章，以表彰他在 1943 年 8 月 8 日至 1944 年 6 月 1 日期间做出的服务。[61] 此外，美国军队还向陶维德、孟乐克和柯里格授予了亚—太战场勋表（the Asiatic-Pacific theater ribbon）。[62] 战争结束时，几乎所有的合同外科医生都收到了祝贺信和奖励信，感谢他们为美军做出的贡献。[63]

# 第十章　与远征军在中国

167　在部分援华医生远赴缅印开展救援工作的同时，英、美、中三军在云南的合作也即将开始。留在国内的其余援华医生中的大多数领命赴滇，为远征军Y军服务。1943年10月，远征军Y军（从东部）、X军（从南部）和英国第14军汇合，发起了以重新开放滇缅公路[1]为目标的大规模军事行动。Y军总部设在云南省昆明市，那里是滇缅公路的中国终点。在那里，和蓝姆伽营地一样，中国军队正接受盟军司令部的整训。[2]

1943年，中国红十字会为驻滇部队配备了24支手术队。其中3支是由公谊救护队和英国红十字会的外国医生组成。当林博士和中国外科总干事卢致德要求公谊救护队为这3个移动手术队提供装备时，美国公谊救护队代表约翰·里奇对此顾虑颇深：

> 若是一旦应允，就意味着我们将与中国红十字会走得更近。此时此刻，公谊救护队的成员们觉得别无选择，只能加入这个计

图三十五　1944年9月16日，一名中国远征军士兵在萨尔温江上的惠通桥旁，他把伞绑在他的步枪上，以遮挡炙热的烈阳。

（国家档案馆图片编号：111-SC-262576）

划。林可胜现在是中国红十字会的顾问，处于强势地位。但不幸的是，他和麦克卢尔是死对头，这可能会导致不必要的矛盾。另外，医生该在哪里开展工作？目前的医务人员根本不够，势必还得由英国红十字会人员补充。[3]

此外，谨慎的麦克卢尔在1943年3月也写道：

168 中国红十字会从来没有在其他组织机构框架内与外国人合作过。他们有19名来自西班牙战争的医生，但这些人每年的平均工作时间不超过6个月，有的甚至一年都无事可做。在这种情况下，我们无意去打听他们的情况，但肯定的是，我们可不想像他们一样。[4]

图三十六　1944年9月8日，中国远征军Y军医务人员扛着一名受伤的中国士兵穿过萨尔温江峡谷。

（美国国家档案馆图片编号：111-SC-193370）

尽管公谊救护队有所保留，但美国军方、国际救援委员会、中 169
国红十字会和国际援华医疗队的医生在盟军的指挥下仍全力以赴、无间合作。[5]麦克卢尔还提到，在云南保山附近的萨尔温江峡谷，公谊救护队和国际援华医疗队的医生们遇到了一系列极富挑战的情况：“疟疾、斑疹伤寒、疥疮、脚气病、痢疾、沙眼以及医务人员缺乏最基本的医学知识。”[6]

随着盟军司令部在华南亚热带地区活动日益频繁，国际援华医疗队的医生们成了他们重要的医疗咨询对象。毕竟，他们是少数经验丰富的西医，熟悉了解军医系统与中国红十字会庞杂的组织结构和政治文化。麦克卢尔从滇南蒙自地区寄出的信中提到了他访问柯让道所在医疗队的情况：

> 柯让道是罗马尼亚人，他的妻子也在中国红十字会工作。他对自己从事的皮肤病专科领域早已熟稔于心，还提出了很多打破
> 常规的治疗方式。我向他详细了解了他是如何开展工作、怎么与 170
> 当地官员建立如此良好的关系的。当我们有需要的时候，他总能帮我们与官方做好协调……柯让道是一位皮肤病、性病专家，尤其在创新治疗上经验丰富，曾改进过诸多传统疗法，使之更适于中国国情。他没有沿用传统的“914”疗法* 对抗梅毒病，而是用了氯化汞替代疗法。[7]鉴于我们的团队所能承担的抗梅毒工作十分艰巨，我认为他所采取的氯化汞疗法可作为“914”的替代

---

* “914”疗法：“914”是一种针对梅毒病菌的有效抗生素。由于其研发人，德国化学家埃利希不断进行实验，直到第914次终获成功，故被命名为“914”。埃利希也因此获得了诺贝尔奖。详见尾注。

疗法，推广到所有队伍中去。[8]

1943 年 6 月，麦克卢尔医生再次讲述了向中国远征军云南 Y 军司令部下属的国际医疗救援部队委员会寻求帮助的场景："我们在楚雄附近的一个机场遇到了白乐夫医生，他给了我们很多关于如何适应中国军医体系的建议。总的来说，他的建议令人振奋……在云南弥渡 *，我们还遇到了肯德，他也十分热情。"[9]

和远赴印度加入到远征军 X 军的医生们一样，驻留云南的医生，例如白乐夫，十分乐于看到美英中三军联合。白乐夫更是感叹这个阶段是他在中国职业生涯中成果最多、职业满足感最强的一段。他还提到，这里的中国医生对他的帮助只会对他心怀感念，会从各个方面支持他，绝不会因自身不足而妄妒贤士。[10]

从 1943 年到 1945 年间，分属于不同队伍中的国际援华医生们，足迹遍布中缅印战区。纪瑞德在云南南部和广西待了 2 个月后返回重庆。[11] 白乐夫的妻子，曾在图云关担任林可胜行政助理的唐莉华也搬到重庆：

> 我在重庆英国大使馆新闻处谋得一份差事。我将为宋庆龄女士和保卫中国同盟工作，以此为中国人民的抗日事业略尽绵薄之力……我不喜欢重庆，此处见闻时常让人痛惜不已：当中国其他地方都处于水生火热之中时，汇聚于此的海外对华援助却常常被浪费。[12]

* 弥渡，大理南部。

到1943年4月，只有少数援华医生仍留在图云关。沈恩成了他们的代表。[13]留在图云关的科恩时常抱怨中国湿寒的冬天以及犹如严冬般的工作近况。部分队友突然奉命远赴印度后，孟威廉觉得生活愈发孤独。[14]1943年6月，约翰·里奇前往图云关，描述了他 171
与留守图云关的医生们见面的情景：

> 马绮迪是一个活泼的德国犹太姑娘，她的先生纪瑞德是一位正在印度服役的"西班牙医生"。我还见到甘扬道，一个在索非亚接受培训的保加利亚年轻犹太人。他是一个很有魅力的人，积极自信。他娇小可人的中国妻子（张荪芬）也来了。当天晚些时候，我又见到了另外3名西班牙医生……他们曾为寻一处安身之地吃尽苦头。现在似乎苦尽甘来了……我们漫步到林的住处，遇到林博士的秘书，那个嫁给"西班牙医生"白乐夫的英国姑娘唐莉华。在与林博士的交谈中我感受到了他的热情好客，坦诚相待。我们聊到了公谊救护队余下人员的安排……再次商议了派医生和职业培训专家的细节……会后，我来到科恩家。科恩是美国医疗援助局派往中国专门治疗肺结核的女医生。这个头发总是乱糟糟的女人，对士兵的福利深度关切，同时又乐于为遭受不公待遇的士兵打抱不平。这样的日子过了两年，她对现实大失所望，人也变得难以接近。[15]

科恩也曾剖析过1943年自己在图云关的心理变化，那是一种孤独感、对政治的厌倦和思乡的哀愁杂糅在一起的复杂情绪：

> 几天前，林博士赴重庆出庭，不得不腾出时间和精力来让自己洗清嫌疑。我们都希望这一切能尽快结束。我真的厌倦了无尽

> 的政治斗争和无端猜忌，我仍然觉得林是诚实的……我想回家，在这里整日无事可做，一事无成。[16]

对腐败、不平等和当局冷淡的态度充满冷嘲热讽的科恩，也背负着越来越多的压力。美国医药援华会主席史蒂文斯转述了里奇向他提出的建议：

> 如果她（科恩）回国（美国），我们将拿她"束手无措"……她太直言不讳、太一针见血，把中国批评得一无是处……她是一个受挫的女人，而且……一旦回国，我们就更难阻止她继续以这样消极的方式开口……从某些方面来说，这很忌讳。现在她要离开中国了，但……若是把她弄回国，再这样"喋喋不休"恐怕很麻烦……建议美国医药援华会考虑能否把她送到印度去。[17]

科恩的直抒胸臆直接影响到海外筹资进度。就在美国医药援华会还在为此烦恼时，她的工作有了起色，工作重心将从图云关救护总队转向重庆红十字会总部。此时，林博士仍然是中国红十字会的总顾问，于1943年4月离开图云关，跟随赴云南的中国远征军Y军。
172 尽管美国医药援华会对科恩十分担忧，但公谊救护队的麦克卢尔却向美国医药援华会范·斯莱克（Dr. Van Slyke）表示，比起科恩，他更担心的是林可胜博士：

> 说实话，我对他已改观不少。他从印度回来已经有一段时间了。当他回来后，针对他政治"左倾"的质疑愈演愈烈。他想辞职，一了百了。说实话，当一个人已经转身离开，还向他背捅一

刀，的确十分卑鄙，但事实似乎更为复杂……他的长处是他的勇气、精力和医学技术知识。但作为一个组织的一把手，他缺乏组织能力。否则即使他离开了，也不会一切乱套。他有他固定的思维，从不轻言放弃。此时，他对开办一所医学院比前线的救济工作更感兴趣。他会想方设法为自己想做的事情筹集资金……因此，林的新职位是负责具体事务，与行政管理无关，也不会直接碰到钱，这样很好，希望一直这样。一旦他能直接接触到钱，就会破坏大计。[18]

讽刺的是，与此同时，1943 年 3 月，美国公谊服务委员会（American Friends Service Committee）的领导层对麦克卢尔也表达了类似的矛盾情绪：

麦克卢尔算不上是一名指挥官，但人们（朋友和救护队的同事）对他作为外科医生所展现出来的热情、积极和能力都十分认可。大家都承认，要是少了他，救护队将永远也迈不出第一步。当前，他的身上也出现些问题。他喜欢做一些模棱两可的承诺，常常夸大组织的情况和履行协议的能力。从某种程度而言，正是因为他的鲁莽，执行委员会才设置这样的检查。也许是时候考虑让他不再担任一把手的角色了，转而负责制定医疗计划一类的工作了。这不是一个简单的决定，毕竟他在中国有广阔的人脉，也不能保证他会坚持医疗工作直到最后……越来越多的人认为鲍勃（麦克卢尔）在部队应该担任技术顾问。以他对中国的了解，他的新理念总能启发整个团队，拓展思路。尽管有时他的判断过于乐观，而且也容易将个人意愿放大，从而做出一些不利于工作团结的草率决定。[19]

几乎所有人都认可像林可胜博士、麦克卢尔和科恩这样充满激情和意志力的医生在过去的数年里为中国的人道主义医疗援助事业做出的努力。然而，他们所在的机构仍对他们心存疑虑，担心他们积极独立的作风、爱憎分明的性格和政治倾向会妨碍到组织筹资、决策。无论好坏，相较各自服务的机构的喜好，国际援华医疗队的医生和他们志同道合的朋友们似乎都对自己心中所怀的愿景更有信心。从历史的角度来看，他们的愿景往往都是正确的。

1943 年夏，中缅边境依然炮火连天。留在中国的大多数援华
173 医生继续跟随林可胜博士和 Y 军在滇南前线服役，戎格曼任第 41 分队队长；白乐夫任第 21 分队队长；肯德任第 22 分队队长，随军驻扎云南省祥云*；第 51 分队队长甘理安率医疗分队跟随 71 师驻扎保山；第 12 分队队长甘扬道跟随第 5 师在文山；第 31 分队队长柯让道和第 1 集团军在芒祖。[20] 白乐夫指出：“这支队伍得到了波兰护士甘曼妮（Mania Kamieniecki）的支持。甘曼妮是甘理安医生的妻子，她从马绮迪手中接管了这个简陋的实验室。她和马绮迪都曾是奥地利医科学生，两人也都是国际纵队医疗队的前成员。”[21]

柯芝兰很可能是在 1943 年，在云南省芒祖市 31 分队帮助丈夫柯让道期间不幸感染伤寒。1944 年，她的伤寒病发，生命定格在了 39 岁。[22]1944 年 3 月 13 日，柯芝兰被安葬在云南省建水县公墓。[23]她心碎的丈夫柯让道在伤寒中幸存了下来，强忍心中悲痛继续在云

* 祥云，大理东南方向。

南艰苦的环境中工作。4个月后，麦克卢尔前去探望痛失爱妻的柯让道：

> 柯让道在红十字会的一个旧去虱站工作。这里的队员们和猪生活在一起，活得也和牲畜无异。他们说自己已经有一段时间没拿到工资了，上级支持也越来越少，而尽心尽力的柯让道却总有本事把工作越做越多。他每日蓬头垢面地接诊至少100个病人。他分发了很多抗疟疾药物，却再也不使用他的显微镜了。他说自己根本没时间一一检验。确实，他说得没错……美国医院的医疗用品都只用一次。而他和白乐夫却又把这些手术用品拾回，回收再利用。[24]

即使是中国红十字会总部，医疗设施也没有太大改善。1943年11月，科恩致信美国医药援华会史蒂文斯（Helen Stevens），说她将前往重庆，去卫理公会联合会特派团（Methodist Union Mission）运营的歌乐山结核病疗养院工作。据她说，亚瑟·科尔伯格（Arthur Kohlberg）曾写道，这将结束她与美国医药援华会的合约。在双方合约解除时，科恩曾写道："我认为美国医药援华会对中国的投资没有得到相应的回报。" 对于失去林可胜博士的中国红十字会和卫训所的未来，她没有半点恭维：

> 很遗憾，林博士被边缘化了。尽管他的想法有的时候不切实际且昂贵，但他确实取得了很多成绩，我相信他能为中国做得比任何其他人更多。但外国媒体和美国医药援华会把他捧得太高了，有点狂妄自大。我相信……在卫训所，心思都花在园艺上了，至

174 少 3 个部门的负责人把脑子和精力都花在了应该在花坛种上哪些菜，而不是在他们病房的本职工作中。[25]

科恩不是唯一不看好卫训所的人。罗益，一位大家知之甚少的国际援华医疗队队员，也是救护总队第 73 分队的队长，也持类似态度。他写了一份措辞尖锐的报告给荣独山医生，内容是关于他遇到的卫训所毕业生的情况：

你的这些好孩子们对饭菜挑肥拣瘦……他们要的是一个仆人！懒惰、无礼、自负，这就是他们在贵阳学到的。真的，如果委员长要在全国颁一个荒谬职业奖的话，你一定会获此“殊荣”。[26]

1944 年春，随着中国红十字会救护总队在西南地区医疗救护的作用逐渐减弱，一些国际援华医疗队成员开始主动寻求其他为中国人民服务的途径。科恩在日记中写道，沈恩每周要到贵阳监狱工作两天。麦克卢尔在 1944 年 3 月 28 日的信件中描述了他访问沈恩工作的监狱医务室的情景：

一天早上，沈恩邀请我去参观他的工作环境。同一所监狱，牢房和牢房间的差距简直天差地别。在普通牢房，一间监舍里挤满十二三人，里面一无所有；而富商和高级军官的牢房却窗明几净、家具齐全，形成了巨大的对比……普通囚徒的情况很糟糕，由于没有当地的朋友在牢里“打招呼”，在弄丢或弄坏衣服的时候，他们就只能在寒冷的冬天躺在冰凉的床板上，衣不蔽体；在

> 外劳作时，脖子上拴着铁链，三两相连。目前，共有700名囚犯，其中包括100名妇女，还有一些人带着孩子。这里的疾病主要是疟疾、回归热、痢疾和斑疹伤寒。每日平均1至2人死亡。我已无力描述此处惨况了，眼前场景和很久以前狄更斯小说中的人间炼狱并无两样。[27]

当公谊会的迈克尔·哈里斯（Michael Harris）在图云关卫训所的化学实验室中见到孟威廉时，后者还向他询问是否有其他工作机会：

> 孟威廉是个十分热诚的人，他分享了如何从商业白酒中获取纯酒精的方法……还用从公谊会得到的润滑油做了一些有意思的实验。在德国时，他曾经为一家大型石油公司工作过，所以他十分熟悉润滑油的性能。[28]

当时已经是国际援华医疗队队员在中国的第6个年头了。他们 175
渴望听到远在欧洲的家人的消息，时刻关注饱受战争蹂躏的祖国的命运。自从他们到中国以来，来自故乡的消息少之又少令人心神不定，他们在把思乡、孤独和冷落之苦全部付诸工作的同时，只能盼望亚洲战争能尽快结束。

然而，和平似乎近在眼前，却仍然遥不可及。1944年4月17日，日本实施“一号作战”计划，发起最后也是最丧心病狂的大总攻。由于日军商用船队在战争中也遭受破坏，日军补给供应逐渐减少，而需求却不断上涨，50多万日军粮草供给面临压力。因此，日本的如意算盘是将中国和东南亚的军队、物资与日韩战场相连，消除盟军在中国空军基地的威胁。

日军在华中地区急速扩张，直逼陪都重庆，剑指贵阳。在这样的形势下，究竟应该先驱逐缅甸日军还是解决华中地区紧张局势，一时间蒋介石与史迪威争执不下。随着国民党军在华中地区接连战败，蒋介石的忧虑与日俱增："他不知道下一个坏消息会从哪里冒出来——他的美国盟友？日军？军阀联盟？党内反对派？共产党，还是苏联。"[29]

与此同时，1944 年夏天，对于欧洲盟军和滞于贵阳的科恩医生来说，历史性的转折来了。6 月 6 日，盟军成功登陆诺曼底，同时科恩也接到了一项新的医疗任务。起初，她沮丧地预订了回美国的机票，随后她的命运出现了惊人的逆转：一位中国医生向她询问，能否把她的一些医学书籍卖给他。随着聊天深入，他了解并同情她的处境，建议她在离开中国之前有必要和孔祥熙谈谈。而此人，正是孔的私人医生。

孔祥熙，除了是孔子的第 75 代后代外，还同时兼任财政部长和中央银行行长，也是宋氏三姐妹中大姐宋蔼龄的丈夫。孔说服科恩留在重庆，并资助了她所在的中国红十字会附属结核病诊所。5 月 30 日，科恩与英国志愿者菲利普·莱特（Philip Wright）结婚。有了丈夫的支持与鼓励，在孔祥熙的经济资助下，科恩迎来了她在华期间最富有成果的研究阶段。[30]

1944 年 5 月，林博士的境况也有所改善，在中国红十字会担

任顾问的同时，他还在美国医药援华会中任职。他在呈该会的报告 176
中称，中国最大的医疗需求是在最短时间内培养技术熟练的医疗人员。医生严重短缺，尤其是在共产党根据地。1944 年 9 月，延安八路军一二〇白求恩国际和平医院仅剩 9 名医生。其中 5 人来自印度援华医疗队，负责外科手术。[31] 同在八路军中服务的德国医生汉斯·米勒注意到，当时只有他和另一位日本医生接受过国外系统医疗培训：

> 由于缺少合格老师，医学院的培训非常初级。在前线做手术的人虽有长期实践经验，却没有理论基础……我们没有 X 光，也没有显微镜，出现疟疾也没有奎宁……反而吗啡很容易获得，因为日本人普遍用的安瓿中就含有吗啡，容易致瘾。从 1939 年到现在，磺胺类药物都买不到，也没有其他药物供给。[32]

在新四军中，现代医疗人员同样稀缺。据新四军军医处处长沈其震估计，合格的医生不足 60 名，却得为超过 9000 万军民提供服务。[33]

1944 年 10 月，与国民党高层不睦已久的史迪威将军被华盛顿召回。[34]《纽约时报》（*The New York Times*）记者布鲁克斯·阿特金森（Brooks Atkinson）对国民党军内存在的士兵虐待和腐败提出质疑。而同样的问题，国际援华医疗队的医生们早已反映数年。

> 中国的抗日战争受到阻碍，这主要是由以下内部原因造成

> 的，一是蒋介石领导的国民党与中国共产党的不团结；二是国民党内部腐败成风，蒋虽未涉贪腐，却又无力约束；三是蒋介石最终拒绝史迪威将军作为总指挥……这样看来美国也许输掉一局，但史迪威被召回，中国人也不能算赢……一方面，国民党治下的中国一直以来充斥着阴谋、野心、嫉妒和欺诈，上行下效，层层加码；而另一方面，这些衣食不足、缺枪少弹、领导不善的中国士兵却甘愿为他们的国家牺牲，如英雄般大义凛然、壮烈赴死。在任何一个国家的历史上……无论发生什么，我们对中国人民的友谊和敬意永不褪色。[35]

对国民党治下的中国时局以及史迪威被召回的负面批评并不局限于《纽约时报》。诸多西方媒体对中国进行抨击，称中国的表现与亨利·卢斯（ Henry Luce）和美国援华联合会（United China Relief）所期待的中美特殊附属关系相差甚远。[36]宋庆龄女士写道：
177 “史迪威在帮助中国人民方面所做的努力，比我自战争以来认识的任何人都多。可想而知，当获悉他要离开时，我有多沮丧。”[37]

史迪威将军也被国际援华医疗队看成是真朋友。顾泰尔的儿子查尔斯回忆：“我父亲从不掩饰他对史迪威的赞扬和尊敬。他认为史迪威在职期间是远东地区抗战史最富有成效的一段。”[38]孟乐克也认为，服务中国驻缅甸军和驻印度军的那段日子是他在亚洲6年最有意义的一段经历。[39]

日军在华中地区执行的“一号作战计划”使其得以再次向中国西部腹地长驱直入，长沙、桂林先后沦陷。同年，德军丧心病狂的最后一场大反攻——“隆突之战”在欧洲阿登高地上演。

魏德迈耶将军（General Wedemeyer）* 从中国发回的报告中显示，1944 年 11 月，日军已到达距贵阳不足 100 公里的地方。[40] 同年 12 月，中国红十字会救护总队已准备好从贵阳撤离，以躲避即将到来的日军。然而，随着圣诞节的临近，西南地区进入抗战 7 年以来最寒冷的冬季。[41] 正如 3 年前德军在巴巴罗萨（Barbarossa）被迫中断对苏联的进攻一样，中国的严冬也阻止了日本的前进。[42] 第二次世界大战一个不变的教训是，无论是德国人还是日本人，都没有能力、也不可能在大面积寒冷地带发动消耗战。

严冬在拖住日本脚步的同时也让科恩难以忍受。“过去的几天气温都在零度以下。”她回忆道：

> 每天早上我都在寒如冰窖般的谷仓中被冷醒。我洗的衣服还没干就已经冻硬，甚至有一晚油灯里的油都被冻上了。好在我有足够保暖的衣服，哪怕晚上也是和衣入眠。没什么觉得不好意思的，在这里人人都这样。[43]

不仅只有科恩对贵州彻骨的寒冬记忆犹新。孟威廉曾形容：

> 窗外满天飞雪，屋内滴水成冰。实验室装有试剂的试管都被冻住。每天早上要离开心爱的床简直是一种煎熬。我的手上第一次出现冻疮。我多羡慕那些有大壁炉的家庭，而此时此刻我的桌子下面只有几块炭，仅只能保证手指不被冻僵而已。[44]

* 魏德迈耶将军（General Wedemeyer），史迪威的接任者。

而在重庆，通过建立动态气胸诱导门诊，科恩进入了抗战时期中国结核病防治最繁忙的时期。[45] 1945 年 1 月 1 日之前，诊所工
178 作都是她一人独自完成；后来沈恩也来帮忙：“现在，我已经让沈恩协助开展气胸诱导治疗。这样我就有机会照料更多的患者了。”[46]

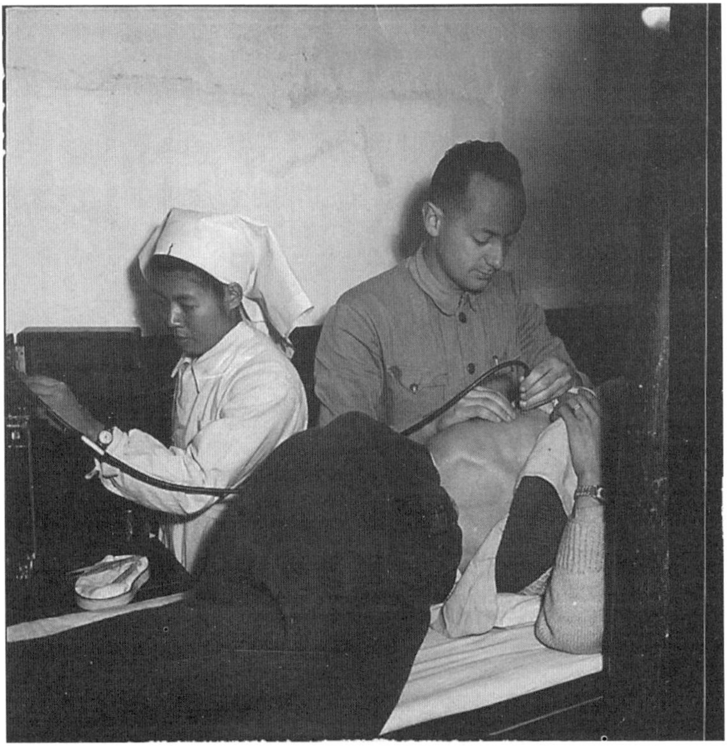

图三十七　1945 年，中国重庆，在科恩的结核病诊所，沈恩正使用气胸导入疗法治疗肺结核患者。

（麦克斯·莱特提供）

到1945年4月，她才注意到那时是忙得多么不可开交，而她毫不在意。有了丈夫莱特的鼓励、沈恩的帮助、重庆盟军的支持，她的工作进展顺利。更让她引以为豪的是，中国红十字会的结核病诊所
是当时中国唯一的结核病诊所。她在重庆不到半年的时间就接触到 179
贵阳整整一年的病例：仅前四个半月，就有3100名患者。她实现了强化中国战时结核病管理的目标。[47]

1945年春，由于前期大规模战争投入，日本国力虚耗，国际主义也正在往几个方向发展。1945年4月25日，来自46个国家的代表在旧金山会晤，签署了新宪章——联合国成立了。同一天，严斐德医生在周恩来家与王务安举办了婚礼。中英合作组织驻重庆总干事李约瑟（Joseph Needham）在婚礼上致辞：这场在重庆见证的“东西方结合”必将是未来世界的一个好兆头。[48]果不其然，两周后好消息真的出现了：5月8日星期五，欧洲宣布胜利。唐莉华在给母亲的信中写道：

> 妈妈，您今天一定很激动吧！可惜我们这里没有庆祝活动，大多数人也没有特别反应。在太平洋战争结束之前，美国人不会真正庆祝，中国人也不见得会感兴趣。但对我们来说，这是莫大的欣喜，它给了我们更多离开这里的希望。[49]

在中国，魏德迈耶将军（General Wiedemeyer）的“阿尔法计划”（Alpha Plan）继续为整训中的中国军队和指挥决策提供支持，并拖住日寇在华中地区进攻的脚步。在这次整训中，林博士成为军

医署外科主任，并被任命为医学教育委员会主席。此外，美国医药援华会还通过美国援华联合会向他提供了 10 万美元的国家战争基金。[50]

到 1945 年 6 月，日军在华中地区开始全面撤退，抗日战争进入尾声。1945 年 6 月，林博士在他重庆的新办公室向部分国际援华医疗队的成员道别。他在给美国医药援华会的信中写道：

> 来信之际，科恩刚离开中国经印度去英国。遂无法在她返程途中与她取得联系，告知关于香港经费情况。她在英国经停留数月后，就会回美国，届时贵方将与她本人联系，结清所有的账款。[51]

此时此刻，科恩，唯一经美国医药援华会送达战时中国的女医生正在回家的路上。与此同时林博士也确认了唐莉华从中国红十字会离开的消息："她只待了半个月就去投奔了在汽车学校工作的丈夫白乐夫。后来她在美军军校里任秘书。"[52] 几年后两人一同回到欧洲。

早在赴缅、印期间，许多国际援华医疗队的医生就开始思考，
180 该如何回到他们刚刚解放的家乡。伦敦援华医疗委员会开始筹划他们的回国事宜。但这还不仅是怎么把人送回去的问题，经费也是关键。1945 年 4 月 6 日，吉尔克里斯特（Mary Gilchrist）向中国大使馆致信求助：

援华医疗委员会曾把9位医生送往中国，挪威委员会派送10位。[53]他们每个月的工资的一部分都未发放，而是留作他们回程旅费，暂存在（中国红十字会）国外后援会。1941年之后，这笔钱就一直没有下落。直到1943年国外后援会才打听到了关于这笔钱的消息。林博士随后向英国驻重庆大使馆寻求帮助。英国大使馆把这件事交给了外交部，尔后要求我们提供信息。外交部让我们转告林博士，他应向美国当局求助，并设法找到希尔达·赛尔温·克拉克，授权提取这笔钱。[54]

想要把正在缅甸服役的国际援华医疗队医生们送回国，英、美、中、印四国需要密切配合。1945年6月8日美国外交机构致函英国外交（和联邦事务）部，要求将与伦敦援华医疗委员会有关的8名合同医生送返回国。他们是柯理格、陶维德、杨固、贝尔、纪瑞德、顾泰尔、富华德和何乐经。

由于柯理格、陶维德、贝尔和杨固希望前往法国，因此美国领馆将就此事继续与法国领馆保持联系。虽然法方暂未明确答复，我方认为，他们应该首先返回英国，等待时机，回到各自的国家。[55]

1945年7月24日，印度政府向英国外交部电询："英女王政府是否反对国际援华医疗队医生返回英国？"[56]英国外交部答复："我方认为英国移民部门不需过度参与此事。遂请印度政府颁发签证。"

1945年8月8日，印度政府海外事务部回信英外交部，告知：

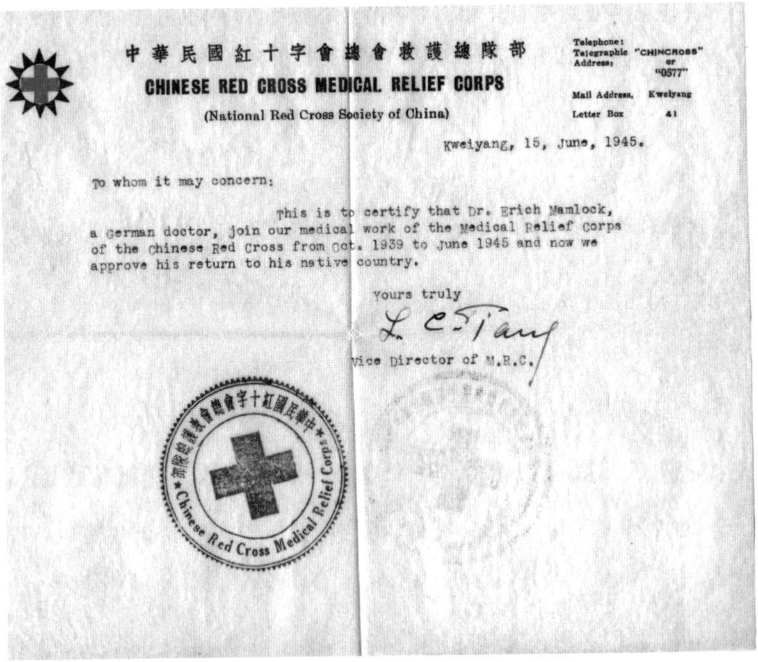

中華民國紅十字會總會救護總隊部
CHINESE RED CROSS MEDICAL RELIEF CORPS
(National Red Cross Society of China)

Telephone:
Telegraphic "CHINCROSS"
Address: or
"0577"
Mail Address, Kweiyang
Letter Box 41

Kweiyang, 15, June, 1945.

To whom it may concern:

This is to certify that Dr. Erich Mamlock, a German doctor, join our medical work of the Medical Relief Corps of the Chinese Red Cross from Oct. 1939 to June 1945 and now we approve his return to his native country.

Yours truly

L. C. Tang

Vice Director of M.R.C.

中華民國紅十字會總會救護總隊部
Chinese Red Cross Medical Relief Corps

图三十八　孟乐克的合同解除证明。1939 年 10 月至 1945 年 6 月间，国际援华医疗队医生孟乐克在中国红十字会救护总队中服务。1945 年 6 月 15 日，摄于贵阳。

（由孟乐克之子罗伯特提供）

“他们还收到了美国建议将他们遣返英国的请求。他们正在询问英国对批准他们签证是否存有异议。”[57] 在伦敦援华医疗委员会的大力支持下，这些医生终于扫清了移民的障碍并且最终获得了签证，不久即将启程。

对于孟乐克而言，回家之路似乎更为复杂，因为他不是由援华 181
医疗委员会直接派往中国的，而是分别由美、中政府资助的。1945 年 6 月，在为中国红十字会服役 6 年后，中国红十字会救护总队副总队长汤蠡舟批准孟乐克返回德国。当月，在柏特纳将军（General H. L. Boatner）的促成下，他终于踏上归程。柏特纳将军亲自撰文请相关单位予以关照和方便：

> 孟乐克是美国政府的雇员。经协商，他本人将终止当前工作，经印返德。鉴于他工作期间对美国政府的杰出贡献和忠诚尽责，我请求政府相关机构向他提供适当便利和礼遇。[58]

对于其他仍留在中国的队员来说，前路依然迷茫。好消息是，对他们在中国境内活动的种种限制变少了。例如 1945 年 7 月，严斐德接受了联合国善后救济总署（United Nations Relief and Rehabilitation Administration）医疗驻地官员一职，并携手新婚 3 个月的妻子一同迁往江苏。[59] 182

但与此同时，跨国回家之路依然曲折。1945 年 8 月 6 日，一架美国 B-29 轰炸机艾诺拉·盖伊（Enola Gay）在广岛投下一枚 9700 磅重，绰号“小男孩”的原子弹，造成 7 万多人死亡。3 天后，第二颗原子弹“胖子”落在长崎，4 万多人遇难。随着两颗原子弹爆炸释放出的巨大威力，太平洋战争结束了。医生们试图理解，原子弹时代对于他们意味着什么。

多年深入偏远的医疗前线，医生们对于核物理的先进知识感到既陌生又惊讶。孟乐克还曾问过：原子弹是什么？

1945 年 9 月 2 日，日本无条件投降。国际援华医疗队医生们回家的愿望眼看就要实现了。也许是近乡情怯，又也许是离别在即，心生留恋，大家又有了不同的选择：有人想走，有人想留，还有人犹豫不决。孟乐克就是其中之一。当时由于联合国善后救济署急需会汉语的外国医生，孟乐克也申请了驻地医疗官一职。但后来，他的申请被退回了，因为他无法回答为什么没有明确的国籍，以及在中国到底是做什么的。[60] 科恩对自己的未来也颇为担心。她写道："我们没有被这里的恶劣的自然条件和困难所打倒，但我害怕离开这里美好而简单的生活，我也舍不得我的病人。"[61]

跟随中国远征军 X 军远赴缅、印的医生们有幸第一批返欧。1945 年 10 月，顾泰尔、贝尔、富华德、杨固、柯理格、孟乐克和陶维德乘坐美国军用运输机从加尔各答飞往法兰克福。途中，顾泰尔写道：

> 飞机先抵达了土耳其首都安哥拉，接下来又在没有任何航空管制约束的情况下飞到开罗。我们在金字塔和狮身人面像上空绕了好几圈。从天上俯瞰，与在图片上看又是不同的感受。狮身人面像如同一只被拉长的怪兽，仿佛随时都会一跃而起。我们飞过爱琴海，多么令人惬意的景致啊，零星的岛屿点缀在湛蓝的海面上。我们飞过雅典卫城，在夜幕降临之际抵达罗马。陶维德曾在这里学习过。他用美金打了一辆的士，带我们来到了古罗马角斗场。月光皎洁，照亮了眼前的古迹，我们仿佛置身于昔日罗马古城的辉煌中。这一夜的美好令我永生难忘。第二天我们在法兰克

福降落，在与这个国家阔别13年后，重新踏上故土。[62]

其他的医生们也逐渐踏上了回家的路。在1945年9月5日，
纪瑞德从加尔各答乘坐美国航空运输机回到了的里雅斯特 183
（Trieste）。[63]他获得了去英国的签证，在回到布拉格前赴英短

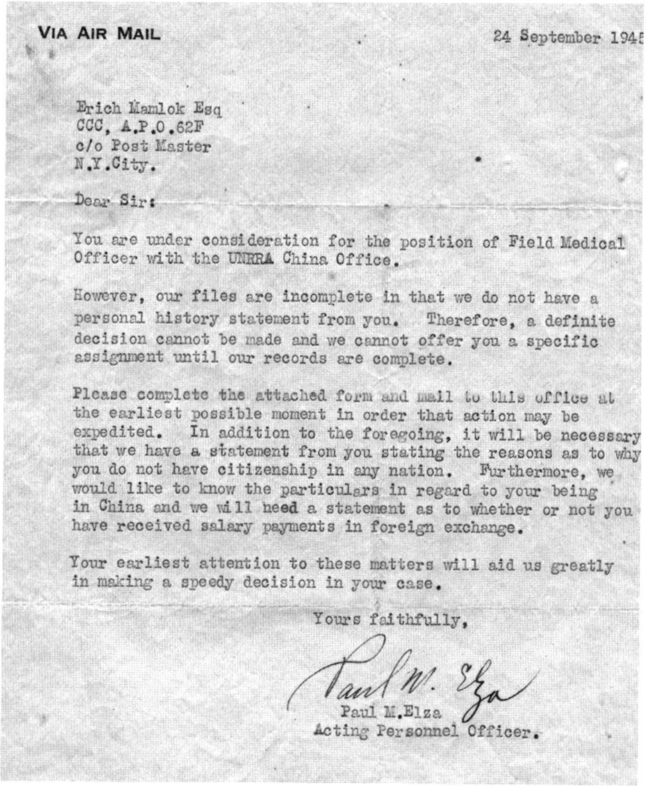

VIA AIR MAIL

24 September 1945

Erich Mamlok Esq
CCC, A.P.O.62F
c/o Post Master
N.Y.City.

Dear Sir:

You are under consideration for the position of Field Medical Officer with the UNRRA China Office.

However, our files are incomplete in that we do not have a personal history statement from you. Therefore, a definite decision cannot be made and we cannot offer you a specific assignment until our records are complete.

Please complete the attached form and mail to this office at the earliest possible moment in order that action may be expedited. In addition to the foregoing, it will be necessary that we have a statement from you stating the reasons as to why you do not have citizenship in any nation. Furthermore, we would like to know the particulars in regard to your being in China and we will need a statement as to whether or not you have received salary payments in foreign exchange.

Your earliest attention to these matters will aid us greatly in making a speedy decision in your case.

Yours faithfully,

Paul M. Elza

Paul M.Elza
Acting Personnel Officer.

图三十九 1945年9月24日，孟乐克在向联合国善后救济署提交工作申请后收到回复，信上问到“你为什么没有国籍？”

（罗伯特·孟乐克提供）

暂行医。1945 年 11 月，陶维德和柯理格一起乘车前往华沙。[64] 杨固乘火车前往维也纳，并得到苏军许可，返回布加勒斯特，[65] 在前线待了 9 年的他终于回家了。

184 只有王道医生没有等到这一天。由于不幸感染肺结核，他于 1945 年 12 月 12 日在重庆加拿大教会医院去世，年仅 33 岁。[66] 就像白求恩、柯棣华、高田宜和柯芝兰一样，抗战时期恶劣的生存条件、长期的营养不良、极为有限的医疗条件都导致了他的英年早逝。在他去世前的几周，英国大使馆曾代表他向英国外交部请求协调联合援华组织解冻他为兄长存在伦敦的 300 英镑。[67] 次年 11 月，王道的遗孀王苏珊孤独地登上英国的邮轮“云雀湾”，只身一人返回奥地利。[68]

多数继续留在中国的医生和家眷包括白乐夫、严斐德、戎格曼、甘理安、甘扬道、肯德、柯让道，还有留在中国为联合国善后救济署工作的沈恩，他们都把家安在了中国。虽然白乐夫夫妇曾在 1945 年希望经印度回到英国，但未能实现。留在中国的白乐夫，在抗日战争结束后还曾拥有一次进入共产党解放区的经历：

> 战争结束了，中国面临一个新局势。外敌已被赶跑，内部矛盾积蓄已久、一触即发，人们必须做出选择了。大多数中国人相信，国民党治下的国家已经摇摇欲坠。我第一次看到的中国大城市就是上海和老北京。尽管那些高官和军队表示不会内战，但北京和其他主要城市周边的农民们已经开始为准备推翻旧政权而蠢蠢欲动了。百姓都如饥似渴地盼望一个崭新的未来。我们的任务

> 是确保至少一部分从国外运来的食品和救济物资能够送达共产党所在的解放区。1946 年夏天，从上海向山东半岛解放区烟台，派遣一艘载有食品和医疗用品的运输船。我跟船，任医疗助理。[69]

肯德也曾担任联合国善后救济署地方医疗官和区域主任，从华中地区赶赴内蒙开展工作。他未来的妻子马绮迪是 1946 年唯一为该组织驻华办事处工作的医务人员。[70]

戎格曼也曾在满洲里奉天市担任联合国善后救济署的区域医务官。1948 年 1 月从联合国善后救济署驻上海办事处辞职。[71] 沈恩、甘理安和柯让道于 1945 年加入了联合国善后救济署驻昆明办事处工作，其中沈恩曾先后在位于湖南和青岛的天主教教会医院工作，直至 1947 年。[72]

直到 1947 年前，甘理安都一直致力于为衡阳地区缺医少药的
孤儿和难民提供更好的医疗服务。[73] 孟威廉在中国科学院工作， 185
1964 年回国，成为最后一个离开中国的国际援华医疗队队员。而伦敦援华医疗会早在 1946 年 3 月就终止了对西班牙医生们的经费支持：

> 随着抗日战争结束，医生的回国工作随之而来。从道义而言，这仍属于委员会的责任。但签证和护照麻烦不断……幸运的是，7 位医生的签证和护照将由在缅甸的中美共同解决，将于战后被送返欧洲。委员会也注意到，剩下的 12 人中，1 人已找到工作，另外 11 人也已申请加入联合国善后救济署。[74]

随着国际援华医疗队在中、缅、印战场的任务终结，他们再次陷入了对自己生存、发展和不可预知未来的沉思中。在 6 年多的时间里，他们的人生确实发生了翻天覆地的变化。许多国际医疗救援部队的成员终将摆脱难民和敌国侨民的身份，尽管他们的国家也曾被法西斯谬论迷乱心智，但毕竟与家人亲友相聚的希望近在咫尺了。在他们身着白大褂投入到反法西斯的斗争后，他们，会被当作成千上万个举起拳头的英雄一般受到家乡人民的欢迎吗？

# 第十一章 援华后记（1954—2012）

历经政治磨难，遍尝战争艰苦；千里赴华援助，战火难掩仁心。 186
多年后，当医生们重回故土，他们发现那些曾迫使他们与家庭天各一方、流亡外海的政治阴霾仍未散尽。为寻获一处安身立命之地，他们仍在路上。2015 年，当国际援华医疗队的 10 个后裔家庭重聚图云关时，大家发现，75% 的后裔家庭早已迁离故土，重觅他乡。

由于政治、宗教和军事原因，波兰籍医生回到祖国后如临深渊。1952 年波兰反犹太浪潮兴起，戎格曼被诬陷是间谍，被投入华沙 1 号政治监狱关押了 18 个月。之后他被告知是个误会，无罪释放， 获得 100 美元赔偿，回到原工作单位。[1] 戎格曼的美籍妻子肯德尔（Kendell Knutson）带着两个女儿凯伦（Karen）和米歇尔（Michelle）于 1956 年 11 月从波兰移民回美国。尽管戎格曼早已不再追随共产主义，但他依然无法获得美国签证，只能于 1960 年移民到以色列海法（Haifa），成了一名港口卫生官员。[2] 1966 年 8 月，他在美国的俄克拉荷马州（Oklahoma）与家人团聚。戎格曼后来改姓为戎格瑞（Dr. Jungery），继续在美国行医至70岁。1989年戎格曼在俄克拉荷马市去世，享年80岁。[3]他的女儿米歇尔（Michele Jungery）成了一名寄生虫学家，在哈佛公共卫生学院热带卫生系
187 工作。在她的帮助下，戎格曼及其队友在战时中国抗疟方面做出的贡献才渐渐被人们知晓。[4]

陶维德和傅拉都在20世纪50年代均受到了不实诽谤，被波兰政府关押。陶维德获释后，在波兰格但斯克担任外科教授。1968年，他和儿子乔治（George）辗转通过奥地利离开波兰，定居加拿大。他的女儿伊娃两年后也移民加拿大。陶维德早期在意大利接受的多语种医学教育在此时派上了用场，他在多伦多意大利社区开展医疗服务，终身行医至80岁。[5]

傅拉都返回波兰后在军中服役，1952年蒙冤入狱。1954年周恩来总理第一次访问波兰时，他被释放出狱。据说当时周恩来主动询问起一位曾在抗战期间在重庆为他妻子治病的波兰医生的近况。结果在24小时内，傅拉都就被释放了。[6]之后，他在波兰驻华使团任职，直到1967年“阿以六日战争”[*]后，新一轮的反犹太浪潮出现。傅拉都于1971年在柏林去世，他的儿子杰瑞科（Jurek）和女儿克里斯提娜（Krystyna）幸存下来，后移居瑞典。

究竟应该回到祖国还是迁居他乡？这个人生选择直接决定了德

* “阿以六日战争”：第三次中东战争，以色列出动全部空军对阿拉伯国家进闪电袭击，仅6日就大获全胜，故称为六日战争。

籍队员们的命运。1945 年，孟乐克回到西柏林。除了他的父母侥幸逃到南美乌拉圭、哥哥移居美国外，其余家族成员都葬身于德国特雷布林卡（Treblinka）。[7]孟乐克回到西柏林后担任德国国家卫生委员会流行病预防部首席卫生官，1949 年移民美国。他认为，要建设一个更好的世界，在美国的潜力要比在德国大得多。[8]在纽约从事的肺结核研究，也成为他职业生涯中最富有成果的阶段。[9] 1952 年，他在纽约与一位德裔犹太护士海尔加·罗斯玛丽·莫特克结婚（Helga Rosemarie Mottek）。“二战”期间，她曾在柏林犹太医院当护士，1947 年移民到美国。[10]孟乐克于 1991 年去世，他的儿子罗伯特·孟乐克（Robert Mamlok）和女儿苏珊·费雪（Susan Fisher）仍在美国生活。

孟乐克的同胞，罗益也于战后移民美国。直到 1946 年他都仍然和著名记者王安娜以及史沫特莱保持往来。[11]在 1952 年，他重新穿上白大褂，在得克萨斯州拉斯克研究所（Rusk Institute）工作。[12]

1948 年 5 月，白乐夫返回东德，起初在勃兰登堡的哈维尔地区（Brandenburg/Havel）担任医务员。后来担任过各种职务，包括萨克森州安哈尔特（Saxony-Anhalt）公共卫生部主任（1952 年 188
9 月之前）、采矿公司和机车车辆制造公司的医疗顾问、里布尼茨达格顿地区（Ribnitz-Damgarten）医务员（1954 年），最后成为德国民主共和国海事医疗服务部的首席医务官（1959 年）。1950 年，他和妻子唐莉华离婚，随后再婚，于 1999 年 12 月去世。他的 3 个孩子分别是儿子伯纳德（Bernard）、女儿约瑟芬（Josephine）和与第二任妻子朱迪思（Judith）所育的女儿凯瑟琳（Kathrin）。[13]

顾泰尔也回到了东德。在与妻儿经历了7年天各一方的日子后，他们一家终于团聚。此时他的大儿子查尔斯已满6岁。回国后，顾泰尔最初在柏林为东德中央医疗管理局工作，1949年开始研修病理学。1959年，他成为柏林医学院慈善医院（Charité Hospital Medical School Berlin）的教授，1963年成为哈雷大学（University of Halle）病理学系主任。1993年6月24日，他在柏林去世，享年85岁。[14]他的儿子查尔斯·顾泰尔继承了他的衣钵并继续发扬光大，成为英国帝国理工知名的基因治疗荣誉教授。

孟威廉继续留在中国，在中国科学院上海研究所担任生物化学家。“文化大革命”期间，实验室被迫关闭。1964年，他成为最后一个回到祖国的国际援华医疗队队员。回到德国后，他与在贵阳并肩战斗的顾泰尔相聚，就职于柏林洪堡大学（Humboldt University）医学院。1972年，他与安娜·维拉·赫德维格·胡金（Anna Vera Hedwig Hugnin）结婚，于2012年9月23日在柏林去世，享年97岁，是国际援华医疗队最后一位去世的成员。[15]

1945年，贝尔回到柏林，和顾泰尔及随后赶来的白乐夫一同为苏占区工作。虽然回到家乡，但家已不在：他的兄弟在战争中丧生，两个姐妹于1943年死于奥斯维辛集中营，只有一个妹妹幸存下来，逃到了英国。[16] 贝尔继续在德国苏占区的中央医疗管理局

（Zentalverwaltung Für Gesundheitswesen）从事公共卫生工作。1946 年 8 月 29 日，他死于一场机动车事故，年仅 48 岁。当时的具体情况仍不清楚。[17] 为纪念他，德国民主共和国（东德）以他的名字为戈尔森（Golssen）的第一家农村诊所命名。[18]

包括奥地利医生严斐德、肯德、马绮迪和富华德在内的其他几位医生也陆续回到了祖国，用余生努力建设他们饱受战争蹂躏的家园。除了 3 位在中国不幸英年早逝的医生外，还有 3 位医生非自然死亡：严斐德死于空难，肯德自杀，王苏珊死因成谜。 189

严斐德于 1947 年 12 月回到维也纳后没多久就不再继续行医，转而成为一名常驻亚洲的记者。1953 年，他和妻子王务安以及养子米萨（Mischa）回到中国。1955 年 4 月 11 日，他乘坐从北京飞往印度尼西亚万隆的航班去参加亚非会议。飞机在马来西亚沙捞越附近海域爆炸。[19] 此次空难系国民党残余反动势力所为，企图暗杀的目标是中华人民共和国第一任总理，也是西班牙医生的老朋友周恩来，谁知却阴差阳错地瞄准了严斐德乘坐的航班。

肯德的自杀绝非偶然。他好友摩西医生（Dr. Moses Ausube）在给一位曾参加西班牙内战，名叫弗雷德里卡的护士的信中写道：虽然肯德无私奉献，卓有建树，但他总能察觉到肯德内心的抑郁。

> 当肯德还在中国时，他就曾试图注射吗啡自杀。他被送到一家美国军事医院，救活了……但当时他的美国精神科医生说：“这次我们救了他，但他肯定不会作罢。下次他会成功

的。”11 年后，医生的话应验了。[20]

肯德于 1961 年 12 月逝于维也纳。

马绮迪回到奥地利医学院继续完成学业。在丈夫肯德自杀身亡后，她试图移民美国，投靠姐姐和侄子，但没有成功。她共产党的身份被美国拒绝入境。马绮迪于 1981 年 12 月 24 日在维也纳去世，享年 73 岁。[21]

1945 年 12 月，王道在中国重庆染疫去世。他的太太王苏珊于次年 11 月回到奥地利。1957 年，她回到了奥地利的阿尔卑斯山，那是她和王道 1939 年结婚的地方。当第二年春暖花开之时，她在阿尔卑斯山脚下被发现，死因尚未可知。[22]

富华德于 1946 年回到维也纳，在维也纳第 10 区的多元文化研究所做医生。纳粹在 1942 年杀害了他的父母，他的弟兄于 1943 年在巴黎，以自由战士的身份牺牲。他和罗马天主教徒格丽塔（Greta，姓不详）结婚，领养了一个孩子，伊娃（Eva）。[23] 他的家人写道，中苏冲突令他十分困扰：“但他坚决地站在中国共产党一边，毅然脱离了奥地利共产党。在他去世之前，他都与西班牙和中国的同志们都保持着密切的联系，无论这些老朋友是否得势。”[24] 富华德于 1993 年在维也纳去世，享年 82 岁。

190 两位捷克医生纪瑞德和柯里格也回归故里。纪瑞德，国际援华医疗队中的高级创伤外科医生，在英国短暂停留后回到捷克斯洛伐克。在 20 世纪 50 年代早期，他又重回亚洲为越南提供医疗服务。[25]

后来他患上接触性皮炎，不得不终止行医。1968年9月13日，在苏军攻占捷克斯洛伐克3周后，纪瑞德过世，享年74岁。

柯里格在捷克斯洛伐克的医疗体系中屡受提拔、平步青云，1949年升任国家卫生部副部长。他的独立思想早在1939年就已经引起西班牙共产党的不满。在20世纪50年代初，侥幸逃过逮捕“重获新生”。1968年春布拉格，柯里格因带头抵制苏联主导的华约武装力量大规模入侵捷克斯洛伐克，而成为国家英雄。柯里格是唯一一位拒绝向勃列日涅夫投降的捷克政治领导人。他总高喊：“要么送我去西伯利亚，要么枪毙我。”[26] 他在冲突中幸存下来，并于20世纪60年代初赴古巴为该国医疗体系发展贡献余热。1979年12月3日，他以民族英雄的身份去世，享年71岁。[27]

两名罗马尼亚医生杨固和柯让道也回到祖国。战争结束后，杨固成为罗马尼亚军医。1947年，他与护士玛丽（Marie Grünberg）结婚，育有3个女儿：塔尼亚、安卡莉亚和娜迪亚（Tania, Anca-Lia, and Nadia），还有一个儿子，安德烈（Andrei）。塔尼亚住在罗马尼亚首都布加勒斯特（Bucharest），娜迪亚和安德烈移民到加拿大，安卡莉亚移民到美国。杨固于1990年去世，享年80岁。

1946年，柯让道与在中国出生的第二任妻子赵婧璞（Nelly Clejan）结婚，1948年两人回到罗马尼亚。他在罗马尼亚卫生部工作，于1976年去世。他的遗孀于1986年回到上海，于2014年过世。柯让道的亲属也分别在1970年至1986年间从罗马尼亚移民到以色列、加拿大和美国。

保加利亚医生甘扬道和他的中国太太张荪芬还有儿子也回到了索菲亚。他们的大儿子中文名叫甘保中。“保中”的名字正是取自保加利亚和中国的组合。回国后，甘扬道成了一名放射科医生，张荪芬则在中国驻保加利亚使馆中担任翻译。后来甘扬道曾作为军医被派往越南胡志明市。他于2004年去世，享年94岁。两个儿子目前仍生活在保加利亚。[28]

沈恩就职于联合国善后救济署。1947年，他与朱瑞玉（Csu Te Lin Éva）在上海德国福音会结婚。[29]朱瑞玉是长姐，家中还
191 有两个弟弟和三个妹妹。她与沈恩在中国红十字会总部工作时相识。[30] 同年，沈恩辞去工作，与夫人一起回到了匈牙利的布达佩斯，改名司默吉（György Somogyi）。他先后在匈牙利国家公共卫生研究所、国家风湿病学和理疗研究所（National Institute of Rheumatology and Physiotherapy）工作；朱瑞玉在布达佩斯的洛兰大学教汉语，1954年不幸感染破伤风去世。他们的两个儿子约瑟夫（Joseph Somogyi）和彼得（Peter Somogyi）分别定居在德国柏林和比利时布鲁塞尔。[31] 1977年，沈恩去世，享年65岁。

关于甘理安和妻子甘曼妮以及何乐经的消息少之又少。只知道甘理安夫妇战后回到了立陶宛（曾属苏联）。1947年他们还曾向白乐夫分享他们第一个孩子出生的喜讯；1960年沈恩曾去莫斯科拜访过他们。[32]据推测，何乐经很可能也回到了苏联，只是之后他的情况笔者无法获知。

图四十　1947 年，刚刚 35 岁的沈恩和他 27 岁的太太朱瑞玉在上海联合国善后救济署工作。

（彼得·沈恩和约瑟夫·沈恩提供）

在中国积累的丰富经验让美国女医生科恩在离开中国后又到了英国和牙买加，继续从事肺结核防治工作。1961 年，她与丈夫、儿子一起移民英国。直至退休前，她都一直孜孜不倦地在威尔康基金会热带医学博物馆（Wellcome Foundation’s Museum of 192
Tropical Medicine）工作。她于 1968 年被诊断出患肺癌，1971

图四十一 甘理安和甘曼妮夫妇与他们刚出生的孩子。摄于 1947 年 9 月 3 日。

（伯纳德 · 白乐夫提供）

年去世。她的丈夫菲利普于 1975 年死于一场交通事故，儿子马克斯·莱特（Max Wright）在英国生活。

他们的人生几经磨难、命运多舛。或许正是因为这样的经历，才使得国际援华医疗队的队员们乃至他们的后裔，把毕生所学发扬光大，成为医学研究、公共卫生、政治经济、新闻媒体和教育领域的领军人物；他们在医疗、文学、艺术和社会科学上的贡献同样不可小觑。柯理格和严斐德两人的名字还分别用以冠名和平奖。[33] 最后，也是最重要的，国际援华医疗队的医生们，用自己一生中最宝贵的时光身体力行，完美诠释了国际集体主义和乐观的力量，坚定了即使如临深渊，也誓为人道主义、平等、和平而战的信念。

# 第十二章　成就与贡献

193 虽然仅占中国红十字会救护总队医生人数的10%—15%，但国际医疗救援队的队员们既是久经战火考验的医生，也是有效开展军事医疗的组织者。这样的双重身份使得他们更能行之有效地帮助中国盟友。这群斗志昂扬的年轻医生无论何时何地都坚定地与法西斯主义做斗争，毫不动摇。

根据贵阳市政府发布的数据显示，中国红十字会救护总队曾对20多万军民进行手术，诊治约650余万门诊病人和住院病人，并在1945年解散前向460多万人口接种了疫苗。[1] 国际援华医疗队的服务积极有效地推动了中国红十字会救护总队的工作，这包括把在西班牙战场上经战火验证成功的军事医疗策略和外科创新运用到了中国战场的救援工作中，取得了令人瞩目的成绩。

此外，他们还留下了大量翔实的记录，其中就包括他们如何利用手中有限的资源抗击营养不良和传染性疾病的经历。有足够的证据显示，他们在工作中的这些创新对医疗救护工作带来广泛而深远的影响。华侨医生亚瑟·钟记录了他对国际援华医疗队在贵阳期间开展的医疗实践观察：

> 我们的许多手术流程都是在不久前刚结束的西班牙内战经验基础上，加以提炼和调整而成。事实上，最近刚有一批参加西班牙内战的志愿者加入我们的队伍，成为医生、护士和实验室技术人员……他们曾在西班牙内战中成功地运用了战场创伤早期干预术以避免移动给伤员带来第二次伤害。该项经验已被中国红十字会采纳。[2]

国际援华医疗队还将一些具体医疗操作流程，包括典型伤症的 194
标准化操作流程在中国红十字会救护总队中推广。结果表明：“这比让个别医生自行发挥、随意处治更为有效。”[3]标准化流程的引入，直接细化了伤病分类，规范了处治措施。此外，他们还反复强调伤员及时转移和把医疗队推上前线的重要性：

> 在一支队伍中，师级医疗岗位是一个关键……其最重要的任务是细化伤员分类，并将他们送达特定治疗点。因此，该岗位有必要让业务最精良的医生负责……腹部外伤要及时处理、迅速手术……人们开始意识到，在战地救护任务中，时间是至关重要的因素，要尽一切努力和时间赛跑。[4]

肯德和严斐德还有多项发明创新。这些都被写入了他们的手稿，如《军医业务简评及改进之我见》（*Concise Comments on Military*

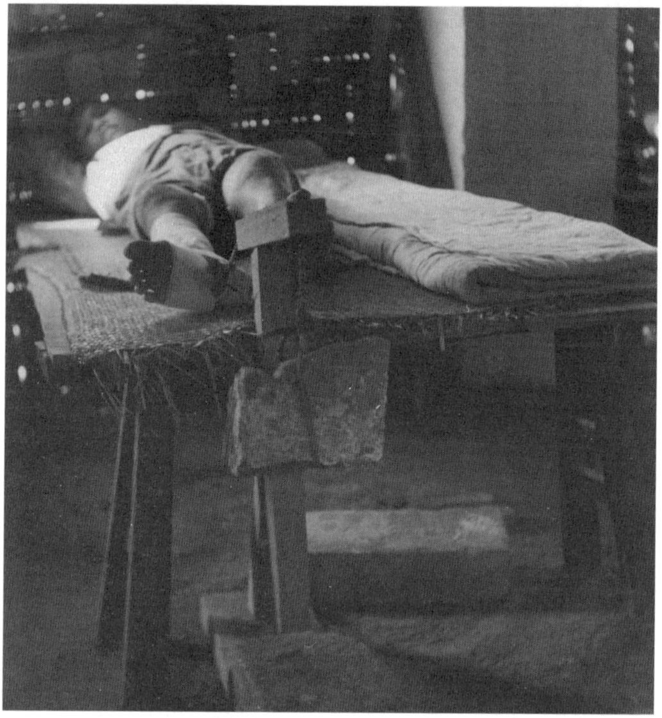

图四十二 通过就地取材的临时手术牵引装置为左股骨骨折的士兵进行复位。

（美国国家档案馆图片编号：208-FO-OWI- 6479）

*Surgical Operations and Personal Views on Ways of Improvement*）和《1936—1939 西班牙内战手术、军医服务及改进之我见》（*Some Features of War Surgery and Army Medical Service During the Spanish Civil War of 1936–1939*）等[5]。柯让道巧妙防治疥疮和梅毒的方法也得到了中国红十字会和公谊救护队的高度认可。

医生在手术中的发挥和基本医疗设施的保障，是一台成功手术不可或缺的两大要素。为此，医生们常常需要挖空心思就地取材、绞尽脑汁进行改装。公谊救护队的麦克卢尔曾利用废旧自行车零件设计了一个骨科手术牵引系统。他将断骨用针固定在自行车辐条一端，另一端连接牵引设备，通过牵引以此进行断骨精确复位。[6] 钟医生还指出，这可不是唯一的骨科创新：

> 在前线，医生们简单处理骨折伤口，并采用在西班牙内战中使用的特殊钢架固定四肢骨折处，然后尽快将伤员送往附近野战医院。这样的处治程序和经验十分宝贵，令送往贵州总部的伤患们受益匪浅。令人佩服。[7]

富华德、杨固和肯德所发明的移动去虱站和淋浴点，也为战时中国的公共卫生做出重要贡献。

早期认识、及时隔离、积极灭患是管控传染病大规模流行的有效的处置方针。对于援华医生们来说，这些早已深植于心、幻化于行。严斐德在 1940 年 1 月 7 日记录道：“这里有两例天花被隔离，我们成功地追溯天花疫情的起源，并获得接种许可令，对所有与患者有接触的人员进行疫苗接种。”[8] 此类早期诊断处置意义重大，对国家和人民生命财产产生无法估量的价值。

除了医疗任务外，国际援华医疗队还走进中国人的生活，与许多中国同事结下了终生友谊。1941 年，史沫特莱写道，国际援华医疗队“看到了中国卫生事业的落后。为了改变这种现状，他们纷

纷从自己的角度承担起所能承担的一切”。[9]卫训所毕业生杨锡寿
195 回忆，尽管每天都有战争的阴霾，但医生们晚上还是会和当地人一
起唱歌跳舞。他们积极融入中国文化的另一个表现是他们选择与中国人组成家庭。尽管在文艺作品中，“中西合璧”的爱情故事总是被过度浪漫化（如 1943 年的戏剧《外国土壤》和 2012 年的《犹太人在上海》），但在战时上海，在避难的数万犹太人中，中犹通婚仍是一个小概率事件。[10]而相比之下，在幸存的 6 位单身国际援华医生中，4 位未被派往缅甸的医生（甘扬道、柯让道、沈恩和严斐德）都娶了中国妻子。

战火仁心，风雨同舟；患难之谊，历久弥新。中国人民对国际援华医疗队在中华民族危难之际挺身而出的事迹，和医者仁心的国际主义精神永不相忘（见附件二）。国际援华医疗队与中国红十字会救护总队在战火中，共同谱写出中西国际主义、反法西斯伟大友谊与国际合作的重要篇章。

# 附录一

## 国际医疗救援队时间表 197

### 1936

| | |
|---|---|
| 7 月 18 日 | 弗朗哥势力对抗西班牙共和政府 |
| 12 月 12 日 | 西安事变：蒋介石被软禁 |

### 1937

| | |
|---|---|
| 4 月 26 日 | 西班牙格尔尼卡遭大轰炸 |
| 7 月 7 日 | 卢沟桥事件：第二次中日战争导火索 |
| 8 月 | 医疗救援队成立 |
| 9 月 | 中国国际红十字委员会在武汉成立 |
| 11 月 | 上海沦陷 |
| 12 月 13 日 | 血洗南京城 |

### 1938

| | |
|---|---|
| 1 月 28 日 | 白求恩赶赴中国 |
| 1 月 | 唐莉华抵达香港 |
| 6 月 6 日 | 黄河人为溃坝，造成百万无辜伤亡 |
| 6 月 | 宋庆龄发起的“保卫中国同盟”成立 |

| | |
|---|---|
| 9 月 14 日 | 五位印度医生抵达香港 |
| 11 月 | 王道夫妇从英国启程赴中国 |
| 12 月 28 日 | 孟威廉离开意大利热那亚前往上海 |

**1939**

| | |
|---|---|
| 2 月 | 中国红十字会（救护总队）将贵阳图云关设为总部 |
| 4 月 | 伍长耀离开中国红十字会 |
| 4 月 1 日 | 西班牙内战以共和党人在马德里投降而结束 |
| 5 月 20 日 | 白乐夫、严斐德和纪瑞德乘“尤马厄斯号”从利物浦启程 |
| 198 7 月 27 日 | 白乐夫，严斐德和纪瑞德三人抵达中国红十字会总部 |
| 8 月 4 日 | 贝尔、杨固、甘扬道和富华德乘坐“埃涅阿斯号”，从利物浦启程 |
| 8 月 4 日 | 孟乐克乘“让·拉波尔德号”从法国马赛港出发 |
| 8 月 12 日 | “埃涅阿斯号”在法国马赛停留 |
| 8 月 23 日 | 苏联和德国签署互不侵犯条约 |
| 8 月 30 日 | 孟乐克抵达香港 |
| 9 月 3 日 | 英法联合对德宣战 |
| 9 月 28 日 | “埃涅阿斯号”抵达香港 |
| 10 月 7 日 | 孟威廉抵达中国红十字会总部 |
| 10 月 16 日 | “埃涅阿斯号”上的医生们抵达图云关 |
| 11 月 12 日 | 白求恩因感染致败血症不幸离世 |

## 1940

| | |
|---|---|
| 6月22日 | 法国与德国签署停战协议 |
| 7月 | 英国空战开始 |
| 7月18日 | 英方被迫关闭滇缅公路 |
| 7月30日 | 肯德、顾泰尔从英国利物浦起程 |
| 8月 | 林可胜博士被蒋介石传唤，要求解释通共指控 |
| 9月27日 | 德国、意大利和日本签订结盟轴心国 |

## 1941

| | |
|---|---|
| 1月 | “皖南事变”，第二次统一战线再受冲击 |
| 2月 | 林可胜博士首次向中国红十字会提出辞职 |
| 3月 | 林可胜博士接受科恩医生的建议，继续留任中国红十字会 |
| | 顾泰尔的太太罗莎和肯德的太太玛丽亚所乘船只在大西洋失事 |
| 5月 | 高田谊抵达中国红十字会总部 |
| 6月22日 | 德军攻打苏联（巴巴罗萨计划） |
| 9月 | 科恩抵达中国 |
| | 巴格和莱特事件（两人为根据地运送医疗物资途中遭截）<br>国际医疗救援队队员在图云关被冷落 |
| 12月7日 | 日本偷袭美国夏威夷珍珠港 |
| 12月9日 | 中国宣布向轴心国宣战 |

**1942**

河南大饥荒，300 万百姓死亡

199 多数国际医疗救援队队员在图云关依然遇冷

| | |
|---|---|
| 2 月 | 日本攻打缅甸 |
| 3 月 | 高田谊逝世 |
| 5 月 | 史迪威从缅甸撤退到印度 |
| 4 月 18 日 | 空袭东京 |
| 6 月 | 中途岛胜利，日本海上进程被阻 |
| 8 月 | 林可胜再递辞呈，请辞中国红十字会救护总队队长一职 |
| 12 月 9 日 | 印度援华医生柯棣华死于癫痫 |
| 12 月 31 日 | 国际医疗救援队部分医生抵达印度 |

**1943**

| | |
|---|---|
| 1 月 7 日 | 首批五位国际医疗救援队队员抵达蓝姆伽 |
| 2 月 2 日 | 苏联在斯大林格勒战役中获胜 |
| 2 月 | 胡兰生任救护总队总队长 |
| 4 月 | 林可胜离开中国红十字会，加入中国远征军 Y 军 |
| 11 月 | 北缅战争开始 |
| | 科恩赴重庆 |

**1944**

| | |
|---|---|
| 3 月 13 日 | 柯理格太太柯芝兰逝世 |
| 4 月 17 日 | 日本对中国发动最后的“一号作战计划” |

5 月　　林可胜博士在美国医药援华局任职

5 月 30 日　　科恩与英国志愿者莱特在重庆结婚

6 月 6 日　　盟军诺曼底登陆

6 月 18 日　　长沙沦陷

8 月　　日本在缅甸密支那战败

10 月 19 日　　史迪威将军被美国召回

10 月 20 日　　美军登陆菲律宾

## 1945

2 月 4 日　　雅尔塔会议：战后欧洲重建

4 月 12 日　　美国总统富兰克林·罗斯福去世

4 月 30 日　　希特勒自杀

5 月 8 日　　欧洲战事结束：欧洲胜利日

8 月 6 日　　美国向广岛投下原子弹

8 月 9 日　　苏联向日本宣战

8 月 15 日　　日本投降　200

9 月 5 日　　纪瑞德回到欧洲

10 月 24 日　　六位国际医疗救援队成员回到德国

12 月 12 日　　王道在重庆逝世

# 附录二

## 中国红十字会救护总队／国际援华医疗队纪念活动
## （中国·图云关，2015 年 9 月 1 日）

201 贵州省人民对外友好协会、贵阳市人民对外友好协会与国际医疗救援队的后裔及亲友们在 2015 年 8 月，共同缅怀了这段特殊的历史：

> 由于历史研究局限，曾为中国红十字会及下属分会工作过的众多国际志愿者中，只有 21 位的名字被刻在 1985 年制作的国际援华医疗队纪念碑上。为了尽可能完整反映历史，向所有曾在贵阳图云关参加抗战救护的国际志愿者表达敬意，同时避免对原纪念碑（省级文物）造成破坏，根据近年来中外史料研究成果，贵州省人民对外友好协会、贵阳市人民对外友好协会和国际援华医疗队之亲友，值此抗日战争胜利 70 周年之际，共同设立此国际援华医疗队志愿者新碑。此座纪念碑上镌刻着中国人民对历史的追思，对历史更高远、更与时俱进的解读，并谨以此向这些在“二战”期间与中国红十字会并肩作战的国际志愿者们致敬。今天，让我们聚首图云关，传颂他们的故事、凭吊他们的牺牲、感谢他们在上个世纪风雨飘摇的年代展现出来的大无畏精神和战火仁心，共同铭记这段战火纷飞岁月中培育出的伟大友谊。[1]

应国际援华医疗队亲友们的要求，贵州省人民对外友好协会、贵阳市人民对外友好协会将继续致力于史料整理，把国际援华医疗

202

图四十三　2015 年，中国红十字会国际援华医疗队纪念活动在贵阳市森林公园（图云关）举行。

（罗伯特 · 孟乐克提供）

图四十四　应中国邀请，国际援华医疗队队员后裔齐聚贵阳，与中国共庆纪念太平洋战争胜利 70 周年。

（罗伯特 · 孟乐克提供）

203 队和其他曾为中国红十字会救护总队工作过的教会医生等国际志愿者区分开，将后者统称为“中国红十字会其他国际志愿者”。1985年纪念碑上刻下的21名国际医疗人员皆为来自不同国家的共产党人。21人中的20人是由英国和挪威援华医疗委员会资助赴华。2015年的新碑在原21人的基础上另增加了6位国际援华医生，他们是高田宜、孟乐克、孟威廉、科恩、唐莉华和王苏珊。其中只有王苏珊是共产党员，也只有科恩是由援华医疗委员会（美国医药援华会）资助。

此外，新碑还纪念了19位“中国红十字会其他国际志愿者”。其中，巴苏华（Bijoy Kumar Basu）、卓克华（Mohanlal Cholkar）、柯棣华（DwarkanaTH S.Kotnis）、木克华 （Debesh Mukherjee） 以及爱德华（M. M. Atal）等5位是印度援华医生；艾逸士（DR. Ayers）、贝雅德（Bryson）、麦克卢尔（McClure ）、霍姆（Holm）以及护士何明清（Kathleen Hall）等5位是援华教会医生。另外还有9位分属于不同机构，他们的故事还有待进一步研究。

# 附录三

## 中国红十字会其他国际志愿者

“中国红十字会的其他国际志愿者”包括在华传教医生和抗日 204
战争期间赴华的医生。其中包括早期通过中国红十字会赴华，继而为延安共产党八路军服务的印度援华医生。

由甘地（Gandhi）和尼赫鲁（Nehru）领导的印度民族解放运动组织与在延安的中国共产党的第一次正式接触，就是由史沫特莱牵线和朱德[1]推动的。[2]这组由爱德华医生（Dr. M. M. Atal）带领的医疗人员于1938年9月14日抵达香港。1936年，在西班牙内战中，爱德华曾与国际纵队并肩作战。在共和党战败后逃到伦敦，随后又肩负起医疗救援的使命，从英国来到中国，成立了中印医学委员会（Sino-Indian Committee）。[3]

除队长爱德华外，印度援华医疗队还有4名成员：卓克华、巴苏华、木克华和柯棣华。爱德华比白求恩晚到中国9个月，是第二位到中国的“西班牙医生”。在爱德华抵达延安后9个月，纪瑞德、白乐夫、严斐德也抵达香港。根据1938年10月武昌[4]路德教会记载，印度援华医生们曾与林可胜博士和史沫特莱见面，并表达了希望加入中国共产党八路军的愿望。[5]

然而，正如国际援华医疗队队员在图云关遭到遇冷的经历一样，印度医生们刚到重庆就备受冷落。巴苏华医生曾写到，当数千名伤
205 患急需救治时，中国红十字会竟然不让医生履行天职，这简直不可理喻。1938 年 12 月 8 日，印度医生们实在忍无可忍，威胁要回国。[6]

幸运的是，1938 年第二次国共合作基础尚牢，医护人员和医疗药品尚能通往八路军根据地。无论是国民党还是共产党都不希望外媒和援华机构把破坏统一战线的帽子扣到自己头上。[7]

即使如此，印度医生们的北上之路依然曲折多变，危机四伏。正如印度医生所指出的，延安之行终或批准，将由新西兰人路易・艾黎（Rewi Alley）陪同护送，因为周恩来认为，让共产党如王炳南（平南）[8] 的部队护送他们实在是太危险了。印度医生们的坚持终于有了结果，他们于 1939 年 2 月到达了八路军医疗队。[9]

虽然 5 位医生都做出了重大贡献，但其中尤为著名的是以对共产党尽忠职守、满腔赤诚的柯棣华。在中国的 3 年时间里，他加入了中国共产党，娶了一位中国太太——北京大学医学院训练有素的护士郭庆兰。就像白求恩医生一样，柯棣华也牺牲在了岗位上。他患有癫痫，1942 年 12 月 9 日死于癫痫发作，年仅 32 岁。[10] 柯棣华的事迹仍被久久传颂，成为中印友谊最持久的象征之一。

爱德华和中国红十字会以及国际援华医疗队的医生们经历相似。与林可胜博士和麦克卢尔一样，他也毕业于爱丁堡大学医学院[11]，曾在西班牙国际纵队服役。在共和党失败后逃到伦敦，再到

中国，成立了中印医学委员会。[12]

木克华在中国的时间相对比较短。由于需要回国进行肾脏手术，他在中国只工作了 11 个月。当再次试图带着医疗用品从缅甸返回中国时，他被英国逮捕并遣返回印度。后来木克华成了一名社会活动家，1942 年因参与“退出印度运动”（Bhārat Chodo Āndolan）再次被捕。[13]

20 世纪 30 年代，日军所到之处无不满目疮痍、血流成河。除 206
印度医生外，其他不同背景却志同道合的医生们也看到了中国大地上正在上演的人道主义危机，纷纷如涓涓细流般汇聚到中国红十字会。其中包括哈里·塔尔博特医生（Dr. Harry Talbot），他是中国红十字会救护总队第三医疗队 3 名英国医生之一。该治疗队成立于 1938 年 12 月，由张先林医生领导。

1939 年，张先林还记录了奥地利援华医疗队医生王道、哈利生（Dr. Harrison）和哈沃森（Haverson）[14] 的工作情况。尽管中国红十字会认定哈利生为英国人，但他很有可能就是加拿大医生哈励逊 *。张医生的报告显示，塔尔博特、哈励逊和哈沃森 3 位医生在服务不到一年后，就于 1939 年 12 月从第三医疗队辞职。

塔尔博特同时也是保卫中国同盟和中国红十字会的成员，后来奔走于欧洲和北美为中国红十字会筹款。他哀叹当时（1938 年 12 月）中国得不到国际救援委员会（International Relief Committee）

* 哈励逊（Tillson Lever Harrison）又被译作夏理逊，是白求恩的同学、同乡。

或美国红十字会的援助，所有援助均来自于美国医药援华会和援华委员会（China Aid Council）。塔尔博特和奥地利医生杜翰（Paul Dohan）曾于1939年3月帮助保卫中国同盟将医疗用品从香港运至贵阳，随后转西北。[15]此后，杜翰离开中国红十字会，到西安的英国浸会医院工作[16]，后与在延安八路军医院工作的产科主任姜兆菊*医生结婚。

第38医疗队的报告中还提到了1938年外国医师执行中国红十字会任务的其他短途行程。这些医生包括斯坦利·路易医生（Dr. Stanley C.P.Louie）、哈励逊医生（Dr. Tillson Lever Harrison）和弗兰克·阿斯顿医生（Dr. Frank Aston）。路易是美国人，1938年5月16日辞去了第38医疗队第一任队长职务。阿斯顿医生是英国的一名医生，1938年5月到9月为第38医疗队服务。[17]

加拿大医生哈励逊是个不折不扣的冒险家。他曾做过墨西哥革命领导人维拉（Poncho Villa）的医务官，后辗转于各大战场。他的足迹分布于世界五大洲不同国家，曾为8支部队工作过，还是个拥有4个妻子的重婚者。[18]

正因如此，伍长耀秘书长曾向美国医药援华会抱怨过20世纪30年代部分到中国的北美志愿者的素质：

> 对于少数外国人，恕鄙人实难恭维。这些自称志愿者的人（以一个奥地利人、个别加拿大人和一个美国人为甚）颐指气使、自

* 姜兆菊(Dr. Jean Chiang)，加籍华裔医生，由红十字会派往延安根据地医院工作。

> 以为是，仿佛我等都是平庸之辈，他们才是拯救中国于碌碌无为的高人。若要赶他们走，他们就扬言要向公众曝光，让大家颜面 207
> 扫地。天呐，这是哪门子的志愿者！当然也有许多表现出色的志愿者，自觉遵守纪律，默默埋头苦干。但问题是当我们对他们有所了解后，他们也要离开了。[19]

目前尚不能确定伍秘书长1938年所说的这一小部分在华中地区服务的不受欢迎的志愿者究竟是谁，是哈励逊、路易、帕森斯还是白求恩或布朗，不过也只有他们是中国红十字会于1939年1月经与美国医药援华会许肇堆沟通确定下来的两组来自北美的医生。

无论他在中国是否受待见，哈励逊在战后依然返回中国，在联合国善后救济署工作，1947年去世，被安葬在河南开封的圣公会院，现在这里是哈励逊纪念学校。衡水的哈励逊国际和平医院也是一个活跃的医疗中心。据他的女儿介绍，好莱坞著名电影制片人卢卡斯和斯皮尔伯格曾采访过她，印第安纳·琼斯（Indiana Jones）* 的原型就是她的父亲哈励逊医生。[20]

瑞典医生阿克·霍姆（Dr. Ake Holm）是一位不张扬但同样实至名归、令人尊敬的外国志愿者医生。此前，霍姆曾被瑞典国家援华委员会（Swedish National Chinese Relief Committee）派往香港，以外科医生和细菌学家的身份加入国际红十字会。在到中国红十字会33分队短暂工作前，他曾在阿比西尼亚 **（Abyssinia）战争[21]

---

* 电影《夺宝奇兵》的主角。

** 二战期间墨索里尼曾攻打埃塞俄比亚，“阿比西尼亚”指二战前的埃塞俄比亚。

中为瑞典救护队服务。1939 年 2 月新加坡《海峡时报》的一篇文章曾报道，霍姆最初可能被派往国际救援委员会，但最终还是来到中国红十字会救护总队工作。[22] 救护总队第 33 分队的队长在 1940 年 6 月的报告中记录到：“1939 年 9 月，队员们不舍地向霍姆道别……（三个月后）二战爆发，他被召回瑞典。”[23]

也许是由于前期复杂的政治因素和不太愉快的相处经历，中国红十字会在后期对接收外国志愿医生表现得尤为保守。林可胜博士曾在 1939 年秋给美国医药援华会的信中写道：“关于由雷希特医生（Dr. Walter Recht）[24] 组织的 14 位即将赴华的医生，请首先确保他们的品行端正。恕我方不接收美国医药援华会渠道以外或没有资助渠道的其他外国医生。”[25] 对于为什么会对医生的品格有迟疑，林博士这样向美国医药援华会的许肇堆医生解释道：

> 这些外国志愿者必须了解这里原始恶劣的条件，必须像我们自己人一样在这里生活下去，必须要满腔热情的才能有资格留在
> 208 这里。要满足这两点很难啊！他们的国际旅费还必须由外方支付，我们也可以按中国汇率支付工资，但最好确保他们在国外也有资助……这里虽有很多德裔犹太人和在西班牙服役过的欧洲人，但他们都未经筛选。[26]

战时中国迫切地需要引进国际医生，但由于生活条件困苦、政治分裂，还有很多国际医疗志愿者无法抵达战时中国。

# 致谢

本书的初衷，不仅是向为了自由与法西斯顽强抗争的先辈们致 vii
敬，更是希望年轻人理解，为什么自由和理想如此重要，以至于先辈们可以不惜栉风沐雨，浴血奋战。所有国际援华医疗队的医生们都坚定地与法西斯和帝国主义抗争，为了你们，也为了他们自己的自由而战。与此同时，让我们铭记这段泛美、欧、亚的友好历史，秉承并珍惜我们之间的传统友谊，共建和谐美好的新未来。

国际援华医疗队的一些成员按照时间顺序仔细地记录下这段漫长的人生之旅。富华德（Dr. Walter Freudmann）和严斐德（Dr. Fritz Jensen）分别在1947年和1949年发表了回忆录《起来：一个医生在战时中国与缅甸的经历（1939—1945）》（德语）和《中国胜利了》（德语）。1972年，白乐夫（Dr. Rolf Becker）撰写了《为医在中国》（德语）。坦尼娅·杨固在2008年发表了她的父亲杨固（Dr.David Iancu）在1979年完成的回忆录《九年在前线：从西班牙到中国（1937—1945）》（罗马尼亚语）。孟威廉的回忆录《有办法：孟威廉在中国回忆录（1938—1966）》（德语）于 2014 年发布。由于以上回忆录大多不是用英文或中文撰写，因此许多人，尤其是年轻人，并不知道这群背景特殊的医生是如何不顾安危在日军侵华期间与中国人民共进退的。

本书集中反映了白乐夫、顾泰尔、孟乐克和科恩的回忆录、信
viii 件和日记中的内容，并根据戎格曼、纪瑞德、柯理格、肯德、沈恩和柯让道在华期间与他们的亲友往来信件上分享的在华期间的情况，综合编撰而成。

因此，如果没有来自国际医疗救援队后裔们的大力支持，友情、鼓励以及无数封分享各自手中信息的往来邮件，这本书无法完成。尤其要感谢伯纳德·白乐夫[*]（Bernard Becker）、查尔斯·顾泰尔博士（Dr. Charles Coutelle）、纳迪亚和坦尼娅·杨固（Nadia and Tania Iancu）、彼得和约瑟夫·司默吉（Peter and Dr. Joseph Somogyi）以及马克斯·莱特（Max Wright）在语言、历史、文字编辑方面提出的专业建议和帮助。

此外，作为一位首次出书的作家，我的文稿得到了编辑克里·克里斯蒂安森（Kelli Christiansen）和爱丽丝·海瑟曼（Alice

* 伯纳德·白乐夫（Bernard Becker），白乐夫之子。查尔斯·顾泰尔博士（Dr. Charles Coutelle），顾泰尔之子。纳迪亚和坦尼娅·杨固（Nadia and Tania Iancu），杨固的侄女和女儿。彼得和约瑟夫·司默吉（Peter and Dr. Joseph Somogyi），沈恩的两个儿子。马克斯·莱特（Max Wright），科恩之子。

Heiserman）在措辞方面的提升与润色；同时本书的出版也离不开历史学家卡罗琳·李维斯（Caroline Reeves）和已故的西奥多·伯格曼（Theodore Bergmann）的帮助与鼓励。此外，贵州省外事办公室袁惠民、陈国德、王蕊，贵阳市对外友好协会刘松等单位和个人也作为东道主，热情周到地接待了我们，与我们一起缅怀这些共同的历史回忆。感谢穆罕穆德·萨西恩·库雷希（Mohammad Shaheen Qureshi）对本书的图片编辑及王蕊（原贵州省外事办工作人员，现在中共贵州省委党校工作）提供的中文翻译。最后我还要感谢我那掌握多国语言的可爱太太薇薇安·孟乐克（Dr. Viviane Mamlok）和精通计算机的儿子迈克尔·孟乐克（Michael Mamlok），正是他们不厌其烦的历史核对、查缺补漏和幽默鼓励才让我有可能完成这本书。

感谢，感谢，感谢大家。

# 注释

## 第一章 西班牙的求助（1936—1939）

1 奥地利维也纳大学档案馆，国家社会主义，受难者，自传，国家卷，王道，纪瑞德，引用时间：2016.6.20，http://gedenkbuch.univie.ac.at/index.php?id=435andno_cache=1andL=2andperson_single_id=22881.

2 富华德：《起来——一个医生在中缅战场：1939—1945》，第 9 页。

3 纪瑞德给陶维德的回信，马丁（Fredericka Martin）资料卷（马丁是参加西班牙内战的美国女护士。她收集了大量关于国际纵队如何提供医疗救护的资料和信息。这些珍贵资料现保存于纽约大学——译注）（ALBA ＃ 1 波兰卷），纽约大学泰米图书馆和瓦格纳工人档案馆。达布罗斯基旅主要由波兰人组成，以波兰将军雅罗斯拉夫·达布罗斯基的名字命名。1871 年达布罗斯基在保卫巴黎公社战斗中牺牲，人们用他的名字命名西班牙内战中这支由波兰人组成的队伍。

4 戎格曼给纪瑞德的回信，1979 年 1 月 10 日，俄克拉荷马州，俄克拉荷马市，马丁资料卷（ALBA ＃ 1 盒 4，波兰：戎格曼卷），纽约大学泰米图书馆和瓦格纳工人档案馆。

5 《傅拉都传略》，马丁资料卷（ALBA ＃ 1 盒 2，波兰卷），纽约大学泰米图书馆和瓦格纳工人档案馆。

6 向傅拉都少校致敬，马丁资料卷（ALBA ＃ 1 盒 4，波兰：傅拉都卷），纽约大学泰米图书馆和瓦格纳工人档案馆。博生商行（Botwin Company）是波兰达布罗斯基营的一部分。傅拉都缴获的日本国旗分别用波兰语、西班牙语和意第绪语写着“为了你们和我们的自由”。

7 杜根（Andy Dugan）：《自由战士还是共产国际部队？西班牙国际纵队》，《世界社会主义期刊》1999 秋 84 号，引用时间：2016 年 5 月 12 日，http://pubs.socialistreviewindex.org.uk/isj84/durgan.htm。

8 布雷格曼（Theodore Bergmann）：《国际主义在反法西斯战线》，德国汉堡：文拉格出版社，2009，第 29 页。

9 顾泰尔个人回忆录（德语），未出版，现由其子查尔斯保存。

10 布雷格曼：《国际主义在反法西斯战线》，德国汉堡：文拉格出版社，2009，第 29 页。

11 详见兰道尔（Hans Landauer）和哈克勒（Eric Hackl）：《*Lexikon der Osterreichischen Spanienkämpfer*，*1936–1939*》（奥地利维也纳：Theodor Kramer Gesellschaft; Auflage 2，2008），第 133 页。

12 沈恩：《柯里格》，I'insoumis 人道主义和世俗犹太教协会，2001 年引用，http://www.ajhl.org/plurielles/PL8，50-51。

13 格拉泽与国际纵队医疗队领导交流记录，1938 年 8 月 10 日，西班牙维希，马丁资料卷（ALBA ＃ 1 盒 2，捷克医生：纪瑞德卷），纽约大学泰米图书馆和瓦格纳工人档案馆。

14 华莱士（Wallach）给马丁的信，1972 年 3 月 19 日，马丁资料卷（ALBA ＃ 1 盒 2，捷克医生：纪瑞德卷），纽约大学泰米图书馆和瓦格纳工人档案馆。

15 1945 年 11 月，记者史沫特莱代露丝写信给在重庆的王安娜，信中她透露露丝生活在安娜的文学世界里，希望尽快了结自己的婚姻。

16 白乐夫和斯特拉斯（M. Strasse）.《纪念严斐德》，《医药之旅杂志》第 13 期，1955 年 7 月 1 日。

17 严斐德回信，1938 年 12 月 3 日，西班牙巴塞罗那，马丁资料卷（ALBA ＃ 1 盒 1，奥地利医生：严斐德卷），纽约大学泰米图书馆和瓦格纳工人档案馆。

18 富华德：《起来——一个医生在中缅战场：1939—1945》，第 9—10 页。

19 马绮迪给瓦赞特（Dr. Vazant）的回信，1940 年 7 月 30 日（盒 3，马绮迪卷），纽约大学泰米图书馆和瓦格纳工人档案馆。

20 埃尔斯勒从西班牙格尔尼卡寄出的信，1982 年 4 月 18 日，马丁资料卷（ALBA ＃ 1 盒 2，法国医），纽约大学泰米图书馆和瓦格纳工人档案馆。

21 埃尔斯勒从西班牙格尔尼卡寄出的信，1982 年 4 月 18 日，马丁资料卷（ALBA ＃ 1 盒 2，法国医生），纽约大学泰米图书馆和瓦格纳工人档案馆。

22 作者与沈恩的儿子约瑟夫·沈恩和彼得·沈恩的私人通信，2016 年 2 月。

23　巴斯基：纽约州立大学摄政委员会，347 U.S.442，SCT，1954 年 4 月 26 日。

24　杨固：《罗马尼亚志愿者国际纵队医疗活动集》，夏皮罗（V.Shapiro）翻译，1981 年 10 月，马丁资料卷（ALBA ＃ 1 盒 2，罗马尼亚医生：杨固卷），纽约大学泰米图书馆和瓦格纳工人档案馆。

25　柯芝兰的哥哥麦克斯（Max “Coca” Goldstein），是一个罗马尼亚无政府主义者和共产主义追随者。他曾经策划暗杀部长阿吉托亚努和格雷切努。在经历了 32 天的绝食抗议后，他最终死在狱中，时年 26 岁。

26　林吟：《在血与火中穿行——中国红十字会救护总队抗战救护纪实 1939—1945》，贵州人民出版社。

27　柯让道：《罗马尼亚的白求恩：布库尔·柯列然与中国》第一版，上海辞书出版社。

28　海明威：《丧钟为谁而鸣》，纽约：斯克里布纳出版社，1940，第 235 页。

29　严斐德：《牺牲者与胜利者》，柏林：迪茨出版社，1955，第 156 页。

30　杨固：《罗马尼亚志愿者国际纵队医疗活动集》，夏皮罗翻译，1981 年 10 月，马丁资料卷 [ALBA ＃ 1 盒 2，罗马尼亚医生：杨固卷]，纽约大学泰米图书馆和瓦格纳工人档案馆。

31　严斐德：《1936—1939 年西班牙内战期间手术和军队医疗服务特点》，《中国医学杂志》Vol 62A，1944 年 4 月。

32　康尼（Nicholas Coni）：《西班牙内战与医药》，《皇家医药杂志》（3）147—150，2002 年 3 月。

33　约翰·里奇，出生于英国的美国贵格会成员，在 1937 至 1939 年期间，任该组织西班牙委员会队长，1943 年任公谊服务队中国委员会公共关系主任。详见约翰·里奇日记：《艺术与行动的见证：在全面战争面前点燃和平主义》，https://ds-omeka.haverford.edu/peacetestimonies/items/show/154。

## 第二章　国际医疗开始行动（1939）

1　柯让道：《罗马尼亚的白求恩》，第 17 页。

2　沈恩：《柯里格》，第 50—51 页。

3　杰克逊（Angela Jackson）：《对我们来说这是天堂：耐心、悲伤和坚韧的达顿》，英国布莱顿：苏塞克斯学术出版社，2012，第 120 页。

4　严斐德：《牺牲者与胜利者》，第 154—158 页。

5　美国诗人埃玛·拉扎勒斯有名句“人人皆自由，才有吾自由”。她最出名的是十四行诗《自由女神在纽约》：“给我你的辛劳，你的贫穷，拥挤的人群渴望自由的呼吸……”这也许是许多国际援华医疗队的成员多年之后的内心独白。

6　柯让道：《罗马尼亚的白求恩》，第 18 页。

7　严斐德：《牺牲者与胜利者》，第 156 页。

8　柯让道：《罗马尼亚的白求恩》，第 20 页。

9　顾泰尔个人回忆录（德语），未出版，现由其子查尔斯保存。

10　白乐夫：《为医在中国——一个医生的自白》，德国柏林：明天出版社，1972，第 2 页。

11　国民党，由其拼音音译，常译为中国国民党。

12　详见 Petra Lataser-Czisch: *Eignetlich Rede Ich Nicht Gern Über Mich,*（Leipzig, Germany: Gustav Kiepenheuer, 1990），第 82 页。

13　马绮迪给瓦赞特的回信，马丁资料卷，纽约大学泰米图书馆和瓦格纳工人档案馆。

14　同上。

15　赛尔温·克拉克：《中国伤员问题》，英国援华救助基金，1938 年，1938—1940 外交事务部中国文件，英国国家档案馆（TNA）GB ／ 22141 371。

16　赛尔温·克拉克给普赖斯的信，援华委员会，1940 年 1 月 5 日，美国医药援华会记录（盒 22，中国红十字会国外后援会卷），纽约哥伦比亚大学珍本书稿图书馆。

17　林可胜，又被称为 Dr. Bobby Lim 和 Dr. Robert Kho-Seng Lim，或 Dr. Robert Lin。

18　托尔·格耶斯达赫给许肇堆的信，美国医药援华会记录（盒 22，中国红十字会国外后援会卷），纽约哥伦比亚大学珍本书稿图书馆。

19 米莱斯·莫金教授和她未来妻子护士贝涅特（Bennett）的禁忌之恋，70年后在BBC节目中播出，题为《1907—1909死亡名单》。

20 克莱格(Arthur Clegg):《援华1937—1939:被遗忘的战役回忆录》,中国北京:外文出版社，2003，第103页。

21 菲尔索夫(Fridrich Firsov):《共产国际的秘密电报》,纽黑文:耶鲁大学出版社,2014，第97页。

22 居尔难民营给党委的一封信，1939年6月13日，马丁资料卷（ALBA＃1盒2,中国相关卷66），纽约大学泰米图书馆和瓦格纳工人档案馆。

23 马蒂起草的建议名单和提交马蒂审阅的名单，马丁资料卷（ALBA＃1盒2,中国相关卷66），纽约大学泰米图书馆和瓦格纳工人档案馆。

24 同上。

25 马蒂给波立特的信，巴黎，1939年5月9日，莫斯科档案馆，光碟编号:1/545/6/87，p. 43，引自杰克逊《对我们而言这是天堂》第137页。

26 马蒂同志的建议，详见Propositions du P. avec accord de comarade Marty: Liste des medecins encore necessaire au camp，马丁资料卷（ALBA＃2盒2，卷66），纽约大学泰米图书馆和瓦格纳工人档案馆。

27 格拉泽的回信中提到对杨固的看法，马丁资料卷（ALBA＃1盒4，罗马尼亚医生，杨固卷），纽约大学泰米图书馆和瓦格纳工人档案馆。

28 维希国际医院穆尔西亚（Murcia）笔记，马丁资料卷（ALBA＃1盒4，罗马尼亚医生，杨固卷），纽约大学泰米图书馆和瓦格纳工人档案馆。

29 马丁资料卷（ALBA＃1盒5，卷45，马绮迪），纽约大学泰米图书馆和瓦格纳工人档案馆。

30 克罗姆医生出生于拉脱维亚Dvinsk的Lazar Krom。他成为国际纵队XI和XV旅的常任首席医疗官。回到英国后加入共产党，帮助东欧退伍军人逃离法国。后来成为国际纵队协会主席。

31 沈恩：《柯里格》，第51页。

32 23名没有去成中国的医生包括：Ernst Cohn, Denis Fried, Josef Gardonyl, Andre Kalman, Emeric Mezer, Leon Branchfelb, Michel Perilman, Leon Samet, Iruh

Bernstein, Ladislau Schimer 和 Adolf Kofler，此外，马蒂的名单中禁止去中国的人员除了柯理格，还包括：Paul Bernstein, Jacob Gluschkim, Fernand Grosfels, Isaak Gutman, Hans Landesberg, Hans Serelman, Max Laufer, Osckar Sigal 和 Soltan Davidovitch.，剩下的医生不允许去中国是因为居尔难民营需要他们，他们是：Emmanuel Edel, Hahn Greza 和 Tibor Berger。（ALBA VF 001 盒 2，中国相关卷 66），纽约大学泰米图书馆和瓦格纳工人档案馆。

33 美国作家斯诺所著《红星照耀中国》（英国伦敦：维克多·戈兰茨出版社，1937），根据 1937 年他在中国八路军的第一手记录写成。

34 随后离开英国的有未来的国际援华医疗队队员，包括乘坐“埃涅阿斯号”的白乐夫、纪瑞德、严斐德以及乘坐“尤梅厄斯号”的贝尔、富华德、杨固和甘扬道。

35 杰克逊：《对我们来说这是天堂》，第 125 页。

36 马绮迪给瓦赞特的信，1940 年 7 月 30 日，马丁资料卷（盒 3，马绮迪卷），纽约大学泰米尔图书馆和瓦格纳工人档案馆。

37 哈特医生背景详见案列总结 51a，美国国家档案馆，1938 年 11 月 7 日至 1946 年 2 月 27 日（KV 2/1013）。

38 根据作者与白乐夫之子伯纳德的私人通信，2015 年 7 月。

39 严斐德获得西班牙国际的具体情况详见：巴莉丽琦（Eva Barilich）《严斐德》。奥地利维也纳：全球报告出版社，第 78 页。

40 赫泽尔·格林斯潘是一名 17 岁的波兰犹太难民。1938 年 11 月 7 日，他在巴黎暗杀纳粹德国外交官恩斯特·沃姆·拉思。纳粹以此为借口于 1938 年 11 月 9 日至 10 日开始反犹大屠杀。对格林斯潘的审判并未进行，因为纳粹党希望隐瞒其外交官沃姆拉思的非法同性恋身份。

41 孟乐克给叔叔的信，瑞士巴塞尔，1938 年 12 月 5 日，未出版，现由孟乐克之子罗伯特保存。

42 详见罗益（Walter Lurje），*Ztschr. F. d. ges. Neurol. U. Psychiat.*, 70: 35，（August 9，1921）。

43 史密斯给罗益的信，1937 年 10 月，1937—1940 年的注册文件，文件夹 50，31160，技术合作与中国档案，国际联盟，瑞士日内瓦。

44 麦金农（Stephen Mackinnon）：《口述历史报告，中国在美国 20 世纪 30 年代和 40 年代新闻》，加利福利亚 · 伯克利：加州大学出版社，1987，第 4 页。

45 详见斯图尔特（Roderick Stewart）：《不死鸟：白求恩的一生》，加拿大蒙特利尔：麦吉尔皇后大学出版社，2012；特德和戈登：《外科的解剖刀就是剑——白求恩大夫的故事》，纽约：每月评论出版社，1952；汉南特（Hannant）：《政治激情：白求恩的写作和艺术》，多伦多：多伦多大学出版社，1998。

46 埃罗萨医生回到加州帕洛阿尔托的斯坦福大学，任外科主任，后请愿到国际善后救济署工作，并作为胸外科专家被派往中国。

47 特德和戈登：《外科的解剖刀就是剑——白求恩大夫的故事》，第 121—122 页。

48 戴维森给许肇堆的回信，1940 年 11 月 28 日，美国医药援华会记录（盒 30，科恩卷），纽约哥伦比亚大学珍本书稿图书馆。

49 科恩给弟弟的回信，未出版，现由科恩之子麦克斯 · 莱特保存，英国伦敦。

50 林可胜给许肇堆的信，1939 年 3 月 16 日，美国医药援华会记录（盒 22，中国红十字会卷），纽约哥伦比亚大学珍本书稿图书馆。

51 林可胜给柯恩的信，1941 年 3 月 24 日，美国医药援华会记录（盒 30，科恩卷），纽约哥伦比亚大学珍本书稿图书馆。

52 史蒂文斯给施正信的回信，1944 年 10 月 28 日，美国医药援华会记录（系列 2：盒 8，埃罗萨卷），纽约哥伦比亚大学珍本书稿图书馆。

## 第三章 中国在召唤（1936—1939）

1 在日本人暗杀张作霖后，其子张学良痛戒鸦片，全力抵抗日本对满洲里的侵略。尽管被软禁了 50 多年，他仍然忠于国民党。张学良最终以 101 岁高龄在夏威夷去世。

2 日本历史学家估计死亡人数从数万人到 20 万人不等 。

3 塔奇曼（Barbara Tuchman）：《史迪威与美国在中国的经验》，纽约：格罗夫出版社，2001。

4 维特罗（William Withrow）：《中国及中国人民》，纽约：W 布里格斯出版社，1894，第 23 页。

5 沈恩：《横跨两个战场的医生》，第 57—64 页。

6 约翰里奇日记，1941 年 4 月—1946 年 12 月，约翰里奇资料（盒 1，第 6 文件夹）贵格会特别收藏，宾夕法尼亚州哈弗福德学院。

7 卜丽萍（Bu, Liping）：《中国公共卫生与现代化》，第 112 页。

8 高晞：《20 世纪中国的外国医疗模式》，收录于安德鲁斯（Bridie Andrews）和布洛克（Mary Brown Bullock）主编《20 世纪中国的医疗转型》，布卢明顿：印第安纳大学出版社，2014，第 191 页。

9 卜丽萍：《中国公共卫生与现代化》，第 112 页。

10 达文波特（Horace W. Davenport）：《林可胜：个人自传》，华盛顿特区：国家科学院，1980 年，第 291 页。

11 《中国形势》，《柳叶刀》第 231 卷第 5989 期，1938 年 6 月 11 日。

12 汉南特：《政治激情》，第 226 页。

13 叶嘉炽（Ka Che-yip）《疾病与战士：战时中国的民族主义抗击流行病工作 1937—1945》，收录于大卫·巴雷特和拉里·舒德主编《中国与抗日战争 1937—1945：政治、文化和社会》，纽约：彼得朗出版社，2000，第 176—177 页。

14 《UCSF 新闻：1968 年 3 月 12 日波利策博士讣告》，加州旧金山：加州大学旧金山分校出版社，1967，第 222 页。

15 详见奥登（Wystan Hugh Auden）和伊舍伍德（Christopher Isherwood）：《战争之旅》，纽约：兰登书屋，1939，第 77 页。

16 1943 年 4 月 30 日，约翰·里奇的来信，编号 8，约翰·F·里奇论文，哈弗福德学院 [盒 1，卷 1]，贵格会特别收藏，宾夕法尼亚州哈弗福德学院。

17 1943 年 9 月 22 日，史蒂文斯致美国医疗援助局中国委员会的信函，美国医疗援助局中国记录（盒 38，杂项信件），纽约哥伦比亚大学珍本书稿图书馆。

18 李树培博士与美国医药援会许肇堆的通信，1938 年 3 月 19 日，中国红十字会档案（盒 22），纽约哥伦比亚大学珍本书稿图书馆。

19 杰斯珀森（T. Christopher Jesperson）：《美国眼中的中国：1931—1949》，加利福尼亚州斯坦福：斯坦福大学出版社，1996，第 45—59 页。

20 瓦特（John Watt）：《在战时中国拯救生命：医疗改革者如何在战争和流行病中建立现代医疗体系（1928—1945）》，波士顿：布里尔出版社，2015。

21 皮克特（C. Pickett）：《不仅为了面包》，马萨诸塞州波士顿：小布朗公司，1953，第 223 页。

22 位于云南省曲靖市的卡车停车场离重庆有 529.5 公里。

23 1943 年 4 月 2 日，约翰·里奇寄回云南曲靖的家书，宾夕法尼亚州哈弗福德学院，博士论文（盒 1，卷 1），贵格会特别收藏，宾夕法尼亚州哈弗福德学院。

24 斯科特（Munro Scott）：《麦克卢尔：中国年》，纽约：企鹅出版社，1977，第 295 页。

25 1943 年 2 月 5 日至 9 月 20 日约翰里奇日记，中国游记，约翰里奇卷（盒 1，文件夹 5），贵格会特别收藏，宾夕法尼亚州哈弗福德学院。

26 保卫中国同盟主席宋庆龄的来信，1938 年 7 月通讯 1，美国中国医疗救助局记录（中国防务联盟文件夹第 5 框），纽约哥伦比亚大学珍本书稿图书馆。

27 斯科特：《麦克卢尔》，第 116 页。

28 兰道尔回信，国际联盟第一队，防疫部队，中国红十字会国际委员会备忘录：汉口活动，中国防务联盟出版，1938 年 9 月 25 日，美国中国医疗救助局记录（中国防务联盟文件夹第 5 框），纽约哥伦比亚大学珍本书稿图书馆。

29 胡德兰：《战时中国》，伦敦：费伯出版社，1939，第 141 页。

30 奥登和伊舍伍德：《战争之旅》，典范大厦出版社，1990，第 60 页。

31 史沫特莱与联合国援助理事会的通信，1939 年 11 月 8 日，史沫特莱，麦金农收藏（盒 1，文件夹 4），亚利桑那州坦佩，亚利桑那州立大学图书馆，大学档案馆。

32 史沫特莱与华南邮报的通信：1940 年 4 月 13 日，在中国的日本人，史沫特莱，麦金农收藏（盒 2，文件夹 5），亚利桑那州坦佩，亚利桑那州立大学图书馆，大学档案馆。

33 约翰·里奇 1943 年 2 月 5 日至 9 月 20 日在中国的日记，约翰·里奇文集（盒 1，第 5 文件夹），贵格会特别收藏，宾夕法尼亚州哈弗福德学院。

34 约翰·里奇日记，1941 年 4 月至 1946 年 12 月，约翰·里奇文集（盒 1，文件夹 6），贵格会特别收藏，宾夕法尼亚州哈弗福德学院。

35 中华民国卫生署署长颜福庆，1938年10月14日，重庆广播，1938年人民论坛报，美国医药援华会记录（陆军医学院文件夹第2框），纽约哥伦比亚大学珍本书稿图书馆。

36 巴恩斯（Nichole E. Barnes）和瓦特（John R. Watt）：《20世纪中国医疗转型》，印第安纳大学出版社，2014，第230页。

37 卫生署报告（金宝善），1941年5月，美国中国医疗援助局报告（盒2，陆军医学院文件夹），纽约哥伦比亚大学珍本图书和手稿图书馆。

38 卜丽萍：《中国公共卫生与现代化：1865—2015》，劳特里奇出版社，2017，第157页。

39 时事通讯1，宋庆龄，保卫中国同盟主席，1938年7月，美国医药援华会记录（盒5，保卫中国同盟文件夹），纽约哥伦比亚大学珍本书稿图书馆。

40 叶嘉炽：《疾病与战士：战时中国的国家防疫工作1937—1945》，收录于巴雷特和舒德主编《中国与抗日战争（1937—1945）：政治、文化和社会》，纽约：彼得朗出版社，2000，第176—177页。

41 肯德与朋友的信，1941年10月3日，马丁资料卷盒（ALBA #1盒3，肯德卷），纽约大学泰米图书馆和瓦格纳工人档案馆。

42 瓦特：《在战时中国拯救生命：医疗改革者如何在战争和流行病中建立现代医疗体系（1928—1945）》，荷兰莱顿：布里尔出版社，2014，第117页。

43 胡德兰，英国政治活动家和记者，后来抵制共产主义，著有畅销书《日本的泥脚》，对后期美国对日本商品发起抵制有直接影响。

44 胡德兰：《战时中国》，第12页，http://www.fredautley.com/pdffiles/book19.pdf.

45 顾泰尔个人回忆录（德语），未出版，现由其子查尔斯保存。

46 中国红十字会，《新南威尔士州纽约时报登记册》（盒5，第10文件夹），胡佛学院档案馆，加利福尼亚州斯坦福。

47 1944年中国救援工作（文件夹4），中国军医学状况，李约翰给英国大使馆的信件（引述严斐德的话）。英国国家档案馆（TNA），fo 371—41557。

48 王苏珊：《难路：一条蜿蜒曲折的路》，奥地利维也纳：岩石圈出版社，1948，第 58—63 页。

49 卜丽萍：《中国公共卫生与现代化：1865—2015》，第 158 页。

50 布洛克：《20 世纪中国的医疗转型》，第 193 页。

51 1944 年 11 月，在所谓的阿尔法计划指导下，韦德迈耶将军说服蒋介石征募所有的医学院应届毕业生入伍从医。从 1942 年至 1944 年的所有医学院毕业生以及 30% 到 50% 的医生被迫进入军医体系。

52 亚瑟·钟（音译）：《老鼠、麻雀和苍蝇：在中国的一生》，加州斯托克顿市：西方遗产图书出版社，1994。

53 瓦特：《在战时中国拯救生命》，第 125—126 页。

54 林吟：《在血与火中穿行》，第 120—121 页。

55 贵阳市政府新闻办公室编：《国际援华医疗队在贵阳》，北京：五洲传播出版社，2005。

56 英国在华科学家李约瑟于 1943 年 6 月 24 日致函亨利戴尔爵士（Henry Dale Collection, 93HD, 64.2），伦敦市皇家学会档案馆。

57 胡德兰：《战时中国》，第 144 页。

58 瓦特：《在战时中国拯救生命》，第 122 页。

59 详见 1942 年 1 月 Dr. Pao-san Chi（中文名不详）起草的卫训所报告，美国医药援华会（盒 2，卫训所文件夹），纽约哥伦比亚大学珍本书稿图书馆。

60 宋美龄：《中国再次崛起》，纽约：哈珀兄弟出版社，1941，第 235—237 页。

61 1941 年 3 月 3 日林可胜博士从卫训所的回信，美国医药援华会中国记录处 [ 中国红十字会 22 号箱，林可胜博士文件夹 ]，纽约哥伦比亚大学珍本图书库。

62 温菲尔德（Winfield）：《中国：土地与人民》，第 142—143 页。

63 宋美龄：《中国再次崛起》，第 241 页。

64 瓦特：《在战时中国拯救生命》，第 130—131 页。

65 《红十字会救护总队医疗队报告 1937—1938 年》，美国医药援华会（盒 23，中华民国卫生署文件夹），纽约哥伦比亚大学珍本书稿图书馆。

66 1939年4月8日伍长耀给许肇堆的信，美国医药援华会（中国红十字会22号信箱，林可胜文件夹），纽约哥伦比亚大学珍本书稿图书馆。

67 斯图尔特：《不死鸟》，第246页。

68 简艾文：《中国护士：1932—1939》，加拿大多伦多：麦克兰德&斯图尔特出版公司，1981，第51—52页。

69 斯图尔特：《不死鸟》，第258页。

70 特伦特（Bill Trent）：《麦克卢尔医生：传教士——一位非凡的外科医生》，《医学协会杂志》，第132卷，1985年2月15日。

71 毛泽东：《毛泽东选集》，夏威夷檀香山：太平洋大学出版社，2001，第337页。

## 第四章 来到中国红十字会总部

1 严斐德：《中国胜利了》，奥地利维也纳：环球图书出版社，1949，第9页。

2 在希腊神话中，尤梅厄斯是奥德赛忠实的朋友和仆人。

3 白乐大：《为医在中国》，第3页。

4 《白乐夫日记》（德文），1939年6月至7月，未出版，现由其子伯纳德保存。

5 该信息来自尤梅厄斯号邮轮上的医生斯科特（James Scott）记录的纪瑞德的防疫注射记录，详见1939年7月8日，纪瑞德的回信，现存于amátnik národniho pisemnictvi，捷克布拉格，Pam_tnik N_Rodniho Pisemnictvi，Praha。

6 援华医疗委员会报告，1940年7月，英国国家档案馆UK（TNA），FO 371/2466

7 在古希腊罗马神话中，埃涅阿斯是特洛伊英雄，维纳斯之子。作为罗穆卢斯和雷姆斯的后裔，他被认为是罗马第一位真正的英雄。

8 杨固：《九年在前线，从西班牙到中国：1937—1945》，罗马尼亚布加勒斯特：维特鲁维编辑出版社，2008。

9 蓝色漏斗线公司航海记录：“埃涅阿斯号，1939年8月5日利物浦启程，无移民外国人。”详见www.ancestry.com。

10 根据蓝色漏斗线船运公司的乘客名单，“埃涅阿斯”号上两位从苏格兰返回中国的留学生分别是 Lui-Ling Tai 和 Hsin Ti Wang。

11 富华德：《起来——一个医生在中缅战场：1939—1945》，第 8 页。

12 富华德：《起来——一个医生在中缅战场：1939—1945》，第 11 页。

13 杨固：《九年在前线，从西班牙到中国：1937—1945》，第 91 页。

14 富华德：《起来——一个医生在中缅战场：1939—1945》，第 18 页。

15 杨固：《九年在前线，从西班牙到中国：1937—1945》，第 92 页。

16 马海德是一名黎巴嫩裔美国医生，1933 年在瑞士日内瓦完成了医学培训，后移民到中国。他曾在中国共产党的八路军延安服役，是一名公共疾病专家。

17 关于爱德华和其他印度援华医生详见附录三。

18 巴苏华：《延安在召唤：印度医疗援华故事》，印度新德里：外文出版社，1986，第 180—181 页。

19 柯让道：《罗马尼亚的白求恩》，第 21 页。

20 巴苏华：《延安在召唤：印度医疗援华故事》，印度新德里：外文出版社，1986，第 180—181 页。

21 富华德：《起来——一个医生在中缅战场：1939—1945》，第 25—26 页。

22 从无线电台到《纽约时报》均报道“18 名曾在西班牙服役的医生抵达中国重庆”，1939 年 10 月 27 日，纽约时报，第 1 版。

23 巴莉丽琦：《严斐德》，第 91 页。

24 “奈尔德拉”号 (Naldera) 航海记录：“1938 年 1 月 28 日，沿 P 和 O 号邮轮航线，从伦敦启程，目的地日本横滨。” http://www.forecesty.com/immigration。

25 唐莉华家书，1939 年 9 月，未出版，现由其子伯纳德保存。

26 来自孟乐克给叔叔罗伯特的信（德语），瑞士巴塞尔，1939 年 7 月，未发表，孟乐克之子罗伯特保存。

27 同上。

28 美国大屠杀纪念馆百科全书——《移民障碍：德国移民》，2016 年 6 月 3 日查阅，

https://www.ushmm.org/wlc/en/article.php? ModuleId=10007455。

29 1942年8月28日，外国医师安置委员会的比勒（Harry D.Biele）给汉斯·孟乐克的信，由孟乐克之子罗伯特保存。

30 巴莉丽琦：《严斐德》，第77页。

31 1941年5月21日，孟乐克的父母获得了前往乌拉圭蒙得维的亚的签证。

32 孟乐克给叔叔罗伯特的信（德语），瑞士巴塞尔，1939年7月，未出版，现由孟乐克之子罗伯特保存。

33 孟乐克父母1939年8月从德国柏林寄给孟乐克的信，未出版，现由其子罗伯特保存。

34 顾泰尔个人回忆录（德语），未出版，现由其子查尔斯保存。

35 孟乐克给在瑞士巴塞尔的叔叔罗伯特的信（德语），1938年12月5日，未发表。

36 红十字会香港办主任伍长耀给孟乐克的推荐信，1939年9月2日，香港（中文），现由孟乐克之子罗伯特保存。

37 斯科特：《麦克卢尔》，第270页。

38 马绮迪给瓦赞特的回信，1940年7月30日，马丁资料卷（ALBA #1盒3，肯德卷），纽约大学泰米图书馆和瓦格纳工人档案馆。

39 顾泰尔个人回忆录（德语），现未出版，由其子查尔斯保存。

40 英国出境人员名单，1890—1960年，卡尔·顾泰尔，http://search.ancestry.com/cgi-bin/sse.dil? indiv=1anddb=UKOutwardPassengerListsandh=144779726。

41 顾泰尔个人回忆录（德语），未出版，现由其子查尔斯保存。

42 文淑德（Ulricke Unschuld）：《有办法》，根据孟威廉1938—1966在中国期间的救援日记改编，德国柏林：亨特里希&亨特里希出版社，2014，第78页。哈夫金研究所1899始建于印度孟买，以发明鼠疫疫苗的苏联犹太动物学家哈夫金（Dr. Waldemar Mordecai Haffkine）命名。

43 详　见 Erster Bericht Über die Schriftstellerin Susanne Wantoch, In Hackl, E., In Fester Umarmung: Geschichten und Berichte. (Zurich: Diogenes Verlag, 2003)，第297—298页。

44 柯让道：《罗马尼亚的白求恩》，第 16 页。

45 林吟：《在血与火中穿行》，第 132—135 页。

46 同上。

47 赛尔温·克拉克夫人给许肇堆的信，美国医药援华会记录（盒 13，中国红十字会国外后援会卷），纽约哥伦比亚大学珍本手稿图书馆。

48 白乐夫：《为医在中国》，第 3—4 页。

49 斯科特：《麦克卢尔》，第 300 页。

50 白乐夫：《为医在中国》，第 13 页。

51 杨固：《九年在前线，从西班牙到中国：1937—1945》，第 98—100 页。

52 奥登：《战争之旅》，第 199 页。

53 杨固：《九年在前线，从西班牙到中国：1937—1945》，第 98—100 页。

54 孟乐克写给叔叔的信（德文），1939 年 9 月中国上海寄出，未出版，由孟乐克之子罗伯特保存。

55 亚瑟·钟：《老鼠、麻雀和苍蝇》，第 77 页。

56 史沫特莱档案，V 28 Gr X -78 35，《密勒氏评论报》，1939 年 5 月 20 日，史沫特莱，备用，坦佩：亚利桑那州立大学 AZ 图书馆：大学的档案。

57 孟乐克写给叔叔的信（德文），1940 年 1 月中国渌口寄出，未发表，由孟乐克之子罗伯特保存。

58 埃伯（Irene Eber）：《战时上海和中欧犹太难民》，德国柏林：Walter De Gruyter，2012，第 125 页。

59 文淑德：《有办法》，第 68—69 页。

60 科恩给休谟的信，1941 年 10 月 6 日，美国医药援华会记录（盒 30，科恩卷），纽约哥伦比亚大学珍本手稿图书馆。

61 科恩给汉克万耶女士（Ms. Hankmeyer）的信，1941 年 11 月 17 日，美国医药援华会记录（盒 30，科恩卷），纽约哥伦比亚大学珍本手稿图书馆。

## 第五章 中国红十字会救护总队的政治和文化环境

1 文淑德：《有办法》，第 72 页。

2 “图云关”的中文意思是云与地相接壤的地方。

3 贝特兰（Bertram）：《从红色万字符到红十字，战时中国鲜为人知的胜利》，《保卫中国同盟通讯》，美国医药援华会记录（盒 5，保卫中国同盟卷），纽约哥伦比亚大学珍本书稿图书馆。

4 富华德：《起来——一个医生在中缅战场：1939—1945》，第 48 页。

5 科恩回信，1941 年 11 月 17 日，美国医药援华会记录（盒 30，科恩卷），纽约哥伦比亚大学珍本手稿图书馆。

6 柯罗宁（A.J.Cronin），小说《城堡》（The Citadel）的作者。该小说通过讲述一位年轻的苏格兰医生在威尔士矿业小镇的选择，探讨了深刻的医学伦理问题，被认为有效地推动了英国全民医保体系建设。

7 贝特兰：《从红色万字符到红十字，战时中国鲜为人知的胜利》，《保卫中国同盟通讯》，美国医药援华会记录（盒 5，保卫中国同盟卷），纽约哥伦比亚大学珍本书稿图书馆。

8 富华德：《起来——一个医生在中缅战场：1939—1945》，第 60 页。

9 顾泰尔个人回忆录（德语），未出版，现由其子查尔斯保存。

10 文淑德：《有办法》，第 73 页。

11 严斐德：《中国胜利了》，第 99 页。

12 1941 年 11 月 17 日，科恩给范·斯莱克的信，美国医药援华会记录（盒 30，科恩卷）纽约哥伦比亚大学珍本书稿图书馆。

13 胡德兰：《如果你也看到了我看到的》，《亚洲周刊》，1941 年 7 月，收入《援华医疗 1938—1945》，美国援华联合会收藏（盒 2，第 12 卷），纽约公共图书馆。

14 救护总队林可胜给中国红十字会会长王正廷的信，1939 年 8 月 4 日，美国医药援华会记录（盒 8，中国红十字会报告卷），纽约哥伦比亚大学珍本图书馆。

15　赛尔温·克拉克夫人给普莱斯女士的通信，1940年1月5日，美国医药援华会记录（盒22，中国红十字会国外后援会卷），纽约哥伦比亚大学珍本书稿图书馆。

16　救护总队林可胜给中国红十字会会长王正廷的信，1939年12月24日，美国医药援华会记录（盒23，中国红十字会报告卷），纽约哥伦比亚大学珍本书稿图书馆。

17　救护总队林可胜给中国红十字会会长王正廷的信，1939年11月5日，美国医药援华会记录（盒23，中国红十字会报告卷），纽约哥伦比亚大学珍本书稿图书馆。

18　救护总队林可胜给中国红十字会会长王正廷的信，1939年12月14日，美国医药援华会记录（盒23，中国红十字会报告卷），纽约哥伦比亚大学珍本书稿图书馆。

19　严斐德：《中国胜利了》，第10页。

20　如对1937—1939年德国与中国之间的复杂关系感兴趣，请参阅阿道夫（Wolfram Adolphi）和默克尔（Peter Merker）著的《德国和中国：1937—1945年》，德国柏林：阿卡达米出版社，1998。

21　爱泼斯坦：《见证中国：爱泼斯坦回忆录》，美国加州旧金山：长河出版社，2015。

22　瓦尔德（Shalom Wald）：《中国和犹太人民，新时代的古老文明》，以色列耶路撒冷：格芬出版社，2004，第10—63页。

23　白乐夫：《为医在中国》，第5页。

24　杨固：《九年在前线，从西班牙到中国：1937—1945》，第103页。

25　同上。

26　文淑德：《有办法》，第77页。

27　杨固：《九年在前线，从西班牙到中国：1937—1945》，第102—103页。

28　富华德：《起来——一个医生在中缅战场：1939—1945》，第55页。

29　与鲁玉明（Lu Yumming 音译）、章文晋（Zhang Wenjin）和麦金农（MacKinnon）的访谈录，1985年4月14日，引述自麦金农（MacKinnons.）所著的《史沫特莱：

美国激进人士的一生时间》。

30 佩恩（Robert Payne）：《重庆日记》，英国伦敦：威廉 · 海涅曼有限公司，1945，第 420 页。

31 亚瑟 · 钟：《老鼠、麻雀和苍蝇》，第 89 页。

32 同上。

33 王安娜：*Ich Kämpfe fur Mao*，德国汉堡：豪斯腾出版社，1973，第 261 页。

34 长沙，林可胜与塔尔博特医生交流，1938 年 9 月 2 日，美国医药援华会记录（盒 26，中国红十字会，林可胜卷），纽约哥伦比亚大学珍本图书馆。

35 富华德：《起来——一个医生在中缅战场：1939—1945》，第 96—97 页。

36 白乐夫：《为医在中国》，第 9 页。

37 1941 年 10 月 2 日，沈恩从救护总队 57 中队 3 小队发回的报告，贵阳档案馆。

38 顾泰尔个人回忆录（德语），未出版，现由其子查尔斯保存。

39 白乐夫：《行医在中国》，第 9 页。

40 中国的救援工作（文件夹 4）（图片 10-32）：中国军队的医学状况，1944 年，英国国家档案馆（tna），FO 371-41557。

41 高晞：《20 世纪中国的外国医疗模式》，收录于安德鲁斯（Bridie Andrews）和布洛克（Mary Brown Bullock）主编的《20 世纪中国的医疗转型》，布卢明顿：印第安纳大学出版社，2014，第 192 页。

42 埃洛塞尔的来信：中国的医学教学和医疗服务组织，1946 年 11 月 4 日，美国医药援华会记录（系列 2: 盒 8，埃洛塞尔卷），纽约哥伦比亚大学珍手稿图书馆。

43 埃洛塞尔给斯蒂文斯的来信，1942 年 3 月 6 日，美国医药援华会记录（系列 2: 盒 8，埃洛塞尔卷），纽约哥伦比亚大学珍手稿图书馆。

44 瓦特：《在战时中国拯救生命》，第 2 页。

45 魏斐德（Frederic Wakeman）：《占领上海：中西医之争》，收录于麦金农（Stephen Mackinnon）、拉里（Diana Lary）和傅高义（Ezra Vogel）编著的《战时中国》，加州斯坦福：斯坦福大学出版社，2007；蒋熙德（Volker Scheid）和雷祥麟（Sean Hsiang-lin Lei）：《中医制度化》，收录于安德鲁斯和布洛克主编的《20 世纪中国医学转型》，布卢明顿：印第安纳大学出版社，2014，第 244—267 页。

46 卜丽萍：《中国公共卫生与现代化》，第 177 页。

47 坎贝尔（Mitchell Cappell）：《纳粹主义对胃肠病患者医治的深远长期影响》，以色列医学协会期刊，2008 第 10 卷，第 259—261 页。

48 蒋熙德、雷祥麟：《中医制度化》，收录于安德鲁斯和布洛克主编的《20 世纪中国医学转型》，布卢明顿：印第安纳大学出版社，2014，第 247 页。

49 曼海默（E.Manheimer.）：《科克伦中药复合治法证据》，《代替与补充医疗杂志》2009 年第 9 卷，第 1001—1014 页。

50 林可胜对国家医药发展的看法，美国医药援华会记录（盒 22，中国红十字会林可胜卷），纽约哥伦比亚大学珍本书稿图书馆。

51 刘馥（Frederick Fu Liu）：《中国近代军事史》，新泽西州普林斯顿：普林斯顿大学出版社，1956 年，第 160 页。

52 白乐夫：《为医在中国》，第 10 页。

53 张先林的太太聂重恩医生也在中国红十字会救护总队和卫训所工作。

54 科恩的回信， 1941 年 11 月 17 日，美国医药援华会记录（盒 30，科恩卷），纽约哥伦比亚大学珍手稿图书馆。

55 巴莉丽琦：《严斐德》，第 96 页。

56 肯德来信，1941 年 10 月 3 日，马丁资料卷（ALBA ＃ 1 盒 3，肯德卷），纽约大学泰米图书馆和瓦格纳工人档案馆。

57 白乐夫：《为医在中国》，第 11 页。

58 巴慕德：《中国急救》，《柳叶刀》1939 年 4 月 8 日，第 836 页。

59 科恩日记（英语），1942 年 1 月 14 日，未出版，现由其子马克斯保存。

60 沈恩和甘理安给科尔伯格的回信，1943 年 1 月 8 日，美国医药援华会记录（盒 38，科尔伯格卷），纽约哥伦比亚大学珍本书稿图书馆。

## 第六章 战时中国医疗条件

1 戈登·斯蒂夫勒·西格雷夫，出生于缅甸仰光，是浸礼会传教士的儿子。他于1942年加入美国陆军医疗队，著有《缅甸外科医生》（纽约：W.W. 诺顿公司，1943）和《缅甸外科医生归来》（纽约：W.W. 诺顿公司，1946）。

2 西格雷夫：《缅甸外科医生归来》，纽约：W.W. 诺顿公司， 1946，第 30 页。

3 1939 年 1 月—1940 年 6 月，第 32 医疗队从湖南省禄口市发回的报告，美国医药援华会记录（盒 26，中国红十字会， William Hu 文件夹），纽约哥伦比亚大学珍本书稿图书馆。

4 1939 年 7 月，新南威尔士州报社登记册（盒 1—46 5/10：中国红十字会），加州斯坦福胡佛研究所档案馆。

5 兰道尔：《中国难民状况之近期变化》，1940 年 3 月 15 日，保卫中国同盟通讯香港国防中央委员会通讯社，斯坦福加州胡佛研究所档案馆。

6 约翰·里奇 1943 年 2 月 5 日至 9 月 20 日在中国的日记，里奇资料集（盒 1，第 5 资料卷），贵格会教徒特别收藏，宾夕法尼亚州哈弗福德学院。

7 刘馥：《中国现代战争史》，第 138 页。

8 吴威廉，红十字会第 1—18 医疗队报告，1939 年 1 月—6 月，第 4 页，美国医药援华会记录（盒 22：中国红十字会卷），纽约哥伦比亚大学珍本图书和手稿图书馆。

9 史蒂芬森（B. Stephenson）：《维生素 A，感染和免疫功能》，Annu Rev Nutr 21:167 - 92，2001。

10 文淑德：《有办法》，第 82—83 页。

11 林可胜博士致斯坦福大学医学院院长埃迪斯（Professor Addis）的信，1940 年 12 月 4 日，美国医药援华会记录（盒 22，中国红十字会卷），纽约哥伦比亚大学珍本书稿图书馆。

12 中国红十字会报告：1938 年 8 月至 12 月，第 22 页，美国医药援华会记录（盒 8，中国红十字会（报告）卷），纽约哥伦比亚大学珍本书稿图书馆。

13 林可胜博士致斯坦福大学医学院院长埃迪斯的信，1940 年 12 月 4 日，美国医药援华会记录（盒 22，中国红十字会卷），纽约哥伦比亚大学珍本图书和手稿图书馆。

14 《关于改善与中国军队关系的建议》，1941 年 12 月 12 日，美国医药援华会记录（国家卫生研究院卷：1940-1），纽约哥伦比亚大学珍本书稿图书馆。

15 呈美国医药援华会和美国红十字会的报告，1941 年 6 月 10 日，美国医药援华会记录（盒 8，国家卫生署，1940—1941 文件夹），纽约哥伦比亚大学珍本书稿图书馆。

16 麦克卢尔与休谟的书信，1942 年，美国医药援华会记录（第 2 系列，盒 16，麦克卢尔卷），纽约哥伦比亚大学珍本书稿图书馆。

17 史沫特莱：《战争之歌》，英国伦敦：维克多·格兰茨公司出版社，1944，第 347 页。

18 林可胜博士致美国医药援华会斯蒂芬斯女士的信，美国医药援华会记录（盒 22，中国红十字会，林可胜卷），纽约哥伦比亚大学珍本书稿图书馆。

19 1943 年 1 月 8 日，巴赫曼博士向美国医药援华会科伯格先生分享了这份报告。美国医药援华会中国记录（第 4 系列，盒 38，科尔伯格卷），纽约哥伦比亚大学珍本书稿图书馆。

20 赫尔茨斯坦（Robert Herzstein）：《亨利·R·卢斯，时代与美国在亚洲的十字军东征》，纽约：剑桥大学出版社，2005，第 65 页。

21 科尔伯格的回信，美国医药援华会中国记录（第 4 系列，盒 38，科尔伯格卷），纽约哥伦比亚大学珍本书稿图书馆。

22 教士史坎龙（Pataick J·Scanlon）为山东省潍县集中营食品地下供应组织者，有“塔克修士”和“黑市负责人”之称。

23 对史坎龙的采访，美国医药援华会中国记录（第 4 系列，盒 38，科尔伯格卷），纽约哥伦比亚大学珍本书稿图书馆。

24 1943 年 9 月 1 日英国红十字主席威尔弗雷德 S. 弗劳尔斯（Major W. S. Flowers）给美国医药援华会巴赫曼博士的信，美国医药援华会记录（第 4 系列，盒 38，科尔伯格卷），纽约哥伦比亚大学珍本图书和手稿图书馆。

25 美国人爱德华兹博士在中国待了 40 多年，在担任联合战时中国救援组织总干事之前，他曾担任基督教青年会在华高级秘书。

26 费因（Gary Alan Fine）：《诡异的声誉：上世纪中叶美国的集体政治记忆》，纽约：劳特里奇出版社，2012，第 164—165 页。

27 1943 年 9 月 1 日英国红十字弗劳尔斯少校给美国医药援华会巴赫曼博士的信，美国医药援华会记录（第 4 系列，第 38 框，科尔伯格卷），纽约哥伦比亚大学珍本书稿图书馆。

28 1943 年 9 月 3 日，巴赫曼博士在获得沈恩的允许后，将其所写的关于宜昌前线两个集团军的生活和健康状况的报告以信函转致科尔伯格。1943 年 1 月 8 日，美国中国医疗援助局记录（第 4 系列，盒 38，科尔伯格卷），纽约哥伦比亚大学珍本图书和手稿图书馆。

29 塔奇曼（Barbara Tuchman）：《史迪威与美国在中国的经验》，纽约：麦克米伦公司，1940，第 265 页。

30 白修德：《中国惊雷》，第 163 页。

31 来自英国总领事馆与外交部的沟通，1946 年 3 月 11 日，广州情况文件夹，英国国家档案馆（TNA），FO 371\53598。

32 方德万（Hans Van De Ven）：《中国的战争和民族主义：1925—1945》，英国伦敦：劳特里奇·科出版社， 2003，第 295 页。

33 林可胜博士对国家医学的看法，美国医药援华会中国记录（盒 22，中国红十字会，林可胜卷），纽约哥伦比亚大学珍本书稿图书馆。

34 中国红十字会伍长耀给美国医药援华会许肇堆的信，1938 年 6 月 25 日，美国医药援华会记录（盒 22，中国红十字会，伍长耀卷），纽约哥伦比亚大学珍本书稿图书馆。

35 中国红十字会（第三次报告）：1938 年 8 月至 12 月，第 20 页，美国医药援华会记录（盒 23，中国红十字会卷），纽约哥伦比亚大学珍本书稿图书馆。

36 麦克卢尔：《战时中国医疗》，登载于 1941 年《公共卫生护理》第 33 卷，第 640—645 页。

37 叶嘉炽：《疾病与战士》，第 174 页。

38 巴恩斯和瓦特：《战争对中国现代卫生系统的影响》，转引自安德鲁斯与布洛克主编的《20 世纪中国的医疗转型》，第 241 页。

39 林可胜致美国医药援华会许肇堆的信，1940 年 7 月 22 日，美国医药援华会记录（盒 22，中国红十字会，林可胜卷），纽约哥伦比亚大学珍本书稿图书馆。

40 《中国的救灾工作（第 4 卷）：中国军队医学状况》，1944 年，英国国家档案馆（TNA），FO 371-41557。

41 中国伤员：中国医疗救援队第四次报告摘要——1939 年 1—6 月的流行病，美国援华联合会档案馆（盒 1，第 6 卷，流行病防疫），纽约公共图书馆。

42 中国红十字会（第三次报告）：1938 年 8 月至 12 月，第 20 页，美国医药援华会记录（盒 23，中国红十字会卷），纽约哥伦比亚大学珍本书稿图书馆。

43 同上。

44 严斐德：《中国胜利了》，第 100 页。

45 亚瑟•钟 :《老鼠、麻雀和苍蝇》，第 94 页。

46 《在每个战区开设卫训所和医院是林可胜博士的目标》，《时代周刊》，1941 年 2 月 17 日，第 64—66 页。

47 美国医药援华会记录（盒 2，陆军医学院卷），纽约哥伦比亚大学珍本书稿图书馆。

48 中国红十字会（第三次报告）：1938 年 8 月至 12 月，第 20 页，美国医药援华会记录（盒 23，中国红十字会卷），纽约哥伦比亚大学珍本书稿图书馆。

49 中国伤员：中国医疗救援队第四次报告摘要——1939 年 1—6 月的流行病，美国援华联合会档案馆（盒 1，第 6 卷，流行病防疫），纽约公共图书馆。

50 巴莉丽琦 :《严斐德》，第 98 页。

51 文淑德 :《有办法》，第 93 页。

52 沈恩：《横跨两个站场的医生》，第 57—64 页。

53 范 · 斯莱克给林可胜的信，1941 年 5 月 16 日，美国医药援华会记录（盒 22，中国红十字会，林可胜卷），纽约哥伦比亚大学珍本书稿图书馆。

54 林可胜致美国医药援华会许肇堆的信，1940 年 7 月 27 日，美国医药援华会记录（盒 22，中国红十字会，林可胜卷），纽约哥伦比亚大学珍本书稿图书馆。

55 白乐夫：《为医在中国》，第 5 页。

56 麦克卢尔：战时《关于罗伯特·普利策博士：1885—1968》，该文未单独发表，转引自瓦特《在中国拯救生命》，第 220 页。

57 文淑德：《有办法》，第 75 页。

58 麦克卢尔：《战时中国医疗》，第 643 页。

59 约翰·里奇 1943 年 2 月 5 日至 9 月 20 日的日记，《中国行记》，约翰里奇文集（盒 1，第 5 卷），贵格会教徒特别收藏，宾夕法尼亚州哈弗福德学院。

60 美国医药援华会记录（盒 21，1942 卷，卫生署，1942 年 11 月），纽约哥伦比亚大学珍本书稿图书馆。

61 巴莉丽琦：《严斐德》，第 94 页。

62 库恩（George C.Kohn）：《古今鼠疫、瘟疫百科全书》，纽约：讯息库，2008，第 165 页。

63 1941 年 5 月，卫生署署长金宝善拟定国家卫生署报告，美国医药援华会中国记录（盒 2，陆军医学院卷），纽约哥伦比亚大学珍本书稿图书馆；1941 年国家卫生署报告，美国医药援华会中国记录（盒 2，陆军医学院卷），纽约哥伦比亚大学珍本书稿图书馆。

64 中国国防物资供应（公司）收藏，1941 年医疗，（盒 17 第 9 卷），加利福尼亚州斯坦福大学胡佛研究院档案馆。

65 卫生署报告：1940 年 5 月至 1941 年 4 月，美国医药援华会记录（盒 2，陆军医学院卷），纽约哥伦比亚大学珍本书稿图书馆。

66 贵阳市政府新闻办公室编：《国际援华医疗队在贵阳》，北京：五洲传播出版社，2005，第 63 页。

67 肯德撰写的第二大队报告，1942 年 11 月，贵阳市档案馆。

68 1939 年 1 月—1940 年 6 月，红十字会第二医疗队报告，美国医药援华会记录（盒 22，中国红十字会，胡会林卷），纽约哥伦比亚大学珍本书稿图书馆。

69 特里尔（Ross Terrill）：《毛泽东传》，加州帕洛阿尔托市：斯坦福大学出版社，

1999，第 28 页。

70 霍尔（George Hall）：《中国肺结核》，《英国肺结核杂志》，1935 年 7 月，第 29 卷，第 3 期，第 132—144 页。

71 国家卫生署署长金宝善关于战时中国结核病防治项目的报告，1945 年，美国医药援华会记录（盒 2，陆军医学院，金宝善卷），纽约哥伦比亚大学珍本书稿图书馆。

72 林可胜：《军医署报告》，第 33 页，美国医药援华会记录（盒 2，陆军医学院卷），纽约哥伦比亚大学珍本书稿图书馆。

73 《1944 年中国军队的医疗状况》，英国国家档案馆（TNA），FO 371-41557。

74 《中国的医疗救助》，《柳叶刀》，第 238 卷，第 6149 期（1941 年 7 月 5 日），第 24 页。

75 肯德致朋友的信函，1941 年 7 月贵阳寄出，马丁资料卷（ALBA # 1 盒 3，肯德卷），纽约大学泰米图书馆和瓦格纳工人档案馆。

## 第七章 奔赴各大战场（1939—1940）

1 保卫中国同盟：《新四军医疗服务简要报告 1938—1939》，Pam，RA527，ch.，第 5 页，胡佛研究所图书馆。

2 汉南特：《政治激情》，第 204—205 页。

3 巴莉丽琦：《严斐德》，第 84 页。

4 贝特兰发表在《保卫中国同盟通讯》上的文章，美国医药援华会记录（盒 5，保卫中国同盟卷），纽约哥伦比亚大学珍本书稿图书馆。

5 《帮助西北边境地区孤儿》，1939 年 6 月 20 日，《保卫中国同盟通讯》（来自保卫中国同盟香港委员会），DS77.533.R45 C393（1938 年 7 月至 1941 年 11 月），胡佛研究所图书馆。

6 源自奥茨（Dr. Thomas Ots）对汉斯 · 米勒的口头采访，鲁兰德（Michael Ruhland）与奥茨博士的私人信件，德国杜塞尔多夫，引用时间 2015 年 8—10 月。

7 1941 年 6 月 29 日，援华医疗委员会玛丽 · 吉尔克里斯特博士致英国外交部安东尼 · 伊登的信，英美在华救援工作（文件夹 1），英国国家档案馆（TNA），

FO 371-27681。

8 麦金农：《史沫特莱》，第 217 页。

9 白乐夫：《为医在中国》，第 8 页。

10 1940 年 1 月 18 日，孟乐克从湖南禄口寄给叔叔罗伯特·赫希（Robert Hirsch）的信（德文），未出版，现由孟乐克之子罗伯特保存。

11 富华德：《起来——一个医生在中缅战场：1939—1945》，第 71 页。

12 白乐夫：《为医在中国》，第 13 页。

13 巴莉丽琦：《严斐德》，第 87 页。

14 文淑德：《有办法》，第 97 页。

15 巴莉丽琦：《严斐德》，第 87 页。

16 1939 年 9 月 16 日，严斐德从湖南长沙湘雅医院寄给与克罗姆博士的信，整段引自 A. 杰克逊（A.Jackson）《对我们来说这是天堂》，2012，第 139 页。

17 林吟：《在血与火中穿行》，第 176 页。

18 1940 年 7 月援华医疗委员会报告，英国国家档案馆（TNA），FO 371/24667。

19 同上。

20 富华德：《起来——一个医生在中缅战场：1939—1945》，第 179 页。

21 中国的救援工作（文件夹 4），中国的医疗服务状况，1944 年，英国国家档案馆（TNA），FO 371/41557。

22 《保卫中国同盟通讯》，1939 年 8 月，来自保卫中国同盟香港委员会（盒 5，保卫中国同盟卷），纽约哥伦比亚大学珍本书稿图书馆。

23 中国的救援工作（文件夹 4），中国的医疗服务状况，1944 年，英国国家档案馆（TNA），FO 371/4155。

24 富华德：《起来——一个医生在中缅战场：1939—1945》，第 50 页。

25 巴苏华：《延安在召唤》，1939 年 11 月 14 日日记。

26 金宝善，卫训所报告，1942 年 1 月，AMBAC 记录（盒 23，中国红十字会报告），纽约哥伦比亚大学珍本书稿图书馆。

27 林可胜讲话，中国国防供应（组织）记录：1941—1943（盒 17，医疗卷 9），胡佛研究所档案馆。

28 兰道尔：《现场报道：中国难民状况近期变化》，1940 年 3 月 15 日，保卫中国同盟通讯（来自香港保卫中国同盟委员会），DS77 7.533.R45 C393（1938 年 7 月至 1941 年 11 月），胡佛研究所图书馆。

29 杨固：《九年在前线，从西班牙到中国：1937—1945》，第 128 页。

30 1940 年顾泰尔写给妻子罗莎的信，顾尔泰个人回忆录（德语），未出版，现由其子查尔斯保存。

31 1940 年 1 月 17 日，孟乐克从湖南渌口寄给叔叔罗伯特·赫希的信（德语），未出版，由孟乐克之子罗伯特保存。

32 巴莉丽琦：《严斐德》，第 89 页。

33 富华德：《起来——一个医生在中缅战场：1939—1945》，第 91 页。

34 中国的救援工作（文件夹 4），中国的医疗服务状况，1944 年，英国国家档案馆（TNA），FO 371/41557。

35 塔奇曼：《史迪威与美国在中国的经验》，第 363 页。

36 白乐夫日记（德语），6 月 18 日至 20 日，未出版，由其子伯纳德保存。

37 雷厄姆·派克（Graham Peck）：美国作家，曾目睹并报道了日本在华所作所为。他于珍珠港事件后加入重庆战争情报处，并于 1950 年在《两种时间》一书中详细描述了他在华的见闻。

38 雷厄姆·派克：《两种时间》，华盛顿西雅图：华盛顿大学出版社，2008，第 11—20 页。

39 同上，第 31 页。

40 中国红十字会（第三次报告），1938 年 8 月至 12 月，第 20 页，美国医药援华会记录（盒 22，林可胜卷），纽约哥伦比亚大学珍本书稿图书馆。

41 红十字会第 49 分队的报告，1939 年 1 月至 1940 年 6 月，美国中国医疗救助局记录（中国红十字会 22 号信箱，威廉·胡卷），纽约哥伦比亚大学珍本书稿图书馆。

42 杨固：《九年在前线，从西班牙到中国：1937—1945》，第 114 页。

43 史沫特莱：《战争之歌》，第 351 页。

44 贵阳市政府新闻办公室编：《国际援华医疗队在贵阳》，北京：五洲传播出版社，2005，第 63 页。

45 许肇堆给赛尔温·克拉克夫人的信，1940 年 10 月 28 日，美国医药援华会中国记录(盒 22，中国红十字会国外后援会卷)，纽约哥伦比亚大学珍本书稿图书馆。

46 许肇堆给赛尔温·克拉克夫人的信，1940 年 10 月 28 日，美国医药援华会中国记录(盒 22，中国红十字会国外后援会卷)，纽约哥伦比亚大学珍本书稿图书馆。

47 顾泰尔个人回忆录（德语），未出版，现由其子查尔斯保存。

48 同上。

49 瓦特：《在战时中国拯救生命》，第 245 页。

50 卜丽萍：《中国公共卫生与现代化》，第 191 页。

## 第八章 高压遏制下的医疗救护(1941—1942)

1 韦克曼（Frederic Wakeman）：《占领上海：中西医之争》，见麦金农、拉里和傅高义主编《战争中的中国》，加利福利亚斯坦福：斯坦福大学出版社，2007，第 269 页。

2 伊洛娜·拉尔夫·苏斯(Ilona Ralf Sues)：《鱼翅和小米》，波士顿：小布朗公司，1944，第 89—90 页。

3 瓦特：《在战时中国拯救生命》，第 147—149 页。

4 爱泼斯坦：《中国未完成的革命》，马萨诸塞州波士顿：小布朗公司 ,1947，第 133 页。

5 援华医疗委员会吉尔克里斯特博士致英国外交部安东尼·伊登的信，1941 年 6 月 29 日，英美两国在华救援工作（文件夹 1），英国国家档案馆（TNA），FO 371/27681。

6 安东尼·伊登是丘吉尔在英国外交（与联邦事务）部的心腹，他于 1942 年成为下议院领袖，1955 年至 1957 年成为英国首相。

7 伊登给吉尔克里斯特的回信，1941 年 7 月 8 日，英美两国在华救援工作（文件夹 1），英国国家档案馆（TNA），FO 371/27681。

8 麦克卢尔给塞尔温 · 克拉克夫人的信，1941 年 9 月 23 日，中国红十字会活动文件夹，英国国家档案馆（TNA），FO 676/301。

9 关于国共两党部队在这场战役的详细情况，见本顿（G · Benten）《新四军：1928—1845 沿长江淮河一带共产党的抵抗》，伯克利：加州大学出版社，1999。

10 爱泼斯坦：《中国未完成的革命》，第 134 页。

11 孟乐克给叔叔罗伯特 · 赫希的信（德语），1941 年 3 月 6 日，未出版，现由孟乐克之子罗伯特保存。

12 中国红十字会国外后援会赛尔温 · 克拉克夫人给科尔（Archibald Clark Kerr）的信，中国红十字活动，1941 年 7 月 8 日，英国国家档案馆（TNA），FO 676/301。

13 1985 年 4 月 14 日麦金农一行（MacKinnons）对章文晋的采访，引自《史沫特莱：一个美国激进分子的生活与时代》，第 377 页。

14 瓦特：《在战时中国拯救生命》，第 149 页。

15 麦金农：《史沫特莱：一个美国激进分子的生活与时代》，第 217 页。

16 顾泰尔个人回忆录（德语），未出版，现由其子查尔斯保存。

17 亚瑟 · 钟：《老鼠、麻雀和苍蝇》，第 90 页。

18 1941 年 6 月 18 日甘扬道写给中国红十字救护总队林可胜博士的信，贵州省贵阳市档案馆。

19 作者此处可能指的是中国红十字会护理部主任周美玉女士，中国红十字文件夹，贵州省贵阳市档案馆。

20 《1938—1945 年中国医疗援助》，救护总队林可胜博士：1941 年 2 月 28 日在全国红十字会议（香港）上中央新闻采访，美国援华联合会收藏（盒 2，第 12 卷），纽约：纽约公共图书馆。

21 林可胜博士简述医疗救助工作，中国信息委员会日报，1941年6月21日，第66号，美国医药援华会档案（盒23，林可胜卷），纽约哥伦比亚大学珍本书稿图书馆。

22 麦克卢尔：《战时中国医疗》，第644—645页。

23 瓦特：《在战时中国拯救生命》，第160页。

24 中国国防供应公司是美国政府成立的一个组织，负责监督中国—缅甸—印度战场租借物资的运输。据估计，二战期间，美国向中国提供的租借军事物资不到美国每年向其盟国提供租借援助的2%。

25 中国国防供应公司许肇堆博士给林可胜博士的信，1941年7月14日（盒22，中国红十字会卷），纽约哥伦比亚大学珍本书稿图书馆。

26 《1938—1945中国医疗救助》，美国援华联合会收藏（盒2，第12卷），纽约公共图书馆。

27 传教士爱德华·休谟（Edward Hume）与耶鲁中国协会联合创办了湘雅医学院。他在整个战争期间领导基督教医学会海外工作。

28 麦克卢尔致基督教医学会休谟博士的信，1941年9月15日，美国医药援华会记录（盒18，麦克卢尔卷），纽约哥伦比亚大学珍本书稿图书馆。

29 约翰·里奇1943年2月5日至9月20日在中国的日记，约翰里奇资料集（盒1，第5卷），贵格会特别收藏，宾夕法尼亚州哈弗福德学院。

30 巴格尔、高田宜、LRCM、救护总队、DTM、苏利文以及菲利普·莱特与英国外交大臣之间的通信，医疗与红十字会救援卷，1942，英国国家档案馆（TNA），FO 676/456。

31 丹切夫（Alex Danchev）、耳因克（Shelagh Vainker）和苏利文的讣告，《卫报》（美国版），2013年10月25日。

32 林可胜博士给美国医药援华会许肇堆的信，1941年12月12日，美国医药援华会记录（盒22，中国红十字会卷），纽约哥伦比亚大学珍本书稿图书馆。

33 林可胜博士从救护总队寄给史蒂文斯女士的信，美国医药援华会记录（盒22，中国红十字会卷），纽约哥伦比亚大学珍本书稿图书馆。

34 杨固：《九年在前线，从西班牙到中国：1937—1945》，第119页。

35 富华德：《起来——一个医生在中缅战场：1939—1945》，第 141 页。

36 这里可能指的是赣州，中国江西的一个城市。赣州机场原名赣州（赣县）机场，曾被美国陆军第 14 空军使用。

37 巴莉丽琦：《严斐德》，第 94 页。

38 1942 年 8 月 10 日，顾泰尔从图云关寄给妻子罗莎的信，顾泰尔个人回忆录（德语），未出版，现由其子查尔斯保存。

39 红十字会救护总队分队分布情况，1942 年 12 月 10 日，美国医药援华会记录（盒 23，中国红十字会全国报告卷），纽约哥伦比亚大学珍本书稿图书馆。

40 马修（Clifford Matthews）、唐纳德·张（Donald Cheung）：《传播与更新：战时香港大学》，香港：香港大学出版社，1998，第 299 页。

41 西班牙医生致援华医疗委员会的信，1942 年对华友好信息文件夹，英国国家档案馆（TNA），FO 371/35714。

42 1942年1月3日顾泰尔的信，个人回忆录（德语），未出版，现由其子查尔斯保存。

43 沈恩：《柯里格》，第 53 页。

44 林吟：《在血与火中穿行》，第 159 页。

45 顾泰尔个人回忆录（德语），未出版，现由其子查尔斯保存。

46 佩恩：《重庆日记》，第 415 页。

47 1942 年 1 月 3 日顾泰尔的信，顾泰尔个人回忆录（德语），未出版，现由其子查尔斯保存。

48 爱泼斯坦：《中国未完成的革命》，第 131 页。

49 美国医药援华会执行委员会主席科尔伯格的来信，美国医药援华会记录（第 4 系列，盒 38，科尔伯格卷），纽约哥伦比亚大学珍本书稿图书馆。

50 同上。

51 肯德从第二大队寄出的每月例报，1942 年 8 月，贵州省贵阳市档案馆。

52 麦克卢尔博士从云南蒙自寄给古白利（Paul Cadbury）的信，1943 年 3 月，（Temp MSS 876，盒 13，中国红十字会，1943），伦敦公谊会图书馆。

53 瓦特：《在战时中国拯救生命》，第 154—164 页。

## 第九章 跟随远征军赴缅甸和印度

1 顾泰尔：《个人回忆录》（德文），未出版，现由其子查尔斯保存。

2 贵阳市政府新闻办公室编：《国际援华医疗队在贵阳》，北京：五洲传播出版社，2005，第 81 页。

3 同上。

4 给孟乐克的信，《孟乐克信件》（德文），未出版，现由其子罗伯特保存。

5 沈恩：《横跨两个战场的医生》，第 57—64 页。

6 杨固：《九年在前线，从西班牙到中国：1937—1945》，第 150 页。

7 唐莉华寄给母亲的信，1943 年 2 月 17 日，未出版，现由其子伯纳德保存。

8 富华德：《起来——一个医生在中缅战场：1939—1945》，第 184 页。

9 顾泰尔从贵阳图云关寄给妻子罗莎的信，1942 年 11 月 11 日，顾泰尔个人回忆录（德语），未出版，现由其子查尔斯保存。

10 杨固：《九年在前线，从西班牙到中国：1937—1945》，第 178 页。

11 顾泰尔个人回忆录（德语），未出版，现由其子查尔斯保存，2015 年 8 月 31 日。

12 杨固：《九年在前线，从西班牙到中国：1937—1945》，第 152 页。

13 贵阳市政府新闻办公室编：《国际援华医疗队在贵阳》，北京：五洲传播出版社，2005，第 89 页。

14 富华德：《起来——一个医生在中缅战场：1939—1945》，第 188 页。

15 1943 年在印度的外国难民医生，1943 年 2 月 8 日印度政府与英国驻重庆大使馆的往来信件，英国国家档案馆（TNA），FO 371/35820。

16 1943 年在印度的外国难民医生，1943 年 2 月 6 日印度政府与英国驻重庆大使馆的往来信件，英国国家档案馆（TNA），FO 371/35820。

17 1943 年在印度的外国难民医生，1943 年 2 月 16 日英国驻重庆大使薛穆与英国外交（联邦事务）部的往来信件，英国国家档案馆（TNA），FO 371/35820。

18 1943 年在印度的外国难民医生，1943 年 4 月 13 日印度内政部寄给驻印度驻英办事处西尔弗（Mr. Silver）的信件，新德里，英国国家档案馆（TNA），FO 371/35820。

19 贵阳市政府新闻办公室编：《国际援华医疗队在贵阳》，北京：五洲传播出版社，2005，第 87 页。

20 租借政策是 1941 年至 1945 年 8 月美国向盟国提供物资的一项计划。

21 塔奇曼：《史迪威与美国在中国的经验》，第 315 页。

22 西格雷夫：《缅甸医生归来》，第 36—37 页。

23 1943 年 1 月 22 日史迪威给何应钦的回信，微缩胶卷 0202，文件夹 3，宋子文收藏，胡佛研究所档案馆，经宋氏家族代表许可已出版。

24 Tohmatsu Haruo：《中日战争与太平洋战争之间的战略关联》，见佩蒂（Mark Peattie）、迪瑞（Edward Drea）和方德万（Hans van de Ven）主编《为中国而战：1937—1945 年中日战争军事史论文》，加州斯坦福：斯坦福大学出版社，2011，第 431 页。

25 1943 年 8 月 17 日宋子文给马歇尔将军的信，微缩胶卷 0204—205，文件夹 3，宋子文收藏，胡佛研究所档案馆，经宋氏家族代表许可已出版。

26 顾泰尔个人回忆录（德语），未出版，现由其子查尔斯保存。

27 1944 年 3 月 1 日博根（W. E. Bergen）将军给孟乐克的信，孟乐克信件（德语），未出版，现由其子罗伯特保存。

28 1944 年 5 月 13 日， 柏特纳将军给纪瑞德的信，总部（Prov）5303 区域指挥部，中国驻印军，památnik národniho pisemnictvi，捷克共和国布拉格。

29 顾泰尔个人回忆录（德语），未出版，现由其子查尔斯保存，2014 年 6 月 15 日。

30 斯韦尼（John Sweeney）：《蓝姆伽，现在终于可以说了：1942—1945》，作者系整训与作战司令部高级教员，斯韦尼资料集（盒 1，第 1 卷），胡佛研究所档案馆，斯坦福大学版权所有。

31 Lt. Col. E. M. Rice：《鹅妈妈医疗童谣》，CBI Roundup, Vol. 1, No 11，1942 年

11月26日。

32 同上，引用自 http://www.dtic.mil/dtic/tr/fulltext/u2/a286774.pdf。

33 杨固：《九年在前线，从西班牙到中国：1937—1945》，第27页。

34 同上，第157—158页。

35 富华德：《起来——一个医生在中缅战场：1939—1945》，第193页。

36 普通信函，查询路径：# UD-UP 7，Container 9， ARC # 6317867， 文件组0493， 美军在中缅印战场活动，缅印战场行动，美军历史档案区，国家档案馆马里兰大学帕克分校。

37 塔奇曼：《史迪威与美国在中国的经验》，第329页。

38 1941—1946历史档案，关于北缅战役的报告，致蒙巴顿将军，ARC # 565374，Entry # UD-UP 105， 652文件夹， 美军在中缅印战场活动，缅印战场行动，美军历史档案区，国家档案馆马里兰大学帕克分校。

39 王瑞福《飞跃驼峰之后：一位随军翻译的报告》，摘自《在同一面战旗下：中国二战老兵回忆录》，中国北京：五洲传播出版社，2005，第236—237页。

40 《缅甸医生》在1943年12月《纽约时报》图书榜上被评为当年第二畅销书籍。

41 西格雷夫：《缅甸医生归来》，第61页。

42 臧运祜：《中国在滇缅中部的军事活动》，摘自佩蒂、迪瑞和方德万主编的《为中国而战：1937—1945年中日战争军事史论文》，加州斯坦福：斯坦福大学出版社，2011，第390页。

43 胡康谷底位于缅北克钦邦，其北、东、西面皆有高山环绕，被誉为世界上最大的老虎保护区。

44 北平协和医学院及卫训所毕业生薛荫奎被分配到第38师，之后在中国驻印军新一军工作。美国医药援华会记录（盒AMA， 林可胜报告11-16卷），纽约哥伦比亚大学珍本书稿图书馆。

45 杜丁(T. Durdin)：《中国士兵有史以来受到的最好照护》，印度德里：CBI摘要，第二卷，第25期，1944年3月2日。

46 沈恩：《柯里格》，第54页。

47 西格雷夫：《缅甸医生归来》，第 105 页。

48 1944 年 3 月 30 日 Lt. Col. V. Slater 给中国驻印军纪瑞德医生的回复，纪瑞德档案，Památnik národniho pisemnictvi，捷克共和国布拉格。

49 1942—1945 年收到的信息，中国驻印军记录，UD-UP 216，箱 33，ARC-6741020，美军在中缅印战场行动记录，印度—缅甸战区，国家档案馆，马里兰州大学帕克分校。

50 援华工作，遣返文件夹，1945 年，英国国家档案馆（TNA），FO 371/46158。

51 1941—1946 历史档案，关于北缅战役的报告，致蒙巴顿将军，ARC # 565374，Entry # UD-UP 105，652 文件夹，美军在中缅印战场活动，缅印战场行动，美军历史档案区，国家档案馆马里兰大学帕克分校。

52 埃瑞克·孟乐克与儿子罗伯特·孟乐克之间的私人对话。

53 迪瑞、方德万：《中日战争期间主要军事行动概述》，摘自《为中国而战：1937—1945 年中日战争军事史随笔》，加州斯坦福：斯坦福大学出版社，2011，第 46 页。

54 布雷德斯特上校给富华德和孟乐克下达的命令，未出版，现由孟乐克之子罗伯特保存。

55 刘馥：《中国近代军事史》，第 215 页。

56 布利斯上校（L.J. Bullis）给指挥官的信（1945 年 7 月 12 日），未出版，现由孟乐克之子罗伯特保存。

57 孟乐克信件“优秀文职人员徽章奖”（1945 年 10 月 25 日），未出版，现由孟乐克之子罗伯特保存。

58 布利斯上校（L.J. Bullis）给指挥官的信（1945 年 7 月 12 日），纪瑞德档案，Památnik národniho pisemnictvi，捷克共和国布拉格。

59 未署名文章《医生盛赞中国人的勇气》，印度德里 CBI 摘要，第二卷第 31 期，1944 年 4 月 13 日。

60 普通信件，RG 0493 美军在中缅印战场行动记录 1943—1945，十进制文件 1943-5，28 文件夹，ARC # 6780874，印度—缅甸战区，美国国家档案馆，马里兰州大学帕克分校。

61 杨固：《九年在前线，从西班牙到中国：1937—1945》，第 246 页。

62 给孟乐克的回信，孟乐克信件（德语），未出版，现由其子罗伯特保存。

63 沈恩：《柯里格》，第 52 页。

## 第十章 跟随远征军在中国

1 缅甸公路并不是当时唯一的土木工程奇迹，1942 年 6 月，日本人出现在阿留申群岛，当时的日军工程团疯狂地修建阿拉斯加公路，并于 1942 年秋季完工。

2 鲍威尔（Lyle Powell）：《战时中国外科医生》，劳伦斯：堪萨斯大学出版社，1946，第 21 页。

3 约翰·里奇日记，1943 年 2 月 5 日至 9 月 20 日中国之行，约翰·里奇资料集（盒 1，第 5 卷），贵格会特别收藏，宾夕法尼亚州哈弗福德学院。

4 麦克卢尔的回信，引自本纳特（Kenneth Bennett）所著《七分钟备忘录》（Temp MSS 876，盒 13，中国红十字会，1943），伦敦公谊会图书馆。

5 戴维斯（Davies）：《公谊救护队》，第 272 页。

6 斯科特：《麦克卢尔》，第 308 页。

7 1910 年，犹太德国化学家保罗·埃利希（Paul Ehrlich）宣称，砷与其他药物的混合物可以在不损害人体的前提下，摧毁梅毒螺旋体。埃利希不断进行实验，直到第 914 次，终于制造出了有效的抗生素，他把这种抗生素命名为“914”。后因这项工作，他获得了诺贝尔奖。1910 年，德国的一条街道以他的名字命名，虽在纳粹期间被重新命名，但战后依然恢复。氯化汞疗法在“914”抗生素出现前用于治疗梅毒，虽然有毒副作用，但仍在战时中国广泛使用。有关其价值的初步报告在战后才陆续出现。

8 麦克卢尔给哈里斯的回信，1942 年 7 月 8 日，云南蒙自（Temp MSS 876，盒 13，中国红十字会，1943），伦敦公谊救护队图书馆。

9 麦克卢尔的回信，云南蒙自（Temp MSS 876，盒 13，中国红十字会，1943），伦敦公谊救护队图书馆。

10 白乐夫：《为医在中国》，第 15 页。

11 巴莉丽琦：《严斐德》，第 117 页。

12 唐莉华给母亲的信，1943年2月17日，未出版，现由其子伯纳德保存。

13 卫训所发回救护总队的机密报告，1943年，美国医药援华会记录（第4系列：盒38，科尔伯格），纽约哥伦比亚大学珍本书稿图书馆。

14 文淑德：《有办法》，第125页。

15 约翰·里奇日记，1943年2月5日至9月20日中国之行，约翰·里奇资料集（盒1，卷5），贵格会特别收藏，宾夕法尼亚州哈弗福德学院。

16 科恩的回信，1943年2月5日，美国医药援华会记录（盒30，科恩卷），纽约哥伦比亚大学珍本书稿图书馆。

17 史蒂文斯给美国医药援华会董事会的信，1943年9月22日，美国医药援华会记录（盒38，杂项信件），纽约哥伦比亚大学珍本书稿图书馆。

18 麦克卢尔给范斯莱克的信，1943年2月16日，美国医药援华会记录（盒18，麦克卢尔），纽约哥伦比亚大学珍本书稿图书馆。

19 约翰·里奇日记，1943年3月29日至4月3日，约翰·里奇资料集（盒1，第5卷），贵格会特别收藏，宾夕法尼亚州哈弗福德学院。

20 红十字会医疗队，1943年7月，美国医药援华会记录（盒22，中国红十字会国外后援会，林可胜卷），纽约哥伦比亚大学珍本书稿图书馆。

21 白乐夫：《为医在中国》，第74页。

22 倪丹丹：《罗马尼亚的白求恩》，载于《环球时报》，2016年6月21日引用。

23 彼得森（Rebecca Ewing Peterson）：《柯让道》，寻墓网（Find a grave），2016年6月21日引用，http://www.findagrave.com/cgi-bin/fg.cgi? page=grandGRid=116231592andref=acom。

24 麦克卢尔从云南下关寄给在曲靖的医疗队的信，1944年7月27日（Temp MSS 876，盒13，中国红十字会，1943），伦敦公谊会档案馆。

25 科恩给范斯莱克的信，1943年11月29日，美国医药援华会记录，纽约哥伦比亚大学珍本书稿图书馆C区。

26 罗益写给荣独山医生的信，贵州省贵阳市档案馆。

27 哈里斯（Michael Harris）关于考察医院的报告，1944年3月28日（Temp MSS

876， 盒 13，中国红十字会 1943），伦敦公谊会图书馆。

28 同上。

29 陶涵（Jay Taylor）：《委员长：蒋介石和近代中国的斗争》，麻塞诸塞洲：剑桥群贝尔克纳普出版社， 2011，第 276 页。

30 科恩写给范斯莱克的信，1944 年 6 月 11 日，美国医药援华会记录（盒 30， 科恩卷），纽约哥伦比亚大学珍本书稿图书馆。

31 史沫特莱卷 V 18 Group 5， 72-9， 詹姆斯伯克医院报告，1944 年 9 月，亚利桑那州坦佩，亚利桑那州立大学图书馆，大学档案馆。

32 同上。

33 史沫特莱卷 V 18 Group 5，詹姆斯伯克医院报告，1945 年 5 月，亚利桑那州坦佩，亚利桑那州立大学图书馆，大学档案馆。

34 有学者认为，要求撤回史迪威的人是宋子文而不是蒋介石。宋美龄和宋蔼龄都反对撤回史迪威，她们都把宋子文视为她们丈夫（蒋介石和孔祥熙）的潜在威胁。

35 艾奇逊（Dean Atchison）：《中国危机》，《纽约时报》，1944 年 11 月 1 日。

36 杰斯珀森（Jesperson）：《美国眼中的中国》，第 120—121 页。

37 宋庆龄女士写给普赖斯的信，1944 年 12 月，威尔斯（Nym Wales）注册资料集（盒 5/34: 普莱斯）， 胡佛研究所档案馆。

38 顾泰尔个人回忆录（德语），未出版，现由其子查尔斯保存，2014 年 8 月 3 日。

39 1971 年孟乐克和儿子罗伯特的交流。

40 《日军向贵阳进军》，纽约时报， 1944 年 11 月 30 日。

41 林可胜给范斯莱克的信，1944 年 12 月 19 日，美国医药援华会［盒 2， 军医署报告（林可胜报告 1—10）］，纽约哥伦比亚大学珍本书稿图书馆。

42 林可胜给范斯莱克的信，1944 年 12 月 22 日，美国医药援华会［盒 2， 军医署报告（林可胜报告 1—10）］，纽约哥伦比亚大学珍本书稿图书馆。

43 科恩寄出的信，1943 年 2 月 5 日，美国医药援华会记录（盒 30， 科恩卷），纽约哥伦比亚大学珍本书稿图书馆。

44 文淑德：《有办法》，第 91 页。

45 科恩寄出的信，1945 年 1 月 25 日，美国医药援华会记录（盒 30，科恩卷），纽约哥伦比亚大学珍本书稿图书馆。

46 科恩寄给范斯莱克的信，1945 年 4 月 2 日，美国医药援华会记录（盒 30，科恩卷），纽约哥伦比亚大学珍本书稿图书馆。

47 科恩寄出的信，1945 年 9 月 4 日，美国医药援华会记录（盒 30，科恩卷），纽约哥伦比亚大学珍本书稿图书馆。

48 巴莉丽琦：《严斐德》，第 116 页。

49 唐莉华的信，1945 年 5 月 8 日，未出版，现由其子伯纳德保存。

50 林可胜寄出的信，美国医药援华会（盒 13，林可胜卷），纽约哥伦比亚大学珍本书稿图书馆。

51 林可胜给范斯莱克的信，1945 年 6 月 17 日，美国医药援华会［盒 2，军医署报告（林可胜报告 1—10）］，纽约哥伦比亚大学珍本书稿图书馆。

52 同上。

53 9 位由英国资助赴华的医生是白乐夫、严斐德、纪瑞德、杨固、贝尔、甘扬道、富华德、顾泰尔和肯德。10 位获挪威资助的医生是陶维德、柯里格、何乐经、沈恩、柯让道、甘理安、戎格曼、傅拉都以及放射科技术员甘曼妮和医学生马绮迪。

54 在华救援工作，1945 年 4 月 6 日，从援华医疗委员会玛丽·吉尔克里斯特博士到中国大使馆的遣返文件夹（图 361-8），英国国家档案馆，FO 371/46158。

55 外国难民医生在印度（1943 年卷），美国外交服务部致英国外交部文件，1945 年 6 月 8 日，英国国家档案馆，FO 371/35820。

56 同上。

57 外国难民医生在印度（1943 卷），印度政府外部事务办公室致英国文件，1945 年 8 月 8 日，英国国家档案馆，FO 371/35820。

58 柏特纳寄给孟乐克信件，1945 年 6 月，中国作战指挥部，美军，昆明，未出版，现由孟乐克之子罗伯特保存。

59 巴莉丽琦：《严斐德》，第 126 页。

60 埃尔扎（Paul Elza）——联合国善后救济署代理人事专员寄给孟乐克的信，1945 年 9 月 24 日，未出版，现由孟乐克之子罗伯特保存。

61 《科恩日记》，1943 年 6 月 6 日， 第 8 页。

62 顾泰尔个人回忆录（德语），未出版，现由其子查尔斯保存，2014 年 10 月 5 日。

63 美国空军航空运输司令部收到纪瑞德的信件， Památnik národniho pisemnictvi，捷克共和国布拉格。

64 沈恩：《柯里格》，第 53 页。

65 杨固：《九年在前线，从西班牙到中国：1937—1945》，第 246 页。

66 详见 哈克尔（Hackl）《紧紧拥抱》（ In Fester Umarmung），第 300 页。

67 在华援助工作，1945 年，英国国家档案馆， FO 371/46160。

68 海事记录，阿伯丁英联邦航线，1946 年 11 月 11 日，从孟买开往伦敦的云雀湾船，检索自 http://www.forecesty.com/immigration。

69 白乐夫：《为医在中国》，第 18 页。

70 联合国档案馆，S-0399-0001-02。联合国善后救济基金会（AG-18-001 中国办事处文件，盒：S-0528-0547，柳州地区办事处卷：肯德报告，S-1159-0000-0037 博士），地区医疗执行主任肯德给联合国善后救济署首席医务官保尔舍克 Dr. R. Borcic 的信，联合国善后救济署，1946 年 5 月 6 日。

71 联合国档案馆，S-0399-0001-02。联合国善后救济基金会（AG-18-001 中国办事处文件，盒： S-0528-0144，行政中心注册卷：医疗部），联合国善后救济署首席医务官 赫施西（Ira Hirschsy） 的信，联合国善后救济署，1948 年 1 月 8 日。

72 联合国档案馆，S-0399-0001-02。联合国善后救济基金会。（AG-18-001 中国办事处文件，盒： S-0528-0144，行政中心注册卷：医疗部，青岛），联合国善后救济署医务官哈灵顿（ Grank Harrington ）致首席医务官利兰（Stanley Leland）的信，联合国善后救济署，1947 年 5 月 27 日。

73 联合国档案馆，S-0399-0001-02。联合国善后救济基金会（AG-18-001 中国办事处文件，盒：S-0528-0488，甘理安卷），甘理安给联合国善后救济署代理区域代表汉森（Clay Hansen）的信，联合国善后救济署，衡阳，1947 年 1 月 15 日。

74　通讯稿《中国医疗援助》，英国医学杂志，1946 年 3 月 16 日，第 400 页。

## 第十一章 援华后记（1945—2012）

1　戎格曼从美国俄克拉荷马市给马丁的信，1979 年 1 月 10 日（ALBA ＃ 1 波兰卷），纽约大学泰米图书馆和瓦格纳工人档案馆。

2　该信息源自作者与戎格曼女儿凯伦的私人交流，2016 年。

3　戎格曼讣告，俄克拉荷马市，1989 年 10 月 5 日发布。

4　罗德里格斯、米歇尔 · 戎格曼：《恶性疟原虫感染红细胞上某种蛋白质作为转运受体发挥作用》，《自然》，1986 年 11 月 27 日—12 月 3 日；324（6095），第 388—391 页。

5　源自作者与亚当 · 陶维德的私人交流，2015 年 9 月 1 日，贵阳。

6　详见 Filip Kubicz-Andryszak, Azja-Pacifyk: Spoleczenstwo, polityka, kultura（Warsaw, Poland: Rocznik，2005），第 39—42 页。

7　引自 http://www.holocaust.cz/en/ database-of-victims/victim/23403-hugo-mamlok 和 http://www.holocaust.cz/en/database-of-victims/victim/27962-selma-proskauer/。

8　国家卫生董事会普法贝尔博士（Dr. Pfabel）给孟乐克的信，1948 年 1 月 9 日，孟乐克信件，未出版，现由其子罗伯特保存。

9　罗托赛克 · E · 塞利科夫、孟乐克：《异烟肼及其异丙基衍生物在人类结核病治疗中的作用》，《胸腔》，23（1）：1-15（1953）。

10　对柏林犹太医院战时故事感兴趣的读者可查阅西尔弗（D.B.Silver）所著图书《地狱避难所》，纽约：霍顿 · 米夫林公司，2003。

11　史沫特莱给王安娜的信，1946 年 8 月 31 日，史沫特莱收藏（盒 1，卷 9），亚利桑那州立大学。

12　一场有罗益参演的小型演出——TPEA, The Rusk Cherokeean 报纸，Vol. 105, No. 7，1952 年 8 月 14 日（周二），引自 2016 年 7 月 2 日。

13 源自作者与伯纳德·白乐夫的私人交流，2016 年。

14 源自作者与查尔斯·顾泰尔的私人交流，2017 年。

15 文淑德：《有办法》，第 77 页。

16 林吟：《在血与火中穿行》，第 357 页。

17 贵阳市政府新闻办公室编：《国际援华医疗队在贵阳》，北京：五洲传播出版社，2005，第 114 页。

18 详见H. Domeinski, 40 Jahre Landambulatorium “Dr. Herbert Baer” Golssen—Sozialistische Gesundheitspolitik auf dem Lande: Beiträge des Kolloquiums Anlässlich des 40. Jahrestages der Gründung des Ersten Landambulatoriums am 25. November 1988 in Golssen （Akad. für Ärztliche Fortbildung, Arbeitsgruppe Geschichte des Gesundheitswesens, 1989）。

19 白乐夫和 斯特拉斯（M. Strasse）：《纪念严斐德》，《医学进步杂志》第 13 卷，1955 年 7 月 1 日。

20 奥斯伯（Dr. Ausubel ）给马丁的回信，马丁资料集（盒 3，马绮迪文件夹），纽约大学泰米图书馆和瓦格纳工人档案馆。

21 详见兰道尔 Lexikon der Österreichischen Spanienkämpfer， 第 133 页。

22 详见哈克尔《紧紧拥抱》， 第 301 页。

23 陶伯（L. Tauber）：《保持犹太人的记忆》，2016 年 6 月 20 日，引自 http://www.centropa.org/biography/lilli-tauber。

24 富华德：《起来——一位医生在中缅战场：1939—1945》，第 9 页。

25 克莱格：《援华 1937—1939》，第 103 页。

26 详见 Karel Pacner：Osudove okamziky Ceskoslovenska ，捷克布拉格：信天翁出版社，1997，第 455—456 页。

27 沈恩：《柯里格》，第 57 页。

28 详见 Bergmann： Internationalisten an den Antifaschistischen Fronten, 第 70 页。

29 源自作者与沈恩的儿子约瑟夫和彼得的私人交流，2017 年。

30　匈牙利名单，马丁资料集（ALBA ＃ 1，盒 2，匈牙利卷），纽约大学泰米图书馆和瓦格纳工人档案馆。

31　源自作者与沈恩的儿子约瑟夫和彼得的私人交流，2016 年 12 月 2 日，比利时布鲁塞尔。

32　同上。

33　柯里格和平奖（The Frantisek Kriegel Award），创立于 1987 年，每年奖励为人权而战的人士。严斐德和平奖（The Fritz Jensen Prize），存于 1960 年至 1965 年间，每年颁发。

## 第十二章　成就与贡献

1　中国纪念二战期间援华医生，引自 2015 年 9 月 6 日，http://newscontent.cctv.com/NewJsp/news.jsp?fileId=314938。

2　亚瑟 · 钟：《老鼠、麻雀和苍蝇》，第 89 页。

3　严斐德：《战地手术特点》，第 95 页。

4　同上，第 98—100 页。

5　贵阳市政府新闻办公室编：《国际援华医疗队在贵阳》，北京：五洲传播出版社，2005，第 63 页；严斐德：《战地手术特点》，第 7 页。

6　斯科特：《麦克卢尔》，第 120 页。

7　亚瑟 · 钟：《老鼠、麻雀和苍蝇》，第 98 页。

8　援华医疗委员会记录，1940 年 7 月，英国国家档案馆， FO 371/24667。

9　史沫特莱：《战争之歌》，英国伦敦：Victor Gollanz Ltd., 1944，第 347 页。

10　杨军：《铭记援华医生在战时中国的无私援助》，2015 年 6 月 9 日，摘自《中国日报》，http://www.chinadaily.com.cn/opinion/2015-06/09/content_21224580.htm on March 30， 2018；戈德斯坦（Jonathan Goldstein）：《1850—1950 年上海欧亚犹太人身份的马赛克和缩影》，《今日中国基督教》，第 3 卷，第 2 期（2013），第 38 页。

## 附录二 中国红十字会救护队 / 国际援华医疗队纪念活动

1 2015 年 8 月，中国 · 贵阳 · 图云关公园援华志愿者新碑揭幕仪式上与国际医疗救援队纪念雕像合影。

## 附录三 中国红十字其他国际志愿者

1 朱德是毛泽东主席的亲密战友，长征中的幸存者，之后曾任红军总司令。

2 珍妮丝 · 麦金农和史蒂分 · 麦金农：《史沫特莱：一个美国激进分子的生活和时代》，加州洛杉矶：加州大学出版社，1988，第 199 页。

3 迪帕克（B.R.Deepak）：《我在柯棣华身边的一生》，第 365 页。

4 武昌现在是湖北省省会武汉城区的一部分。

5 巴苏华：《云南的召唤》，第 36—37 页。

6 同上，第 68 页。

7 米特(Rana Mitter):《被遗忘的盟友: 中国第二次世界大战, 1937—1945》, 纽约: 塞顿 · 米夫林 · 哈孝特出版社，2013，第 223 页。

8 王炳南（平南）是德国记者王安娜的丈夫，他们也是国际援华医疗队未来的朋友，与周恩来关系密切。

9 巴苏华：《云南的召唤》，第 82 页。

10 迪帕克:《我在柯棣华身边的一生》，中国北京：曼南克（音译）出版社（Manak Publications），2006，第 362 页。

11 爱丁堡大学医学院在 1855 年为中国第一个学生 Wang Fun 提供了从西方医学院毕业的机会。

12 迪帕克:《我在柯棣华身边的一生》，中国北京：曼南克出版社，2006，第 365 页。

13 同上，第 376 页。

14 红十字会救护总队第三医疗队报告，1937 年 12 月—1938 年 12 月，美国医药援华会记录（盒 8，卫生署，金宝善卷），纽约哥伦比亚大学珍本书稿图书馆。

15 《新第四军医疗服务》，1939 年 4 月 1 日，保卫中国同盟通讯（保卫中国同盟香港中央委员会），DS77 7.533.R45 C393（1938 年 7 月至 1941 年 11 月），胡佛研究所图书馆。

16 1943 年 3 月 15 日，英国大使馆致外交部的信函，1943 年亲善援华第 7 文件夹，英国国家档案馆，FO 371-35717。

17 红十字会救护总队第 38 医疗队报告，1938 年 2 月—1938 年 11 月，美国医药援华会记录（盒 8，卫生署，金宝善卷），纽约哥伦比亚大学珍本书稿图书馆。

18 莱维内（Allan Levine）：《没有我不敢的事：哈励逊传奇》，加拿大医学协会期刊，177（10）：1237—1239，2007 年 11 月 6 日。

19 中国红十字会伍长耀给美国医药援华会许肇堆的信，1939 年 1 月 7 日，美国医药援华会记录（盒 22，中国红十字会卷），纽约哥伦比亚大学珍本书稿图书馆。

20 莱维内：《没有我不敢的事》，第 1238 页。

21 诺伯格(Viveca Haldin Norberg):《海尔塞拉西非洲的瑞典人: 1924—1952 年》，瑞典乌普萨拉：斯堪的纳维亚非洲研究所，1977。

22 《帮帮中国战争的受害者》，刊于《海峡时报》，1939 年 2 月 23 日。

23 红十字会救护总队第 33 医疗队报告，1940 年，美国医药援华会记录（盒 822，中国红十字会，胡会林卷），纽约哥伦比亚大学珍本书稿图书馆。

24 雷希特（Dr. Walter Karl Recht，1904—1989）是一位骨科医生，他于 1939 年移民到英国，并为皇家陆军医疗队在中东效力。1945 年他回到布拉格，为国家卫生部工作。1947 年，在共产党接管捷克前，他回到英国。

25 林可胜博士给许肇堆的回信，1939 年 8 月 24 日，美国医药援华会记录（盒 22，中国红十字会，林可胜，1939 卷），纽约哥伦比亚大学珍本书稿图书馆。

26 林可胜博士给许肇堆的回信，1939 年 8 月 24 日，美国医药援华会记录（盒 22，中国红十字会，林可胜，1939 卷），纽约哥伦比亚大学珍本书稿图书馆。

# 参考文献


Administrative Office of the Mausoleum of Song Qing Ling, Commemorative album of Kranzdorf, J. *Luomaniya de Bai Qiuen: Bukuer Kelieran Yu Zhongguo. di 1 ban.* ed. Shanghai, China: Shanghai ci shu chu ban she, 2009.

Allan, T., and S. Gordon. *The Scalpel and the Sword: The Story of Dr. Norman Bethune*. New York: Monthly Review Press, 1952.

Andrews, B., and M.B. Bullock. *Medical Transitions in 20th Century China*. Bloomington: Indiana University Press, 2014.

Auden, W.H., and C. Isherwood. *Journey to a War*. New York: Random House, 1939.

Balme, H. "Medical Help for China," Lancet, 1939, pp. 300–317.

Barilich, A. *Fritz Jensen. Arzt an Vielen Fronten, Biografische Texte zur Geschichte der Österreichischen Arbeiterbewegung,* Vienna, Austria: Globus Verlag, 1991.

Basu, B.K. *Call of Yanan: The Story of the Indian Medical Mission to China*. New Delhi, India: Foreign Language Press, 1986.

Becker, R. "Als Arzt in China," in G. Albrecht and W. Hartwig, *Aerzte: Erinnerungen, Erlebnisse Bekenntnisse*. Berlin: Buchverlag Der Morgen, 1972.

Becker, R., and M. Strasse. "Fritz Jensen in Memoriam." *The Journal for the Advancement of Medicine*, July 1, 1955, Vol. 13.

Bergmann, T. *Internationalisten an den antifaschistischen Fronten*. Hamburg, Germany: Verlag, 2009.

Bullock, M.B. *An American Transplant*. Berkeley: University of California Press, 1980.

Christensen, E. *In War and Famine: Missionaries in China's Honan Province in the 1940s*. Montreal, Canada: McGill–Queens University Press, 2005.

Chung, A.W. *Of Rats, Sparrows, and Flies: A Lifetime in China*. Stockton, CA: Heritage West Books, 1994.

Clegg, A. *Aid China 1937–1939: Memoirs of a Forgotten Campaign*. Beijing, China: Foreign Languages Press, 2003.

Davenport, H.W. *Robert Kho-Seng Lim: A Biographical Memoir*. Washington, D.C.: National Academy of Sciences, 1980.

Davies, T. *Friends Ambulance Unit: The Story of the F.A.U. in the Second World War, 1939–1946*. London: George Allen and Unwin, 1947.

Deepak, B.R. *My Life with Kotnis*. Beijing, China: Manak Publications, 2006.

Eber, I. *Wartime Shanghai and the Jewish Refugees from Central Europe*. Berlin: Walter De Gruyter, 2012.

Epstein, I. *My China Eye*. San Francisco: Long River Press, 2005.

Epstein, I. "On Being a Jew in China: A Personal Memoir," in A. Goldstein, *The Jews of China*. New York: M.E. Sharpe, 2000.

Ewen, J. *China Nurse: 1932–1939*. Toronto, Canada: McClelland & Stewart, 1981.

Flowers, W. *A Surgeon in China: Extracts from Letters from Dr. W.S. Flowers*. London: The Carey Press, 1946.
Freudmann, W. *Tschi-Lai!-Erhebet Euch! Erlebnisse eines Arztes in China und Burma*, 1939–45. Linz, Austria: Verlag Neue Zeit, 1947.
Grabman, R. *Bosques' War: How a Mexican Diplomat Saved 40,000 from the Nazis*. Mazatlan, Mexico: Editorial Mazatlan, 2011.
Griffith, S.B. *The Chinese People's Liberation Army*. New York: McGraw-Hill, 1967.
Gulick, E.V. "Peter Parker and the Opening of China," *Journal of the American Oriental Society*, Vol. 95, No. 3, July 1975.
Hackl, E. *In Fester Umarmung: Geschichten und Berichte, Erster Bericht ûber die Schriftstellerin Susanne Wantoch*. Zurich, Switzerland: Diogenes, 2000.
Hannant, L. *The Politics of Passion: Norman Bethune's Writing and Art*. Toronto: University of Toronto Press, 1998.
Hauser, E. *Shanghai: City for Sale*. Beijing: Chinese American Publishing Company, Inc., 1940.
Iancu, D. *9 Ani Medic Pe Front Spania–China (1937–1945)*. Bucuresti, Romania: Editura Vitruviu, 2008.
The Information Office of the Guiyang Municipal Government, International Medical Team in Guiyang. Guiyang, China: China Intercontinental Press, 2005.
Jackson, A. *For Us It Was Heaven: The Patience, Grief, and Fortitude of Patience Darton*. Brighton, England: Sussex Academic Press, 2012.
Jensen, F. *China Siegt*. Vienna, Austria: Globus Verlag, 1949.
Jensen, F. *Opfer und Sieger: Nachdichtungen, Gedichte und Berichte*. Berlin: Dietz Verlag, 1955.
Jensen, F. "Some Features of War Surgery and Army Medical Service During the Spanish Civil War of 1936–1939," *The Chinese Medical Journal*. Vol. 62A, April 1944, 95–100.
Keene, J. "Snow Boots in Sunny Spain: White Russians in Nationalist Spain," *Fighting for Franco: International Volunteers in Nationalist Spain During the Spanish Civil War, 1936–1939*. Leicester, England: Leicester University Press, 2001.
Kohn, G.C. *Encyclopedia of Plague and Pestilence: From Ancient Times to the Present*. New York: Infobase Publishing, 2008.
Landauer, H. *Lexikon der Osterreichischen Spanienkämpfer, 1936–1939*, 2d ed. Vienna, Austria: Theodor Kramer Gesellschaft, 2008.
Lataster-Czisch, P. *Eignetlich Rede Ich Nicht Gern über Mich*. Leipzig, Germany: Gustav Kiepenheuer, 1990.
Levine, A. "I Dare Do All: The Saga of Dr. Tillson Lever Harrison," *Canadian Medical Association Journal*, 177(10): 1237–1239, November 6, 2007.
Liu, F.F. *A Military History of Modern China*. Princeton, N.J.: Princeton University Press, 1956.
MacKinnon, J., and S. MacKinnon. *Agnes Smedley: The Life and Times of an American Radical*. Berkeley: University of California Press, 1988.
MacKinnon, J., and S. MacKinnon. *China Reporting: An Oral History of American Journalism in the 1930s and 1940s*. Berkeley: University of California Press, 1987.
Mitter, R. *Forgotten Ally: China's World War II, 1937–1945*. Boston: Houghton Mifflin Harcourt, 2013.
Norberg, V.H. *Swedes in Haile Selassie's Africa: 1924–1952*. Upssula, Sweden: Scandinavian Institute of African Studies, 1977.
Palmier, J.M. *Weimar in Exile: The Anti-Fascist Migration in Europe*. London, England: Verso Publishers, 2006.
Peck, G. *Two Kinds of Time*. Seattle: University of Washington Press, 2008.
Powell, L. *A Surgeon in Wartime China*. Lawrence: University of Kansas Press, 1946.
Romanus, C.F., and R. Sutherland. *U.S. Army in World War II: The China Burma India Theater*. Washington, D.C.: U.S. Department of the Army, 1959.
Ruifu, W. "After Flying Over the Hump: An Army Interpreters Report," in J. Pei, *Under the Same Flag: Recollections of the Veterans of World War II*. Beijing, China: China Intercontinental Press, 2005.
Scott, M. *Bob McClure: The China Years*. New York: Penguin, 1977.

Seagrave, G.S. *Burma Surgeon Returns*. New York: W.W. Norton & Co., 1946.
Seagrave, S. *The Soong Dynasty*. New York: Harper & Row, 1985.
Sichon, G.E. *Frantisek Kriegel, l'insoumis Plurielles numero 8—Les Juifs et l'engagement politique* (Frantisek Kriegel Biography), 1979.
Sichon, G.E. "Les Medecins des deux guerres: Espagna 1936–1939, Chine 1939–1945," in *Materiaux pour l'histoire de Nôtre Temps*. 1990, No. 19: *Materiaux pour une nouvelle lecture de l'histoire de l'Europe Centrale et Orientale*.
Smedley, A. *Battle Hymn of China*. London: Victor Gollanz, Ltd., 1944.
Soong Chiang, M. *China Shall Rise Again*. New York: Harper and Brothers, 1941.
Stephenson, C.B. "Vitamin A, Infection, and Immune Function," *Annual Review of Nutrition*, 2001; 21:167–192.
Stewart, R. *Phoenix: The Life of Norman Bethune*. Montreal, Canada: McGill–Queens University Press, 2012.
Stilwell, J.W., and T.H. White. *The Stilwell Papers*. New York: Da Capo Press, 1991.
Sues, I.R. *Shark's Fins and Millet*. Boston: Little, Brown and Company, 1944.
Taylor, J. *The Generalissimo: Chiang Kai Shek and the Struggle for Modern China*. Cambridge, MA: Belknap Press, 2011.
Terrill, R. *Mao: A Biography*. Palo Alto, CA: Stanford University Press, 1999.
Trent, Dr. R. "Robert Mcclure: Missionary–Surgeon Extraordinaire," *Canadian Medical Association Journal*, Vol. 132, February 15, 1985.
Tuchman, B. *Stilwell and the American Experience in China*. New York: The Macmillan Co., 1940.
Unschuld, U. *You Banfa—Es Findet Sich Immer Ein Weg: Wilhelm Manns Erinnerungen an China 1938–1966*. Berlin: Hentrich & Hentrich, 2014.
Utley, F. *China at War*. London: Faber & Faber, 1939.
Van de Ven, H. *War and Nationalism in China: 1925–1945*. London: Routledge Curzon, 2003.
Wang, A. *Ich Kämpfe Für Mao*. Hamburg, Germany: Holsten Verlag, 1973.
Wantoch, S. *Nan Lu: Die Stadt Der Verschlungenen Wege*. Vienna, Austria: Globus Verlag, 1948.
Watt, J. *Saving Lives in Wartime China: How Medical Reformers Built a Modern Healthcare System Amid War and Epidemics, 1928–1945*. Leiden: Brill, 2014.
White, T. *Thunder Out of China*. New York: DeCapo Press, 1946
Winfield, J. *China: The Land and the People*. New York: William Sloane Associates, 1948.
Yin, Lin. *Walking Through Blood and Fire*. Guiyang, China: Guizhou People's Publishing House, 2015.
Yip, K. "Disease and the Fighting Men: Nationalist Anti-Epidemic Efforts in Wartime China, 1937–1945," in D.R. Barrett and L.N. Shyu, *China and the Anti-Japanese War, 1937–1945, Politics Culture and Society*. New York: Peter Lang, 2000.
Yuxiang, Y. "Reminisce the Past," in J. Pei, *Under the Same Army Flag*. Beijing China: Intercontinental Press, 2005.

# 索引

（以下页码为英文原版图书页码，在本书中为边码）


A

Aaquist, Robert 罗伯特·阿奎斯特 27

Aeneas 埃涅阿斯号 62—64，66，75—76，84，198；see also the Blue Funnel Lines 另见蓝色漏斗线公司

Alley, Rewi 路易·艾黎 137，205；see also Chinese Industrial Cooperatives（Indusco）另见中国工业合作社

American Bureau for Medical Aid to China 美国医药援华会 34，53，105，199，206—207；need for physicians in China 中国对医生的需求 56，102—103，135，137，176；relations with other relief organizations 与其他援助组织的关系 42—43，47，91，115，126；and Wright,（Cohn），Adele 阿黛尔·莱特（科恩）32—33，73，101，171—173，179，203；

American Friends Service Committee 美国公谊服务委员会 39，108. 172，210；relations with other relief organizations 与其他援助组织的关系 42—43，47，136，167；see also 另见 The Society of Friends 公谊会

Anchang, Lui 柳安昌 54

Anhui Province, China 中国安徽省 185

anti—Semitism 反犹太主义 30；absence in China 中国没有反犹太史 88，116；in Europe 欧洲的反犹太主义 11—12，14，67，186—187，212

Argeles, France 法国阿热莱斯 21

Army Medical Corps, China 中国陆军医疗队 49—52，127，169，205；inadequacy of 不足 53，55，95—96

Army Medical Corps,United States 美国陆军医疗队 154—155

atabrine 阿的平 158

Atal, M.M. 爱德华 63，203—205，215

Atkinson, Brooks 布鲁克斯·阿特金森 176

Auden, W.H. 奥登 17，76；on McClure, Robert 关于麦克卢尔、林可胜 41；on Smedley, Agnes 关于史沫特莱 47

Ausubel, Moses 摩西 17，189

B

Bachman, George 巴赫曼 102

Baer, Herbert 贝尔 33，63，67，80，118，188；in Burma—India 在缅—印 149—152，180，182；enemy alien status 敌国侨民现状 64—65，75，87；in England 在英国 28，60—62；forced inactivity 被闲置 137，140

Balme, Harold 巴慕德 25，96—97

Barcelona 巴塞罗那 16—19，22

Barger, Evert 埃弗特·巴格 130—131，136，198

Barnett, Robert 罗伯特·巴尼特 47

Barsky, Edward 巴斯基 18，157

Basu, Bijoy Kumar 巴苏华 63，118，203—204

Battle of Britain 不列颠之战 126，128，198

Battle of the Bulge 隆突之战 177

Battle of Hong Kong 香港攻防战（又称“香港保卫战”） 138

The Battle Hymn of China 《战争之歌》147；see also Smedley, Agnes 另见史沫特莱

Becker（Staniforth）, Joan 唐莉华 4，66—67，149，184，188，197，203；with the Medical Relief Corps 和国际援华医疗队 123，170—171，179

Becker, Rolf 白乐夫 2—4，61，69，74—75，80，84，86，88，91—92，95—96，107，113—119，122—123，126，149—150，187—188，191. 197—198，203—204；in England 在英国 27—30；in Spain 在西班牙 14—18；with UNRRA 和联合国善后救济署 184；in Yunnan, China 在中国云南 170—171，173

Beijing 北京 8—9，36，52，88，184，189

beriberi 脚气病 100，156，169

Bertram, James “Jack” 贝特兰 58—59，84，113

Bethune International Peace Hospital 白求恩国际和平医院 46，176

Bethune, Norman 白求恩 16，31，

40，46，58—59，80，85，112—114，130，184，197—198，204—205，207

Bingnam, Wang 王炳南（平南）205

Biomedicine 生物医学 9，97；conflict with Chinese medicine 与中医间的矛盾 92—94，96，135

Blue Funnel Line 蓝色漏斗线公司 61—62，72； see also the Aeneas; the Eumaeus 另见埃涅阿斯号；尤梅厄斯号

Boatner, Haydon Lemaire 柏特纳 151，154—155，181

Botwin Company 博生商行 14

Breidster, Waldemar 布雷德斯特 162

British Friends Service Council 英国公谊会理事会 42—43；see also The Society of Friends 另见公谊会

British Fund for the Relief of Distress in China see Lord Mayor Fund 英国援华救灾基金，见市长基金

British Red Cross 英国红十字会 47，102—103，167；see also Flowers, Wilfred 见威尔弗雷德·弗劳尔斯，

Brown, Richard 理查德布朗 46，113，207

Brown, Rothwell 罗瑟韦尔·布朗 164

Bullis, Harry 布利斯 162，164

Burma Road 缅甸公路 29，43—44，57—58，74，77，124，127，140，157，162，167， 198

Burma Surgeon 缅甸医生 see Seagrave, Gordon，见西格雷夫

C

C. Pan see Pan Ji 见潘骥 The California 加利福尼亚号 73

Camp Gurs 居尔难民营 see Gurs, France 见法国居尔

Camp Ramgarh 蓝姆伽营地 see Ramgarh, India 见印度蓝姆伽

Canton, China 中国广东 see Guangzhou, China 见中国广州

Capa, Robert 罗伯特·卡帕 17

Casablanca Agreement 卡萨布兰卡协议 152

Cassidy, Maurice Allen 莫里斯·艾伦·卡西迪 25

Changjiang River 长江 see Yangzi River 见扬子江

Changsha 长沙 63，96，115—117，133，161，177

Chiang Ching—kuo 蒋经国 96. 137

Chiang Kai—shek 蒋介石 9，24，35—36，39，42，45，50—51，87，

96，130，137，140，149，197，214；and conflict with the Chinese Communist Party 和中国共产党的矛盾 8，35，153，175—176；and Lin, Robert 和林可胜 56，115，130，132—133，198

Chiang Kai—shek, Madame 宋美龄 Song, Mei—ling 24，45，51，56，115，118，131，170，197

China Aid Council 美国援华会 24，42，58，86，206

China Convoy 中国护卫队 43 see also Friends Ambulance Unit 另见公谊救护队

China Defense Supplies 中国国防供应公司 135

China Medical Aid Committee of London 伦敦援华医疗委员会 25，27—29，60—61，63，70，72，114，117，122，126，130，133，139，148，151，161，180，185；see also Gilchrist, Mary 玛丽·吉尔克里斯特

China Medical Aid Committee of Norway 挪威援华医疗委员会 29，126，128

China Medical Board 美国中华医学基金会 39

Chinese Academy of Sciences 中国科学院 185，188

Chinese Army in India 中国印度远征军 148，155，157—158，160，164—165，180

Chinese Communist Party 中国共产党 9，10，24，66，75，115，131—133，149，176；armies 军队 31，46，59，63，79—80，88，109，113—114，118，145，147，184，204；conflict with Guomintang 和国民党的冲突 35—36，48—49，89—90，93，112，119，134，153，205.

Chinese Convalescent Hospital 中国的疗养医院 161—162

Chinese Defence League 保卫中国同盟 45，61，131，206；Mme Sun Yat—sen 孙中山 115，130，138，170，192；Spanish Doctors 西班牙医生 24，63，65

Chinese Expeditionary Force 中国远征军 5，140，142，144，166，168

Chinese Expeditionary Force—X 中国远征军 X 军 147，148，153，167，182

Chinese Expeditionary Force—Y 中国远征军 Y 军 167，169，170—171，173，199

Chinese Industrial Cooperatives（Indusco）中国工业合作社 42；see

also Alley, Rewi 见路易 · 艾黎

Chinese medicine 中医 129，135—136； conflict with biomedicine 与生物医学的矛盾；93—96

Chinese National Relief and Rehabilitation Administration 联合国善后救济署中国地区 184

Chinese Red Cross Medical Relief Corps Headquarters 中国红十字会救护总队总部 see Tuyunguan, China 参见中国图云关

Cholera 霍乱 40—41，94，104，107—109

Cholkar, Mohanlal 卓克华 203—204

Chongqing 重庆 9，31，36，44，47—49，133，138，140，144，151，175，179，204，209； Guomintang 国民党 35，176； Lin, Robert 130，132，171，179； Spanish Doctors 西班牙医生 75，80，87，89，113，119，131，149，170，180，187，189，200; Wright (Cohn), Adele 阿黛尔·莱特（科恩）73，80—81，90，173，175，178，199

Chu Teh 朱德 119，204

Chung, A.W. 亚瑟 · 钟 52，78； and Spanish Doctors 与西班牙医生 90，106，193—194

Chungking 重庆 see Chongqing 参见重庆

The Citadel 《城堡》84

Ciudad de Barcelona 巴塞罗那市号 18

Clejan, Bucur 柯让道（柯列然）see Kranzdorf, Iacob 参见柯让道

Clejan, Nelly 赵婧璞 see Jingpu, Zhao 见赵婧璞

Co—Tui, Frank 许肇堆 42—43，56，73，135，207 see also American Bureau of Medical Aid to China 另见美国医药援华会

Cohn, Adele 阿黛尔 · 科恩 see Wright (Cohn), Adele 参见阿黛尔·莱特（科恩）

Comintern 共产国际 8—9，13—15，21—25，27，70，89

conscription in China of physicians 中国征医入伍 52； of soldiers 士兵 103，121—122

corruption 腐败 49，104，176； in Army Medical Corps 在军医队中 9，100； Atkinson, Brooks on 记者阿特金森的质疑 176； international medical relief corps on 国际援华医疗队的态度 5，90—92； Kohlberg, Arthur on 科尔伯格的态度 102—103； Lin, Robert on 林可胜的态度 54，129；

Wantoch, Susanna on 王苏珊的态度 51—52； Wright （Cohn），Adele on 阿黛尔·莱特（科恩）的态度 171

Courtney, Barbara 高田宜 2，4，30，66，73—74，132，136—137，184，198，203； death 109，141—143，199

Coutelle, Carl 顾泰尔 2—4，12，18—19，50，60，66，69—70，80，86—88，90，92，107，119，126，133—134，137，140—142，188；in Burma—India 在缅—印 149—153，155—156，161，177，180，182；in England 在英国 27—28，72； in Spain 在西班牙 14—15，17； why China？为什么是中国？； 22—23

Coutelle, （Sussman） Rosa 罗莎·顾泰尔 127—128，133，141—142，148，188，198；in England 在英国 27—28，60，70—72；in Spain 在西班牙 19，22—23

Crome, Len 克罗姆 27，116

Cronin, A.J. 柯罗宁 84

Csu Te Lin, Éva 朱瑞玉 190—191

Culpin, Millais 米莱斯·莫金 25，211

## D

Damau, Peng 彭达谋 54

Dams 黄河大坝 36

Darton, Patience 佩辛斯·达顿 22—23，27—29，121，141

Davidson, Louis 戴维森 32，58

Delin Zhu 朱瑞玉 see Csu Te Lin Éva 参见朱瑞玉

Delousing and bathing stations 去虱和洗浴站 41，106—107，124—127，173，194

Deucalion 迪卡里翁号 70—72，80

diphtheria 白喉 94，108

Dohan, Paul 杜翰 206

Dutch East Indies 荷兰东印度群岛 57—58，115

dysentery 痢疾 22，47，98，104，106—107，141，169，174

## E

Eden, Anthony 安东尼·伊登 130，222

Edwards, Dwight 爱德华兹 102—103，221

Eighth Route Army 八路军 9，79—80，88，109，114，130，176，204，215；and Bethune, Norman 和白求恩 31，40，46，59，112—113； and Indian physicians 和印度援华医生 63，118，205—206； and Spanish Doctors 和西班牙医生 88，113—114，116，118—119，

131

Eisenberger （Kohn）, Elizabeth 伊丽莎白 73； see also Kent, Heinrich, 另见肯德

Eloesser, Leo 里奥·埃洛塞尔 31，93—94，118，212

Emblem of Meritorious Civilian Services 文职立功勋章 163，166

Emergency Medical Service Training Schools 卫训所 54—56，119，127，135，144，173—174

The Empress of Asia 亚洲女王号 58

enemy aliens 敌国侨民 68，72，88，185； in Hong Kong 在香港 64，70；in India 在印度 138，151—152

Enlai, Zhou 周恩来 35，58，133，179，189，205； and the Spanish Doctors 和西班牙医生 89，113，115，119，131，149，187

Epstein, Israel 爱泼斯坦 143

Ersler, Gabriel on Kriegel, Frantisek 厄斯勒对柯里格的描述 16；on Volokhine, Alexander, 对何乐经的描述 17

Eumaeus 尤梅厄斯号 61—62，see also the Blue Funnel Lines 另见蓝色漏斗线公司

Evans, Ernest 埃文斯·欧内斯特 43

Ewen, Jeanne 简艾文 58，113

F

famine 饥荒 103

Flato, Stanislaw（傅拉都 Fu Ladu）117，119，137，141，149—152，166，187； in Spain 在西班牙 2—4，14，16，26—27

Flowers, Wilfred 威尔弗雷德.弗劳尔斯 47，102

For Whom the Bell Tolls 《丧钟为谁而鸣》19

Foreign Auxiliary—Chinese Red Cross 中国红十字会国外后援会（也被译作“中国红十字会总会外侨协会”）24，61，63，65，73，86，133，180 see also Selwyn—Clarke, Hilda 另见希尔达·塞尔温·克拉克

Franco, Francisco 弗朗哥 7，13，14，16—18，40，197

fraxine 弗拉辛 105

French, Norman 诺曼·弗兰士 138

French Communist Party 法国共产党 13—15，25—29

Freudmann, Walter 富华德医生 60—67，75，79—80，84—85，87，89，91—92，115，117—118，122，137，140，149； in Burma—India 在缅—印 150—152，157，160，162，

180，182，188—189，194，198； in England 在英国 27—29； in Spain 在西班牙 13，16—18

Frey, Richard（Fu Lai）傅来 79—80

Friedrich—Wilhelms Universität zu Berlin see University of Berlin 柏林大学

Friends Ambulance Unit 公谊救护队 43—44，46—47，70，73—74，131—136，144，167，169，172，174，194； see also Society of Friends（Quakers） 参加公谊会（贵格会）

Friends of the International Members of the Medical Relief Corps 国际援华医疗队的朋友们 201

## G

Gellhorn, Martha 玛莎·盖尔霍恩 17

Gilchrist, Mary 玛丽·吉尔克里斯特 28—29，63，72，130，148，161，180； see also China Medical Aid Committee of London 另见伦敦援华医疗委员会

Gjesdahl, Tor 托尔·格耶斯达赫 24

Glaser, Wilhelm 格拉泽 16，26

Goldstein, Gisela 柯芝兰 see Kranzdorf, Gisela 见柯芝兰

Grynspan, Herzel 格林斯潘 29—30

Guangxi 广西 80，120，122，170

Guangzhou 广州 36，75，108

Guernica, Spain 西班牙格尔尼亚 9，24，197

Guilin 桂林 122，153，177

Guiyang 贵阳 4，9，70，83，86—87，89，100，107—110，114—116，122—123，131—133，136，138，141，148—149，174—175，177—180；Chinese Red Cross HQ 中国红十字会总部 56，61，67，71，73；prison 监狱 174；travel to 前往 74—79；see also Tuyunguan 另见图云关

Guizhou 贵州 4，12，83，109—110，114—115，119，125，153，200

Guomindang 国民党 9，23，50，53，66，88，92，100，103—104，113—114，123，127，138，149，176—177；and the Chinese Communist Party 和中国共产党 24，35—36，89，93，112，133—134；healthcare policy 卫生政策 10，49，130—132，145；second united front 第二次统一战线 36，75，129，131，198，205

Gurs, France 法国居尔 21—23，25，27，62

## H

Hai—teh, Ma 马海德 63

Hall, Kathleen 何明清 203

Hall, Ronald 罗纳德·霍尔 24

Hankou 汉口 47，58，75，117；see also Wuhan, China 另见中国武汉

Han—yuan, Li 李汉魂 50

Harris, Michael 迈克尔·哈里斯 174 see also Friends Ambulance Unit 参见公谊救护队

Harrison, Tillson Lever 哈励逊 206

Harvard University 哈佛大学 48，186

Hastings, Somerville 萨默维尔·黑斯廷斯 29

Hatem, George see Hai—teh, Ma 马海德

Hemingway, Ernest 欧内斯特·海明威 19

Henan 河南 54，104；famine 饥荒 103，198；mission hospitals 教会医院 39，46—47

Hengyang 衡阳 161，185

herbal medicine 草药 see Chinese medicine 参见中医

Hiroshima 广岛 182，199

Hodam, Max 马克斯·霍丹 25

Holm, Ake 霍姆 203，207

Hong Kong 香港 52，72，80，108，113，124，126，133—135，142，204，206—207；battle of 战役 138；and Becker（Staniforth），Joan 和唐莉华 66，123，197；China Defence League 保卫中国同盟 24，126，130；and Courtney, Barbara 高田宜 136；and Mamlok, Erich 孟乐克 66—68，70—71，152；and the Spanish Doctors 西班牙医生 61—66，76，78，122—123；University 大学 54，96；and Wright（Cohn），Adele 阿黛尔·莱特（科恩）73—75，179

Hsien—Lin, Chang 张先林 96

Huanghe River 黄河 see Yellow River 见黄河

Hubei 湖北 47，102，120

Hucheng, Yang 杨虎城 35

Humboldt University, Berlin 德国洪堡大学，柏林 188

Hume, Edward 爱德华·休谟 136

Hunan 湖南 58，138，152；Kent, Heinrich 肯德 159；Kohlberg, Arthur 亚瑟·科尔伯格 149；Mamlok, Erich 孟乐克 144，177；Schöen, George 沈恩 252；Spanish Doctors 西班牙医生 124，170

## I

Iancu, David （杨固医生 Yang Gu）3—4，63—64，76，88，92，124，137，183，190，194，198；in Burma—India 在缅一印 150—152，157，161，180，182；in England 在英国 28—29，60—62；with Enlai, Zhou 和周恩来 89，119，149；in Spain 在西班牙 16，18—19，26

imperialism 帝国主义 11；Japanese 日本人 13，31，39

inflation 通货膨胀 76，148，207

International Brigade 国际纵队 8，13，37，66，90，132，144，171；Atal, M.M. 爱德华 204—205；Bethune, Norman 白求恩 31；Coutelle, Rosa 罗莎·顾泰尔 28，72；Crome, Len 克罗姆 27；Eloesser, Leo 里奥·埃罗萨 31，93；Spanish Doctors 西班牙医生 13—22，25—27，28—29，62；Tudor—Hart, Alex 都铎·哈特 28—29

International Red Cross 国际红十字 53，148

International Red Cross Committee 国际红十字委员会 41—42，45，141，197；and Holm, Ake 阿克·霍姆 207；and Landauer, Eric 兰道尔 45；and Sullivan, Michael 苏利文 136

International Relief Committee 国际救援委员会 see International Red Cross Committee 见国际红十字委员会

## J

Jean Laborde 让·拉波尔德号 66，69，198

Jensen, Fritz 严斐德 3—4，11—12，51，68，74—75，79—80，84—87，92，96，103，114—118，121—122，126，137，150，188—189，192，194—195，197；biomedicine 生物医学 93，95；in Chongqing 在重庆 170，179；diphtheria 患白喉 108；dysentery 患痢疾 106；in England 在英国 28—29，60—61；and Enlai, Zhou 和周恩来 113，119；eulogy 悼辞 3；in Hong Kong 在香港 66，204；in Spain 在西班牙 16—17，19—20，22，26—27；UNRRA 联合国善后救济署 181，184；why China？为什么是中国？16，23

Jerusalem, Friederich see Jensen, Fritz 参见严斐德

Jerusalem, Ruth Domino 露丝 16

Jettmar, Heinrich 海因里希·杰特玛 40 see also League of Nations Health Organization 另见国际联盟卫生组织

Jewish Hospital of Berlin 柏林犹太医院 94，187

Jiangsu 江苏 87，182

Jiangxi 江西 78，96，115，117，120，137

Jin Baoshan 金宝善 48—49，109，123

Jingpu, Zhao 赵婧璞 190；see also Kranzdorf, Iacob 另见柯让道

Jung, T.S. 荣独山 174

Jungermann, Edith 马绮迪 · 戎格曼（夫姓）see Marens, Edith 参见马绮迪

Jungermann, Wladislav 戎格曼医生 2—5，12，62，64—65，150；in Spain 在西班牙 13—15，19，25—26；with UNRRA 和联合国善后救济署 184，186；in Yunnan 在云南 173

Jungery, Wolf 戎格瑞 see Jungermann, Wladislav 参见戎格曼

## K

Kaifeng 开封 207

Kaixi, Wang 汪凯熙 54

Kamieniecki, Leon 甘理安 3，62，64，67，117，137，144，173，191；on nutrition 论营养 101—102；in Spain 在西班牙 14，19，26；with UNRRA 和联合国善后救济署 184—185

Kamieniecka, Mania 甘曼妮 62—64，67，84，121，141—142，173，191；in Spain 在西班牙 1 ，19；UNRRA 联合国善后救济署 184—185

Kaneti, Ianto 甘扬道医生 3—4，67，84，117，134，137，141—142，171，173，190；in England 在英国 28，60—62；in Spain 在西班牙 27

Kent, Edith 马绮迪 · 肯德（夫姓）see Marens, Edith 见马绮迪

Kent, Heinrich 肯德 3—4，12，16，49—50，60，66，68，80，96，110，119，125—126，140，144，150，188—189，194；in England 在英国 27—29，70，72；and the plague 关于鼠疫 109；in Spain 在西班牙 17，23；with UNRRA 和联合国善后救济署 184；in Yunnan 在云南 170，173

Kent, Maria 玛丽亚 · 肯德（夫姓）see Rodriquez Gonzales, Maria 见玛丽亚

Kerr, Archibald 柯尔 133

Kho—Seng Lim 林可胜 see Lin, Robert 见林可胜

King, P.Z. 金宝善 see Jin Baoshan 见金宝善

Kisch, Bedřich 纪瑞德 4—5，33，74—75，80，84，86，107，113，115—119，137，149—150，189—190，204，214；Bethune, Norman 白求恩 31，113—114；in Burma—India 在缅—印 151，154，158，164，171，180，182；in England 在

英国 27，61；in Spain 在西班牙 15—16，22，28；why China 为什么选择中国；23

Kisch, Edith 马绮迪·纪瑞德 see Marens, Edith, 马绮迪

Kjesdal, Tor 托尔·格耶斯达赫 126

Kohlberg, Arthur 亚瑟· 科尔伯格 102，103，173 see also American Bureau for Medical Aid to China 另见美国医药援华会

Kohn, Elizabeth see Eisenberger, Elisabeth 伊丽莎白

Kohn, Heinrich see Kent, Heinrich 肯德

Kotnis, Dwarkanath 柯棣华 184，199，203—205

Kranzdorf, Gisela 柯芝兰 2，4，19，66，73，134，173，184

Kranzdorf, Iacob 柯让道 2—3，12，18—19，62，64，66—67，190，194—195； in Gurs 在法国居尔 21—22； in Spain 在西班牙 19，26； with UNRRA 和联合国善后救济署 184； in Yunnan 在云南 169，173

Kriegel, Frantisek 柯理格医生 4，38，44，62，64—65，134，141，189—190，192； in Burma—India 在缅—印 149—151，161，164—166，180，182—183； in Gurs 在法国居尔 21，27； in Spain 在西班牙 15—16，26

Kung, H.H. 孔祥熙 Kung Hsiang—hsi or Kong Xiangxi 45； and Wright（Cohn），Adele 和阿黛尔·莱特（科恩）175

Kung, H.H., Madame 宋蔼龄 45

Kunming 昆明 36，44，148—153，167，184

Kuomintang 国民党 see Guomintang 见国民党

Kwangsi 广西 see Guangxi, China 见中国广西

Kweiyang 贵阳 see Guiyang, China 见中国贵阳

L

Landauer, Erich 兰道尔 40—41，99，119； on the International Red Cross Committee 关于国际红十字委员会 45—46； and Mann, Wilhelm 和孟威廉 79； see also League of Nations Health Organization 另见国际联盟卫生组织

Lanset, A. 兰塞特 40； see also League of Nations Health Organization 另见国际联盟卫生组织

Largs Bay 云雀湾 184 see also Wantoch, Susanne 另见王苏珊

Lazarus, Emma 艾玛·拉扎勒斯 2

League of Nations Health Organization 国际联盟卫生组织 38. 40—41，53，104； and Brown, Richard 理查德·布朗 46； and Landauer, Erich 兰道尔 45，79； and Lurje, Walter 罗益 30； and Mooser, Hermann 赫尔曼·穆瑟 70，79； and Pollitzer, Robert 波利策 41，108

Lin, Robert，Lin Kesheng, Bobby Lim, 林可胜 4，24，39，46，53—56，58—59，91—94，96，104—105，107，109，118—119，127，134，136—137，140，147，150，167，170，175，179，204—205，207；and Bethune, Norman 和白求恩 85，112； and bioscience 和生物医学 95；and the Guomintang—Chinese Communist Party conflict 身处国共两党冲突中 9，88，112，115，129—133，142—145；and McClure, Robert 和麦克卢尔 41，135，172；and Mamlok, Erich 和孟乐克 70—71，132；and Mann, Wilhelm 和孟威廉 86；and Spanish Doctors 和西班牙医生 84—88，92，97，113，117，126，180；Wright（Cohn）Adele 阿黛尔·莱特（科恩）32—33，80—81，101，171，173

Liu, J. Heng see Ruiheng, Liu 参见刘瑞恒

London School of Medicine for Women 伦敦女子医学院 30

Loo, Chih—teh 卢致德 51，54，167

Lord Mayor Fund 市长基金 55，61—62

Louderbough, Henry 劳德伯格 44；see The Society of Friends 公谊会

Luce, Henry 亨利·卢斯 42，135，176

Luo Shengte see Rosenfeld, Jacob 参见 罗生特

Lurje, Walter 罗益 30，132，140，174，187

## M

Ma, Thomas 马永江 54

Madrid 马德里 16，31，144，197

malaria 疟疾 47，50，94—95，104—107，109，119，158，169，173—174，176；and Becker, Rolf 白乐夫 29；and Jungery, Michelle 和米歇尔·戎格曼 186—187；and Lin, Robert 和林可胜 105

malnutrition 营养不良 66，98，103，110，112，120，153—4，156，193

Mamlok, Erich 孟乐克 1—3，66—71，76—80，87，99，102，115，120—121，132，140—141，148，187—188，203；on anti—semitisim in Europe 欧洲反犹太主义

11—12，29，50；in Burma—India 在缅—印 150—152，155，161—163，165—166，177，180—183

Manchurian Plague Prevention Service 满洲里鼠疫预防队 40

Mann, Wilhelm 孟威廉医生 3—5，66，83，89，100，107—108，150，170，174，177，185，188，203；on anti—semitism 关于反犹太主义 30，116；in Europe 在欧洲 29，79；on Lim, Robert 关于林可胜 86

Marcus, Edith 马绮迪·马库斯（夫姓） see Marens, Edith 见马绮迪

Marens, Edith 马绮迪 4，62，64—65，84，150，171，173，188—189；in Spain 在西班牙 14—15，19，26； with UNRRA 和联合国善后救济署 184

Marshall, George 乔治·马歇尔 153

Martens, Anneliese see Wang, Anna 王安娜

Marty, Andre 安德烈·马蒂 25—26

McClure, Robert 麦克卢尔 41，44—45，51，99，105，107，131，136，194，203，205；and Becker, Rolf 和白乐夫 170；and Bethune, Norman 和白求恩 46，59；and Bryson, Arthur 和亚瑟·布莱森 101；and Friends Ambulance Unit 和公谊救护队 44，70，74；and Kent, Heinrich 和肯德 170；and Kranzdorf, Iacob 和柯让道 169—170；and Lin, Robert 和林可胜 41，135，144，167—169，172；and Schön, George 和沈恩 174

Mexico 墨西哥 23，28，34，206

mission hospitals 教会医院 38—39，44—47，50—51，108；Canadian mission hospital in Chongqing 重庆加拿大教会医院 184；Catholic Mission in Hunan 湖南天主教会医院 185；International Red Cross Committee 国际红十字委员会 41—42，141；Methodist Union Mission in Koloshan 歌乐山卫理公会联合会特派团 173

Mogaung Valley, Myanmar 缅甸孟拱河谷 139，158，161

Mooser, Hermann 赫尔曼·穆瑟 40—41，46，70，79；see also League of Nations Health Organization

Mukden（Manchurian or Shenyang）Incident 九一八事变 35

Mukherjee, Debesh 木克华 203—205

Müller, Hans 汉斯·米勒 67，88，99，102，113—114，119，176

N

Nanchang 南昌 112

Nanjing 南京 36，55；rape of 强奸 9，24，58，197

National Health Administration (China) 卫生署（中国）38，48—49，53，55，94，100—101，107，109，127，129，144

National Institute of Health (China) 国家卫生研究院（中国）49，100，102

Nationalist Party see Guomindang 参见国民党

Needham, Joseph 李约瑟 54，179

New Fourth Army 新四军 9，59，79，88，109，112，130，176；incident 事件 131，198

New York Times 纽约时报 66，147，158，176

O

Onufrio, Eduardo d' 爱德华多 21

Operation Barbarossa 巴巴罗萨行动 177，198

Operation Ichigo 一号作战计划 119，175，177

opium 鸦片 118

overseas Chinese 海外华人 52—58，78，90，115，134

P

Pan Ji, 潘骥 C. Pan 129，131，142—144

Pang, Kohlhaus 庞京周 55

Paris, France 法国巴黎 14，16，22—23，28，72，80，189

Parker, Peter 彼得·帕克 38

Parsons, Charles Edward 查尔斯·爱德华·帕森斯 58，207

Payne, Robert 罗伯特·佩恩 89

Pearl Harbor, Hawaii 夏威夷珍珠港 138，198

Peck, Graham 雷厄姆·派克 123，222

Peking University Medical College 北京大学医学院 39，46，48，52—55，93，96，205

Pinner, Max 麦克斯•皮内尔 32

plague 鼠疫 40—41，104，108—109，141

Price, Mildred 米尔德丽德·普赖斯 24

Pyrenees Mountains 比利牛斯山脉 15，17，19—21

Q

Quakers 贵格会 see Society of Friends 参见公谊会

R

Rajchman, Ludwik 路德维克·雷奇 曼 40； see also League of Nations Health Organization 另见国际联盟卫生组织

Ramgarh, India 印度蓝姆伽 148, 153, 156, 167; international medical relief corps physicians 国际援华医疗队的医生们 151—152, 160, 170, 199

Rangoon 仰光 72, 74, 80, 138, 140

Rape of Nanjing, China 血洗南京城 see Nanjing, China 中国南京

Recht, Walter 雷希特 207

Red Book 红皮书 31, 59

Red Star Over China 《红星照耀中国》 28

relapsing fever 回归热 47, 106—107, 124—125, 174

rice 大米 74, 78, 80, 92, 100, 102, 116, 122

Rich, John 约翰·里奇 17, 20, 39, 210; and British Red Cross 和英国红十字 47; and international medical relief corps physicians 和国际援华医疗队的医生们 170—171; and Lin, Robert 和林可胜 167; and McClure, Robert 和麦克卢尔 41, 44, 99—100; see also American Friends Service Committee 另见美国公谊服务委员会

Robertson, R.C. 罗伯逊 40; see also League of Nations Health Organization 另见国际联盟卫生组织

Rockefeller Foundation 洛克菲勒基金会 38— 39, 41

Rockefeller, John D. III 约翰·洛克菲勒三世 42

Rodriquez Gonzales, Maria 玛丽亚 23, 28; in England 在英国 27, 60, 127—128; in Spain 在西班牙 17, 19

Rosenfeld, Jacob 罗生特 General Luo 79—80, 88

Ruifu, Wang 王瑞福 157

Ruiheng, Liu 刘瑞恒 Liu, J. Heng 48, 53, 129 see also National Health Administration 另见卫生署

Russian Civil War 苏联内战 17

S

Salween Gorge 萨尔温江峡谷 168—169

scabies 疥疮 109—110, 124; and Kranzdorf, Iacob 柯让道 194; and Lin, Robert 林可胜 109; and McClure, Robert 麦克卢尔 169; and Smedley, Agnes 史沫特莱 125—126 see also delousing and bathing stations 另见去虱洗浴站

Scanlon, Patrick 史坎龙 102，219

Schön, George 沈恩 5，12，62，67，91，97，101—102，107，119，144，150，170，178，190—191，195；Guiyang prison 陷于贵阳 174；in Spain 在西班牙 18，26；with UNRRA 和联合国善后救济署 184—185

Scott, A.L. 斯科特 161

Seagrave, Gordon 西格里夫 98，158—160

Second United Front 第二次统一战线 36，75，119，129，131，205

Selwyn—Clarke, Hilda 希尔达·塞尔温·克拉克 115，131；and Courtney, Barbara 和高田宜 136，141；and international medical relief corps physicians 和国际援华医疗队的医生们 24，63—65，70，73—74，113，126，180；and Lin, Robert 和林可胜 86，133；and Staniforth, Joan 和唐莉华 66，123；see also Foreign Auxiliary—Chinese Red Cross 另见中国红十字会国外后援会

Selwyn—Clarke, Percy 司徒永觉 24

Shandong 山东 96，184

Shanghai, China 中国上海 68，129，182，190—191，195；and Becker, Rolf 白乐夫 184；Jewish refugees 犹太难民 79—81；and Mamlok, Erich 孟乐克 76—78；and Mann, Wilhelm 孟威廉 79，188；St. Johns College 圣约翰（上海）学院 96

Shanxi 陕西 114

Sheng, C.C. 沈其震 176

Shoukai, Zhou 周寿恺 54

Shu—Pui, Li 李树培 42

Siao, Ping 萧冰 164

Sichon, Gabriel see Ersler, Gabriel 见厄斯勒

Sichuan 四川 36，127

Sing, Sze Tsung 施正信 54

Singapore 新加坡 63，72，124，138；and Lin, Robert 林可胜 53—54，57

Smedley, Agnes 史沫特莱 46，51，58，78，125，187，204，209—210；and the international medical relief corps physicians 和国际援华医疗队的医生们 3，101，115，147，194—195；and Lin, Robert 林可胜 130，133；and mission hospitals 教会医院 47

Smets, Charles 史密斯 30

Society of Friends 公谊会 41—43；see also the American Friends Service Committee; the British Friends

Service Committee 另见美国公谊服务委员会；英国公谊服务委员会

Somogyi, György see Schön, George 沈恩

Song, Ailing see Kung, H.H., Madame 宋霭龄，见孔祥熙夫人

Song, Mei—ling see Chiang Kai—shek, Madame 宋美龄，见蒋介石夫人

Song, Qingling see Sun Yat—sen, Madame 宋庆龄，见孙中山夫人

Song, Tse—Vung 宋子文 T.V. Soong 200

Song, Ziwen see Song, Tse—Vung 见宋子文

Soviet Occupation Zone, Berlin 柏林苏占区 188

Soviet Union 苏联 15，35—36，69，177，189，191；and enemy aliens 敌国侨民 138； and the Spanish Civil War 西班牙内战 7，17

St. Cyprien, France 法国圣西普里安 21

Staffordshire 斯塔福德郡号 127—128

Stalin, Joseph 约瑟夫·斯大林 35

Staniforth, Joan see Becker (Staniforth)，Joan 见唐莉华

Stein, Richard see Frey, Richard 见傅来

Stevens, Helen 海伦·史蒂文斯 171，173； see also American Bureau of Medical Aid to China 另见美国医药援华会

Stilwell, Joseph 史迪威 56，141，144，175；and international medical relief corps physicians 和国际援华医疗队的医生们 147—148， 151—154，156，160，163； recall 召回 176—177

Sues, Ilona Ralf 伊洛娜· 拉尔夫·苏斯 129

Sullivan, Michael 苏立文 136—137

Sun Yat—sen, Madame 孙中山夫人，宋庆龄 Song Qingling 24，56，138，170，176—177；and the international medical relief corps physicians 和国际援华医疗队的医生们 65—66，113，115 on medical care 关于医疗护理 45，49，130—132

Sunfen, Zhang 张荪芬 190

Sussman, Rosa 罗莎 see Coutelle (Sussman)，Rosa 见罗莎·顾泰尔

Sweeney, John, 斯韦尼 156

## T

Tah—moi, Peng 彭达谋 54

Talbot, Henry 哈里 · 塔尔博特 206

Taubenfligel, Wiktor 陶维德 3—4, 62, 67, 141, 183, 187; in Burma—India 在缅—印 149—151, 158, 160—161, 165—166, 180, 182; in Spain 在西班牙 13—14, 16, 26

Tembien 78

Time magazine 《亚洲》杂志 135

trachoma 沙眼 100, 110, 169

traditional Chinese medicine 传统中医 see Chinese medicine 见中医

Tsuyung 170

tuberculosis 肺结核 94, 109—110, 113; and Kent, Heinrich 肯德 17; and Mamlok, Erich 孟乐克 187; and Wantoch, Theodore 王道 184; and Wright (Cohn), Adele 阿黛尔 · 莱特(科恩)32, 73, 171, 173, 175, 179, 191

Tuchman, Barbara 芭芭拉 · 塔奇曼 122

Tudor—Hart, Alex 亚历克斯 · 都铎 · 哈特 28, 29, 72

Tung, Eva Ho 何娴资 54

Tuyunguan 图云关 1—2, 54, 61, 81, 89—90, 101, 107; Courtney, Barbara tomb 高田宜之墓 142—143; and forced inactivity 遇冷 133—134, 137, 141, 144, 161, 204; Spanish Doctors arrival 西班牙医生抵达 75, 83—84, 119

typhoid fever 伤寒 22, 94, 104, 107—108, 110

typhus 斑疹伤寒 40, 46, 106—108, 124—125, 169, 174

U

United China Relief 中国援华救济联合会 42—43, 47, 102—103, 176, 179; see also Luce, Henry 另见亨利 · 卢斯

United Nations 联合国 179

United Nations Relief and Rehabilitation Administration 联合国善后救济署 40, 181—182, 184—185, 190, 207

University of Belgrade, Serbia 塞尔维亚贝尔格莱德大学 13

University of Berlin, Germany 德国柏林大学 11, 12, 50

University of Frankfurt, Germany 德国法兰克福大学 30

University of Halle, Germany 德国汉堡大学 188

University of Iasi, Romania 罗马尼亚雅西大学 18

University of Padua, Italy 意大利帕多瓦大学 13

University of Paris （Sorbonne）, France 法国巴黎大学 14

University of Parma, Italy 意大利帕尔马大学 18

University of Prague, Czech Republic 捷克共和国布拉格大学 15

University of Vienna, Austria 奥地利维也纳大学 11，17，28，73，79

Utley, Freda 胡德兰 on Lin, Robert 关于林可胜 55，86；on physician shortage in China 关于中国医生短缺 135

V

Van Slyke, Donald 范・斯莱克 172；see also American Bureau of Medical Aid to China 另见美国医药援华会

Vazant, Francis 弗朗西斯・瓦赞特 28；see also Kent, Heinrich 另见肯德

VE day 欧洲胜利日 179

Vitamin A deficiency 维生素 A 缺乏 100

Vitamin B1（thiamine） deficiency 维生素 B1 缺乏 see beriberi 另见脚气病

Volokhine, Alexander 何乐经 3，62，64，67，69；in Burma—India 在缅—印 150，161，180，191； in Spain 在西班牙 16—18，26

Vouzeron, France 法国沃泽伦 23

W

Wang, Anna 王安娜；Anneliese Martens 90，187

Wang, Hsin Ti 62

Wang, Kai Hsi 汪凯熙 96

Wang, Wu—An 王务安 179，189

Wang, Zhengting 王正廷；86—87，118，129，131，143

Wantoch, Susanne 王苏珊 51—52，66，68，73，184，189，203

Wantoch, Theodor 王道 2，4，66，70，73，79，87，184，206；in Europe 在欧洲 11，29—30

warlords 军阀 9，36

Wedemeyer, Albert 魏德迈耶 177，212

White, Theodore 白修德 103—104，118

White Russia 白色俄罗斯 17， 69；see also Volokhine, Alexander 另见何乐经

Wilkie, Wendell 温德尔・威尔基 42

Wright（Cohn）, Adele 阿黛尔・莱特（科恩）或科恩 4，66，73—74，80，84，96—97，101，110，132，136，150 171，174—175，178，

191，203； and ABMAC 美国医药援华会 32，171—173，179； in America 在美国 32—34，58； and Lin, Robert 和林可胜 33，81，86，137

Wright, Philip 菲利普·莱特 130—131，136，175，191—192

Wu, William 吴威廉 99—100，104

Wuhan 武汉 36，41，58，106

X

Xi’an 西安 35，40，116，118，130，137，206

Xueliang, Zhang 张学良 35，212

Y

Yale University 耶鲁大学 38，49

Yan’an 延安 9，35，59，63，113，118，130，176，204—205

Yangzi（Yangtze）River 扬子江 148，152，154，214

Yellow River 黄河 105，114，130，137

Yen, F.C. 颜福庆 48；see also National Health Administration

Ying Kwei, Haueh 薛荫奎 158

Yingcan, Wu 吴英璨 57

Ying—ch’in, Ho 何应钦 153

Yuesheng, Du 杜月笙 129

Yunnan 云南 76—77，80，148—149，173； Chinese Expeditionary Force—Y 中国远征军 Y 军 167，169—172；infectious diseases 传染病 105，109—110；McClure, Robert 麦克卢尔 144

Yuxiang, Feng 冯玉祥 125

Z

Zedong, Mao 毛泽东 8—9，35，109；and Atal, M.M. 和爱德华 63；and Bethune, Norman 和白求恩 31，59； and international medical relief corps physicians 和国际援华医疗队的医生们 28，149

Zhang, D.C. 章文晋 89，133

Zhengzhou 郑州 36

# 译后记

作为一个土生土长的贵阳人，我很惭愧，在此之前，我并不知道我的家乡在抗战期间曾是全国最大的一个医疗基地，也未曾知晓，在历史的长河中曾有这么一群来自世界不同国家的援华医生，不远万里，相聚于此，在图云关这片山坡上，把贵阳和世界的发展紧密地联系到一起。

有幸的是，2015年，在世界反法西斯胜利70周年之际，我结识到了这群援华医生的后裔。他们来自五湖四海，由于祖辈的相似经历重新相聚图云关。然而，由于语言的障碍，许多信息并不能有效地在中外医生后裔间自由传递。在此之后，我有幸成为了他们间的“传声筒”，把双方手中的资料和信息翻译成中英文以便于进行分享交流。

2018年 *International Medical Relief Corps in Wartime China 1937—1945* 一书在海外上市。本书的作者，罗伯特·孟乐克就是援华医生孟乐克的儿子。当我收到作者的委托来翻译此书时，我既希望自己能够深入了解这段发生在家乡土地上的历史，也希望有更多和我一样出生在和平年代的年轻人能了解，当世界处在十字路口时，这群青年医生们是如何做出人生抉择的。

对我而言，翻译这本书最大的难点在于各种人名和机构的译法。由于作者做了大量详实的考证，20 世纪 30 年代、40 年代的内容皆引自海外图书馆、档案馆。而那个年代还没有使用汉语拼音，因此许多人名、地名都是以英文或粤语的发音习惯，用威妥玛氏拼音标注，例如：Loo Chih—teh （卢致德）、Sing Sze Tsung （施正信）、Hsien—Lin, Chang （张先林）等；有的中国医生还取了英文名，更是给翻译带来难度，如 Eva Ho Tung （何娴姿）、Thomas Ma （马永江）；此外，原著中还有的人名用的是简写，依照英文习惯，只保留姓和威妥玛发音名字的第一个字母，如：C. Pan （潘骥）、C.C.Sheng （沈其震）、Jung, T.S. （荣独山）等。

由于历史变迁，诸多机构已不存在，抑或更改了名称，这对翻译带来一些挑战。例如，Foreign Auxiliary—Chinese Red Cross 这个机构是当时国民政府为了配合抗战需要，协调国际援助事务而存在的一个组织。对于这个组织的各类翻译版本也很多。最终，经过多番比对，再考虑到本组织在书中出现的背景，采用了“中国红十字会国外后援会”的译法，同时注明了该协会也被译作“中国红十字会总会外侨协会”。

类似的人名、地名、机构等在本书中有三百处之多。本着对原著、对历史负责的态度，我翻译的大量时间倾注于在各类资料库、数据库、档案馆、图书馆中寻找对应的名称翻译，并与作者进行再次确认。在此过程中，原著作者罗伯特·孟乐克先生不厌其烦地提供相关书目和档案图片帮助我判断；外交学院的范秀云老师也通过其校内外图书馆数据库帮助我收集中英文档案；贵州人民出版社的刘泽海主任也帮助我向省内专家求教。在此，特向所有帮助过我的人表示衷心的感谢。然而，尽管如此，仍有个别人名未能如愿找到对应的翻译，如：Hsia Yi-Yung 和 Chung, A.W.，在文中只能以英文或中文音译为名。

另外，受个人能力所限，本书中信用的德文、捷克文等外国文献，为了保证表述的正确性，我在本书中予以原样保留，未做翻译。

在花费了近一年的时间完成了这本书的翻译及校正后，我对此书的内容和内涵也有了更为深刻的理解。从内容而言，本书通过援引大量的信件、档案、报道等史料依据，力求以医生们的“第一视角”展现他们真实境遇与心理活动：当他们从西班牙战场上走下来时，他们是落败的、沮丧的；当在中国的战场上看到新的反法西斯力量时，他们是充满着动力与激情的；而当他们满怀医者仁心，志愿为中国军民服务，却又身不由己陷入政治孤立时，他们是不屈的，也是无奈的。作者把27位援华医生的个人命运和人生选择作为主线，串联起动荡中的世界、内忧外患中的中国以及政治旋涡中的医疗救护队，三个不同层次的背景。而与此同时，医生的选择、经历与见闻又从侧面印证了三个背景中互通的历史逻辑，力证了狭隘的医疗封锁终难战胜博爱的医者仁心；国民党的腐败和狭隘终将尽失人心；而身处法西斯和帝国主义噩梦中的世界，也终将被和平、平等和自由的光芒所唤醒。

正如作者所言，这些故事也许不完整，但仍值得被传颂。

愿更多的人能够通过此本拙译了解这段甚少人知的历史片段。

王蕊

2020 年 5 月